ERIK AXL SUND
Puppentod

GOLDMANN

Erik Axl Sund

Puppentod

Band 2
der Kronoberg-Reihe

Psychothriller

Aus dem Schwedischen
von Nike Karen Müller

GOLDMANN

Die Originalausgabe erschien 2019 unter dem Titel »Grå Melankoli«
im Ordfront Förlag, Stockholm.

Sollte diese Publikation Links auf Webseiten Dritter enthalten,
so übernehmen wir für deren Inhalte keine Haftung,
da wir uns diese nicht zu eigen machen, sondern lediglich
auf deren Stand zum Zeitpunkt der Erstveröffentlichung verweisen.

Penguin Random House Verlagsgruppe FSC® N001967

3. Auflage
Deutsche Erstausgabe April 2020
Copyright © der Originalausgabe 2019
by Erik Axl Sund
Copyright © der deutschsprachigen Erstausgabe 2020
by Wilhelm Goldmann Verlag, München,
in der Penguin Random House Verlagsgruppe GmbH,
Neumarkter Str. 28, 81673 München
Published by agreement with Salomonsson Agency
Umschlaggestaltung: UNO Werbeagentur, München
Umschlagmotiv: FinePic®, München
Redaktion: Leena Flegler
CN · Herstellung: ik
Satz: KCFG – Medienagentur, Neuss
Druck und Bindung: GGP Media GmbH, Pößneck
Printed in Germany
ISBN: 978-3-442-48334-1

www.goldmann-verlag.de

Alle unschuldig, keiner ohne Schuld.
Mitten in der Zirkusmanege wird die Bärin gequält.

Nadja Uschakowa

Der Himmel hier
Nordwärts

Zuerst fährt der Zug durch einen Tunnel und dann über die längste Brücke, die sie je gesehen hat. Im Bahnhof in Malmö riecht es nach Kaffee, fast jeder hält einen dampfenden Pappbecher in der Hand. In ganz Schweden riecht es nach Kaffee, im Amt für Migration und Flüchtlinge und im Bus, der sie weiter hinauf in den Norden bringt.

Zuerst sieht es aus wie in Deutschland, alles ist braun, Äcker und Hügel und Wäldchen mit kahlen Bäumen, aber dann wird der Wald dichter, es wird felsiger und weißer und grüner.

Der Busfahrer spricht die ganze Zeit ins Telefon und gibt neue Anweisungen über Lautsprecher durch, ehe der Bus in einem Ort namens Lidköping hält. Laut Wörterbuch heißt die Stadt in etwa Leidestadt, und der Busfahrer sagt, sie liege an Schwedens größtem See, doch der See sieht eher aus wie ein Meer, man kann nicht mal bis zum anderen Ufer sehen. Auf der Wasseroberfläche ist Eis, und es ist Nacht, obwohl es erst Nachmittag ist. Das Mondlicht fällt auf die Schneedecke, und die Dunkelheit ist irreal wie in einem Traum, vielleicht ist es ja einer.

Sie schläft ein, bevor sie Stockholm erreichen, die Stadt, die sie so gerne sehen will, und erst als sie durch die Stadt hindurchgefahren sind, wacht sie wieder auf. Als sie aus dem Fenster blickt, glaubt sie noch immer zu träumen, denn die Bäume entlang der matschigen Autobahn sehen aus wie Brokkoli.

Als sie in Borlänge ankommen, muss sie sitzen bleiben, sie ist nur ein Name auf einer Liste, und es ist nicht einmal klar, in welche Kategorie sie aufgenommen wird, sie ist momentan alleinreisend, aber vielleicht ist ihr Vater schon da, auch wenn sie seinen Namen nirgends finden können.

Der Bus fährt weiter in nördlicher Richtung, und draußen wird es kälter und immer kälter und die Straßen schlechter und immer schlechter, aber die Natur wird schöner und die Dunkelheit noch schwärzer, und sie denkt, schon komisch, dass der Himmel hier derselbe ist wie zu Hause. Und es ist dasselbe Wasser, denn alles Wasser auf der Erde ist miteinander verbunden, ein einziges Wasser, um darin zu ertrinken, und ein einziger Himmel, um darin zu fliegen, wenn man tot ist.

Die Nacht über den dunkelblauen Bergen strahlt plötzlich in gespenstischem Grün, und der Bus hält, der Busfahrer sagt, das da heiße Nordlicht und komme hier öfter vor. Und es ist nicht nur grün, es ist auch gelb, blau und violett und gleitet über den Himmel, verändert die Form wie eine Feuerqualle, die sich unter Wasser zusammenzieht und entspannt, wie schwere Atemzüge eines vergifteten Gottes. Wie kann etwas so Schönes öfter vorkommen? Wird es irgendwann nur mehr nichtssagender Hintergrund, wenn man es jede zweite Nacht sieht?

Die sieben Baubaracken vor Bräcke gehören einem Alten im Jogginganzug, der Geld anhäuft und alleinreisende Flüchtlingskinder, dreißig sind es inzwischen, alle zwischen zwölf und siebzehn, davon achtundzwanzig Jungs. Es sind nicht alle dumm, aber fünf oder sechs schon, so ist es immer. Zwischen zehn und zwanzig Prozent aller Menschen haben nicht einfach nur Pech, wenn sie denken, sie sind auch noch stolz darauf. Nachts schleichen sie sich rein zu ihr, und wenn ein Typ versucht, ihr die Hose runterzuziehen, verpasst sie ihm einen Tritt ins Gesicht. Dann sagt er, er zeigt sie bei der Polizei an, aber die Polizei kommt nie, denn hier gibt es nur drei Polizisten für ein Gebiet, das so groß ist wie Belgien.

Wenn ihr Asylantrag bewilligt wird, kommt sie in ein Pflegeheim, bis sie volljährig ist. Aber das mit den Dokumenten braucht Zeit, ein halbes Jahr lang passiert gar nichts, die Sonne schleckt den Schnee von den Bergen, und es wird Sommer in Jämtland. Dass die Sonne mitten in der Nacht aufgeht und ihre Haut schon ganz knotig ist von

Milliarden Mückenstichen, kann sie aushalten; mit der Einsamkeit ist es schwieriger. Die treibt sie in den Wahnsinn.

Mach dich klein in deinem frostigen Fichtenreisigbett, kleines schwarzes Mädchen, so dunkel von außen und von innen und so kalt und eisig, dass die Finsternis dich verschlingt. Du bist eine Hure und eine Mörderin.

Es ist immer ein Er
Straße 222

Der Tod ist weder schwarz wie die ewige Nacht noch weiß wie das Licht im Tunnel, er ist graumetallic, hergestellt in Deutschland und nicht für Tempolimits gemacht.

Der Schnee hängt wie ein Nebelschleier über dem Värmdöleden, der Straße, die in Richtung Osten nach Värmdö führt – als wären die Schneeflocken in der Luft angefroren. Das Auto pflügt durch die weiße Masse, und als sie am Einkaufszentrum Nacka Forum vorbeifahren, sind sie mit einhundertfünfzig Sachen unterwegs.

Rund dreißig Meter hinter ihnen fährt noch jemand, ebenfalls mit hundertfünfzig. Es ist ein roter Toyota Prius, ein Hybridmodell, das einige Jahre später aufgrund eines Fehlers im Bremssystem, der mehrere tödliche Unfälle verursacht, Gegenstand einer Rückrufaktion wird. In der Kurve an der Svindersviken verliert der Toyota den Grip und schlittert mit sprühenden Funken an der Leitplanke entlang.

Der Wagen in Graumetallic beschleunigt wieder. Einhundertsechzig Stundenkilometer, die beiden jungen Frauen grinsen sich an.

Mercy hält das Lenkrad fest umklammert.

Nova streicht sich die Haare aus der Stirn und zündet sich eine Zigarette an.

Der Wind heult, als sie das Fenster runterlässt. »Hast du gesehen? Wir haben ihn abgehängt.«

»Ihn? Woher weißt du, dass es ein Er war?«

»Es ist immer ein Er.«

An der Anschlussstelle, wo der Värmdöleden in den Värmdövägen übergeht, zittert die Nadel bei einhundertachtzig. Sie wissen nichts von den beiden Verkehrspolizisten, die in ihren Dienstfahrzeugen am S-Bahnhof Henriksdals station schon auf sie warten, um sie mit Nagelketten anzuhalten.

»Neunzig Prozent aller Morde und neunundneunzig Prozent aller Vergewaltigungen werden von Männern verübt«, sagt Nova. »Und von hundert Pädophilen sind nur zwei Frauen.«

»Und sie quälen gern Tiere«, ergänzt Mercy.

»Von tausend Leuten, die es mit Tieren treiben« – Nova lacht –, »zum Beispiel mit Kühen, Ziegen, Hundewelpen und kleinen hilflosen Hühnern ...«

»... sind neunhundertneunundneunzig Männer, und die einzige Frau, die sich einen Hengstschwanz reinschieben lässt, wird von einem Mann dazu gezwungen.«

»Männer haben die Gruppenvergewaltigung, die Atombombe und den elektrischen Stuhl erfunden.«

»Ja, was haben sie sich dabei gedacht?«

»Die haben einfach zu viel Selbstbewusstsein. Wissen alles und können alles. In Wahrheit sind die ein einziger großer Fehler, ein Irrtum der Evolution.«

»Ja, das einzig Positive an ihnen ist, dass sie sich ungefähr eine Milliarde Mal am Tag entweder gegenseitig misshandeln oder zusammenschlagen. Warum haben die überhaupt das Wahlrecht?«

»Jedes Mal, wenn ein Mann geboren wird, wird ein potenzieller Kannibale oder Pädophiler geboren. Von Geburt an dürften die gar keine Rechte haben ...«

Nova und Mercy kennen sich noch nicht besonders lange, aber ihre Freundschaft ist so eng, dass sie manchmal ein und dieselbe Person zu sein scheinen.

»Um überhaupt reden zu dürfen, müssten sämtliche Typen erst mal einen Test machen, mit dem sie beweisen, dass das, was sie sagen, interessanter ist als das, was alle Frauen auf der ganzen Welt zusammengenommen jemals gesagt haben.«

Die blinkenden Lichter vor der Brücke über die Danviken sehen sie nicht.

Die Nagelkette sehen sie auch nicht.

Mit einem Mal erstirbt Mercys Lachen. »Zehn per Zufall ausgewählte Männer zu ermorden hieße, achtundvierzig Gewaltverbrechen zu verhindern. Inklusive Mord und sexueller Missbrauch von Kindern. Männer sollten von Geburt an dazu ermuntert werden, sich umzubringen.«

»Mein leiblicher Vater hat Selbstmord begangen«, sagt Nova.

»Alle außer deinem leiblichen Vater und meinem Vater sollten sich umbringen.«

»Ja ... Alle außer den beiden.«

Zweihundert Stundenkilometer durch den erstarrten Schnee, zweihundert bis zur Zugbrücke am Danvikstull. Sie wissen nicht, dass jemand bereits die Brückenwärterin informiert und angeordnet hat, die Brücke aufzumachen, um diese Wahnsinnsfahrt zu beenden.

»Ich find's schön mit dir«, sagt Mercy. »Ich fühl mich wild, wenn wir zusammen sind.«

Das sind Nova und Mercy.

Nova sieht ein Zimmer in einer kalten Wohnung in Fisksätra vor sich, wo es dauerhaft nach Alkohol stinkt, und Mercy sieht ein kleines gemütliches Haus mit Mutter und Vater und zwei pummeligen kleinen Brüdern.

Sie sehen all die Wege, die sie von dort fortgeführt haben.

Die sie hierhergeführt haben. Auf ihren allerletzten Weg.

Zum Ende.

Sie fahren.

Der Wagen in Deutschgraumetallic gehört Sven-Olof Pontén, einem fünfundvierzigjährigen Mann aus Stocksund, CEO eines Unternehmens mit achtzig Millionen Jahresumsatz. Vier Tage zuvor hat er an einer Tankstelle in Knivsta gehalten und einem schwarzen Mädchen die Tür aufgemacht. Sie heißt Mercy und ist sechzehn Jahre alt. Er hat ihr einen Fünfhunderter gegeben, sich die Hose aufgeknöpft, während er sie Negerhure schimpfte und ihr befahl, sich auszuziehen. Zwanzig Meter entfernt eine Kassiererin, bei der ein Kunde seine Tankfüllung zahlte.

Als Sven-Olof Pontén mit ihr fertig war, übergab sie sich. Kaba und zerkautes Käsebrot. Sven-Olof ohrfeigte sie, brüllte, sie sei eine Fotze, die sein Auto einsaue, eine verdammte beschissene Schlampe.

Dann klingelte sein Telefon. Es war seine Frau.

Er knöpfte die Hose wieder zu, stieg aus, als die Kassiererin gerade den Beleg für einen Hotdog und eine Cola abriss, und nahm den Anruf entgegen. Seine Stimme klang sanft, als er erzählte, er sei schon auf dem Heimweg und müsse nur noch ganz kurz was erledigen – ein Besuch bei einem wichtigen Kunden. Mercy hörte, wie er zu seiner Frau sagte, dass er sie liebe und sie vermisse.

Dann Küsschen, Küsschen, und als er sich umdrehte, um zu seinem Auto zurückzugehen, fuhr sie auch schon davon.

Küsschen, Küsschen. Zur Hölle mit dir, du verfluchtes Aas.

Es gibt Männer
Graue Melancholie

Der Herbst war mild gewesen in Stockholm, regnerisch und stürmisch, aber an ein paar Tagen war das Wetter umgeschlagen und hatte sich zu einem Indian Summer hinreißen lassen. Meistens jedoch war es trist und ungemütlich. Schlauchte Körper und Seele.

Sven-Olof Pontén saß zu Hause in seinem Reihenhaus in Stocksund an seinem Rechner. Er hatte sich gerade ausgeloggt, Reißverschluss und Knopf seiner Hose zugemacht.

Draußen vor dem Fenster fuhr der Wind durch die dürren biegsamen Kirschbäume, die er fünf Jahre zuvor gepflanzt hatte. Der Herbst riss und zerrte an den kahlen Zweigen, die die Rehe verschmäht hatten.

Das Mädchen, mit dem er eben gechattet hatte – nach monatelanger harter Arbeit seinerseits –, war endlich bereit, sich mit ihm zu treffen. Heute Abend schon, woraufhin er sich genötigt gesehen hatte, ein bisschen Druck rauszunehmen. Er knüllte das Küchenpapier zusammen und schleuderte es in den Papierkorb.

Jetzt musste er nur noch sein schlechtes Gewissen beruhigen.

Er griff nach dem Schlüsselbund und schloss die unterste Schreibtischschublade auf. Bisweilen packte ihn die Paranoia – dass seine Frau oder seine Tochter irgendwie an die Schlüssel gekommen sein und die Schublade geöffnet haben könnte. Aber Åsa und Alice wussten es anscheinend besser. Auch wenn im großen Ganzen alles schiefgegangen war mit seiner Familie, hatten sie immer noch Respekt vor ihm.

In der Schublade lagen rund zwanzig Plastikmappen, die er regelmäßig zur Hand nahm, um sich zu vergewissern, dass bei ihm selbst eigentlich nichts falschgelaufen war. Sven-Olof Pontén, gebürtig aus Vitvattnet, Jämtland.

Er war nicht krank im Kopf. Seine Familie bestand schließlich aus normalen Menschen.

Diejenigen, die wirklich krank waren, steckten dort in den Mappen auf seinem Schreibtisch.

Die Mappen enthielten Zeitungsartikel, Protokolle von Voruntersuchungen und in einigen Fällen Protokolle von Tatorten, die er im Internet gefunden hatte. Das Material kam einer Auflistung menschlicher Perversionen gleich und umfasste neunzehn männliche Täter sowie eine Frau.

Eine der Mappen war mit ARMIN MEIWES beschriftet. Er sah sich die Bilder an und überflog die Texte, die er inzwischen fast auswendig konnte.

Armin Meiwes. Ein deutscher ehemaliger Berufssoldat, der im Internet per Kleinanzeige jemanden gesucht hatte, der sich umbringen und aufessen lassen wollte. Ein Ingenieur namens Bernd Jürgen Brandes hatte auf die Anzeige geantwortet – genau davon hatte er immer geträumt.

Die Übelkeit kam mit einem Gasbläschen aus seinem Magen, breitete sich in seinem Mund aus, und gute fünf Minuten lang war Sven-Olof Pontén gezwungen, seine Fantasien des Unaussprechlichen still zu ertragen.

Mit geschlossenen Augen stellte er sich die Mahlzeit in einer Küche im deutschen Rotenburg vor und ließ die Zunge über Gaumen und Zähne gleiten. Eine Fleischfaser saß zwischen zwei Backenzähnen fest, er brachte sie mit der Zungenspitze los und spuckte sie aus.

Sven-Olof Pontén war allein zu Hause, so konnte er ganz er selbst sein, ohne sich schämen zu müssen.

Er mochte das.

Sich nicht schämen zu müssen.

Noch immer mit geschlossenen Augen roch er an seinen Fingern. Sie stanken nach Knoblauch. Ein paar Stunden zuvor hatte er Knoblauch gehackt und dann ein Ochsenfilet angebraten. Åsa hatte daneben gestanden und Gurken und Tomaten in Scheiben geschnitten, während sie über ihre geliebte gemeinsame Tochter geredet hatten. Über Alice, die zurzeit nicht zu Hause wohnte, aber bald wieder zu ihnen zurückkehren würde.

Nach dem Essen war Åsa in die Stadt gefahren, um mit einer Freundin ins Kino zu gehen, und er hatte sich hierher zurückgezogen, in sein Arbeitszimmer.

Armin Meiwes hatte nach dem Abendessen zur Entspannung einen Science-Fiction-Roman gelesen, während der Ingenieur in der Badewanne lag und blutete. Sven-Olof glaubte fast, den süßlichen Geruch wahrzunehmen und das leise Gluckern aus dem Wannenablauf zu hören.

Schließlich schlug er die Augen wieder auf.

Es gibt Männer, die in gegenseitigem Einverständnis den Schwanz des anderen aufessen, dachte er. Im Vergleich dazu bin ich doch wirklich harmlos.

Er atmete tief durch. Endlich bekam er wieder Luft, und mit einem Lächeln auf den Lippen schob er die Mappen zusammen und schloss sie wieder in der Schreibtischschublade ein.

In einer Stunde würde das Mädchen, mit dem er gechattet hatte, vor einem der Mietshäuser in Bergshamra auf ihn warten. Gar nicht weit von hier, auf der anderen Seite des Stocksundet und doch in einer anderen Welt.

Sie hieß Tara, und er wusste genau, warum sie am Ende doch eingewilligt hatte, sich mit ihm zu treffen.

Sie stammte aus einer streng gläubigen Familie, gegen die sie aufbegehrte. Sie wollte allen demonstrieren, dass nicht Gott, sondern sie selbst diejenige war, die über ihren Körper bestimmte.

In seiner Jugend war es ihm ganz ähnlich gegangen. Er hatte gegen Jesus, seinen Vater und seine Mutter rebelliert und gegen die ganze Gemeinde. Er hatte gesoffen, wild herumgevögelt und verbotene Musik gehört.

Er und Tara hatten etwas gemeinsam und somit ein gutes Gesprächsthema. Sie waren gar nicht so verschieden – und auch wenn er fünfundvierzig war und sie erst fünfzehn, würden sie schon miteinander auskommen.

Er war kein Kannibale wie Armin Meiwes.

Sven-Olof Pontén behandelte seine Mädchen gut, vorausgesetzt, sie zollten ihm den gebotenen Respekt.

Draußen frischte der Wind auf, der Winter war im Anzug.

Erster Tag

November 2012

Eine Gleichung aus zahllosen Unbekannten
Bergshamra

Das Mädchen lag auf dem Rücken auf dem frostblanken Granitfelsen vor einem der fünfstöckigen Mietshäuser in Bergshamra. Ein Taxifahrer hatte es kurz vor Mitternacht entdeckt, als er eine Kippenpause machen wollte. Zunächst hielt er es für eine Schaufensterpuppe: viel zu dünn angezogen für die Jahreszeit und mit dürren, fast weißen Armen und Beinen, die unnatürlich abgespreizt waren.

Als er näher heranging, sah er das Blut.

Dann setzte unglücklicherweise Regen ein, sodass das Blut fast völlig vom Felsen hinabgespült wurde. Potenzielle Spuren wie etwa Schuhabdrücke würden so nicht mehr gesichert werden können.

Um halb eins sah eine alleinerziehende Mutter aus dem Küchenfenster im dritten Stock. Das Blaulicht der Streifenwagen warf unregelmäßige kalte Muster über die vordersten Bäume des benachbarten Wäldchens und bis hoch zu ihrer Wohnung. Das Blinklicht erweckte die Zeichnungen ihrer Kinder an der Kühlschranktür zum Leben. Ja, sie sahen beinahe lebendig aus – schludrig gemalte Wasserfarb-Kopffüßler, Tannenzapfen und Laub wanderten über die Kühlschranktür.

Sie rieb sich den Schlaf aus den Augen und überlegte, wer dort unter der Plane auf der Erde liegen mochte und was genau passiert war. Die Vorstellung, dass einer ihrer zwei Jungs vom Balkon oder aus einem Fenster stürzen und auf dem gnadenlosen Fels aufschlagen könnte, ängstigte sie seit ihrem Einzug.

Sie zog die Gardine zu und ging zu ihnen. Sie schliefen

friedlich in ihren Betten, und sie schlüpfte zu ihrem Jüngsten unter die Decke. Kurz bevor sie einschlief, fiel ihr auf, dass die aufgebrachten Stimmen in der Wohnung über ihr verstummt waren.

Um ein Uhr nachts lief die Polizeiarbeit bereits auf Hochtouren. Ein Krankenwagen stand vor dem blau-weißen Absperrband, zwei Sanitäter in Wartestellung.

Das Mädchen war tot, sie konnten nichts mehr tun.

Yrsa Helgadóttir, frisch von der Polizeischule, hatte nie zuvor eine Leiche gesehen. Sie bemühte sich nach Kräften zu assistieren und kam sich dennoch wie eine Zuschauerin vor, die alles wie auf einem Fernsehbildschirm verfolgte.

Schwarz trat neben sie. »Sieh genau hin und lerne.« Er zeigte auf die vier Kriminaltechniker in blauen Schutzoveralls. »Emilia« – er wies auf eine groß gewachsene Schwarze – »sieht aus wie eine NBA-Basketballspielerin, aber sie ist die beste Technikerin, mit der ich je zusammengearbeitet habe.«

»Du meinst die WNBA?«

»Was?«

»Die Frauenliga«, erklärte Yrsa. Insgeheim wusste sie, warum sie sich mit dem Kollegen diesen verbalen Schlagabtausch lieferte; sie hoffte, dass sich mittels spöttischen Bullenjargons der Kloß in ihrem Hals auflöste.

Die Techniker hatten die erste Aufgabe soeben beendet: einen zwei Meter breiten Korridor zum Opfer und seiner unmittelbaren Umgebung zu sichern, damit der Rechtsmediziner sich frei bewegen konnte, ohne den Fundort zu kontaminieren.

Der Rechtsmediziner, der sich bisher seiner Stulle und einer Thermoskanne Kaffee gewidmet hatte, stieg aus seinem Wagen.

»Das ist Ivo Andrić«, erklärte Schwarz. »Während Emilia Basketballerin ist, ist Andrić eher der Baseballtyp.«

Eigentlich passte seine Baseballkappe nicht zu der Schutzhaube und dem Mundschutz, doch an dem Rechtsmediziner wirkte die Kombination vollkommen selbstverständlich.

Schwarz gab grünes Licht für die erste Inaugenscheinnahme der Toten, Andrić schob sich die Stirnlampe über die Baseballkappe und schritt bedächtig auf die Leiche zu. In regelmäßigen Abständen hielt er inne und sah sich um. Als er unvermittelt den Arm ausstreckte und die Handfläche nach oben drehte, fragte sich Yrsa, was da vor sich ging. War das ein spezielles Handzeichen? Hatte er etwas gefunden?

Andrić schob seinen Mundschutz nach unten. »Es hat aufgehört zu regnen.« Er lachte sie an.

Der Kloß in ihrem Hals lockerte sich ein bisschen.

Yrsa blickte empor in den stahlgrauen Himmel, blinzelte und träumte sich fort an einen Ort, an dem es warm war. Unkompliziert. Freigiebig.

Aber nun war sie eben hier, und hier war sie zu Hause.

Die Techniker arbeiteten sich in einem immer kleineren Radius zur Leiche vor. Eine eintönige Tätigkeit, die mehrere Stunden in Anspruch nehmen würde – oder länger, sofern sie etwas von Interesse fänden. Emilia machte Fotos, und im Blitzlicht der Kamera waren die Kollegen zu sehen, die sich – ebenfalls mit Stirnlampen – durch die Dunkelheit bewegten.

»Fund«, rief einer, richtete sich auf und zeigte direkt vor sich zu Boden.

Ein winziger Abschnitt mit rund zehn Zentimeter hohem Gras in einem Felsspalt. Der Gegenstand wurde fotografiert und anschließend in einem Asservatenbeutel verstaut.

Selbst aus der Ferne hatte man erkennen können, worum es sich handelte: um ein Android-Handy. Emilia lief damit auf den Transporter der Kriminaltechniker zu.

Bis Viertel vor zwei hatte der Rechtsmediziner sich bis zu der Leiche vorgearbeitet. Unter dem kleinen Planenzelt studierte er sie zunächst eingehend, dann nahm er ein Diktiergerät zur

Hand und sprach hinein. Wenige Minuten später gab er den Kollegen ein Zeichen, dass auch sie die Leiche inspizieren dürften.

Yrsa ging ein paar Schritte hinter Schwarz und den anderen beiden erfahreneren Polizeimeistern her und versuchte, sich ins Gedächtnis zu rufen, was sie in ihrer Ausbildung gelernt hatte.

Nicht nach dem suchen, was man erwartete, sondern nach dem, was vom Erwartbaren abwich – was manchmal das Allernächstliegende sein konnte. Mitunter aber auch das Schwierigste.

Ein Mädchen ist hier gestorben.

Eine Tochter – vielleicht eine Schwester und Cousine – liegt dort kalt unter einem Zeltdach. Bislang ohne Erklärung.

Ein Mitmensch, eine Freundin und Klassenkameradin, deren Todesumstände bisher nur eine vage Hypothese vonseiten der Ermittler darstellen, die den Fall untersuchen. Das Mädchen, die Leiche, ja, das Opfer, ist bislang immer noch bloß eine Gleichung aus zahllosen Unbekannten.

Yrsa geht die letzten langsamen Schritte auf die Leiche zu. Lässt den Blick über das Mädchen schweifen.

Vermutlich vierzehn bis sechzehn Jahre alt. Leicht bekleidet mit einem ärmellosen roten Kleid, als wäre sie unterwegs zu oder auf dem Heimweg von einer Party gewesen. Im Hinblick auf das dünne Kleid eine Party in der Nachbarschaft.

Eine schlichte Kette hat sich in den dunklen Locken verheddert. Die Haut ist blass; doch das Mädchen ist ausländischer Herkunft. Vermutlich aus dem Nahen Osten.

Der rechte Unterarm ist unnatürlich verdreht, die linke Schulter sieht eingefallen aus; die nackten Arme und Beine sehen aus, als hätte das Mädchen sie sich allesamt ausgekugelt.

Wie bei einer Puppe – genau wie der Taxifahrer die Leiche beschrieben hat, nachdem er den Notruf gewählt hatte.

Ein Augenpaar mit leerem Blick.

Erstarrt in einer einzigen Schrecksekunde.

Der Mund halb offen, die Lippen bläulich, unter der Nase Reste von angetrocknetem Blut, das der Regen nicht weggespült hat.

Dann wäre die erste Leiche also überstanden, denkt Yrsa.

So schlimm war es nun auch wieder nicht.

Trotzdem weiß sie, dass sie das hier nie vergessen wird.

Schwarz geht vor der Leiche in die Hocke und wendet sich an Ivo Andrić: »Was denkst du spontan? Selbstmord? Oder müssen wir Hurtig informieren?«

Der Rechtsmediziner schüttelt den Kopf. »Ich würde damit noch warten.« Er blickt an der Hausfassade hoch. »Aber gut, bei der Lage der Leiche im Verhältnis zum Haus will ich einen Sprung nicht ausschließen – oder einen Sturz aus einem der oberen Stockwerke. Nicht angesichts dieser Verletzungen.«

Auch Schwarz betrachtet das Mietshaus. »Hätte das nicht jemand gesehen, wenn sie gefallen oder gesprungen wäre?«

Als sie hier eingetroffen sind, lag das Haus fast völlig im Dunkeln. Inzwischen ist gut die Hälfte der Fenster erleuchtet, und hier und da sind die Umrisse von Bewohnern erkennbar. Das Blaulicht hat sie nach draußen gelockt, und kurz nachdem die Absperrung gezogen wurde, sind die besonders Neugierigen, die auf die Balkone getreten sind, um zu gaffen, aufgefordert worden, wieder in ihre Wohnungen zurückzukehren.

Rechtsmediziner Andrić zuckt mit den Schultern. »Schwer zu sagen, was die Leute mitten in der Nacht hören und sehen. Aber es ist keiner rausgekommen, um mit euch zu reden, oder?«

»Nein«, antwortet Schwarz. »Aber wir können die Nachbarn auch aktiv befragen, sobald die Verstärkung da ist. Sie müsste jeden Moment eintreffen.«

Yrsa ahnt, dass die Aufgabe ihr zufallen wird, mit irgendeinem anderen Anfänger Klinken zu putzen, und sie wirft einen letzten Blick auf die Leiche.

Mit der Lage stimmt etwas nicht.

Als wäre sie dort auf dem Rücken zur allgemeinen Zurschaustellung abgelegt worden.

Ein Stück entfernt suchen ein paar Spatzen nach Krümeln, aber das meiste ist gefroren, und sie suchen vergebens. Yrsa ahnt, dass es ein langer Winter wird, auch für die Vögel.

Es ist fünf nach zwei, als ein weiterer Streifenwagen eintrifft, und noch während sie zurückgehen, um die Kollegen zu begrüßen, legt Schwarz ihr eine Hand auf die Schulter.

»Du wirkst ein bisschen nervös«, sagt er. »Aber du wirst sehen, es ist auch nicht schlimmer als irgendein Krimi.«

»Krimi? Was soll das heißen?«

»Na ja, alle guten Krimis fangen so an: dass jemand stirbt. Und am Ende klärt sich alles auf.«

»Vielleicht ist das hier kein *guter* Krimi.«

Eine dumme Bemerkung, die einen dummen Konter verdient, denkt sie, und das letzte Stück zum Parkplatz wechseln sie kein Wort mehr miteinander.

»Kommt mal her.«

Es ist Emilia, die Basketballerin. Sie sitzt im Transporter der Techniker auf dem Beifahrersitz, hat einen Laptop auf den Knien und den Beutel mit dem Android-Handy in der Hand. Ein Kabel verbindet das Telefon mit dem Rechner.

»Ich hab das Telefon geknackt«, sagt sie. »Aller Wahrscheinlichkeit nach gehört es dem Opfer. Das Mädchen hieß Tara und hat gern Selfies gemacht. Ihr letzter Kontakt war eine SMS vor vier Stunden.«

Jimmy Schwarz lehnt sich an die offene Autotür. »An wen?«

Emilia macht ein nachdenkliches Gesicht. »Sie hat den Kontakt unter ›Olof‹ gespeichert, aber die Nummer lässt sich nicht zurückverfolgen, jedenfalls nicht mit dieser Ausrüstung. Anscheinend hatten sie sich hier in der Nähe verabredet.«

»Interessant. Ein guter Anfang.«

»Da ist noch etwas«, fährt Emilia fort. »Tara schreibt diesem

Olof – ich zitiere: ›Kennst du den Puppenspieler?‹ Olof beantwortet die Frage mit Nein. Habt ihr eine Ahnung, was das zu bedeuten hat?«

Polizeimeister Schwarz runzelt die Stirn. »Nein, aber es gibt da jemanden, der es vielleicht weiß.«

»Aha ... und wen?«

»Er heißt Kevin Jonsson und arbeitet bei der Rikskrim.«

Sechsunddreißig Stunden ohne Schlaf
Tanto

Oben auf dem Tantoberget auf Södermalm gibt es eine Flugabwehrstellung, die im Zweiten Weltkrieg die Brücken Årstabron und Liljeholmsbron vor feindlichen Angriffen schützen sollte. Nur einen Katzensprung von den alten Gefechtsständen entfernt erstreckt sich eine Schrebergartensiedlung terrassenförmig bis zum Ufer hinunter. Aus einem der Schrebergärten ist Granatfeuer zu hören.

Um halb drei Uhr nachts liegt Kevin Jonsson auf dem Sofa und guckt sich den alten Sowjet-Kriegsfilm *Komm und sieh* auf dem Rechner an.

Die Lebenden beneiden die Toten, denkt er.

Das kleine Grundstück am Tantoberget besteht im Wesentlichen aus kahlem Fels, der kultivierbare Boden ist auf einen Streifen fruchtbarer Erde entlang des Zauns begrenzt. Das Baurecht auf dem Grundstück – einem von einhundertelf Grundstücken am südlichen Berghang – wird maximal ausgenutzt: eine vierzehn Quadratmeter große rote Hütte in Blockhausbauweise, sechs Quadratmeter offene Veranda sowie ein Werkzeugschuppen, in dem sich auch das Plumpsklo befindet. Der kleine Schrebergarten ist seit den Siebzigern in Familienbesitz; er selbst wohnt hier seit vier Jahren, den Winter über unerlaubterweise – ein Verstoß gegen die Satzung, aber der Verein sieht mittlerweile darüber hinweg.

Seit sie erfahren haben, dass er Polizist ist.

Hier ist er aufgewachsen, hier hat er die Sommer aus der Årstaviken den Berg hochkriechen sehen, und hier hat er mit seinem Vater zusammen auf der Veranda gesessen und zugeschaut, wenn unten im Kleinboothafen die Segelboote zu Wasser gelassen wurden.

In der Blockhütte stehen ein Tisch mit zwei Stühlen, ein kleines Sofa und darüber ein Hochbett. Kochplatte und Kühlschrank werden mit Propangas betrieben, und Solarzellen versorgen den Rechner und die Lampen mit Strom. An den Wänden Regale voller Bücher und DVDs.

Wenn er sich einen Film ansieht, hat er oft Papier und Stift zur Hand, um die Patzer zu notieren, Fehler im Drehbuch oder Anachronismen, sogenannte *Goofs*.

Er macht das nicht nur zum Spaß, sondern um seine Beobachtungsgabe zu schärfen, das kommt ihm auch im Job zugute. Diesmal liegt das Blatt Papier auf dem Tisch und ist unbeschrieben, als die letzten Szenen von *Komm und sieh* über den Bildschirm flimmern.

Der Protagonist, der zu Beginn des Films ein kleiner Junge war, geht nun als alter Mann in den Tannenwald und schließt sich den Partisanen an.

Er wird vom Wald verschluckt.

Die Natur geht immer als Sieger hervor. Der Mensch kann nicht gewinnen.

Schon als er klein war, hat Kevin immer nach logischen Fehlern gesucht. Riss die Fantasiewelten der anderen Kinder ein, indem er anmerkte, dass Cowboys nie mit Maschinenpistolen geschossen oder Unterhosen von Kappahl getragen hätten.

Auch im Klassenzimmer konnte er den Mund nicht halten. Auf einem Poster an der Wand waren Wikinger abgebildet, und er konnte das Bild nicht ausstehen, weil es den Mythos bediente, dass ihre Helme gehörnt gewesen seien. *Goof.* Auf der Weltkarte hinter dem Lehrerpult sah Grönland genauso groß aus wie Afrika, und das entsprach mitnichten den Tatsachen. *Goof.*

Die Behauptungen der Lehrer, er habe ADHS oder wie das

hieß, blieben unwidersprochen und verwandelten sich allmählich in Wahrheiten. Kevin Jonsson war immer derjenige, der störte und die meisten Verweise bekam.

Doch eine junge Lehrerin, die in der Fünften ein Halbjahr lang Vertretung machte, war anders als die anderen. Einmal bat sie ihn, nach der Stunde dazubleiben.

Er rechnete schon mit einer Zurechtweisung, aber sie holte bloß eine Kiste hervor, eine Schachtel, in der sie Radiergummis aufbewahrte. Sie fragte ihn, was er darin sehe, und er antwortete: fünfundzwanzig Radiergummis, genau wie es die Aufschrift besagte, woraufhin sie lächelte und den Deckel abnahm.

In der Schachtel lag eine kleine rote Perle.

»Die Schachtel ist die nach außen sichtbare Fassade«, sagte sie. »Sie ist die Rolle, die du nach außen hin in der Klasse spielst und die dir alle abkaufen, auch deine Lehrer. Vielleicht glaubst sogar du selbst an diese Rolle.« Sie nahm die Perle zwischen zwei Finger, hielt sie ins Licht und fuhr fort: »Aber du bist das hier. *Der, der du wirklich bist*. Ich stelle die Schachtel hier auf mein Pult, und die Perle wird das ganze Halbjahr lang darin liegen bleiben. Jedes Mal, wenn es nervig wird in der Klasse, denkst du von nun an daran, was nur wir beide wissen und sonst niemand.«

Kevin behielt das Geheimnis von der Perle in der Schachtel für sich. Von da an lief es für ihn in der Schule besser.

Bis die Weihnachtsferien bevorstanden und die Vertretungslehrerin bald aufhören würde, war es, als behandelten ihn die Mitschüler irgendwie anders; sie hörten ihm besser zu. Vielleicht weil er nicht mehr ganz so viel redete.

Als er nach den Weihnachtsferien wieder in die Schule kam, war die Schachtel mit der Perle weg.

Auf seinem Rechner hat er eine Excel-Tabelle namens GPM abgespeichert – *Goofs* pro Minute –, in die er seit Jahren die Filme mit den meisten Patzern einträgt: alles von Fehlern im

Drehbuch bis hin zu Fehlern auf der Zeitebene. Die Tabelle hat ihm vor Augen geführt, wie oft der Schein trügt. Es sind nicht einmal die B-Movies, die an der Spitze stehen, sondern die teuren Produktionen, die mit Glaubwürdigkeitsanspruch. Auf Platz eins liegt Hitchcocks *Vögel*, gefolgt von *Apocalypse Now*, der zwar weitaus mehr Schnitzer enthält, allerdings macht er die durch seine Überlänge wett.

Kevin sucht sich einen anderen Film aus, der im Hintergrund laufen soll. Er wählt Werner Herzogs *Herz aus Glas* und kehrt wieder auf das Sofa zurück.

Er kann den Film in- und auswendig, jede Szene.

Er wickelt sich in die Wolldecke. Sechsunddreißig Stunden ohne Schlaf machen sich bemerkbar, und die Welt kommt ihm instabil vor. Doch sein Gehirn läuft immer noch auf Hochtouren, und er fragt sich, warum alle von grauen Zellen reden. Ein funktionstüchtiges Hirn ist rein physisch hellrosa. Erst wenn man tot ist, wird es grau.

Wenn sein Gehirn auf Hochtouren läuft, zucken grellrote Blitze aus Blut, eine Zentrifuge im Kopf, und jetzt gerade herrscht Krieg zwischen den Gedanken an Papa und den Gedanken an die Arbeit.

Polizistenpapa. Papa, der unsterblich war.

Papa, der gestorben ist.

Keine drei Wochen sind seitdem vergangen, und Kevin ist inzwischen klar geworden, dass Trauer nichts ist, was in einem drin wäre und womit man sich auseinandersetzen könnte. Sie geht neben einem her und führt ein Eigenleben. Sie kauert im Augenwinkel und tippt einem auf die Schulter, sowie man glaubt, man hätte sie vergessen.

Sie ist nicht greifbar, lauert im Dunkeln unter dem Bett oder versteckt sich im Schatten einer Tür.

Der Film vor ihm rieselt dahin. Wie die Trauer. Der Legende zufolge hat Herzog sein Schauspielerensemble hypnotisiert –

mit dem Ergebnis, dass sie alle einer kollektiven Depression anheimfielen.

Manchmal fehlt ihm sein Vater so sehr, dass er in einen ähnlichen Zustand verfällt.

Er atmet schwer, vielleicht weint er, vielleicht sitzt er auch bloß da und starrt ins Leere. Wärmt sich Essen auf, sieht fern oder liest ein Buch. Ohne sich zu merken, was er gegessen, gesehen oder gelesen hat.

Wenn er sich vorstellt, dass sein Vater noch lebt, ist es leichter auszuhalten. Eine Erinnerung mag er besonders gern. Gefühle, Düfte, Gespräche, Zusammenhänge, und ihm fallen Papas Hände ein.

Papa hat mal gesagt, seine Hände erinnerten ihn daran, woher er kam. Eine Fischerfamilie aus Norrland, aus dem Surströmming-Belt an der Höga Kusten. Seine Hände waren aufgesprungen vom Salzwasser, von den Fischschuppen, von den scharfen Kiemen und Flossen, die Blutgefäße platzten, wenn es draußen kalt und trocken war. Wenn seine Hände bluteten, lutschte er sich die Fingerkuppen ab und sagte, er trinke das Blut seiner Vorfahren. Er behauptete, der Surströmming-Gestank an seinen Händen sei nie verschwunden, was natürlich nicht stimmte. Der Geruch von Essigsäure und Schwefelwasserstoff existierte nur in seinem Kopf, aber die Erinnerung daran war so stark, dass sie real wurde.

Kevin betrachtet seine Hände. An ihnen haftet das schlechte Gewissen, weil er in der Unterstufe mal einen Klassenkameraden geschlagen hat, die Scham, weil er als Vierzehnjähriger zu verbotenen Fantasien onanierte.

Und Schlimmeres.

Viel, viel Schlimmeres.

Der muffige Geruch eines Geheimnisses, das nur er und eine weitere Person kennen. Ein Bruder seiner Mutter, den er morgen treffen wird, bei Papas Beerdigung.

Der Grund, warum er Polizist geworden ist, ist ein säuerlicher Geruch, der an Snus erinnert.

Dass er gleich nach der Polizeischule bei der Rikskrim anfangen durfte, weil er ein guter Kriminaltechniker war und eine herausragende Examensarbeit darüber geschrieben hatte, wie man im Internet Pädophile aufspürt, ist nur die halbe Wahrheit. Er wäre nie dort gelandet, wenn nicht die Sache in dem Zelt auf Grinda passiert wäre. Da war er neun.

Achtzehn Jahre später sitzt er da und starrt auf seine Hände, auf den Schmutz, der immer daran haften wird, und er sieht, wie die Rechte sich zur Faust ballt und die Knöchel weiß werden, ehe sie sich wieder öffnet und nach einem roten Jo-Jo auf dem Tisch streckt.

Er beginnt, damit zu spielen, ein paarmal runter und wieder rauf, er lässt es im Leerlauf drehen, fünf Zentimeter über dem Boden, im Flimmerlicht des Films.

Wenn das Jo-Jo schnurrt, kann er besser denken.

Die bedrückende, vage Erinnerung an einen Onkel in einem Zelt auf einer Insel in Stockholms Schären wird von einer klareren, schöneren Erinnerung verdrängt – aus demselben Sommer vor achtzehn Jahren.

Es war Ende August, sein Vater steckte mitten in einer komplizierten Mordermittlung und arbeitete die Woche über in Linköping.

Der Tag, an dem er endlich nach Hause kommen sollte, war der längste überhaupt in Kevins neunjährigem Leben gewesen. Am Abend fuhren seine Mutter und er dann mit der U-Bahn zum Hauptbahnhof. Sie waren zu früh dran, und als der Zug schließlich am Bahnsteig zum Stehen kam, hielt er in den Zugfenstern fieberhaft Ausschau nach dem Gesicht seines Vaters. Zu guter Letzt sah er ihn aus dem Speisewagen winken.

Kevin lief neben dem Zug her, der nicht halten zu wollen schien, und es dauerte eine Ewigkeit, bis es so weit war und sein

Vater endlich ausstieg. Er warf sich in dessen Arme, bohrte die Nase in dessen Hemd, das nach Zigarillos und nach Rasierwasser roch.

»Hej, Großer«, sagte Kevins Vater und drückte den Sohn fest an sich, strich ihm übers Haar und küsste ihn auf die Stirn. »Ich hab dir was mitgebracht.« Dann nahm er ein kleines Päckchen aus der Tasche. Seine Mutter trat hinzu und begrüßte ihn ebenfalls.

Kevin packte das Geschenk aus. Er hatte sein erstes Jo-Jo bekommen. Später am Abend zeigte sein Vater ihm ein paar Tricks, und Kevin legte das Jo-Jo vor dem Einschlafen neben sich aufs Kopfkissen. Am nächsten Morgen nahm er es mit in die Schule – und war damit der Star des ganzen Schulhofs. Er war der Erste im Viertel, der ein Jo-Jo besaß, und für eine kurze Zeit enorm beliebt.

Was sich wenig später ändern sollte, denkt Kevin, vertreibt den Gedanken allerdings sofort wieder. Er lässt das Jo-Jo auf und nieder schnellen. Er weiß noch genau, wie sein Vater erzählt hat, es sei aus småländischem Holz hergestellt, mit einem Baumwollfaden aus Amerika.

Man kann die Fasern der Schnur regelrecht spüren, wenn sie sich um den Steg wickelt. Das Kribbeln im Zeigefinger, die warme Vibration, die ihn an Baumwollfelder unter der Sonne der Südstaaten erinnert, und dann das kühle schwedische Holz in der Handfläche, von harten Wintern im småländischen Hügelland gegerbt.

Papa sah aus wie Clint Eastwood, der gleiche steinharte Blick, das gleiche markante Gesicht, der Gute aus *Zwei glorreiche Halunken.*

»Gedrechselt aus einem Stück Holz«, sagte er damals. »Ich hab es von einem Landstreicher bekommen, als ich neun war, genauso alt wie du jetzt.«

Kevins Vater hatte schon mal von dem hässlichen Mann erzählt, von dem alten Mann, der Vogelscheuche genannt worden war und den die Bauern dafür bezahlten, dass er sich in seinen verschlissenen Kleidern auf die Felder stellte und die Vögel vertrieb. Kevin ahnte natürlich, dass ein bisschen Flunkerei dabei war, aber das war ihm einerlei, es machte die Geschichte nur umso spannender.

Die Vogelscheuche arbeitete jedes Jahr von April bis September und wohnte im Schweinestall, deswegen sah sie auch so zerlumpt aus. Groß, mit einem dunklen Bart, der vor Dreck in alle Richtungen abstand. Er hatte eine braune runzlige Warze auf der Wange, die aussah, als würde sie jeden Moment abfallen. Vor der Vogelscheuche hatten die Kinder Angst.

Schon damals war Kevin klar, dass sein Vater nicht alles erfunden hatte; zwischen all den Worten war immer auch ein Körnchen Wahrheit gewesen. Ein dunkler Fleck.

Den dunklen Fleck wollte Papa mit einem Lachen reinwaschen.

Er erzählte, dass Ende der Vierziger die Sommer immer warm gewesen seien, dass die Sonne immer geschienen und das Wasser im Ångermanälven eine konstante Temperatur von zweiundzwanzig Grad gehabt habe. Papa hatte immer im Fluss gebadet, an einer Stelle, an der man an einem Seil schwingen und ins Wasser springen konnte, und Kevin sieht den sprudelnden Fluss regelrecht vor sich. Alles in Schwarz-Weiß, wie in Papas altem Fotoalbum.

An einem Tag hatte Papa mehrere Stunden lang im Fluss gebadet, und als er sich gerade abtrocknen und nach Hause gehen wollte, sah er, dass die Vogelscheuche wenige Meter hinter dem Baum, an dem das Seil befestigt war, in einer Senke saß.

»Der Alte grinste sein zahnloses Grinsen«, erzählte Papa. »Bleckte das rote Zahnfleisch, und dann hat er sich einen riesigen Priem Tabak unter die Lippe geschoben. Er hatte die ganze Zeit lang dagesessen. Meinte, er wollte mir ein Geschenk geben, weil ich so gut springen konnte. Dann gab er mir dieses Jo-Jo. Damals war es noch zinnoberrot, kein bisschen abgeblättert oder verblichen.«

Kevin lässt das Jo-Jo durch die Finger gleiten, betrachtet es ganz genau, wie so viele Male zuvor.

Jede Schramme, jedes abgeblätterte Plättchen Farbe hat eine Geschichte.

Er riecht daran. Ein dumpfer Holzduft und noch etwas anderes.

Vielleicht der Schweiß des Landstreichers, der noch im Holz sitzt.

»Was ist dann passiert?«, fragte Kevin, und Papa sah geistesabwesend aus, als hätte er ihn nicht gehört.

»Nichts weiter«, sagte er schließlich. »Ich hab das Jo-Jo genommen und bin mit dem Fahrrad nach Hause. Die Vogelscheuche ist noch im selben Winter erfroren, sie wurde unter einer Brücke gefunden. Die Haare waren am Boden festgefroren, sie mussten sie lossägen.«

Heute weiß Kevin, dass die Vogelscheuche in Wahrheit Gustav Fogelberg hieß. Ein Eigenbrötler, der sich an kleinen Jungen vergriff und dafür irgendwann weggesperrt wurde. Das rote Jo-Jo war eine Art Lockmittel gewesen. Papa hatte sich damit von einer Missbrauchserfahrung abgelenkt. Das Jo-Jo wurde zu einer tragenden Säule seiner Lebenslüge. Er hätte nie zugegeben, dass er zum Opfer geworden war.

Papa hatte den Landstreicher. Den hässlichen.

Und Kevin hat einen Onkel.

Das reicht jetzt langsam
Bergshamra

Die Familie wohnt in einer Wohnung zwei Querstraßen vom Leichenfundort entfernt.

Die Mutter führt Polizeimeister Schwarz in das Zimmer des Mädchens.

Gegenüber vom Bett steht ein Rokokoschreibtisch mit einem Häkeldeckchen. Der Bettüberwurf und die Kissen sind aus geblümtem Siebzigerjahre-Stoff. An den Wänden hängen verblichene Fotos des schwedischen Königspaars und eine Stickerei mit dem Schriftzug BETRAUERE NICHT, WAS DIR FEHLT, SONDERN SCHÄTZE, WAS DU HAST.

Schwarz' erstem Eindruck zufolge sieht dieses Zimmer nicht wie ein gewöhnliches Jugendzimmer aus.

»Der Brief liegt auf dem Nachttisch«, sagt die Mutter des Mädchens. »Wir haben ihn gelesen, aber ihn wieder genau so zurückgelegt, wie wir ihn vorgefunden haben…« Ihr versagt die Stimme, und sie schlägt die Hände vors Gesicht.

Die Mutter ist jung. Sie muss minderjährig gewesen sein, als sie die Tochter bekommen hat, denkt Schwarz und seufzt im Stillen. Verflucht noch mal.

Sie bleibt auf der Schwelle stehen, während er zum Nachttisch geht.

Der Brief besteht aus drei handgeschriebenen Zeilen, und Schwarz liest sie gleich zwei Mal. Durch die dünne Wand hinter dem Bett dringen das Weinen eines Kindes und eine Männerstimme. Taras jüngere Schwester, die vom Vater getröstet wird.

An Papa, Mama und die süße Chinar.

Verzeiht mir, dass ich gesündigt habe. Ich verdiene es nicht, länger zu leben.

Ich will springen. Wir sehen uns im Himmel. Ich liebe euch.

Das Blatt ist liniert, Tara hat ihren Namen daruntergesetzt, und Schwarz' Blick verharrt an den beiden As in Tara, die sie durch Herzchen ersetzt hat.

»Und Sie dachten, Tara hätte in ihrem Bett gelegen und geschlafen, als wir angerufen haben?«, fragt Schwarz.

Die Mutter wischt sich eine Träne von der Wange. »Ja.«

»War sie irgendwie verändert oder deprimiert in letzter Zeit?«

»Ich weiß es nicht.«

»Kontakte mit dem Psychiatrischen Dienst?«

»Psychiatrischer Dienst? Wie meinen Sie das?«

Die Frau steht noch immer in der Zimmertür, etwa drei Meter von Schwarz entfernt. Er findet das irgendwie komisch.

»Also nein?«

»Nein ... Warum sollte sie?«

Er antwortet nicht. Zeigt nur auf den Brief auf dem Nachttisch.

»Nein«, wiederholt die Mutter nach einer lähmenden Pause.

»Wissen Sie, was Tara damit gemeint haben könnte – sie habe gesündigt?«

»Ich ... Ich habe keine Ahnung. Nein, das weiß ich nicht.«

»Sind Sie sich sicher?«

Sie nickt.

»Hatte Tara einen Freund?«

Sie schüttelt den Kopf.

»Kannte sie jemanden, der da wohnt, wo wir sie gefunden haben? In dem grauen fünfstöckigen Haus, meine ich.«

»Nein ... Das glaube ich nicht. Soweit ich weiß, nicht.«

»Kannte sie einen Olof?«

Die Frage scheint sie zu überrumpeln. »Wer ist Olof?«

»Das wissen wir noch nicht. Sie hatten SMS-Kontakt vor ...«

Schwarz sieht auf die Uhr. Es ist kurz vor vier. »Vor knapp sechs Stunden, um kurz nach zehn.«

»Da war sie zu Hause«, entgegnet Taras Mutter. »Wir haben noch Nachrichten im Fernsehen gesehen.« Ihre Augen füllen sich wieder mit Tränen, und sie führt die Hand an den Mund.

»Und danach ist sie noch mal weg?«

Die Mutter beißt sich auf die Lippe, während eine Träne die Wange hinabrinnt und im Mundwinkel hängen bleibt. »Nein, sie ist nicht mehr weggegangen ... Sie hat sich hingelegt.«

»Gut.«

Polizeimeister Jimmy Schwarz überlegt kurz, ob er fragen soll, ob die Mutter weiß, wen Tara mit dem Puppenspieler gemeint haben könnte, nach dem sie Olof gefragt hat, entscheidet sich aber dagegen.

Das hat noch Zeit.

Er hat zu wenig in der Hand und muss erst Kevin anrufen. Oder Lasse Mikkelsen, Kevins Chef bei der Rikskrim.

»Hatte Tara einen Computer, ein iPad oder Ähnliches?«, fragt er stattdessen.

Die Mutter schüttelt wieder den Kopf. »Das können wir uns nicht leisten«, sagt sie leise, dreht sich weg und nickt dann jemandem in der Diele zu.

Taras Vater betritt das Zimmer. Er trägt einen Pyjama. »Das reicht jetzt langsam«, sagt er und sieht erst Schwarz und dann seine Frau an. »Chinar braucht uns jetzt.«

»Natürlich«, erwidert Schwarz. »In einer halben Stunde kommt der Seelsorger.«

Der Mann nickt. Er sieht mindestens zehn Jahre älter aus als die Frau. Oder aber die Trauer hat bereits Spuren hinterlassen. Im kalten Schein der Flurlampe sind die Schatten unter seinen Augen pechschwarz.

Als Schwarz das Haus wieder verlassen hat, nimmt er sein Handy zur Hand, um Ivo Andrić anzurufen.

»Hej«, meldet sich der Rechtsmediziner. »Ich wollte dich auch gerade anrufen.«

»Sollen wir das Mädchen Hurtig übergeben?«, will Schwarz wissen.

Hurtig ist stellvertretender Kommissar und leitet die Ermittlungen in einer Selbstmordserie, die seit Kurzem die Polizei beschäftigt und im Präsidium Tagesthema ist.

»Nein«, sagt Andrić. »Und dafür gibt es zwei Gründe. Der erste ist mir gleich vor Ort ins Auge gesprungen.«

Der Rechtsmediziner verstummt, und Schwarz wartet vergebens auf eine Fortsetzung.

»*Was* ist dir vor Ort ins Auge gesprungen?«, hakt er nach, weil ihm wieder eingefallen ist, dass Andrić gern ein bisschen umständlich ist.

»Sämtliche jugendlichen Opfer, mit denen sich Hurtig aktuell beschäftigt, haben Musik gehört, als sie sich das Leben genommen haben«, erklärt der Rechtsmediziner. »Musik von einer Kassette. Auf einem Walkman. Das war bislang immer der Modus Operandi – wenn man das bei einem Selbstmord so sagen kann. Tara passt da nicht rein.«

»Okay, ist gut. Dann können wir das also streichen, oder?«

»Ja, vor allem im Hinblick auf den zweiten Grund.«

Eine andere Marotte von Andrić ist, sich die wichtigste Information bis zum Schluss aufzuheben. Er holt tief Luft.

»Wenn das Mädchen Selbstmord begangen hat, dann hat das andere Gründe«, fährt er fort. »Sie stand vermutlich unter enormem Druck. Die Techniker haben auf ihrem Handy Daten gefunden, die darauf hindeuten.«

»Was meinst du damit?«

»Das solltest du dir mit eigenen Augen ansehen«, sagt er kryptisch, und damit ist das Gespräch für ihn beendet.

Dort verheizt man Kinder
Tanto

Ein Jo-Jo hat keinen Anfang und kein Ende, pflegte sein Vater zu sagen. Es ist wie eine Uhr. Es dreht sich und dreht sich immer weiter wie die Zeit. Ohne Anfang und ohne Ende. Unendlich.

Manche Dinge sind erblich, denkt Kevin, wickelt die Schnur auf und legt das Jo-Jo auf den Tisch. Der Film stört ihn inzwischen. Irgendwas ist damit, was ihn provoziert. Vielleicht liegt es an der schönen Musik. Mit einem Mal kommt ihm all das irgendwie total verkehrt vor, und er schaltet ihn aus.

Es ist vier Uhr morgens, in ein paar Stunden findet die Beisetzung statt. Anderthalb Tage ohne Schlaf. Kevin nimmt sich die Decke und legt sich aufs Sofa.

Er friert vor Müdigkeit.

In einer Ritze zwischen zwei Bodendielen krabbeln Käfer und Holzameisen. Flechten haben sich Teile der Veranda einverleibt, und im Geräteschuppen herrscht Chaos. Papa hätte sich darum gekümmert, denkt er. Er wäre enttäuscht von mir. Er hat sich immer um den Schrebergarten gekümmert und um alles andere. Gründlich und zuverlässig. Um alles – außer um seinen Tod.

Letzten Sommer fing es an, Papa beklagte sich, er könne beim Autofahren kaum noch die Straße erkennen. Der Sehtest ergab jedoch nur eine unbedeutende Verschlechterung. Bald darauf hatte er Probleme mit dem Gleichgewicht, als tänzelte er unfreiwillig, anstatt normal zu gehen.

Kevin hört ein leises Pfeifen. Der Wind weht von der Bucht herauf und fährt durch die Ritzen in der Hüttenwand. Eine klamme Kühle, die bis unter die Decke kriecht. Ihn fröstelt, und er wird wieder daran erinnert, was später geschah.

Die Aphasie – eine Art Sprachstörung. Am Frühstückstisch bat sein Vater um den Vergaserdeckel, meinte aber die Milchtüte. Ihm selbst war vollkommen klar, was er wollte, es kam bloß etwas anderes aus seinem Mund, und nun galt es, die richtige Übersetzung zu finden. Wenn man wusste, dass »Helm« »Fernseher« bedeutete und »Bereitschaft« »Nachrichten«, dann war klar, was er meinte, wenn er sagte, er wolle die Bereitschaft im Helm sehen.

Dann kamen der Schüttelfrost und das Zittern.

Kevins Eltern, die immer das Bett geteilt hatten, mussten wegen der Konvulsionen in getrennte Schlafzimmer ziehen. Seine Sprache glich zusehends einem Kauderwelsch, bis nichts mehr einen Sinn ergab. Es gipfelte darin, dass er sich im Vorjahreswinter im Morgenmantel auf die Verandatreppe setzte und mit einem Löffel Butter direkt vom Papier aß.

Während sich der Zustand des Vaters immer mehr verschlechterte, wurde auch der Allgemeinzustand der Mutter bedenklicher – als wäre sein Zustand auf sie übergesprungen. Nach Monaten realitätsferner Unterhaltungen und Vorkommnisse und durch ihr nachlassendes Gehör entrückte sie zunehmend der Wirklichkeit, und ihre Persönlichkeit veränderte sich.

Ungefähr zum selben Zeitpunkt, als Kevins Vater in ein Pflegeheim in Kallhäll kam, zog seine Mutter in ein Heim für Demenzkranke in Farsta. Nachdem sie fünfzig Jahre lang Tisch und Bett miteinander geteilt hatten, lagen nun gute vierzig Kilometer zwischen den beiden. So war Altenpflege, wenn man Pech hatte.

Sein Vater schlief schließlich friedlich ein – in seinem Bett im Pflegeheim. Das Personal stellte in den frühen Morgenstunden fest, was geschehen sein musste, rief ihn aber erst im Lauf des Vormittags an. »Es war ja mitten in der Nacht, und wir sind angehalten, die Angehörigen nicht unnötig zu belästigen«, sagte die junge Pflegerin, als Kevin sich erkundigte, warum sie nicht sofort Bescheid gesagt hätten.

Unnötig belästigen?

Wie kann der Tod so alltäglich sein, dass die Mitarbeiter dort ihn auf ein Störmoment reduzieren?

Kevin schließt die Augen, und alles dreht sich. Er sieht eine Beerdigung auf dem Waldfriedhof vor sich und lauter Leute, die er nicht treffen will.

Mit einer Ausnahme.

Zwischen den alten Frauen und Männern in Grau sieht er Vera vor sich, mit dem rot gefärbten Haar, Papas alte Kollegin von der Polizei und die Einzige, die ihn trösten kann. Nicht mal seine Mutter könnte das, aber die ist ohnehin nicht da, weil sie zu krank ist.

Sein älterer Bruder kommt auch. Sofern er es tatsächlich wahr macht. Er wohnt im Ausland und ist ein Idiot. Welchen Job er zurzeit hat, weiß Kevin nicht.

Vera wird fragen, wie es im Job läuft, ob es besser geht, seit er die neue Stelle hat, und er wird antworten, dass es viel besser geht und zugleich schlechter, weil er jetzt viel näher an dem ganzen Mist dran ist.

Im Zusammenhang mit seiner neuen Stelle ist er dienstlich nach Neu-Delhi geschickt worden. Die Chefs der Rikspolisen hielten es für eine gute Idee, ihn ins kalte Wasser springen zu lassen, damit er sich ein Bild davon machen konnte, worum es bei der ganzen Sache ging. Zwei Wochen lang erlebte er an der GB Road die Hölle und sah Dinge, über die er mit niemandem reden kann.

Dinge, die seine mentale Gesundheit beeinträchtigen.

Die ihm so gut wie jede Nacht Albträume bescheren.

Die Rikspolisen legte ihm nahe, zu einem Psychologen zu gehen. Doch nach der ersten Sitzung lehnte der Psychologe weitere Termine ab, und seither hat Kevin sich selbst therapiert, mit Alkohol und phasenweise mit Marihuana.

Weder das eine noch das andere hilft.

Aber wenn man die Bordelle an der GB Road besucht, dann ist man auch selber schuld.

Die GB Road ist das, was dem Fegefeuer am nächsten kommt. Dort lässt man buchstäblich Kinder durchs Feuer gehen.

Ja, dort verheizt man Kinder.

Kevin hat Fotos von Kindern gesehen, denen nicht mal der Nabel zugeheilt war.

Vera wird er erzählen, dass sie nach zwei jungen Mädchen suchen, die er zu einem Fall von Cybergrooming und Kinderpornografie vernehmen will. Sofern sie die Mädchen ausfindig machen, besteht zumindest die Möglichkeit, dass auch ein Schuldiger gefunden wird, der wegen Vergewaltigung Minderjähriger verurteilt werden kann.

Ein knappes Dutzend Fotos befindet sich auf seinem Dienstrechner in der Laptoptasche neben dem Sofa, zusammen mit einem Memo von einem der Rikskrim-Chefs.

Er schlägt die Augen wieder auf. Schlafen kann er sowieso nicht mehr und streckt sich nach der Tasche.

Bei den Fotos handelt es sich um Nahaufnahmen der Gesichter zweier Mädchen, beide circa fünfzehn, sechzehn Jahre alt. Die eine ist schwarz, hat ein schmales Gesicht und lange, glatte, silbern gefärbte Haare, vermutlich eine Perücke, während die andere blond und etwas rundlicher ist. Die Fotos sind vergrößerte Standbilder aus einem Pornofilm, die nur die Gesichter zeigen, ihre Körper sind nicht zu sehen.

Er nimmt das Memo zur Hand, eine Zusammenfassung des bisherigen Stands der Ermittlung, die im großen Ganzen darauf abzielt, die beiden Mädchen zu finden. Es wird allerdings auch erwähnt, dass es bislang keine Spuren gibt, nur dass die zwei sich in den Filmen Nova Horny und Blackie Lawless nennen.

Er hofft, dass sie jetzt glücklich ist
Graue Melancholie

Sven-Olof Pontén schlief unruhig in der Nacht, als Tara starb, träumte schlecht von seiner Kindheit in Jämtland. Der Schlaf verzerrte die sonst so schönen Erinnerungen an sein Heranwachsen in Vitvattnet zu Horrorszenarien. Seine erste Jagd, er war fünf und durfte seinen Vater und die anderen auf die Elchjagd begleiten; während der wachen Stunden am Tag eine helle Erinnerung, die nach Kiefernwald und warmem Kakao duftete. Doch in seinen Träumen sah er die Eingeweide der Tiere, die in der kalten Herbstluft heiß dampfend über das Blaubeerreisig quollen. Und die toten Augen, die ihn anstarrten.

Sven-Olof wachte früh auf, seine Frau schlief noch, als er in seinen Morgenmantel schlüpfte und in die Küche ging, um sich ein Ei zu kochen.

Er musste an Alice denken. Das Haus war leer ohne sie.

Was war da bloß schiefgegangen? Er hatte doch alles getan, was er konnte.

Es musste an der verfluchten Sexualität liegen.

An dieser Urkraft. Die hatte seine Tochter von ihm geerbt, allerdings war sie bei Alice noch früher ausgebrochen als bei ihm.

Sven-Olof Pontén mag lieber weich gekochte Eier. Drei Minuten in kochendem Wasser, dann lässt er kaltes Wasser über das Ei laufen, pellt es vorsichtig über der Spüle und setzt sich an den Küchentisch.

Sie hieß Saga und ging in die Siebte, er in die Achte. Obwohl sie beide aus frommen Elternhäusern stammten, wurden sie von der coolen Clique in der Schule akzeptiert, auch wenn sie in der Hackordnung ganz weit unten standen. Aber zumindest gehörten sie nicht zu den Zurückgebliebenen.

Zu den Außenseitern. Den anderen.

Er schnippt ein paar unsichtbare Krümel vom Tisch, stellt das Wasserglas links vor sich hin, den Eierbecher in die Mitte und die Schale mit dem Salz nach rechts, ehe er eine Prise Salz zwischen Daumen und Zeigefinger nimmt und auf das Ei rieseln lässt.

Jemand fragte, in wen er verliebt sei, und weil sein mickriges Selbstvertrauen es nicht zuließ, dass er von den beliebtesten Mädchen träumte, sagte er Saga. Wie sich herausstellte, hatte sie seinen Namen genannt; ihm war klar, dass ihr Beweggrund der gleiche gewesen war wie seiner. So etwas brauchte man also nicht unnötig aufzubauschen.

Der erste Löffel mit Ei besteht nur aus Eiweiß. Es schmeckt leicht fischig, und er spült es mit einem Schluck Wasser hinunter.

Sie sind sich auf einer Party begegnet. Zuerst zögerlich, bis sie den jeweils anderen zu guter Letzt an Lipgloss, Speichel und Körperteilen teilhaben ließen, die bislang verbotenes Terrain gewesen waren.

Er rief sie ein paar Tage später an und stammelte, sie könnten sich ja mal treffen und ins Kino gehen, sofern sie sich überhaupt an ihn erinnerte. Sie schwieg erst, dann lachte sie und erklärte, dass er bestimmt ihre kleine Schwester Saga sprechen wolle.

Sven-Olof schmunzelt bei der Erinnerung. Eigelb schmeckt besser als Eiweiß. Der Farbton gleicht dem von Butter.

Er suchte den Film aus, *Wenn der Postmann zweimal klingelt* mit Jessica Lange und Jack Nicholson. In der langen Anfangsszene haben die beiden heißen Sex auf dem Küchentisch. Sie saßen wie versteinert in ihren Kinosesseln, und er schämte sich wie ein Hund. Als der Abspann kam, gähnte er, reckte sich und legte ihr wie beiläufig den Arm um die Schultern. Im nächsten Moment ging das Licht an, der Zauber war verflogen, und er zog eilig seinen Parka zu, um seine Erektion zu verbergen.

Sie fuhren mit dem Bus nach Hause, und aufgrund irgendeines Missverständnisses blieb es dabei.

Sven-Olof Pontén tupft sich die Mundwinkel mit einer Serviette ab, und ein Eigelbfaden bleibt an dem Papier haften. Er faltet die Serviette zusammen und denkt an Saga.

Daran, was sie auf dem Fest gemacht haben, bei dem sie sich kennengelernt hatten. Auf der Toilette.

Unter dem Morgenmantel erwacht sein Körper zum Leben, er lockert den Gürtel und schiebt den Frotteestoff zur Seite. Sieht Sagas Gesicht da unten. Sie mit dreizehn oder vierzehn, er ein Jahr älter.

Sie hat ihn geküsst. Nur ein einziges Mal, ein flüchtiger Kuss auf die Haut, dann wurde sie rot, stand auf und küsste ihn auf den Mund. Presste ihren Körper an seinen.

Ein paar Jahre später haben sie sich in einer Kneipe getroffen, über den Kinoabend gesprochen und beide gesagt, dass sie da wohl irgendwie was versäumt hätten. Darüber, was auf der Toilette passiert war, redeten sie nicht, aber er ist sich sicher, dass sie ebenfalls daran gedacht hat. Er hat es ihr angesehen.

Gemeinsam machten sie sich auf den Heimweg und wurden aus einem Auto heraus von ein paar Jugendlichen angepöbelt, denen seine Nase nicht passte. Er landete in der Notaufnahme, und wenn er sich nicht irrt, fuhr sie mit dem Taxi nach Hause.

- Was aus ihr geworden ist, weiß er nicht, aber er hofft, dass sie jetzt glücklich ist.

Sven-Olof macht den Morgenmantel wieder zu, isst sein Ei auf und trinkt das Wasserglas leer. Als er ins Bad geht, um sich zu rasieren und die Zähne zu putzen, hat seine Erektion nachgelassen.

Er schaltet die elektrische Zahnbürste an und hofft, Åsa nicht zu wecken, denn er will noch eine Weile in Ruhe weiterdenken.

Er hatte Saga, aber mit wem hat Alice ihre ersten sexuellen Erfahrungen gemacht?

Er hat keine Ahnung.

Vermutlich sind das Dinge, die in diesem Wohnheim in Skutskär besprochen werden.

Seine Tochter redet mit Fremden über Sex. Mit dem Leiter, diesem Martinsson. Diesem verständnisvollen, sanften, femininen Love Martinsson, der Alice zuhört, wenn sie ihm erzählt, was sie besser ihrem Vater erzählen sollte.

Ihm, der sie über alles liebt.

Er spuckt den Zahnpastaschaum aus, gurgelt mit Fluor-Mundwasser und macht den Badezimmerschrank auf. Rasierer, Rasierpinsel, Rasierseife und Aftershave.

Und dann diese beiden Verrückten, Nova und Mercy, was erzählt Alice denen?

Als er die letzten Male mit ihr gesprochen hat, hat sie von den beiden erzählt. Von Mercy aus Nigeria, die so stark und faszinierend sei. Und Nova, die so hübsch sei.

Was sind das für Vorbilder?, denkt er, während er Rasierschaum mit dem Pinsel aufträgt.

Er hat die Anzeigen der Mädchen im Netz gesehen. *Pls call Nova* und *Mercy Hot Chocolate – 18*. Hat sogar überlegt, darauf zu antworten. Huren und Junkies sind das, sonst nichts.

Mit seiner Rebellion gegen Familie und Kirche hat er im Sommer nach Saga begonnen. Vier, fünf oder sechs Jungs waren sie. Kleber, Plastikbeutel und ein Versteck unter einer Brücke.

Seine einzige Erfahrung, die zumindest entfernt etwas mit Drogen zu tun hat, war damals der Kleber, alles, was nötig war, um sich selbst zu finden.

Er hat erlebt, wie sich die Träume im Rausch verändern, der nur ein paar Minuten andauert, sich aber wie mehrere Tage anfühlt. Redensarten und Sprichwörter werden verständlich, das Déjà-vu geht einem in Fleisch und Blut über, aber der Körper muss auch richtig einstecken. Die Psyche ebenfalls.

Kleber schnüffeln und unter einer Brücke im Schlamm herumkriechen, denkt er und setzt den Rasierer an. Selbst wenn man sechzehn ist, hält man das nur einen Sommer lang aus. Wenn man zwölf ist, vielleicht zwei.

Sven-Olof Pontén rasiert sich, und der Duft des Aftershaves versetzt ihn erneut um dreißig Jahre zurück in jenen Sommer unter der Brücke in Jämtland. Es riecht ein bisschen so wie der Kleber.

Er zwickt sich ein paar Nasenhaare weg, stutzt die Augenbrauen und betrachtet sich im Spiegel. Ja, er ist leicht übergewichtig. Aber er sieht gar nicht so übel aus. Als Tara erfahren hat, wie alt er ist, hat sie gesagt, dass er jünger als fünfundvierzig aussehe.

Tara, die ebenfalls gegen einen Gott rebelliert hat.

Er selbst hat als Erwachsener wieder zur Kirche zurückgefunden.

Er hängt den Morgenmantel auf, stellt sich unter die Dusche und dreht das Wasser auf.

Sie waren eine halbe Stunde lang im Auto, er sieht ihr Gesicht immer noch deutlich vor sich. Die kleine Lücke zwischen den Schneidezähnen, den Schönheitsfleck über der Oberlippe. Wie eine Madonna aus dem Nahen Osten – und er dreht das Wasser stärker auf, damit seine Frau ihn nicht hört.

Die Gedanken sind genauso schändlich wie seine Taten.

Es tut weh, ein Mann zu sein.

Pls call Nova
Backpage/Sweden/Stockholm/Adult/Escort Service

Nachdem Nova sich älter gemacht hatte, als sie ist, tippte sie eine Preisliste und versah jede Zeile mit einem roten Herzchen. Von dreißig Minuten für tausendvierhundert Kronen bis hin zu einer ganzen Nacht mit komplettem Service für zehntausend. Nur Vorkasse und natürlich nur Cash.

Den Rest hat sie einfach reinkopiert.

Dass sie äußerst diskret sei.

Dass sie offen für alles sei.

Dass jede ihrer Sessions unvergesslich sei.

Pls call Nova.

Poster's age: 18.

Location: Stockholm.

Mercy Hot Chocolate – 18
Backpage/Sweden/Stockholm/Adult/Escort Service

Mercy saß in einem Café, mit dem Rücken zur Wand, damit niemand ihr Handydisplay einsehen konnte. *Hello gentlemen!*, schrieb sie. *My name is Mercy, a horny black girl ready to bring you up to an ecstasy of pleasure.*

An der Wand hinter ihr hing eine Schiefertafel.

Weiße Kreidebuchstaben taten kund, dass der Pie des Tages achtundneunzig Kronen kostete und aus Zucchini, Süßkartoffel, Feta und gerösteten Nüssen bestand.

Die Tagessuppe kostete zehn Kronen weniger als der Pie, eine würzige Tomatensuppe mit Linsen, die mit Aioli und Petersilie serviert wurde.

I'm waiting for your call.
Please no hidden numbers.
Mercy Hot Chocolate – 18.
Poster's age: 18.
Location: Stockholm.

Zu vermurkst für Banalitäten
Hexenkessel

Ein schmuddeliges Büro von neun Quadratmetern mit beigefarbenem Linoleumboden, ein paar Ikea-Regalen und einem Schreibtisch, der von der Kita stammt, die zuvor in diesen Räumlichkeiten untergebracht war. Das Gebäude ist genauso heruntergekommen, ein gelber Klinker-Bungalow aus den Siebzigern. Nachdem eine Vorschule, Grundschule und die Kita dort untergebracht gewesen waren, wurde das Haus von einer privaten Pflegeeinrichtung gekauft, und im nächsten Schritt wurde ein Wohnheim für sexuell missbrauchte Mädchen daraus. Auf der gläsernen Bürotür klebt ein Etikett aus einem Prägeapparat: LOVE MARTINSSON, LEITER.

Love Martinsson lehnt sich auf seinem Stuhl zurück und sieht durch das einzige Bürofenster. Eine dichte Kiefernreihe verstellt ihm die Sicht. Irgendwo dahinter steht die Papierfabrik, die Lebensader des kleinen Ortes. Von Skutskär hatte er nie gehört, bis er sich einige Monate zuvor auf die Stelle im Wohnheim beworben hatte. Die Situation damals war verheerend: Die vorige Leitung hatte alles abgewirtschaftet, nichts lief mehr, weder die Therapiesitzungen noch die Finanzen. Selbst der Zustand des Hauses war erbärmlich.

Doch genau diese Voraussetzungen haben sein Interesse geweckt. Zwei Therapeuten im Angestelltenverhältnis in Vollzeit und ein paar Betreuer, die auf Stundenbasis arbeiten.

Er arbeitet gern gegen Widerstände an.

Nicht mal die Pendeldistanz hat ihn abgeschreckt, im Gegenteil, er fährt gern Auto, weil er am Steuer gut nachdenken kann.

Eine knappe Stunde Autobahnfahrt von Uppsala bis zur Ausfahrt Dragongate und dann noch eine Viertelstunde über die alte E4 durch den Wald.

Morgens sortiert er seine Gedanken, abends lässt er ihnen freien Lauf.

Anfangs hat Skutskär ihn an irgendein namenloses Loch im mittleren Westen der USA erinnert, mit Tankstellen, Autowerkstätten, verrammelten Restaurants und Häusern wie aneinandergereihte Schuhschachteln zu beiden Seiten der Zubringerstraße. Dieses Bild hat er nach ein paar Wochen teilweise revidiert, aber die Dürftigkeit des ersten Eindrucks ist geblieben. Ein tristes Büro in einem tristen Haus neben anderen tristen Häusern in einem vergessenen Landstrich in Schweden. Bessere Voraussetzungen, um sich aufs Wesentliche, also die Arbeit, zu konzentrieren, gibt es nicht.

Die Bewohnerinnen nennen das Wohnheim Hexenkessel, sieben Mädchen zwischen vierzehn und siebzehn, und die Bezeichnung hat sich auch bei den Ortseinwohnern durchgesetzt.

Einige Wochen bevor Love seine Stelle angetreten hatte, war eins der Mädchen, Freja Lindholm, mitten in der Nacht verschwunden und nicht wieder zurückgekommen. Niemand weiß, wo sie sich inzwischen aufhält, allerdings deuten Aktivitäten in diversen sozialen Netzwerken darauf hin, dass sie in ihr altes Leben auf der Straße zurückgekehrt ist. Ihr Verschwinden trägt beträchtlich zu der gedrückten Stimmung bei, die momentan im Wohnheim herrscht.

Draußen gehen ein paar Mädchen vorbei, sie bibbern in ihren übergroßen Jacken, rauchen und haben sich beieinander untergehakt.

Er weiß nicht, worüber sie reden, hofft, dass es Alltäglichkeiten sind.

Aber er hat seine Zweifel.

Sie sind, genau wie er, viel zu vermurkst für Banalitäten.

Love fährt seinen Rechner hoch und geht die jüngsten Aufzeichnungen durch.

Wie so oft geht es um Nova und Mercy.

Wie verletztes Wild in Abwehrhaltung, denkt er, jederzeit bereit zuzuschnappen.

Obwohl sich die Mädchen erst seit einem knappen Jahr kennen, sind sie miteinander sehr vertraut. Das ist nichts Ungewöhnliches bei Teenagern, aber in diesem Fall meint er, Anzeichen zu erkennen, dass ihre Freundschaft ungesund sein könne. Sie stört den Rhythmus des hiesigen Alltags, wenn man überhaupt von einem sprechen kann, und die anderen Mädchen haben Angst vor den beiden.

Er wirft einen Blick auf die Uhr, nimmt seinen Notizblock und geht über den Flur in Richtung Therapieraum, zwei Minuten vor der anberaumten Zeit, und er kann hören, dass ein paar von ihnen schon da sind. Laute Stimmen und Gelächter, die verstummen werden, sobald er durch die Tür tritt. Das zeigt recht klar das Problem auf, das er mit der Therapie hat: die Schwierigkeit, die erste Hürde zu nehmen, das Vertrauen der Mädchen zu erwecken, und der Grund dafür ist ebenso simpel wie bedauerlich.

Er ist ein Mann.

Love betritt den Raum, wie immer stehen acht Stühle im Kreis, damit jeder mit jedem Blickkontakt aufnehmen kann, und nur Minuten später sind sie vollzählig. Sieben selbst ernannte Hexen und er, im Zentrum des Hexenkreises.

Er beginnt mit einer offenen Frage. »Wenn ihr mich als Person beschreiben solltet, mit ein paar Worten, höchstens einem Satz, was würdet ihr sagen?«

Ein Mädchen rutscht auf seinem Stuhl hin und her, ein anderes verdreht die Augen, wieder andere grinsen oder wechseln vielsagende Blicke.

»Ein Typ in den Vierzigern, der eine komische Frage stellt«, sagt Nova ernst.

»Ein Mann«, sagt Mercy. »Falls das ein vollständiger Satz ist.«

»Ein Typ namens Love, der unser Therapeut ist«, sagt Alice Pontén, ein siebzehnjähriges Mädchen aus einem freikirchlichen Elternhaus, das mit brutalen Pornofilmen angefangen hat, als es vierzehn war.

Es kommen noch weitere Vorschläge, die alle das Gleiche beinhalten. Seine primäre Eigenschaft ist das Mannsein. Die sekundäre, dass er Therapeut und um die vierzig ist.

Als er darauf hinweist, zucken sie unisono mit den Schultern. So what?

»Ich bin ein Mann«, sagt er. »Und ihr seid alle wegen eines Mannes oder wegen mehrerer Männer hier. Eure Skepsis mir gegenüber ist also durchaus berechtigt. Ich bin daran gewöhnt, weil das auch schon in der Vergangenheit ein großes berufliches Problem für mich war. Wenn ich den Raum betrete für den ersten Termin mit einer vergewaltigten Frau oder wenn jemand meinen Namen liest, werde ich augenblicklich infrage gestellt. Ich bin ein Mann, also verstehe ich euch nicht.«

Er hat erwartet, dass jemand etwas erwidert, vielleicht einen zynischen Kommentar abgibt, aber es bleibt still, und Sekunden verstreichen, bis ihm dämmert, dass die Mädchen auf eine Fortsetzung warten. Er räuspert sich.

»Vor ein paar Jahren hab ich mal ein sechzehnjähriges Mädchen therapiert, das durch eine Vergewaltigung traumatisiert war. Der Täter hatte ihr zwei Finger gebrochen.«

Er sieht ein Mädchen mit Brille vor seinem inneren Auge und verspürt einen Stich in der Magengegend.

»Ihr Freund hat sie im Krankenhaus besucht. Er hat sie gefragt, ob der Vergewaltiger sie mit einem Messer oder so bedroht habe. Als sie geantwortet hat, er sei unbewaffnet gewesen, ist ihr Freund misstrauisch geworden und hat eine weitere Frage gestellt. Könnt ihr euch denken, welche?«

Er wartet, während die Mädchen schweigend Blicke wechseln.

»Er hat sie gefragt, ob sie einverstanden war«, antwortet Mercy nach einer Weile.

Love nickt. »Er hat wortwörtlich gefragt: *Du hast dich also vergewaltigen lassen?* Was meint ihr, warum er diesen Schluss gezogen hat?«

»Er war eifersüchtig«, schlägt ein Mädchen vor. »Er hatte Angst, dass sie es vielleicht schön gefunden hat.«

»Immerhin so unschön, dass ihr zwei Finger gebrochen wurden«, wendet eine andere ein.

»Er hat die Frage gestellt, weil er ein Mann war«, meint Alice. »Du kapierst das nicht. Du *kannst* das nicht kapieren. Weil Männer nicht vergewaltigt werden können.«

Love überlegt kurz. »Es gibt Studien, die zu dem Ergebnis kommen, dass Männer häufiger als Frauen dazu tendieren, die Schuld dem Vergewaltigungsopfer selbst zuzuschieben und außerdem die Vergewaltigung herunterzuspielen. Allerdings geht es doch eher darum ...«

»Der Schwanz hat in der Weltgeschichte schon so viel Schaden angerichtet, dass ihr eine Lizenz haben müsstet, um ihn zu gebrauchen«, fällt Nova ihm ins Wort und grinst ihn provozierend an. »Was macht dich so viel besser als alle anderen?«

»Ich behaupte ja gar nicht, dass ich besser bin als alle anderen Männer. Ich will euch nur klarmachen, dass ich in erster Linie euer Therapeut sein will – und niemand, der meint, ein Vorrecht auf die Deutung eurer Erlebnisse zu haben, ohne dass er eure Erfahrungen teilt.«

»Gut«, sagt Nova. »Und worüber reden wir heute?«

»Ich dachte, wir knüpfen da wieder an, wo wir beim letzten Mal aufgehört haben«, schlägt er vor und wendet sich an Alice. »Du bist nicht mehr fertig geworden. Willst du weitererzählen?«

Alice stammt aus einem autoritären Elternhaus und wurde als Kind sehr streng erzogen. Als sie vierzehn war, hat sie sich – in ihren eigenen Worten – dagegen gewehrt und beschlossen, in einem Film mitzumachen. In der letzten Sitzung hat sie den anderen von dem Dreh erzählt.

»Da war dieser Typ, mit dem ich zusammen war, er war irgendwas über dreißig und kannte alle möglichen schrägen Leute, so wie diesen Regisseur. Ich sollte zehntausend kriegen...«

Während Alice Pontén berichtet, was sie vor laufender Kamera tun musste, schielt Love zu Nova und Mercy hinüber. Er will sehen, wie sie reagieren, wenn jemand ähnliche Erfahrungen schildert wie jene, die sie selbst gemacht haben.

Nova wirkt, wenn nicht betroffen, so doch zumindest interessiert, während Mercy in sich gekehrt zu Boden blickt.

Love überlegt, ob es auch für ihn langsam Zeit wird zu erzählen.

Aber das wäre zu kompliziert.

Zu unglaubwürdig.

In der Wunde herumstochern
Hexenkessel

»Nachdem sie mir den Bauch und die Brüste geritzt hatten, haben sie mich bepisst.«

Alice sieht aus wie das Mädchen, das Jahr für Jahr in der Schule die Lucia sein darf. So süß, dass einem schier schlecht davon wird. Sie ist siebzehn, wirkt aber jünger.

»Dann haben sie den Hund dazu geholt...«

Nova sieht all das deutlich vor sich. Ein Vorort im Norden Stockholms, eine Fabrikhalle, die umgebaut wurde, um Filme zu drehen, die auf normalen Pornoseiten nicht auftauchen. Zehn bleiche, feiste Männer, ein Schäferhund und ein Mädchen, eine sogenannte »Petite«, »Pre-teen«, so klein und zierlich, dass die Pimmel um sie herum größer aussehen, als sie tatsächlich sind.

Alice-Lucia inhaliert den letzten Rest Sauerstoff im Raum, er wird von der Finsternis in ihr absorbiert. Mehr gibt es nicht zu sagen.

Die Wörter sind implodiert.

Love, der Therapeut, beugt sich vor und faltet die Hände. »Du hast beschlossen, das alles hinter dir zu lassen. Das ist stark von dir. Jetzt können sie dir nicht mehr wehtun.«

Nova kennt dieses Blitzen in Loves Blick. Es schreit förmlich: *Bringt die Schweine um! Hackt ihnen die Schwänze ab und stopft sie ihnen den Hals!* Aber er bleibt professionell. Es liegt in seiner Verantwortung, dass sieben Mädchen es schaffen, wieder gesund zu werden, ohne zu hassen, denn Hass macht niemanden gesund.

Hass ist wie ein rostiges Messer in deinem Bauch.

Obwohl Love ein Mann ist, kapiert er ziemlich gut, worum es hier geht. Vielleicht ist er schwul, zumindest sieht er sehr feminin aus. Ein Mann um die vierzig mit schwarz gefärbten Haaren, der keine Familie hat, anscheinend nicht mal eine Freundin.

Love dreht sich zu Nova um. Die ist eigentlich immer bereit, etwas zu erzählen. Sie hätte an der Stelle weitererzählt, wo Alice verstummt ist. Einfach um zu schildern, wie es sich anfühlt, einen dreißig Zentimeter langen Dildo in den Enddarm gerammt zu kriegen. Wie es sich anfühlt, wenn einem Kot und Blut an den Beinen runterlaufen und man mit aufmunternden Kommentaren und Schulterklopfern bedacht wird.

»Nova... Du hast ähnliche Dinge erlebt«, sagt Love. »Was hast du gemacht, um damit klarzukommen?« Er klingt ruhig, aber Nova weiß, dass er aufgebracht ist.

Die sehnigen Handgelenke verraten ihn.

Zorn brodelt in seinen Adern, und der Puls schlägt schnell unter der dünnen Haut.

»Ich hab gekotzt, bis ich nichts mehr im Magen hatte«, antwortet sie. »Hab mir die Zähne geputzt, bis mir das Zahnfleisch geblutet hat. Hab Schnaps getrunken, bis ich wieder alles auskotzen musste. Hab kochend heiß geduscht. Manchmal hab ich mich auch zwischen den Beinen mit Stahlwolle gewaschen. You name it.«

»Das sind die ersten selbstzerstörerischen Mechanismen, die du da beschreibst... Und dann? Was hast du gemacht, um das alles zu bewältigen?«

»Darüber geredet. Einfach den Mund aufgemacht.«

Love nickt, und Nova meint, ein vages Lächeln in seinen Mundwinkeln zu erkennen.

»Und du hast anderen zugehört«, erklärt er, »jeder Einzelnen hier. Du hast dich an unseren Gesprächen beteiligt und Erfahrungen ausgetauscht. Es geht darum, den Teufelskreis zu durchbrechen. Das Trauma ist in gleichem Maße kollektiv wie individuell.«

»Aber manche sind schlimmer dran als andere«, entgegnet Nova, und allen ist klar, dass sie damit die kleine Lucia meint.

Die wirft Nova einen hasserfüllten Blick zu, obwohl sie in Wahrheit sich selbst hasst.

Weil Nova ausspricht, was sie selbst nicht aussprechen will.

Weil sie in der ersten Phase der Therapie feststeckt, in der es darum geht, Vertrauen zum Therapeuten zu fassen, und weil Nova inzwischen die dritte Phase erreicht hat. Sie hat begonnen, zu dem ganzen Mist Stellung zu beziehen.

Nova ist der Ansicht, dass man in der Wunde herumstochern muss, sie aufbrechen und bloßlegen. Das gibt zwar hässliche Narben, ist aber die einzige Möglichkeit, wenn sie heilen sollen.

Die kleine Lucia hasst sich selbst, weil sie feige ist, armselig und neidisch.

Weil sie von Kopf bis Fuß hässlich und lächerlich ist. Weil sie so elend weit hinter Nova zurückliegt.

»Wie eklig du bist«, sagt sie und starrt die kleine Lucia mit dem Engelshaar an.

Love seufzt und bittet sie zu erklären, warum sie so etwas sagt. Warum Nova das zu Alice sagt.

»Ich sag doch nur, was sie selbst von sich denkt. Du siehst doch, dass ich recht habe. Sie protestiert ja nicht mal. Warum sagst du nicht, dass ich falschliege, Lucia? Genau. Weil du mir recht gibst. Du bist einfach eklig.«

»Hör auf, Nova.«

Eins der anderen Mädchen will sich einmischen, aber Love bedeutet ihm mit einer Geste zu warten, und es entsteht eine Pause.

»Ich heiße nicht Lucia«, sagt die kleine Lucia schließlich. »Ich heiße Alice.«

»Kleine, hässliche, eklige Alice«, sagt Nova.

Das Mädchen mahlt mit den Kiefern und wird rot am Hals.
»Ja, okay ... Ich bin hässlich und eklig. Na und?«

»Das ist nicht deine Schuld. Die anderen haben dich zerstört, verstehst du? Die anderen haben dich so hässlich gemacht.«

Sie sagt nichts. Schlägt bloß den Blick nieder, kratzt sich den Handrücken.

»Allen hier ist es so gegangen, Alice«, sagt Love. »Es ist nicht leicht, sich von diesen Gefühlen freizumachen, aber es geht. Deshalb sind wir hier. Um uns gegenseitig zu unterstützen ...« Er wirft Nova einen Blick zu. »Ich denke, du willst das auch.«

Nova nickt und sieht aus den Augenwinkeln, wie Mercy lächelt.

Mercy, die es am schlimmsten von allen getroffen hat.

Mercy, die von allen die Stärkste ist.

Ein drittes Mädchen
Tanto

Kevin sieht auf die Uhr. Er hat kaum geschlafen; wenn's hochkommt, ist er für ein paar Minuten über den Unterlagen eingenickt. Er müsste sich für die Beerdigung fertig machen, aber er kann sich nicht losreißen.

Das schwarze Mädchen alias Blackie Lawless sieht auf den Fotos selbstsicher aus.

Ihr Blick ist tough und nonchalant zugleich, und auch wenn das nur Fassade ist, fällt es nicht weiter auf. Das Gesicht des anderen Mädchens anzusehen ist nicht so einfach. Bei ihr ist die Fassade gebröckelt. Sie nennt sich Nova Horny und versucht, cool auszusehen, aber offenbar hat sie kein schauspielerisches Talent.

Er vergrößert einen Screenshot, auf dem im Hintergrund ein Paar schmale nackte Beine durchs Bild gehen. Dabei könnte es sich um einen sogenannten Anbläser handeln, das Helferlein, das bisweilen dafür eingesetzt wird, in den Drehpausen die Erektion der Männer zu halten. Diese Aufgabe wird meist abseits des Sets vollzogen. Am häufigsten kommen Anbläser bei Gangbangs und in körperlich fordernden Szenen mit Massenejakulationen zum Einsatz.

Oder aber die Beine gehören zu einem weiteren Mädchen in Novas und Blackies Alter, denkt er und studiert das Foto.

Ein drittes Mädchen.

Schwer zu sagen.

Es ist frustrierend, dass sie von den erwachsenen Mitwirkenden keine unverwechselbaren Kennzeichen haben.

Kevin schluckt. Hass, Ekel und Angst gedeihen in ein und derselben Darmflora, und sein Magen krampft sich zusammen.

Was haben diese Mädchen durchgemacht? Wie sind sie da hineingeraten? Wie hat das alles angefangen? Wo halten sie sich in diesem Augenblick auf?

Er weiß, dass die Person, die die Filme und Fotos in Umlauf bringt, mehrere Decknamen hat.

Puppenspieler. Puppet Master oder Master of Puppets.

In seinen Kontakten mit Minderjährigen nennt die Person sich Peter.

Ein richtig guter Papa hört nie auf, sein Kind hochzuheben
Hexenkessel

Mercy sitzt schrägt hinter Nova auf einem Stuhl. Vor jeder Sitzung rückt sie den Stuhl einen Meter nach hinten und ist dadurch ein wenig außen vor.

Nova glaubt nicht, dass Mercy das bewusst macht. Vielleicht fühlt sie sich auf diese Weise sicherer, vielleicht hat sie die anderen so besser im Blick, die Situation besser unter Kontrolle. Oder aber sie fühlt sich einfach nicht als Teil der Gemeinschaft.

Nova weiß fast alles über Mercy, trotzdem hat sie im Grunde keine Ahnung, wer sie wirklich ist. Mercy ist gleich alt wie sie, sieht aber zehn Jahre älter aus. Sie ist krasser. Härter. Mercy hat keine Wunden, nur Narben.

Sie ist im Juni 1996 in einem Dorf außerhalb von Kano im nördlichen Nigeria zur Welt gekommen.

Wäre ihr Vater nicht schwul, wäre ihr Leben komplett anders verlaufen. Mercy hätte nicht nach Schweden fliehen müssen, und nichts von all dem, was sich während der Flucht ereignet hat, wäre passiert. Sie wäre nicht in das Auffanglager oben in Jämtland gekommen und erst recht nicht nach Stockholm.

Sie hätte Nova nicht kennengelernt.

Sie hätte nicht in diesem Raum gesessen und mit ihrer tiefen Stimme, die alle in ihren Bann schlägt, von sich erzählt.

Mercys Schwedisch ist einzigartig. Die Wörter stimmen, aber die Satzmelodie ist verkehrt, klingt wie ein schräger Gesang, der aber gar nicht hässlich ist; schiefe Töne, die man bis in den Bauch spürt und die wehmütig und schön zugleich klingen.

Mercy hat die ganze Sitzung über geschwiegen, aber nun dreht sie sich zu der kleinen Lucia um.

»Du bist ein Vogeljunges«, sagt Mercy, ihr Blick ist hart und verschlingt jeden, der sie ansieht, »das nie gelernt hat zu fliegen. Du stürzt dich aus dem Nest und hoffst jedes Mal aufs Beste. Dabei landest du jedes Mal auf dem Boden, und zwar ziemlich unsanft, und verletzt dich. Du musst stattdessen versuchen abzuheben. Lass dich vom Wind in den Himmel tragen.«

Mercy ist die Einzige, die so reden kann, ohne dass jemand lacht. Hätte Nova das Gleiche gesagt, hätten sich die anderen Mädchen kaputtgelacht. Jetzt sind alle still.

Nach einer Weile ändert Love seine Sitzhaltung und schlägt die Beine übereinander. »Und du, Mercy ... Wann hast du fliegen gelernt?«

»Ich weiß nicht, ob ich überhaupt je gelernt hab zu fliegen. Es fühlt sich eher so an, als würde mich jemand anders tragen. Zwei kühle Hände hier in den Seiten ... ein fester Griff. Hier ...«

Mercy schiebt den Pullover hoch und zeigt auf die Rippen unterhalb ihrer Brüste.

Alle können die Narbe sehen, einen hellrosa Stacheldraht von einer Brust quer über den Bauch und dann weiter in den Hosenbund. Nova weiß, dass die Narbe unterhalb der Leiste an der Oberschenkelinnenseite aufhört. Mercy war zwölf, als sie von Männern der Boko-Haram vergewaltigt und anschließend mit dem Bajonett aufgeschlitzt wurde. Dann haben sie ihr einen Blecheimer über den Kopf gestülpt und so lange mit einer Eisenstange darauf eingeschlagen, bis ihr die Trommelfelle geplatzt sind.

Alle hier – außer vielleicht Love – glauben, dass die Narbe von einer schlampigen OP stammt. Irgendeine seltsame Darmerkrankung, die sie als kleines Kind gehabt haben muss. Mercy hat sie alle angelogen. Alle außer Nova. Keins der Mädchen weiß, dass Mercy aus einem gut situierten Elternhaus stammt und ihre Familie sich eine bessere medizinische Versorgung hätte leisten können. Sie alle denken, dass Kinder in Nigeria mit Fliegen in den Augenwinkeln und mit aufgeblähten Bäuchen groß werden.

Sie haben keine Ahnung.

Mercy fängt Loves Blick auf und zieht den Pullover wieder nach unten.

»Zwei Hände, die dich hochheben«, hakt er nach. »Die dir beim Fliegen helfen?«

Mercy nickt schweigend.

Nova weiß, welche Hände Mercy hochheben. Die ihres Vaters. Er hebt sie auch jetzt noch hoch, drei Jahre nach seinem Verschwinden, so wie früher, als sie klein war und fliegen wollte.

Ein richtig guter Papa hört nie auf, sein Kind hochzuheben. Und er lässt es nicht fallen.

Mercy glaubt, dass ihr Vater noch lebt, Nova ist sich da nicht so sicher.

»Mercy«, fährt Love fort, »gibt es noch etwas, was du uns erzählen willst?«

Mercy sieht zu Nova. Mehrere Sekunden lang, um den anderen zu demonstrieren, dass sie zusammengehören, und Nova weiß, was Mercy gleich sagen wird.

»Nein, aber ich hab eine Frage. Warum können wir nicht zu zweit in einem Zimmer schlafen? Das würde doch gehen, die Zimmer sind groß genug. Es ist doch egal, wie groß die Fortschritte sind, die wir in der Therapie machen. Nachts macht das doch keinen Unterschied, da ist jeder mit seinen Gedanken allein.«

»Seid ihr da auch Mercys Meinung?«, will Love von den anderen wissen und nickt, als ihm klar wird, dass alle so denken. »Ich leite euren Wunsch an den Heimträger weiter. Aber versprecht euch nicht allzu viel davon. Eigentlich geht das nicht mit der Behandlungsmethode konform, und ich glaube kaum, dass sie hier eine Ausnahme machen.«

Nova ist dankbar dafür, dass sie sich nachts manchmal zu Mercy schleichen kann.

Wie wäre es ohne? Ohne die Wärme, ohne Mercys Umarmung?

Zwei Mal, höchstens drei Mal in der Woche können sie in einem Zimmer schlafen, das kommt immer darauf an, welcher Betreuer gerade Nachtdienst hat. Ein paar von ihnen lassen es ihnen durchgehen, muntern sie regelrecht dazu auf.

Erkan zum Beispiel.

Erkan sorgt sogar dafür, dass sie sich gelegentlich davonstehlen können. Er arbeitet morgen, wenn der Dienstplan nicht geändert wurde. Gegen zwölf Uhr wollen sie verschwinden. Ein paar Stunden Freiheit, dann müssen sie wieder zurück sein.

Vor dem Hintergrund dessen, was sie vorhaben, kann man wohl kaum von Freiheit sprechen, eher von einem notwendigen Übel. Aber sie brauchen das Geld, und sie brauchen ihren Hass.

Freja ist nicht wieder zurückgekommen. Vermutlich hat sie das Gleiche gemacht, was sie morgen tun wollen, und hat dann beschlossen, nicht mehr damit aufzuhören.

Manchmal ist es einfacher, so zu tun, als wäre man eine andere, denn zu versuchen, sich selbst kennenzulernen.

»Tja...« Love klappt sein Notizbuch zu. »Das wär's dann für heute.«

Nova mag ihn, trotz allem. Die Mädchen sind ihm offenbar wirklich wichtig. Er will sie von ihrem Hass befreien, und er glaubt ernsthaft, dass dies hier der richtige Weg ist.

Morgen Nacht werden sie ihn trotzdem enttäuschen. Und auf ihre eigene Art ihren Hass anschüren.

Nova glaubt, dass Mercy eigentlich ganz normal sein will, genau wie sie selbst. Oder es zumindest mal versuchen will, damit sie einen Vergleich hat.

Möglich, dass sie an diesem Ort wieder normal werden können. Mal sehen. Es kommt, wie's kommt.

Andererseits hat man die Freiheit, auf alles zu scheißen. Und so unnormal zu sein, wie es nur geht.

Sich von niemandem versklaven zu lassen.

Nova und Mercy verlassen als Letzte den Raum. Love schließt hinter ihnen ab, und sie gehen den Flur entlang. Mercy will draußen noch eine rauchen, und Nova schließt sich ihr an.

Sie gehen auf den Hof. Die anderen stehen an der überdachten Eingangstür, weil es regnet, aber Nova und Mercy gehen zur Straße runter. Von dort aus sieht man die Fabrik. Wie ein riesiges Krematorium.

»Ich frage mich, wie es sich anfühlt, jemanden umzubringen«, sagt Nova. »Jemanden, den man so richtig hasst.«

Mercy blickt zu Boden. Kickt mit der Schuhspitze einen Stein weg und nestelt an ihrer Halskette mit dem Medaillon und dem muslimischen Gebet.

Er heißt nicht Peter
Tanto

Kevin steht vor dem winzigen Spiegel im Schrebergartenhäuschen und zupft sich gerade den Kragen des alten weißen Hemdes seines Vaters zurecht, als sein Handy klingelt.

Er geht nicht ran, fummelt weiter am Kragen herum, der einfach verkehrt aussieht, egal wie herum er ihn biegt. Wenn er den obersten Hemdknopf zumacht, fühlt es sich an, als würde er stranguliert, aber wenn er ihn offen lässt, sieht er aus wie ein Playboy.

Es ist wirklich alles andere als einfach, seinen eigenen Vater zu beerdigen, in jeder Hinsicht.

Sein Handy vermeldet eine Nachricht. Jemand hat ihm auf die Mailbox gesprochen, und nachdem er sich die Anzugjacke angezogen hat, ruft er die Nachricht ab.

Noch während er nach einer Sicherheitsnadel sucht, um sie zwischen die Hemdknöpfe zu stecken, hört er eine Männerstimme, die sich vorstellt. Jimmy Schwarz, ein Kollege. Sie kennen sich nicht besonders gut, sind sich im Präsidium aber immer wieder mal über den Weg gelaufen.

Du, Kevin ... Wir haben hier ein totes Mädchen draußen in Bergshamra. Auf ihrem Handy sind lauter Sexbilder und -filmchen. Ich hab über Umwege erfahren, dass du in einem Fall von Cybergrooming ermittelst ... Das Mädchen in meinen Ermittlungen hatte häufiger Kontakt mit einer Person, die sich Puppenspieler nennt oder Puppet Master, aber anscheinend heißt er Peter ...

Mit der Sicherheitsnadel zwischen Daumen und Zeigefinger hält Kevin inne. Drückt die Zeigefingerkuppe vorsichtig gegen die Nadelspitze, während er dem Kollegen weiter zuhört, als der berichtet, dass es einen Abschiedsbrief gebe und einiges darauf hindeute, dass das junge Mädchen, Tara, Selbstmord begangen habe.

»Ich brauche deine Hilfe«, sagt Schwarz noch und bittet Kevin zurückzurufen.

Kevin schiebt das Handy in die Innentasche seiner Jacke, befestigt die Sicherheitsnadel am Hemd, knickt den Kragen nach unten und betrachtet sich in dem kleinen fleckigen Spiegel.

Seine Kiefermuskeln sind angespannt, und er muss den Impuls unterdrücken, die Faust ins Spiegelglas zu rammen.

Stattdessen bindet er sich die Schuhe, tritt hinaus ins Freie und schließt hinter sich ab.

Er setzt sich auf die Verandatreppe und nimmt das Handy erneut zur Hand. Die kahlen Bäume sehen aus, als wären sie ein Teil des Berges. Graue Stämme, die aus grauem Fels ragen, wie die Arme eines Riesen.

Schwarz meldet sich sofort. Noch während er in knappen Worten rekapituliert, was sie auf dem Handy des Mädchens gefunden haben, und berichtet, dass die Leiche nun in der Rechtsmedizin in Solna untersucht werde, versucht Kevin, sich ein Bild des Mannes zu machen, der das Mädchen bedroht hat.

Der Mann, der sie erpresst hat, heißt nicht Peter. Und ebenso wenig Olof.

Und er sieht völlig durchschnittlich aus.

»Sie ist also in einem Chat von der Person erpresst worden, nach der wir suchen? Und gestern hat sie sich mit einem Olof verabredet und einen Abschiedsbrief geschrieben?«

»Im großen Ganzen, ja. Ich wollte dir nur nicht noch mehr Details auf die Mailbox sprechen.«

»Und was hast du mir noch nicht aufsprechen wollen?«

»Dass der Rechtsmediziner im Unterleib des Mädchens Spermaspuren gefunden hat.«

Mama war bereits angetrunken
Fünf Jahre zuvor

Ich weiß, wer dein Klassenlehrer ist.
Wenn du nicht bald mehr Fotos schickst, dann erlebt Robert Malm eine Überraschung, wenn er morgen seine Mails checkt.
Ciao, Peter.

Die Worte setzten ihr zu. Sperrige schwarze Buchstaben auf dem Display – wie ekelerregende Insekten –, und es kam ihr vor, als wüsste die ganze Welt Bescheid, was sie in den vergangenen Monaten getrieben hatte.

Er erpresste sie nicht zum ersten Mal, aber zum ersten Mal so direkt. So unumwunden. Ihr Versuch, die ganze Sache zu beenden, hatte alles nur schlimmer gemacht. Und jetzt hatte er herausgefunden, dass Robban ihr Lehrer war.

Aber sie konnte keine neuen Fotos mehr machen. Es war einfach zu riskant.

Nova setzte sich aufs Bett, lehnte sich an die Wand und zog sich den Laptop auf den Schoß.

Ich glaube nicht, dass das geht, schrieb sie. *Mama und Papa sind zu Hause, und lauter andere Leute sind auch da.*

Sie hörte sie im Wohnzimmer und wusste, es würde noch eine ganze Weile so weitergehen. Gläser und Flaschen klirrten, Stimmen dröhnten, und Gäste schlenderten hierhin und dorthin. Das Schloss der Badezimmertür ging auf, wenn man nur leicht an der Klinke rüttelte. Und von ihrer eigenen Zimmertür gab es keinen Schlüssel.

Die Antwort kam prompt.

Kleine Nova, so langsam verliere ich die Geduld mit dir. Du schreibst »Mama und Papa«, aber ich weiß, dass dein richtiger Vater tot und Jussi nur dein Stiefvater ist.

Jussi? Woher wusste er das?

Peter wusste alles.

Ein paar Sekunden, bebend wie der Atem vor dem ersten Schluchzer, dann tauchte das Foto auf dem Bildschirm auf. Es war genau dort aufgenommen worden, wo sie jetzt saß. Mit dem Rücken an die Wand gelehnt.

Ein Monster, das sich aus ihr rauswinden wollte. Ein modriger Druck auf Brust, Bauch und Hals. Sie rang es nieder und schluckte. Sie durfte es jetzt nicht hochkommen lassen.

Sie tippte die Tastatur an und schrieb wider Willen: *Okay.* Kurz darauf tauchte ein lachender Smiley auf. Dann loggte er sich aus.

Leises Rauschen im Kopf. Wie kleine Steinchen, die übereinanderscheuern.

Sie nahm ihr Handy und ging hinüber ins Wohnzimmer.

Sie redeten übers Krebsefangen. Am Wochenende dürfe sie auch mit. Sie, Jussi und ihr Bruder würden in Nacka im Reservat Krebse fangen, mitten in der Nacht. Eigentlich war das dort verboten, aber im Grunde kam man gar nicht drumherum, dort wimmelte es nur so von Krebsen.

Freitag – das fühlte sich an wie eine Ewigkeit.

»Ich will duschen«, sagte sie. »Muss jemand vorher noch aufs Klo?«

Mama nickte in Richtung von Novas Handy. »Telefonieren kannst du doch auch in deinem Zimmer!«

Mama war bereits angetrunken, ihr Blick leer, und auf den Wangen waren feine rote Äderchen aufgetaucht.

Jussi kam zurück ins Wohnzimmer. »Bad ist jetzt frei«, sagte er und setzte sich aufs Sofa. »Kannst duschen gehen.«

Nova hoffte, die Musik wäre so laut, dass keiner aus dem

Wohnzimmer sie hörte, wenn sie gleich zu ihm spräche – mit dem Blick in die Handykamera gerichtet, für ihn, der sich den Film im Lauf des Abends ansehen würde.

Vielleicht würde sie auch noch zu anderen Männern sprechen, wenn er den Film weiterschickte.

Sie schloss die Badezimmertür und drehte das unzuverlässige Schloss herum. Auf dem mit Spritzern übersäten Waschbecken stand die Flasche mit Flüssigseife von Palmolive. Es war wichtig, dass es die Seife mit Honigessenz war, weil die goldgelb schimmerte, das sah realistischer aus.

Man konnte sich die Seife in kleinen Klecksen auf den Körper und ins Gesicht tropfen oder in Spritzern oder langen Schnüren. Er sagte Kleckerfotos dazu. Solche hatte sie auch schon im Internet gesehen.

In ihrem Kopf rauschten Sand und Kies.

Sie zog sich aus und stellte sich vor den Spiegel. Sah, wie sich ihre Lippen bewegten, und sagte, was er würde hören wollen.

Sie musste üben, denn er würde sie durchschauen, wenn der Film misslänge. Sie hatte ihm schon mal einen geschickt, aber damit war er nicht zufrieden gewesen und hatte geschrieben, sie sei eine schlechte Schauspielerin, ihre Worte klängen unglaubwürdig, und sie erinnerte sich wieder an den Ratschlag, den er ihr damals gegeben hatte.

Damit es überzeugend wirkt, musst du an das glauben, was du da sagst.

Sie machte noch einen Versuch, flüsterte lauter, und als sie den Satz ein paarmal wiederholt hatte, lehnte sie ihr Handy gegen den Wasserhahn und drückte auf Aufnahme. Trat ein paar Schritte zurück. Fuhr sich über die flachen Brüste, den Bauch. Versuchte, in die Kamera zu lächeln, und strich sich die Haare aus dem Gesicht.

»Ich mag große Schwänze und werde gerne gefickt«, flüsterte sie und hörte selbst, wie ihre Worte von den Fliesen widerhallten.

Im Hintergrund dröhnte Musik aus dem Wohnzimmer, ein Song, den Jussi mochte. Sie winkelte ein Bein an, stellte den Fuß aufs Waschbecken und justierte die Kamera. Dann reckte sie sich nach dem Glas mit den Zahnbürsten. Ihre war gelb, die Bürste ihres Bruders blau, die ihrer Mutter lila, die von Jussi rot. Sie nahm die rote, weil die aus irgendeinem Grund am besten passte, wie sie fand.

Die Party in der Wohnung war schon seit Ewigkeiten im Gange und würde so lange weitergehen, bis auch der Letzte gegangen wäre.

Das ekligste Mädchen der ganzen Schule, dachte sie. Ich stinke nach Scheiße und bin hässlich. In ein paar Jahren werde ich auch da draußen sitzen, so wie die anderen. Besoffen oder high. Stoned mit den lebendig Begrabenen.

In ein paar Sekunden ist alles vorbei
Fünf Jahre zuvor

Mercy ließ die Ameise über ihre Hand kriechen, von Finger zu Finger, und fragte sich, wie das Tier die Welt wohl sah. Für sie selbst war die Welt immer größer geworden. Als sie noch klein war, hatte sie geglaubt, dass das Dorf, in dem sie wohnten, fast den gesamten Kontinent bedeckte, dass Südafrika allerhöchstens einen Steinwurf entfernt war und dass die Straße von Gibraltar noch näher lag. Mittlerweile wusste sie, dass das nicht stimmte. Es war ziemlich schnell gegangen, bis nach Wudil zu fahren, wo ihr Vater arbeitete, aber es hatte eine Ewigkeit gedauert, bis nach Kano zu kommen, der zweitgrößten Stadt des Landes und doch nur ein Punkt auf der Landkarte. Zugleich war auch Nigeria nur ein Fleckchen in Afrika, das wiederum nur ein Fleck auf dem Erdball war, der ein winzig kleiner Punkt im Sonnensystem war und so weiter, bis in die Unendlichkeit.

Die Ameise kitzelte auf ihrem Finger. Sie war bestimmt voller Milben, an denen wiederum lauter Bakterien hafteten. Alles lebte in verschiedenen Welten, aber der Ameise war das egal; Mercy blies sie von ihrem Finger und stand auf.

Das Gras war trocken und spröde, wie verbrannt. Es war immer angenehm luftig hier gewesen, das olivgrüne Wasser brachte eine kühle Brise aus den Bergen mit. Doch jetzt lagen lauter gefällte Stämme um sie herum. Wo früher der Wald gestanden hatte, war nur mehr ein Haufen Unrat. An den Ufern ihrer Kindheit sollten neue Häuser gebaut werden.

Früher war alles so einfach gewesen. Ihr Vater hatte jeden Morgen den Bus genommen, um nach Wudil zu fahren, zu seiner Arbeit als Dozent an der Technischen Universität, während ihre Mutter als Zahnarzthelferin gearbeitet hatte, in derselben Straße, in der sie auch wohnten. Ihre Eltern hatten einander geliebt, und ihre zwei kleinen Brüder waren immer fröhlich gewesen.

Inzwischen wusste sie, dass mit Papa irgendwas anders war, und deshalb stimmte mittlerweile gar nichts mehr.

Ein Stück weiter arbeiteten Männer, sie rodeten ein Waldstück, und der Lärm ihrer Motorsägen wurde immer wieder vom Getöse eines niederkrachenden Baumes unterbrochen.

Sie kletterte auf eine kleine Anhöhe, setzte sich und sah den Männern bei der Arbeit zu. Seile hingen kreuz und quer im Geäst, und zehn gelbe Plastikhelme leuchteten wie Trompetenblumen im Grün unter ihr. Ein paar Männer schafften Unterholz beiseite, während die anderen bereits den nächsten Baum zum Fällen vorbereiteten.

Ihr Vater hatte als junger Mann ebenfalls im Wald gearbeitet, um sich sein Studium zu finanzieren. Später war ihm eine Anstellung an derselben Uni angeboten worden, an der er studiert hatte. Inzwischen hatte er an seinem Arbeitsplatz Probleme, weil er angeblich etwas Illegales mit einem Studenten gemacht hatte – mit einem Mann, der ein paar Jährchen jünger war. Doch weil keiner darüber reden wollte und ihre Eltern am allerwenigsten, hatte sie nie genau verstanden, was er eigentlich getan hatte. Nur dass es nichts Gutes war.

Sie konnte ihr Haus sehen, die Hemden ihres Vaters, die auf der Wäscheleine zwischen Schuppen und Hintertür zum Trocknen hingen. Eine Farbe für jeden Tag der Woche, in jeweils zwei Garnituren. Gelb, blau, rot, grün, orange, rosa und violett, und sie fragte sich, ob sie sich in ein paar Jahren noch an das Bild der sieben farbigen Hemden erinnern würde.

Vielleicht saß sie aber auch dort oben und betrachtete Dinge, an die sie sich später nie wieder erinnern würde? Sie sah einem

Jungen nach, der auf einem roten Moped auf der Hauptstraße fuhr, und einer grau gefleckten Katze, die um eine Hausecke strich. Eine Frau, die auf einem Balkon einen Teppich ausklopfte, und dann die gelben Helme der Waldarbeiter, das Geräusch der Motorsägen, das Rauschen im Geäst und der dumpfe Aufprall, wenn der nächste Stamm auf dem Boden aufschlug.

Sie versuchte zu rekapitulieren, was sie tagsüber gemacht hatte. Kleinigkeiten. Am Morgen hatte sie die Plastikschrauben unter der Klobrille festgedreht, und nach dem Frühstück hatte sie sich einen Brotkrümel zwischen den Zähnen herausgepult. Auf dem Heimweg hatte sie ihren Schuh ausgezogen und ein Steinchen herausgeschüttelt, das an der Ferse gescheuert hatte.

Ihr Vater sagte manchmal, dass der Himmel sich nicht an seine Wolkenbrüche erinnere und der Wind sich nicht an seine Sandstürme, und urplötzlich war ihr klar, was er damit meinte. Man erinnert sich nicht daran, dass alles im Fluss ist, wenn in Tagen und Wochen alles einfach seinen Lauf nimmt, im immer gleichen Trott. Es ist immer alles da, im Überfluss, so wie die gelben Trompetenblumen, die Schläge der scharfen Macheten und das Knallen eines Teppichklopfers.

Die gelben Helme dort unten, die schweißnassen, nackten Oberkörper.

Mit einem Mal fiel einer der Männer der Länge nach hin und begann, wild um sich zu treten. Die anderen stürzten unter lautem Geschrei auf ihn zu, und sie stand auf, um besser sehen zu können.

Sie ahnte, dass er von einer Schlange gebissen worden war. Dann entdeckte sie die Schwarze Mamba, die gar nicht von außen, sondern von innen schwarz ist. Sie schlängelte sich durchs flache Gras in Richtung Flussufer. Ihren Namen hat sie wegen des pechschwarzen Schlundes, den sie aufreißt, kurz bevor sie zubeißt.

Der Mann liegt jetzt auf dem Rücken und atmet stoßweise.

Er blutet am Schienbein, und einer der anderen beugt sich über ihn und redet auf ihn ein, fuchtelt mit der Hand, und zwei weitere Männer treten hinzu. Einer trägt eine Motorsäge, und sie ahnt, was gleich kommt. Sie will die Augen zukneifen, zwingt sich jedoch hinzusehen. Redet sich ein, es sei besser zu wissen, was wirklich passiert, als später Albträume zu bekommen.

Einer der Männer zückt sein Handy. Spricht etwa eine halbe Minute, ehe er die Verbindung kappt und dem Mann mit der Motorsäge zunickt, der sie sofort anwirft.

Kein Schrei, nur das Kreischen der Motorsäge, das sich verändert, heller wird, als das Schwert den Knochen durchtrennt. Harz und Sägemehl, denkt sie, klitzekleine Splitter. Als sägte man einen Ast ab – genau so leicht, und in ein paar Sekunden ist alles vorbei.

Mercy blieb in dem versengten Gras auf der Anhöhe sitzen und sah zu, wie der Beinstumpf verbunden und hochgelagert wurde. Die Proviantdosen aus einer Kühltasche mussten dem abgesägten Unterschenkel Platz machen. Neun Helme drängten sich wie ein gelber Blumenstrauß um den Versehrten, strichen ihm über die Stirn, hielten seine Hände und redeten mit ihm, bis der Rettungswagen kam. Der Mann schien zu lächeln, als die Sanitäter die Trage in den Wagen schoben.

Allmählich dämmerte es. Sie sollte besser nach Hause gehen. Sie war hundemüde, und ihr war flau. Der schwere Duft warmer Milch hing in der Luft, der gleiche Geruch wie der einer offenen Wunde, und in der Dämmerung schienen sämtliche Farben noch intensiver zu werden. Ein roter Fleck leuchtete dort, wo das Bein abgesägt worden war, und der Fluss hatte ein dunkleres Grün angenommen, wodurch das Wasser zähflüssiger, schwerer wirkte, ein bisschen wie Öl.

Von ihr unbemerkt hatten die Waldarbeiter ihre Ausrüstung zusammengepackt und waren nach und nach aufgebrochen. Sie drehte den Kopf, sah sich in alle Richtungen um, doch es war niemand mehr da. Nicht mal drüben im Dorf. Hier und da brannte Licht in einem Fenster, und sie meinte, irgendwo ein Radio zu hören. Dennoch hatte sie das Gefühl, als wäre noch jemand da. Ein Schauder, der einem über den Rücken läuft und eine Gänsehaut verursacht. Sie war allein, fühlte sich trotzdem beobachtet.

Sie blieb noch eine Weile sitzen, ehe sie aufstand, sich das Kleid abklopfte und zurück nach Hause lief. Sie trat absichtlich fest auf, um die Schlangen zu vertreiben, so wie ihr Vater es ihr beigebracht hatte. Vollends schützen konnte man sich nicht, jeder konnte sterben, jederzeit.

Sie näherte sich ihrem Dorf und sah das helle Küchenfenster ihres kleinen Hauses. Vier Silhouetten vor der gelb gestrichenen Wand neben der Spüle verrieten ihr, dass ihre Eltern und Brüder schon ohne sie mit dem Essen angefangen hatten.

Als sie die Haustür aufmachte, stieg ihr der Duft von Eba, Maniok und gegrilltem Fleisch in die Nase. Das Herdfeuer in der Küche prasselte, und sie ließ sich von der Wärme und Geborgenheit umfangen.

»Wo warst du?« Ihr Vater schob sich die Brille über die Nasenwurzel.

»Ich hab eine Schwarze Mamba gesehen«, erzählte sie, trat an den Herd und nahm sich ein Stückchen Fleisch aus der Pfanne. »Sie hat einen der Waldarbeiter gebissen.«

Sie nahm am Tisch Platz und berichtete, was passiert war.

Er nickte. »Das Gift einer einzigen Mamba kann dreißig Menschen töten. Wenn sie ihm das Bein nicht abgesägt hätten, hätte er es sicher nicht überlebt. Du musst das positiv sehen, und du darfst keine Angst vor der Schlange haben. Respektiere sie, denn sie hält die Ratten fern, und weniger Ratten übertragen weniger Krankheiten.«

Sie beendeten schweigend ihr Abendessen. Dann nahm ihre

Mutter die Zwillingsbrüder hoch und verschwand ins Schlafzimmer. Mercy blieb mit ihrem Papa allein. Papa, dem es schlecht ging.

Sie konnte es ihm ansehen. Eine Falte, die ihr bislang nie aufgefallen war, eine tiefe Falte quer über der Stirn, als hätte er insgeheim lange gegrübelt.

Wie es wohl wäre, wenn man älter würde und immer noch die Ursachen für die vielen Falten kennte?

Vielleicht hatte sich die Falte unter seinem rechten Auge eingeschlichen, als Großvater gestorben, und die unter dem linken, als Großmutter krank geworden war? Die Lachfältchen rund um die Augen, die wie Vogelfüße aussahen, hatte er bestimmt drei Jahre zuvor bekommen, als ihre Brüder zur Welt gekommen waren.

Ihre kleinen Brüder, die so niedlich, rundlich und warm waren. Sogar ihr Schweiß duftete angenehm, und Mercy beneidete sie. Denn sie hatten einander, für alle Zeiten, während sie selbst allein war.

Gemeinsam räumten sie den Tisch ab. Sie spürte, dass ihr Vater ihr etwas erzählen wollte, aber nicht wusste, wo er anfangen sollte. Manchmal war es einfach nicht möglich, die richtigen Worte zu finden.

»Was habt ihr getan?«, fragte sie. »Du und dieser Student... Und warum will keiner darüber reden?«

Er blieb ihr die Antwort schuldig, ließ Wasser ins Spülbecken laufen und begann mit dem Abwasch.

Sie setzte sich wieder an den Tisch und folgte seinen Bewegungen mit dem Blick. Genau wie sie war er groß und schlank und hatte den gleichen wiegenden Gang. Wenn man sich die Brille wegdachte, sahen sie sich auch im Gesicht ziemlich ähnlich. Hohe Wangenknochen, eine kleine Nase.

Ihre Brüder waren wie ihre Mutter, klein und proper, mit Grübchen in beiden Wangen.

Ihr Vater spülte die Teller ab, ließ das Wasser ablaufen und trocknete sich die Hände. Dann sah er sie an.

»Du bist womöglich noch zu jung, um das zu verstehen«, sagte er, »aber ich will dir trotzdem erklären, wie es sich verhält.« Er setzte sich ihr gegenüber und nahm ihre Hände. Und dann erzählte er ihr, wie sehr er sie und ihre Brüder liebte und wie sehr er ihre Mutter vergötterte. »Wir haben beide gewusst, wer ich bin, als wir geheiratet haben, und sie hat mich akzeptiert. Ich liebe sie über alles, und wir führen keine Scheinehe, auch wenn viele das denken...«

»Wovon redest du? Was meinst du damit?«

Ihm traten Tränen in die Augen. »Ich und der Student, er heißt übrigens Godfrey... Wir sind sehr gute Freunde geworden. Wir haben...« Er nahm die Brille ab und blinzelte die Tränen weg.

»Ihr habt was?«, fragte sie, obwohl sie die Antwort bereits zu kennen glaubte.

»Wir haben eine Liebesbeziehung«, fuhr er fort. »Und das ist zum Problem geworden, weil jemand dahintergekommen und zur Polizei gegangen ist.«

Sie verspürte einen Stich in der Brust. »War es Mama?«

Er lachte. »Nein, natürlich nicht! Mama hat von Anfang an von mir und Godfrey gewusst. Ich glaube, es war ein Kollege von der Uni.«

Irgendwie hatte sie immer gewusst, dass ihr Vater nicht war wie andere Väter.

»Bist du in Godfrey verliebt?«, fragte sie ruhig, obwohl sie am liebsten losgeheult hätte.

»Ja... Aber in Mama bin ich auch verliebt.«

Sie glaubte ihm. Sie war sich sicher, dass sie genau so war: Sie mochte Jungen *und* Mädchen. Trotzdem ließ ihr all das keine Ruhe. Was, wenn ihr Papa die Familie verlassen müsste?

Er nahm erneut ihre Hände. »Godfrey und ich waren bei der

Polizei und wurden befragt. Und wir haben gelogen. Trotzdem machen Gerüchte die Runde, und womöglich haben sie uns durchschaut. Wenn man die Wahrheit sagt, ist ja immer das Beste daran, dass man sich nicht extra merken muss, was man gesagt hat. Wer lügt, kann sich umso leichter verheddern.«

Er starrte die Tischplatte an, und sie wusste nicht recht, was sie sagen sollte.

Ihr schossen ein paar hässliche Wörter durch den Kopf, aber es meldete sich auch eine andere Stimme. Eine Stimme, die nette Dinge über ihren Vater sagte, der er leidtat und dem sie helfen wollte.

»Ich könnte zur Polizei gehen und sagen, dass du unschuldig bist, dass du uns liebst und nicht diesen Godfrey und dass du mit Mama verheiratet bist.«

Dann erzählte er ihr etwas, was sie bereits wusste. Dass er und Mama nie besonders religiös gewesen seien. Sie bezeichneten sich selbst als Agnostiker, was in etwa bedeutete, dass sie weder an höhere Mächte glaubten noch sie infrage stellten. Ihr Vater mochte es nicht, wie die Geistlichen draußen in den Dörfern arbeiteten.

»Es ist, als böten sie den Menschen Boote an, obwohl es gar kein Meer gibt«, erklärte er. »Sie bringen ihnen bei, wie man auf einer Fata Morgana segelt.«

Und er berichtete, dass die muslimische Boko-Haram-Bewegung immer größeren Zuspruch erhalte; erst zehn Jahre zuvor hatte es sich dabei um eine friedliche Gruppierung gehandelt, *Ahlulsunna wal'jama'ah hijra*, doch inzwischen schlossen sich zusehends Fanatiker der Bewegung an.

»Wie ein Samenkorn, aus dem wucherndes Unkraut geworden ist. Und ihre Ideen verbreiten sich sogar an der Uni. Ich habe Kollegen, die allen Ernstes im Studium sämtliche westlichen Einflüsse verbieten wollen, und ich befürchte, dass ich dort bald nicht mehr arbeiten darf.«

Sie hörte schweigend zu, während er erläuterte, wie die Boko-Haram unter ihrem neuen charismatischen Anführer Mohammed Yusuf angefangen habe, die Christen zu terrorisieren, die hier oben im Norden wohnten. Es war gefährlich geworden, mit Christen Kontakt zu pflegen, und unwillkürlich musste sie an Blessing denken, das Mädchen aus dem Dorf, mit dem sie manchmal spielte. Sie waren gleich alt, und ihre Namen passten gut zusammen. Mercy und Blessing. Gnade und Segen.

»Aber ich will dir noch etwas erzählen.«

Ihr Vater sah müde aus, als wäre er während ihrer Unterhaltung gealtert, und prompt entdeckte sie eine neue Falte in seinem Gesicht, einen feinen Strich neben dem Mundwinkel.

»Wir haben leider erfahren, dass Godfrey krank ist«, sagte er, und sie hörte, wie seine Stimme zitterte.

»Krank?«

Er nickte. »Und es kann sein, dass ich ebenfalls krank bin.«

Mehr brauchte er nicht zu sagen. Sie ahnte, um welche Krankheit es ging, trat auf ihn zu und umarmte ihn. Er strich ihr übers Haar und fragte, ob alles okay sei.

»Ich weiß nicht«, sagte sie. Sie fühlte sich leer, als wäre etwas verschwunden, ihr weggenommen worden, und mit einem Mal wollte sie nur noch weg. »Darf ich noch ein bisschen raus?«

Er lächelte. »Es wird doch schon dunkel draußen. Was hast du denn vor?«

»Blessing besuchen«, sagte sie, weil ihr auf Anhieb nichts Besseres einfiel.

»Klar.« Er berührte ihre Wange. »Geh nur.«

Das Dorf wirkte unruhig wie ein Kind, das einen leichten Schlaf hat. Hitze hatte sich in der Dunkelheit eingenistet, und ihr klebte das Kleid auf der schweißnassen Haut, als sie das Haus erreichte, in dem die einzige christliche Familie des Dorfes wohnte.

Seit einigen Wochen hatte sie nicht mehr mit Blessing gespielt, und sie wäre vermutlich auch an diesem Abend nicht zu ihr gelaufen, wenn Papa nichts erzählt hätte.

Soweit sie wusste, gab es keinen im Dorf, der Blessings Familie schaden wollte, im Gegenteil, sie wurde respektiert, der Vater saß im Dorfrat, die Mutter war Friseurin und empfing ihre Kunden zu Hause. Fast alle Frauen aus dem Dorf ließen sich bei ihr die Haare schneiden, und bis abends war für gewöhnlich viel bei ihnen los. Heute jedoch lag das Haus im Dunkeln, und es war niemand zu sehen.

Sie trat an die Tür und klopfte, aber es machte niemand auf, und Mercy wusste nicht recht, was sie tun sollte. Sie wollte nicht wieder zurück nach Hause, also umrundete sie das Haus, betrat den Hinterhof und setzte sich auf die niedrige Steinmauer, hinter der der Fluss vorbeiströmte.

In der Dunkelheit konnte sie das Wasser nicht sehen, aber sie konnte es hören, ein dumpfes Brausen, das sich anhörte, als hielte man sich fest die Ohren zu. Ihr Vater hatte mal gesagt, dass man auf diese Weise das Geräusch der eigenen Blutzirkulation höre, und sie stellte sich vor, dass der Fluss voller Blut wäre und sich wie eine lange rote Schlagader durch das Land schlängelte.

Allmählich gewöhnten sich ihre Augen an die Dunkelheit, und sie entdeckte etwas am Hang unter ihr. Etwas Weißes ragte dort aus dem Boden, sie kletterte von der Mauer und ging davor in die Hocke. Zwei Streichhölzer waren mit einem Gummiband zusammengebunden worden, sodass sie ein Kreuz bildeten. Sie zog es aus der Erde, wühlte mit den Fingern im trockenen Boden und stieß auf etwas Hartes.

Es war eine Streichholzschachtel – so eine, wie es sie überall zu kaufen gab. Gelb-rot, von *Three Stars*: drei Sterne über der Aufschrift SAFETY MATCHES – MADE IN SWEDEN, und sie schob die Schachtel auf. Erst sah sie nur ein kleines Stück weißen Stoff. Dann dämmerte ihr, dass in dem Stoff etwas eingewickelt sein musste, und sie nahm ihn heraus.

Es war ein geschrumpftes Insekt, porös und gräulich wie eine Rußflocke. Ein Falter vielleicht.

Hier hatte jemand Beerdigung gespielt.

Der kleine Kevin Costner heult
Pfad der sieben Brunnen

Als Kevin den Waldfriedhof erreicht, hängt ein dünner Nebelschleier über den graubraunen Hügeln. Es ist Viertel vor elf, und obwohl er zu spät dran ist, lässt er sich Zeit und geht gemächlichen Schrittes auf die Anhöhe mit den Ulmen zu. Linker Hand liegen das Krematorium und die Heiligkreuz-Kapelle, und rechts beginnen die ersten Grabreihen. Sie sind gesäumt von Laternen, die wie Blumen geformt sind. Er verlässt den Kapellenweg und biegt auf den Pfad der sieben Brunnen ein. *The terrible craving to make death our whore*, denkt er und überlegt, woher das Zitat stammt. Aus irgendeinem Siebzigerjahre-Film wahrscheinlich. Meistens hat er keine Ahnung, die Zitate hat er einfach im Kopf. Irgendwie verblödet man, wenn man Cineast ist.

Wir schmücken den Tod mit Blumen, damit wir weniger Angst vor ihm haben. Könnte man meinen – aber Fakt ist doch, dass der Waldfriedhof teilweise so konzipiert ist, um die Stimmung zu drücken. Als er im Lauf der Woche schon mal hier gewesen ist, hat der Trauerredner ihm erzählt, dass der Weg auf der ehemaligen Grenzlinie zu dem Gelände verläuft, wo hundert Jahre zuvor eine Kiesgrube war. Die Allee, die aus unerfindlichen Gründen exakt achthundertachtundachtzig Meter lang ist, beginnt mit Sandbirken, die erst von gewöhnlichen Birken, dann von Nadelbäumen abgelöst werden, Kiefern und zuletzt Fichten; der Wald wird immer dunkler, je näher man der Auferstehungskapelle kommt. Der Gedanke dahinter war wohl, dass der Pfad der sieben Brunnen den Trauernden vor der Abschiedszeremonie am Ende des Weges das Herz schwer mache.

Sein Vater, der Atheist war, hätte es verabscheut, hätte von religiöser Manipulation gesprochen, die das Revier von Tod und Trauer markiere.

Aber nun kriegt er ja eine weltliche Bestattung, denkt Kevin, obwohl sie in einer Kapelle vor einem Altar mit einem Kreuz stattfindet.

Zeit, Beerdigung zu spielen. Eine kleine konventionelle Zeremonie mit einer überschaubaren Anzahl von Gästen. Ein Cousin, ein Freund aus Kindertagen, ein ehemaliger Nachbar und ein paar alte Kollegen von der Polizei. Wie etwa Vera, die Einzige, auf die er sich freut. Seinem älteren Bruder will er möglichst aus dem Weg gehen. Und das gilt auch für den perversen Onkel.

Den Onkel, den er hätte anzeigen müssen. Stattdessen ist er Polizist geworden, genau wie sein Vater.

Noch immer säumen nur Birken den Weg, aber es ist schon ein bisschen stiller geworden. Vielleicht weil der Weg so versteckt ist, als führte er unter die Erde.

Ein dürres Knacken, und eine Amsel flattert über den Weg. Vor ihm ragen jetzt hohe Kiefern auf, und die Luft wird trockener und kühler.

Er zückt sein Handy, um nachzusehen, ob jemand angerufen hat. Sein Chef, Lasse, dürfte mittlerweile über das tote Mädchen informiert sein.

Tara, noch ein Name für Peters Puppenstube.

Kevin bezweifelt, dass die Person, mit der sich das Mädchen am Vorabend getroffen hat, um Sex zu haben, dieselbe Person ist, nach der sie suchen. Nichts bei den Ermittlungen deutet darauf hin, dass ihre Zielperson je direkten physischen Kontakt zu den Opfern gesucht hätte. Es ist, als existierte er nicht jenseits des Internets.

Tara ist die Erste, die er in den Selbstmord getrieben hat. Zumindest soweit sie wissen.

Wenn denn tatsächlich alles so abgelaufen ist.

Denn auch Mord lässt sich noch nicht ausschließen.

Die Fichten gehen in dichte Kiefernreihen über. In hundert Metern kann er die Kapelle mit den vier Säulen sowie eine kleine Menschentraube im Schatten ausmachen. Er sieht auf die Uhr. Vier Minuten vor elf, er beschleunigt und zieht seine Jacke zu.

Die Auferstehungskapelle sieht aus wie ein antiker Tempel, sie verlangt ein gewisses Maß an Würde, und er drückt den Rücken durch, geht das letzte Stück wieder langsamer.

Vor der Kapelle wird er von einem traurigen Grüppchen älterer Männer in dunkler Kleidung empfangen. Fragil und schmächtig – als könnte der kleinste Windstoß sie umpusten. Weder Vera noch sein Bruder ist in Sicht, dafür der perverse Onkel, und Kevin weiß jetzt schon, dass sie beide sich wie immer nichts anmerken lassen werden.

Das ist nie passiert.

Und wenn es wider Erwarten doch passiert ist, dann ist die Sache ohnehin längst verjährt.

Er nickt den anderen zu. Vier anonyme Gesichter, er kennt keins davon, und das kann, wenn's nach ihm geht, ruhig so bleiben.

Er denkt an Tara, das Mädchen, das es nicht mehr gibt.

Die sich so sehr geschämt hat, dass sie auch niemandem etwas erzählt hat.

»Kevin... Du bist spät dran.« Der perverse Onkel macht einen Schritt auf ihn zu und streckt ihm die Hand entgegen, ein Händedruck, der fester ist, als die mürbe Erscheinung vermuten lässt. »Und du siehst immer noch wie ein Punker aus... Bist du inzwischen nicht fast dreißig?«

Ich war neun, als du mich gezwungen hast, dir einen runterzuholen.

»Ich bin siebenundzwanzig.«

Seit vier Jahren arbeite ich jetzt mit solchen, wie du einer bist, und ich hab immer sämtliche Kids verflucht, die nicht die Traute hatten, ihre Väter, Onkel, Nachbarn oder Lehrer anzuzeigen. Dann wiederum war auch ich selbst zu feige, um dich anzuzeigen. Wer also bin ich, das von anderen zu verlangen?

»Siebenundzwanzig? Und da bist du schon rausgeflogen aus deinem Verein?«

»Ich bin versetzt worden.«

Ich bin versetzt worden, weil ich eines Abends in der Kneipe einem wie dir begegnet bin. Ich hab ihn wiedererkannt. Er war freigesprochen worden, aber ich wusste, dass er schuldig war. Er saß mit einem jungen Mädchen an der Bar, viel zu jung, um überhaupt dort sitzen zu dürfen, und als ich gesehen hab, wie er das Mädchen angefasst hat, konnte ich nicht länger an mich halten.

»Versetzt? Ja, das sagt man wohl so ...«

Ich hab dem Arsch eine reingehauen – ein einziger Schlag, und er ist zu Boden gegangen. Ich bin wegen Tätlichkeit verurteilt und für zwei Monate vom Dienst suspendiert worden. Der Psychologe, mit dem ich habe reden müssen, meinte, ich hätte aufgrund meiner Arbeit bei der Rikskrim die Kontrolle verloren. Hätte einfach zu viele von diesen Kerlen in Filmen gesehen und bräuchte eine Auszeit. Er empfahl, bis auf Weiteres Bildschirmarbeit zu vermeiden, woraufhin ich in eine operative Einheit versetzt wurde. Ich darf keine Täter mehr befragen, aber die Opfer, was gelinde gesagt idiotisch ist.

Der perverse Onkel lächelt und tätschelt Kevin die Schulter. »Du solltest vielleicht darüber nachdenken, zum Zirkus zu gehen.«

Zuerst kapiert Kevin es nicht. Dann geht ihm auf, dass er, ohne nachzudenken, sein Jo-Jo aus der Tasche genommen hat. Wie lange steht er schon da und lässt es nieder- und wieder hochschnellen? Das Jo-Jo ist Teil seines Körpers geworden. Er schiebt es wieder in die Tasche.

Reiß dich zusammen, verdammt noch mal.

»Übrigens hab ich gehört, dass es keine Andacht geben soll.«

»Nein, ich hab davon Abstand genommen, sobald klar war, dass Mama zu krank ist, um zu kommen.«

»Schade um meine Schwester ... Aber es wäre schön, mal wieder ein bisschen mit dir zu plaudern.«

Ganz sicher nicht.

Kevin wendet sich ab, dreht dem Trüppchen den Rücken zu und greift nach seinem Handy, tut, als wäre er beschäftigt, bis er Schritte auf dem Kies hört und eine Hand an seiner Schulter spürt.

»Mister Costner ... Nett, dich wiederzusehen.«

Nachdem sie *Silverado* gesehen und sich in Kevin Costner verguckt hatte, wusste seine Mutter, wie sie ihren Nachzügler nennen wollte. Dass Kevin sich in seiner Jugend zum Filmnerd entwickelt hat, macht das Ganze umso komischer, was sein Bruder auch immer wieder gern betonte.

»Was für ein Flug, Costner«, witzelt er und lamentiert dann ungeniert über die unbequeme Flugreise von Houston über London nach Stockholm.

Du bist fett geworden. Kein Wunder, dass du es unbequem findest zu fliegen.

Jetzt musst du aber bald kommen, Vera. Ich halt's sonst nicht mehr aus.

»Fährst du bei Mama vorbei?«, erkundigt sich Kevin mechanisch.

»Ja, ich wollte im Anschluss nach Farsta rüber. Willst du mit?«

»Ich schaff's heute nicht«, lügt er.

Er sollte wirklich wieder bei seiner Mutter vorbeischauen, aber auf gar keinen Fall zusammen mit ihm. Vielleicht morgen mit Vera oder übermorgen, wenn die Arbeit ihm Zeit dafür lässt.

Die Kapellentür geht auf, und sie werden unterbrochen. Der Trauerredner erkennt Kevin wieder und lächelt ihm zu, dann begrüßt er die anderen Gäste.

Am Eingang steht eine Vase mit roten Rosen, die auf den

Sarg gelegt werden sollen. Kevin nimmt sich eine und dreht den Stiel zwischen den Fingern.

Die Kapelle ist bis auf die schnörkeligen blauen Verzierungen an der hohen Decke komplett weiß. Irgendwo dort oben befindet sich auch die Orgelempore, von hier unten ist sie allerdings nicht zu sehen. Die Trauernden sollen das Gefühl haben, dass himmlische Musik auf sie niederströmt.

Erst nachdem er sich gesetzt hat, hört er, welches Stück gespielt wird. Er hat es selbst vorgeschlagen, trotzdem ist er jetzt überrascht. *Visa från Utanmyra* von Jan Johansson, ein schwedisches Volkslied. Eigentlich hat er das Stück wegen seiner Mutter ausgewählt, und jetzt ist sie gar nicht dabei.

Ihm kommen sofort die Tränen. Die wehmütigen Orgelklänge versetzen ihn um fünfzehn Jahre zurück in einen Sommer oben in Ångermanland mit seinen Eltern. Da waren sie noch glücklich, hatten sich ein Sommerhaus gemietet, und Mama legte eine Platte auf. Genau dieses Volkslied. Vor dem Haus glitzerte der Ångermanälven, Papas Fluss.

Nur die drei – Stille, Wiesenblumen und ein wolkenloser Himmel.

»Ja, ja ...« Sein Bruder tätschelt ihm den Oberschenkel, wie man ein Kind tätschelt, und reicht ihm ein Papiertaschentuch, an sich eine nette Geste, aber von seinem Bruder ist sie lediglich demütigend.

Der kleine Kevin Costner heult.

Als die Orgeltöne verklingen, stellt sich der Trauerredner vor den Altar, der der christlichen Tradition gemäß im Osten positioniert ist, um den Sonnenaufgang zu symbolisieren, die Auferstehung. Als er zu sprechen beginnt, spielt es keine Rolle mehr, dass er einen schlichten grauen Anzug trägt. Er sieht trotzdem aus wie ein Pastor.

Er beginnt mit ein paar einleitenden Worten über Kevins Vater und wendet sich an den Sohn: »Werde niemals Polizist –

das hat dein Vater immer gesagt, nach drei Jahrzehnten bei der Polizei, und du, Kevin, hast mir erzählt, dass er bis zuletzt genau das geblieben ist, mit Leib und Seele: Polizist.«

Kevin schlägt den Blick nieder. Hört nicht mehr zu. Er weiß trotzdem genau, was als Nächstes kommt, er hat die endgültige Version des Textes am Morgen per E-Mail erhalten.

Tränen brennen ihm in den Augen, und er starrt den elfenbeinweißen Mosaikboden an. Ein Muster aus quadratischen Steinchen, sich windende Schlangen.

Dann betrachtet er seine Hände. Nass von den Tränen. Plötzlich verstummt der Trauerredner.

Kevin hört Schritte und blickt auf.

Zwei weitere Trauergäste sind eingetroffen.

Die eine hat er erwartet. Eine groß gewachsene, schlanke Frau um die siebzig, die aussieht wie Helen Mirren mit orangeroten Haaren. Vera Dagerman, genannt die Direktorin, weil sie ihre Abteilung wie eine Unternehmerin geführt hat.

Mit der anderen Person hat er nicht gerechnet.

A loving mother reuniting with her lost son, denkt er.

Normal traumatisiert
Hexenkessel

Ehe Love sein Büro betritt, wirft er einen Blick auf den Plastikstreifen aus dem Prägeapparat. Das Namensschildchen hat an der Tür geklebt, als er an seinem ersten Arbeitstag das Büro zugewiesen bekam, und er fand damals schon, dass es billig aussah. Mittlerweile hat sich der Kleber an den Kanten gelöst, und eine schwarze Staubschicht hat sich darauf gesammelt. Er wollte den Streifen schon gegen ein richtiges Namensschild austauschen, ist sich aber nicht mehr sicher, ob das noch nötig ist.

Ein alter, schmutziger Klebestreifen zeigt doch nur, dass er nicht besser ist als alle anderen, dass er keine Autorität darstellt. Und das ist gut so.

Milchiges Licht fällt durchs Fenster und färbt die Unterlagen auf dem Schreibtisch grau. Er hat die Angewohnheit, seine Notizen nicht sofort ins Reine zu schreiben, er lässt sie eine Woche ruhen und kann sie so für die Reinschrift mit frischem Blick betrachten. Seine gesammelten Aufzeichnungen aus den Einzelsitzungen mit Mercy sind über den ganzen Schreibtisch verteilt.

Er wird die Mädchen im Lauf des Tages noch sehen. Es fasziniert ihn, wie ähnlich sie denken, obwohl sie aus unterschiedlichen Welten kommen.

Sie sind enge Freundinnen, um nicht zu sagen, unzertrennlich, und sie haben vergleichbare Erfahrungen mit Sexualität und Männern gemacht. Trotzdem kommt es ihm manchmal so vor, als hätten sie ihre Antworten einstudiert. Lange, im Prinzip gleichlautende Ausführungen über die verschiedensten Themen, als stünden sie miteinander in einem seelischen Austausch.

Zum Beispiel die ständige Präsenz von Kriechtieren und Insekten – eine Bildsprache, die er auch von jüngeren Kindern kennt. Rein juristisch gesehen sind auch Nova und Mercy noch Kinder, obwohl sie schon jetzt genug Ärger und Schwierigkeiten für ein ganzes Leben hatten. Besonders oft taucht in ihrer Symbolwelt die Schlange auf, die einerseits für die Angst steht, eine Art drohende Gefahr, andererseits für innere Veränderung oder ...

Er starrt auf ein Blatt Papier hinab und sucht nach einer geeigneten Formulierung.

Tod, Hass, das Böse, schreibt er schließlich und hofft, es später ausformulieren zu können.

Noch während er die Aufzeichnungen zusammenschiebt, stellt er fest, dass eine Seite aus einer Sitzung mit Nova und nicht mit Mercy stammt. Weil er manchmal im Nachhinein nur schwer trennen kann, wer von den beiden was gesagt hat, ist es nicht weiter verwunderlich, dass er seine Aufzeichnungen durcheinanderbringt, auch wenn das unprofessionell ist. Er legt das Blatt zur Seite und blickt aus dem Fenster.

Ein Stück entfernt stehen einige Mädchen und rauchen. Sie flachsen miteinander und lachen.

Love Martinsson muss an seine eigene Kindheit denken. Mehrere Jahre zusammengestaucht auf wenige qualvolle Sekunden, ehe er die Erinnerung verscheucht und wieder über Mercy nachdenkt.

Zu Beginn der Therapie war sie relativ verschlossen, und er glaubte zunächst, es liege an der Sprache. Die Vermutung hat sich jedoch als falsch erwiesen, weil ihr Schwedisch so gut wie fehlerfrei ist. Seit ihrer Zeit oben in Jämtland hat es sogar einen norrländischen Einschlag. Sie ist ein intelligentes Mädchen mit tadelloser Allgemeinbildung, und er hat seine Vorbehalte gegenüber nigerianischen Einwanderern korrigieren müssen. Als Mercy einmal aufgefallen ist, dass er angesichts ihres Detailwissens überrascht war, wies sie ihn mit einer Bemerkung zurecht, die er sich sofort aufgeschrieben hat. *Nigerianer sind im Gegensatz zur landläufigen Meinung ausgezeichnet in die schwedische Gesellschaft integriert. Schau dir Dr. Alban an. Zahnarzt, populärer Musiker und mit Björn Borg befreundet.*

»Ausgezeichnet integriert« und »populärer Musiker«, denkt er. Das gehört wohl kaum zum üblichen Wortschatz einer Sechzehnjährigen, die erst seit ein paar Jahren in Schweden ist.

Er blättert in seinen Notizen. Es gibt etwas in ihrer Vergangenheit, was Mercy ihm vorenthält. Sie kann bisweilen recht offen sein, vor allem wenn es darum geht, abstrakte Gedanken in Worte zu fassen, dennoch dringt er nicht wirklich zu ihr durch.

Ein Thema, auf das sie immer wieder zurückkommt, ist ein Angstgefühl, das sie in regelmäßigen Abständen und ohne Vorwarnung befällt. Erst hat er angenommen, es handele sich um Panikattacken, aber so einfach ist es nicht. Manchmal beschreibt sie das Gefühl eher vage, mit Worten wie »unbeschreiblicher Schrecken« und »etwas Böses, das da ist«. Dann wieder erlebt sie die Angst physisch. Ein paar Sätze hat er unterstrichen.

Die Luft fühlt sich drückend an, ich kriege kaum noch Luft.
Druck lastet auf meiner Brust.
Ich will mich davor verstecken, es verdrängen, aber das geht nicht. Es ist am besten, es einfach kommen zu lassen, es Überhand gewinnen zu lassen, dann verschwindet es irgendwann von selbst wieder.

Er weiß, dass sich beide Mädchen über lange Zeit selbst kuriert haben, um ihre Angst in Schach zu halten. Alkohol, Drogen und Sex scheinen betäubend auf sie gewirkt zu haben, und Mercy war sturzbetrunken, als sie vor einem guten Jahr aus dem jämtländischen Bräcke nach Skutskär kam.

Natürlich könnten die klassischen Ursachen Scham und Schuld dahinterstecken; er nennt sie Trigger. Todesangst, denkt er. Außerdem Hass, Abscheu, Ekel ... Aber woher kommt das alles?

Er ist sich fast sicher, dass Mercys Angst von einem Vorkommnis in Nigeria herrührt, da war sie etwa zwölf, und dass es sich dabei vermutlich um einen Übergriff handelt, vielleicht sogar um einen Mord. Es muss jedenfalls vor ihrer Flucht passiert sein, vor der Tragödie mit ihrer Familie.

Er lehnt sich auf seinem Stuhl zurück, und ihm fällt noch etwas anderes ein.

Er kehrt zu seinen Aufzeichnungen zurück und findet nach einer Weile, wonach er sucht.

Wir mussten fliehen. Die Boko-Haram hat ein Haus im Dorf angezündet, da waren wir nicht mehr sicher.
Das war am elften September.

Er hat eine Anmerkung hinzugefügt: Mercy schlug die Beine übereinander und zog sich den Rock über den Oberschenkel, ehe sie verkündete, sie wolle nicht weiter darüber reden.

Er weiß, dass sieben von zehn Vergewaltigungsopfern während der Tat schier paralysiert sind. Ihr Zustand wird auch als *frozen fright* bezeichnet, was nichts anderes bedeutet, als dass das Opfer vor Angst nicht imstande ist, sich zur Wehr zu setzen.

Aber Mercy gehört nicht zu dieser Kategorie, denkt er und legt seine Aufzeichnungen zusammen.

Die anderen Mädchen im Hexenkessel sind ohne jeden Zweifel auch traumatisiert, aber verglichen mit Mercy … Er überlegt, will die anderen eigentlich nicht als »normal« bezeichnen, eher als »normal traumatisiert«, und er ist froh, dass niemand seine Gedanken lesen kann.

Dass niemand die Stimme in seinem Kopf hören kann.

Dieses unerbittliche Mahlen.

Love Martinsson heftet die Blätter in einem Ordner ab und schlägt ihn zu.

Manchmal erkennt er sich in den jungen Mädchen selbst wieder. In seiner frühen Jugend hat auch er sich selbst oft infrage gestellt, als würde ein Dritter ihn permanent taxieren und beurteilen. Jeder Schritt, den er machte, jedes Wort, das er sagte, war irgendwie unangebracht; die gleiche Verunsicherung liegt wie ein Film auf den Mädchen, die meisten von ihnen würden bei der kleinsten Beschimpfung oder Beleidigung zusammenbrechen.

Aber nicht Mercy. Und Nova ebenso wenig. Sie würden die Schultern nach unten drücken und dann blitzschnell zuschnappen.

Die beiden haben auch noch eine andere Seite, die nicht destruktiv ist. Wann immer er die Gelegenheit hat, beobachtet er sie heimlich. Das mag während einer Gruppentherapiesitzung sein, in ihrer Freizeit, beim Mittagessen oder abends, wenn sie draußen stehen und rauchen. Sie wirken natürlich zusammen, ihre Freundschaft scheint genauso selbstverständlich zu sein wie die Tatsache, dass sie atmen.

Als hätten sie die Fähigkeit, in den Körper der jeweils anderen zu schlüpfen, denkt er. Und sich einzubilden, genau zu wissen, wie es sich anfühlt, die andere zu sein.

Wenn ich dich dazu bringe, das auszuhalten, zu überleben, dann schaffe ich es auch.

Er wirft einen Blick auf die Wanduhr über der Tür. Weißes Zifferblatt, schwarze Striche anstelle von Zahlen, die gleiche Uhr, die seit seiner Schulzeit in den Siebzigern und Achtzigern in Klassenzimmern hängt.

Manchmal kommt es ihm im Hexenkessel genauso vor wie in seiner Zeit am Gymnasium. Intrigen, Böswilligkeiten, Probleme im Überfluss, Hormone, die nicht wissen, wohin, heimliches Rauchen und Trinken, Liebeskummer, eine Institution innerhalb der Institution und die Welt der Erwachsenen unerreichbar, lächerlich und beängstigend zugleich. Allerdings ist hier alles hundertmal schlimmer. Der Hexenkessel ist ohnehin ein Synonym für Krawall, Radau und schwelenden Tumult, hier gibt es keine Einserschülerinnen, keine Nerds, keine Sportmädels. Die Erfahrungen dieser Mädchen mit der Erwachsenenwelt bestehen aus Vergewaltigungen, Missbrauch, Pornos – und wie in Novas Fall: Cybergrooming.

Er wirft erneut einen Blick auf die Uhr, Nova kommt gleich, und er braucht noch ein paar Minuten, um sich vorzubereiten. Fünf Minuten, entscheidet er und greift nach ihrem Ordner.

Er beginnt zu lesen, merkt aber, dass er noch immer an Mercy denkt.

Ihn streift der Gedanke, dass es bei ihrem Trauma vielleicht auch um ihren Vater geht. Dem Thema weicht sie aus, aber er hat bemerkt, dass sie, sobald die Sprache auf ihren Vater kommt, oft fast schon reflexhaft mit ihrer Kette spielt. Der Kettenanhänger ist ein Glücksmedaillon, das man öffnen kann, mit einer muslimischen Gebetsformel darin, und er fragt sich, ob …

Ein Klopfen reißt ihn aus den Gedanken. »Herein«, ruft er und klappt den Ordner zu. Es ist Nova. Sie hat geweint.

»Setz dich.« Er lächelt sie an.

Nova wischt sich eine Träne von der Wange. »Er hat sich wieder bei mir gemeldet.«

Du kleine Hure
Fünf Jahre zuvor

Anschließend lag Nova auf ihrem Bett und sah nach, ob die Fotos und das Filmchen etwas geworden waren. Die Bilder sahen aus wie Hunderttausende Bilder anderer Mädchen im Netz, weder besser noch schlechter, und sie hoffte, dass sie ihm gefielen.

Du taugst sowieso nichts, für niemanden.

Sie schickte ihm fünfzehn Fotos und den Film, exakt drei Minuten lang.

Starrte fast eine Viertelstunde lang auf das Display, aber es kam keine Antwort.

Um kurz nach zehn klappte sie den Laptop zu und knipste die Nachttischlampe aus. Trotzdem lag sie noch lange wach. Hörte, wie der Partylärm langsam verebbte – dabei würde er nur eine Pause einlegen bis tags darauf. Ein Gast nach dem anderen ging; die Wohnungstür öffnete und schloss sich mindestens zehn Mal, bis gegen halb eins die Musik verstummte.

Schließlich waren da nur noch zwei Stimmen. Mamas lautstarke Vorhaltungen, was für ein Weichei Jussi sei, und sein murmelnder Protest. Sie, die sich in aller Herrgottsfrühe aus dem Bett quälen müsse, um im Zentrum von Fisksätra Müll zu sammeln, sie, die wenigstens Geld verdiene und zusehe, dass für die Kinder was auf den Tisch komme, indem sie sich dazu herablasse, in einer neongelben Weste ein Wägelchen voll Müll hinter sich herzuziehen.

Nova schämte sich, wenn ihre Mutter mit der Müllgreifzange am Schulhof vorbeikam, abgekämpft, mit krummem Rücken, obwohl sie noch keine fünfunddreißig war. Wenn sie immer wieder vergeblich versuchte, eine kaputte Tüte aufzunehmen, bis diese wegwehte, oder einen Zigarettenstummel. Wenn sie mit der Zange herumhantierte, die Kippe fallen ließ, sie wieder aufnahm, fallen ließ, aufnahm, fallen ließ, ehe sie sich zu guter Letzt mit der Hand danach bückte.

Guck mal, haha, da ist Novas Mama mit der Warnweste, die Hunderte Meter weit leuchtet, aber gleichzeitig dermaßen schmutzig ist, dass kein normaler Mensch sie anhaben will.

Novas Mutter, die manchmal an den Zaun kommt, um mit den Kindern zu reden, vor allem dann, wenn sie dunkle Ringe unter den Augen und eine Fahne hat. Dann will sie mit Novas Klassenkameraden reden, um ihnen zu beweisen, dass sie nicht die Nacht durchgesoffen hat, sondern fit wie ein Turnschuh ist, alles in bester Ordnung.

Und wenn sie einen besonders guten Tag hat, gibt Novas Mama vor den anderen Kindern damit an, was für gute Horoskope sie erstellt und dass sie gern ihren Verwandten davon erzählen können, denn sie nimmt nur dreihundert Kronen für eine individuelle astrologische Prognose, außerdem verkauft sie Armbänder mit Bergkristallanhängern. Danach erzählt sie, dass sie echt gut ist in Astrologie, dass sie ihre Tochter Nova genannt hat – »neuer Stern« – und Novas großen Bruder Björn nach dem Großen Bären. Nova hatte auch mal eine große Schwester, die Stella hieß, was »Stern« bedeutet, und an dieser Stelle kommen der Mutter immer die Tränen, sie entschuldigt sich und geht, denn Stella ist im Alter von fünf Jahren an Leukämie gestorben.

Ihre Mutter sagt immer, dass Nova Glück hat, weil sie erst drei Jahre alt war, als das passiert ist, und sich deshalb nicht an die große Schwester erinnern kann. Weil es schrecklich ist, sich an ein Kind zu erinnern, das nicht mehr da ist, an Stella denken zu müssen und daran, wie süß sie war mit ihren langen lockigen Haaren, die ihr am Ende ausgefallen sind. Es ist so unsagbar schmerzhaft für Novas Mutter, dass sie mehrmals pro Woche die Schachtel aufmachen muss, in der sie Stellas Haarsträhne aufbewahrt, dass sie nachts im Rausch weint, während sie an dem spröden Haar ihres toten Kindes riecht, das mittlerweile nicht mehr blond ist, sondern aschgrau.

Verdammte, verfluchte Stella, die gern darauf hätte verzichten können, geboren zu werden, weil sie sowieso kaum Zeit zum Leben hatte. Aber sie hatte Zeit, das Leben der anderen zu ruinieren, denn als sie starb, ging alles den Bach runter. Novas leiblicher Vater erhängte sich an einem Rohr in der Waschküche, und ein paar Jahre später fing Björn mit Drogen und Einbrüchen an.

Nova kann wirklich froh sein, dass sie zu klein war, um sich an all das zu erinnern. Sie hat wirklich riesiges, unbeschreibliches Glück. Denn sie wird nicht von den Erinnerungen an einen lebendigen leiblichen Vater gequält, an eine gesunde große Schwester und an einen großen Bruder, der noch nicht auf die schiefe Bahn geraten, sondern einfach nur nett und freundlich ist. Das alles ist einfach nur beschämend – ihr eigener Name mit eingeschlossen. Nova, Supernova – als bildete sie sich ein, sie wäre der Star der Klasse. Vollkommen albern.

Im Grunde sah Jussi ganz gut aus, aber wenn er trank, wurde er klapprig und schlapp wie ein alter Sack. Eigentlich war er begabt und rührig, und es war nicht seine Schuld, dass sein Leben daraus bestand, sich entweder hinter vorgezogenen Gardinen in der Wohnung zu verkriechen oder in Schnapsschwaden auf einer Bank im Stadtzentrum zu sitzen. Eigentlich war er kulturell interessiert und mochte klassische Musik, gute Literatur und sogar Lyrik, obwohl er dann doch lieber Heavy Metal hörte und die Abendzeitung las, wenn er trank. Eigentlich hätte er einen guten Job haben müssen, in dem er gut verdiente, er war immerhin trotz allem Prozesstechniker mit einer abgeschlossenen Ausbildung und absolut nicht dumm.

Eigentlich verdiente er eine Stieftochter, die sich seinetwegen nicht schämte, sondern stolz auf ihn war, weil er sich aufopferte, ihr neuer Vater geworden war und sich um sie kümmerte. Weil er auf einen Laptop gespart und ihr den zum Geburtstag geschenkt hatte, obwohl er doch eigentlich gar kein Geld hatte.

Eigentlich.

Sie schämte sich für ihre Mutter, die nach ihrem Krankenstand die Arbeit verloren und kein Krankengeld mehr bekommen hatte. Sie suchte sich einen neuen Job, und auch wenn es vielleicht armselig aussah, wenn sie Müll sammelte, mochte ihre Mutter das. Sie sah als Erste von allen die Sonne aufgehen und war in Bewegung und wurde so betrachtet sogar dafür bezahlt, dass sie Sport machte.

Warum schämte sie sich also für so eine Mutter?

Sie sollte sich dafür schämen, dass sie sich schämte.

Und Jussi ... Immerhin schämte sie sich nicht für ihn, wenn er nüchtern war. Ein paar Mädchen aus ihrer Klasse meinten, er sehe ganz süß aus, fast ein bisschen amerikanisch mit seinen schwarzen Haaren und braunen Augen. Bartstoppeln, Jeans und T-Shirt, außerdem bekam er leicht Farbe. Allerdings waren seine Metallica-Sweatshirts irgendwie unpassend, und er sagte ziemlich oft peinliche Sachen.

Sie schämte sich schlicht für alles in ihrem Leben.

Nein, für Björn schämte sie sich nicht, im Gegenteil, sie war sogar stolz auf ihn. Wenn er nicht so wäre, wie er war, würde sie mit Sicherheit gemobbt. Doch so wurde sie in Ruhe gelassen, weil sie einen Bruder hatte, mit dem sich keiner anlegen wollte. Björn war erst fünfzehn, aber sie hatte durchaus mitbekommen, wie er Jungs zusammenschlug, die mehrere Jahre älter waren als er.

Gerade jetzt hätte sie seine Hilfe gut brauchen können. Wenn er wüsste, wozu sie gezwungen wurde, würde er ausrasten. Aber sie konnte ihren Bruder nicht um Hilfe bitten, weil das alles so unsagbar blamabel war.

Sie drehte sich auf die Seite. Das kleine blaue Lämpchen am Laptop leuchtete und erinnerte sie wieder daran, dass der Mann, der sich Peter nannte, womöglich irgendein alter Sack, in diesem Moment irgendwo sitzen und sich zu ihrem Film einen runterholen könnte.

Wie hatte sie nur so dumm sein können? Das alles hatte sie nur sich selbst zuzuschreiben.

Du bist wirklich total durchgeknallt, du kleine Hure.

Dabei war sie im Grunde nicht so dumm. Ihr war natürlich klar, dass solche Sachen immer wieder passierten, aber sie hätte nie geglaubt, dass sie selbst mal in so eine Lage geraten würde. Wie dieses Mädchen aus der Sechsten, das im vergangenen Herbst die Schule hatte wechseln müssen. Jemandem war ein Foto in die Hände gefallen, das sie richtig bloßgestellt hatte, und hatte es vor der Aula ans Schwarze Brett gepinnt. Auf dem Foto steckte dem Mädchen ein Bleistift im Hintern. Schlimmer konnte es wirklich nicht kommen. Das hat ihr Leben zerstört.

Es war halb zwei, als Nova die Nachttischlampe wieder anknipste. In der Wohnung war es mucksmäuschenstill. Sie mussten eingeschlafen sein, Nova fuhr den Rechner wieder hoch und loggte sich ein.

Immer noch keine Antwort.

Schwarze Männer aus afrikanischen Ländern sind besonders schwer integrierbar
Das muslimische Gräberkarree

A loving mother reuniting with her lost son... Wie passend im Hinblick auf die beiden spät eingetroffenen Trauergäste, und Kevin fällt endlich auch wieder ein, aus welchem Film das Zitat stammt. *Crime is King*, ein Actionfilm mit Kevin Costner in einer der Hauptrollen.

Er nickt Vera Dagerman zu. Sie ist erschreckend dünn geworden.

Bei ihrem Sohn Sebastian ist es genau umgekehrt. Kevin hat ihn seit fast zehn Jahren nicht mehr gesehen, und Sebastian hat nicht nur zugelegt, sondern ist obendrein alt geworden. Er ist noch keine vierzig, sieht aber aus wie ein alter Mann. Vera zufolge hatten die beiden kaum Kontakt, seit er sich zehn, fünfzehn Jahre zuvor mit seinen Rechnern in einer kleinen Studentenbude am Valhallavägen verschanzt hat. Sie setzen sich in die letzte Reihe, Vera lächelt Kevin traurig an, während Sebastian den Blick nicht vom Boden hebt.

Die Trauerfeier ist so gut wie überstanden. Nur noch eine letzte Anekdote über seinen Vater, die alle Anwesenden bestimmt längst kennen. Der Redner schmückt sie ein bisschen aus und erntet ein paar leise Lacher, dann ist der Moment für das Schlusswort gekommen.

»Es gibt keinen letzten Satz«, sagt er, »weil es auch keinen ersten Satz gegeben hat. Es gibt keinen Anfang und kein Ende. Keinen Gott, der etwas erschafft, denn die Schöpfung ist ein Prozess, der im Verborgenen stattfindet, ein Perpetuum mobile, in dem das Leben nur eine vorübergehende Laune ist, eine Blume, die in der Lunge des Universums zu knospen beginnt und die Blätter in einem vergänglichen Schoß entfaltet.«

Kevin findet, das klingt religiös, aller Ungläubigkeit zum Trotz. Armer Papa, denkt er. So groß und stark und doch nur eine welke Blume.

Das einzige Mal, dass sein Vater einen Fuß in eine Kirche gesetzt hat, war während eines Urlaubs in Paris, als Kevin vierzehn oder fünfzehn war. Notre-Dame, in gewisser Weise die Kirche aller Kirchen. »Wer hier eintritt, lässt alle Hoffnung fahren«, sagte er, als er über die Schwelle trat. Obwohl das schon so lange her ist, weiß Kevin es noch Wort für Wort, auch dass sein Vater dann erklärte, dass es sich dabei um ein Zitat handele: »Allerdings nicht aus der Bibel – wobei das auch ein ganz guter Roman ist.«

Kevin trocknet sich die Tränen und schmunzelt, während der Organist wieder zu spielen beginnt. *A Whiter Shade of Pale*. Papa hat im Prinzip sämtliche Musik verabscheut, die nach 1959 aufgenommen wurde, aber Kevin weiß, dass ihm Procol Harums sentimentale Sechzigerballade gefallen hätte.

Er steht auf und tritt vor an den Sarg. Legt stumm die Blume auf den Deckel neben das Porträt seines Vaters und hält einen Moment inne. Dreißig Sekunden, vielleicht eine Minute lang Ruhe, seine Gedanken stehen still. Dann kommen ihm erneut die Tränen, und er wendet sich ab.

Sebastian ist nirgends mehr zu sehen, Kevin geht davon aus, dass er sich dünngemacht hat, als das Defilee begonnen hat. Dass er die Chance ergriffen hat, sich zu verdrücken, während die anderen ganz mit sich selbst beschäftigt waren. Vera sieht sich um, schüttelt tadelnd den Kopf, tritt auf Kevin zu und nimmt ihn in den Arm.

»Ich werde einfach nicht schlau aus ihm«, sagt sie. »Erst meint er, er will dich unbedingt treffen, und dann haut er einfach ab ... Mein Beileid, Kevin. Kommst du einigermaßen klar?«

»Es geht schon.«

»Ich seh es dir an, dass es schwer ist ...« Vera hat Tränen in den geröteten Augen. Auch sie ist ergriffen. »Gehen wir ein paar Schritte?«

Er nickt, und sie gehen schweigend nebeneinanderher. Nach einer Weile erkundigt sie sich, wie es beruflich läuft. Seit seiner Zeit an der Polizeischule ist Vera eine Art inoffizielle Mentorin für Kevin. Sie war in der ersten Zeit nach der Suspendierung und Versetzung eine große Stütze für ihn. Sie hat die Gabe, direkt in ihn hineinzusehen. Ihr etwas zu verschweigen ist schlicht unmöglich. Sie stößt immer darauf, vielleicht weil sie selbst zehn Jahre nach ihrer Pensionierung immer noch eine richtig gute Polizistin ist.

Er erzählt ihr, dass es besser geworden sei, seit er die neue Stelle habe, zugleich aber auch schlechter, weil er jetzt viel näher an dem ganzen Mist dran sei und an den Erfahrungen der Opfer teilhabe.

»So ist es eben, wenn man mit Menschen arbeitet, statt auf einen Bildschirm zu starren«, sagt Vera und hält ihm eine Schachtel Zigarillos hin. Er nimmt einen und sucht nach seinem Feuerzeug, während er knapp seine aktuelle Aufgabe umreißt: die beiden bislang noch nicht identifizierten Mädchen zu finden.

Sie mustert ihn, während er den Zigarillo anzündet und Rauch hustet.

»Ich würde gern mehr über diese Mädchen erfahren«, sagt sie. »Was hältst du davon, wenn wir im Pelikan zu Abend essen? Es ist schließlich November, und ich mag nicht allein gehen.«

Vera und sein Vater haben es zur Tradition gemacht, sich einmal im Jahr im Pelikan auf Södermalm zum Essen zu verabreden und ihrer beider Pensionierung zu feiern. Sein Vater hat vor fünfzehn Jahren aufgehört, Vera fünf Jahre später, und beide sind im November aus dem Polizeidienst ausgeschieden.

»Warum nicht«, sagt Kevin.

Vera verspricht, einen Tisch für neunzehn Uhr zu reservieren. Als sie zur Kapelle zurückkehren und sich gerade voneinander verabschieden wollen, werden sie von Kevins Bruder unterbrochen, der aus unerfindlichen Gründen immer noch vor der Kapelle steht.

»Na, ist die Hütte inzwischen verkauft?«

Ihr Elternhaus, ein Einfamilienhaus in Stora Essingen, steht seit Kurzem zum Verkauf, und dem Makler zufolge sind bereits mehrere Gebote eingegangen.

»Bald. Du kriegst dein Geld schon noch.«

»Gut.« Er grinst. »Melde dich, Costner. Schön, dich mal wiederzusehen.«

Deswegen lungert er also noch herum.

Kevin lächelt zurück. »Hat mich gefreut.«

Der breite Rücken seines Bruders wird immer kleiner. Neben ihm geht der perverse Onkel.

Sie reden leise miteinander, und Kevin fragt sich, worüber.

Stell dir vor, wenn mein Bruder auch ... Nein, unmöglich.

»Was ist, Kevin?« Vera macht einen Schritt auf ihn zu.

Der Alte, der da so unbekümmert neben meinem Bruder hergeht – weißt du, was er mit mir gemacht hat, als ich neun Jahre alt war?

»Nichts«, antwortet Kevin und tritt den Zigarillo aus. »Wir sehen uns heute Abend, Vera. Ich hab dich vermisst.«

Er nimmt sein Handy zur Hand, schiebt sich die Kopfhörer in die Ohren und geht. Im Radio wird eine Diskussionsrunde zum Thema Migration angekündigt.

Im Handumdrehen ist selbst die Nachhut der Trauergäste außer Sicht. Grabsteine reihen sich aneinander. Das muslimische Gräberkarree mit den schlichten Gedenktafeln. Ihm fällt auf, wie schlecht diese Gräber gepflegt sind.

In der Diskussionsrunde geht es um EU-Migranten, vor allem Roma aus Rumänien und Bulgarien, die in immer größeren Zahlen nach Schweden einreisen, um hier zu betteln. Ein Diskussionsteilnehmer behauptet selbstsicher, dass es bei der wachsenden Skepsis gegenüber den Bettlern nur um eins gehe, nämlich um Rassismus, doch er wird sofort unterbrochen. *Diejenigen, die die Bettler auf den Straßen abstoßend finden, sehen sich selbst in ihnen. So würden sie selbst aussehen, wenn sie kein Dach über dem Kopf hätten, kein Geld, keine Perspektive. Sie haben Angst, dass auch sie selbst in so eine Lage geraten könnten.*

Kevin denkt an seinen Onkel. Hasst er ihn, weil er Angst hat, so zu werden wie er?

Hat er Angst, weil tief im Innern eines jeden Mannes, auch in ihm selbst, ein Triebtäter schlummert?

Er hat Sodbrennen, schmeckt die Säure, bleibt stehen und holt tief Luft. Wie können so viele Menschen dermaßen festgefahrene Meinungen haben und dermaßen überzeugt davon sein zu wissen, wer sie sind? Was wäre er für ein Mensch, wenn er zum Beispiel in den Dreißigern in Deutschland gelebt hätte? Würde auch er in ein paar Jahren Muslime hassen, wenn alle anderen es täten?

Er lässt den Blick über die muslimischen Gräber schweifen. Das Gras ist nicht gemäht, das Laub bleibt liegen. Fehlt hier Grabpflege-Know-how, oder ist es schlichtweg in Ordnung, dass sie so aussehen? Er findet das Areal ungepflegt, während andere es vielleicht als unberührt und friedlich empfinden.

Einer der Steine am Wegrand steht leicht schief, als drohte er jeden Moment umzufallen. Dann entdeckt er einen anderen Grabstein mit einem Porträt des Verstorbenen, das bis zur Unkenntlichkeit verwüstet ist, und ein Stück weiter weitere verwüstete Gräber. Wer hat das getan und warum?

Er ahnt, dass er darauf unterschiedliche Antworten bekäme, je nachdem, wen er fragte, und das frustriert ihn. Womöglich würde einer behaupten, Muslime zerstörten ihre eigenen Gräber, und dann auf das Bilderverbot verweisen; aber genauso überzeugt würde ein anderer mutmaßen, es könnte sich um eine fremdenfeindliche Tat handeln, während ein Dritter den Schluss zöge, genau das komme dabei heraus, wenn verschiedene Kulturen aufeinanderträfen. Keine der Parteien würde nachgeben. Ihr Glaube wäre letztlich mit ihrer Überzeugung identisch.

An Gott zu glauben bedeutete, dass man *wusste*, dass es einen Gott gab. Und der Glaube war mithin so stark, dass er aufhörte, nur Glaube zu sein, und dennoch weiter so heißen durfte, während ein und dasselbe Wort in den meisten anderen Zusammenhängen bedeutete, dass man sich nicht sicher war; man ahnte, vermutete, nahm an.

Im Radio ist die Diskussionsrunde noch immer in vollem Gange.

Die Art und Weise, wie sie ins Land zu gelangen versuchen, wird immer waghalsiger. Ein Beispiel dafür wäre der bislang nach wie vor nicht identifizierte Mann, der tot auf der Liljeholmsbron in Stockholm gefunden wurde. Laut Polizeiangaben ist der Mann aus einem Flugzeug gefallen, nachdem er sich im Fahrwerksschacht versteckt hatte. Die Maschine aus Brüssel hatte zur Landung auf dem Flughafen Bromma angesetzt, als ...

Kevins Gedanken wandern wieder zu seinem Vater. Über so vieles haben sie nie geredet. Was seinen Vater angeht, hat Kevin nie eine Wahl gehabt, hat nie Erkenntnisse oder die Wahrheit herbeiführen können. Er hat immer nur vermuten können, schätzen, annehmen. Glauben.

Im Radio sagt eine Teilnehmerin, sie glaube, die Flüchtlinge hätten oftmals ein falsches Bild von Schweden. Schweden sei nicht das Paradies, das sie sich ausmalten, und schwarze Männer aus afrikanischen Ländern seien besonders schwer integrierbar – Männer wie derjenige, der aus dem Flugzeug gefallen ist. Kevin hat von derlei Spekulationen genug gehört, macht das Radio aus und schiebt die Hörer in seine Tasche.

Er steuert den nächstliegenden Ausgang an, der sich hinter dem jüdischen Friedhofsteil befindet, und nimmt erstaunt zur Kenntnis, dass der jüdische Brauch, bei jedem Besuch einen kleinen Stein auf dem Grab zurückzulassen, sich mittlerweile auch auf die umliegenden christlichen und muslimischen Grabstätten erstreckt.

Diese Steine sind wie Ideen, denkt er. Sie verbreiten sich und pflanzen sich an neuen Orten fort. Bisweilen an überraschenden Orten.

Was hat wohl sein Vater geglaubt, wohin er kommen würde? Hat er irgendwann wieder an Gott geglaubt, so wie als Kind?

Sich selbst kennenzulernen ist ein Projekt auf Lebenszeit, hat er stets zu sagen gepflegt. Es gab ein paar Bemerkungen, die er immer wieder anbrachte, wie kleine Mantras, und obwohl er Atheist war, ging es dabei oft um Gott oder Religion. Obwohl sein Vater Religionen in sämtlichen Erscheinungsformen immer wieder auf die Schippe genommen hat, hat er sich zumindest mit ihnen beschäftigt.

Nachdem Kevin den Friedhof verlassen hat, stellt er fest, dass vor ihm ein längerer Umweg bis zur U-Bahn liegt. Als im grauen Nebel endlich die Umrisse des Bahnhofs auftauchen, klingelt sein Handy. Lasse, sein Chef bei der Rikskrim, ist in der Leitung. Kevin geht sofort ran.

»Tut mir leid, dass ich störe ... Wie geht's?«

»Ist alles schon ein bisschen belastend, aber es geht.«

»Mein Beileid. Wenn ich es richtig verstanden habe, wolltest du trotzdem auf den neusten Stand gebracht werden ... Könntest du im Präsidium vorbeikommen? Wir haben Daten vom Handy der Toten gesichert, außerdem ist dein filmischer Blick gefragt und ... wie nennst du das immer?«

»*Goofs*?«

»Ja, genau. Vielleicht hab ich da etwas gefunden ... Es geht um einen Film, den wir vor zwei Jahren beschlagnahmt haben.«

Kevin erstarrt. »Geht es um das blonde Mädchen? Nova?«
»Ja, woher weißt du das?«
»In einer halben Stunde bin ich da.«

Der zarte Flügel einer Libelle
Fünf Jahre zuvor

Natürlich wusste Nova von Anfang an, dass sie ihn in die Wüste hätte schicken sollen. Sie hatte sofort gespürt, dass da etwas nicht koscher war. Trotzdem hatte sie immer wieder auf seine Nachrichten geantwortet.

Es hatte vor drei Monaten angefangen – er hatte sie angeschrieben und gemeint, sie sehe cool aus. Auf seinem Profilbild sah er wie ein hübscher Junge aus; vielleicht ein bisschen *zu* hübsch, fand sie, aber sie hatte einfach nicht widerstehen können und ihm geantwortet. Als er schrieb, er sei fünfzehn, hatte sie geflunkert und zurückgeschrieben, sie sei ebenfalls fünfzehn. Er heiße Peter, schrieb er, und dabei hatte sie sich nichts gedacht. Inzwischen war sie sich sicher, dass Peter kein gängiger Name für einen Fünfzehnjährigen mehr war, eher der eines Vierzig- bis Fünfzigjährigen.

In den ersten Wochen hatten sie einander näher kennengelernt; sie hatte die Schule geschwänzt und vorgegeben, krank zu Hause im Bett zu liegen, damit sie so oft wie nur möglich chatten konnten, während ihre Mutter Müll sammelte und Jussi im Zentrum auf einer Bank saß und trank.

Sie bekam weitere Bilder von ihm geschickt, und keins davon war in irgendeiner Art seltsam. Ein paar Fotos waren wohl an einem Strand aufgenommen worden, darauf war er mit nacktem Oberkörper abgebildet, und er hatte wissen wollen, ob sie finde, dass er hässlich sei. Sie schrieb, keinesfalls, dass sie im Gegenteil finde, er habe einen schönen Körper, und dann hatte er sie nach einem Foto gefragt, vielleicht im Bikini oder so, und obwohl sie erst gezögert hatte, hatte sie ihm schließlich doch ein Foto geschickt.

Sie hatte ein Bild gefunden, auf dem sie ein klein bisschen älter aussah, vom vergangenen Winter, als die ganze Klasse in Södertälje zum Schwimmen im Südbad gewesen war. Aufgrund des Kamerawinkels sah es sogar so aus, als hätte sie Brüste.

Als er schrieb, sie sei unglaublich schön, aber sie sehe jünger aus als fünfzehn, tat er das auf eine Art, dass sie sich bei ihm gut aufgehoben fühlte.

Er fragte, ob sie nicht mal mit ihm telefonieren wolle, doch das lehnte sie ab. Fand, dass alles gut war, wie es derzeit war, zumindest bis auf Weiteres. Was, wenn er ihre Stimme nicht mochte? Dann ginge alles kaputt.

Irgendwann fragte er, ob sie noch Jungfrau sei, und sie flunkerte wieder. *Wohl kaum*, schrieb sie zurück, fügte dann aber sofort hinzu, dass es nicht viele Jungs gewesen seien und auch keiner besonders toll gewesen sei. Sie habe einfach noch nicht den Richtigen getroffen.

Bei ihm sei es genauso, schrieb er, und ab da hoffte sie insgeheim, dass er der Richtige wäre. Sie träumte davon, neben diesem süßen Jungen im Bett zu liegen. Ihn zu küssen und vielleicht mehr.

Dann fingen sie zögerlich an, über Sex zu reden. Er war der Erfahrenere und ließ sie an seinen Erlebnissen teilhaben. Er schrieb, das erste Mal sei ein bisschen komisch gewesen, aber irgendwann sei es besser geworden. Es könne wirklich schön sein, wenn man denjenigen liebe, mit dem man zusammen sei.

Sie scrollte nach oben. Hunderte Nachrichten, bis sie die entscheidende fand.

Er: Ich mag dich sehr, aber ich muss mir sicher sein können, dass du nicht zu jung bist.
Sie: Wie soll ich das denn beweisen?
Er: Es ist mir ein bisschen peinlich, dich das zu fragen, aber es ist

vielleicht der einzige Weg ... ein etwas intimeres Foto zu schicken, meine ich. Eigentlich will ich das gar nicht, aber vielleicht ist es danach einfacher für uns, einen Schritt weiterzugehen und uns vielleicht zu treffen?

Schon wieder dieses kleine Wort, dachte sie. *Eigentlich.*

Eigentlich will ich das gar nicht, hatte der Mistkerl geschrieben. Dabei hatte er genau das gewollt, genau das hatte er bekommen und noch jede Menge mehr. Wie hatte sie nur so verdammt dumm sein können?

Sie las weiter, und es war eine Qual, sich all das im Nachhinein erneut vor Augen zu führen. Sie wusste noch, dass sie ein mulmiges Gefühl gehabt hatte, aber gleichzeitig neugierig gewesen war. Nun wirkten seine Worte einfach nur durchschaubar.

Sie: Ok. ☺ *Weiß aber nicht, ob ich mich traue, ein Foto zu schicken.*

Er: Wenn du willst, schick ich dir auch eins. Das wäre nur gerecht. ☺

Sie: Vielleicht schick ich dir eins. Aber nur, wenn du zuerst eins schickst.

Er: Ok. Warte kurz. Kann ein bisschen dauern ...

Sie starrte die Zeitangabe an. Das Foto war zwanzig Minuten später gekommen. Er hatte so getan, als müsste er sich erst ausziehen und zwanzig Minuten lang anstrengen, um ein gutes Bild hinzubekommen, das nicht zu versaut aussah. Sie starrte auf das Foto. Es war eindeutig der Junge vom Profilbild – nur dass die Nachrichten jemand anders schrieb. Der Typ auf dem Foto sah schüchtern aus und lag nackt auf der Seite auf einem Bett.

Sie hatte das Foto sofort geliebt, viel mehr, als sie ihm gegenüber zugegeben hatte.

Inzwischen musste sie dabei an Kriechtiere denken. An Schlangen und Würmer.

Sie: Du siehst echt gut aus. ☺ *Du kriegst auch ein Foto von mir, allerdings muss ich dich vorwarnen. Ich bin rasiert. Ich mag es, mich zu rasieren, irgendwie ist das schöner, frischer. Ich schick's bald.*

Er: Das macht überhaupt nichts. Und ich finde auch, dass es frischer ist, auch wenn es genauso schön ist mit Haaren da unten. Und ich weiß, dass ich DICH schön finde, egal wie!!!

Zweiundzwanzig Minuten später hatte sie ihr Foto abgeschickt, das schließlich dafür gesorgt hatte, dass alles aus dem Ruder gelaufen war.

Hätte sie es nicht verschickt, wäre immer noch alles beim Alten.

Was hatte sie sich nur dabei gedacht? Total bescheuert.

Wenn sie sich jetzt, gerade mal zwei Monate später, das Foto anschaute, dann sah sie sich selbst hinter der Fassade. Ein Kind, das erwachsen aussehen wollte.

Sie hatte sich geschminkt. Mascara, Lippenstift und Puder.

Sie hatte sich etwas ins Hemdchen gesteckt und die Hüfte vorgeschoben, um kurviger auszusehen.

Sieht echt lächerlich aus, dachte sie.

Er hatte sofort geantwortet. Damals hatte sie gefunden, was er schrieb, klinge schön, ein bisschen verwirrend, aber romantisch. Mittlerweile wurde ihr schlecht, wenn sie es las.

Er: Wenn ich dich so sehe ... Mein Blick zittert wie der zarte Flügel einer Libelle.

Wie der zarte Flügel einer Libelle?

Wie konnte man so etwas schreiben?

Nach dem ersten Foto war dann alles nur noch um Sex gegangen, und sie hatte sich, weniger widerwillig, als sie zugeben wollte, schlichtweg mitreißen lassen. Hatte ihm mehr Fotos geschickt, woraufhin allmählich die Drohungen gekommen waren. Erst harmlose, unterschwellige Drohungen, zum Beispiel schrieb er, er sei geradezu süchtig nach ihrem wunderbaren Körper und wisse nicht, wie er das aushalten solle, wenn er nicht mehr sehen dürfe. Er hatte sie mit Komplimenten und

Schmeicheleien überschüttet, und sie hatte alles aufgesogen wie ein Schwamm. Hatte sich wahrgenommen und bewundert gefühlt.

Dann, relativ abrupt, im Lauf eines einzigen Tages oder so, war nur mehr das nagende Gefühl übrig geblieben, dass dies alles einfach nur falsch war.

Er hatte eingeräumt, dass er nicht wie anfangs behauptet fünfzehn, sondern neunzehn sei. Dann hatte er geschrieben, er wisse, dass auch sie nicht fünfzehn, sondern erst elf sei. Sie hatten den anderen jeweils um gleich viele Jahre belogen, waren also beide gleich schuldig. Trotzdem sei es eher ihr Fehler, denn er habe als Erster ihr Alter infrage gestellt. Ob sie das nicht mehr wisse?

Doch, aber er war ja der Erwachsene und sie das Kind.

Jetzt wusste er alles über sie, während sie rein gar nichts über ihn wusste. Nicht, wie er in Wahrheit aussah, wie alt er war, wie er hieß, und auch sonst nichts.

Nur eins: dass sie ihn hasste.

Und noch eine Sache, dachte sie: dass er manchmal echt komisch schrieb – wie diese Sache mit dem Blick, der wie der zarte Flügel einer Libelle zittere, wenn er sie nackt vor sich sehe.

Vielleicht würde es ihr ja gelingen, ihn irgendwie zu durchschauen, wenn sie mehr wüsste.

Sie hatte gelesen, dass Mädchen, die in eine solche Scheißsache hineingerieten, sich irgendeiner Freundin, womöglich der besten Freundin anvertrauten. Oftmals war es dann die beste Freundin, oder es waren beide zusammen, die einem Erwachsenen, einem Elternteil, einer Lehrkraft oder der Polizei davon erzählten, weil sich die Betroffene allein nicht traute.

Nur hatte sie niemanden, dem sie davon hätte erzählen können. Das konnte sie also vergessen. Vielleicht war es das Beste, keine Fotos und Filme mehr an ihn zu schicken. Egal was dann passierte. Wenn er seine Drohungen wahr machen und alles an ihren Lehrer, an Mama und Jussi schicken sollte, dann müsste sie eben wegziehen aus Fisksätra. Vielleicht nach Stockholm, nach Södermalm, wo Feministinnen wohnten und wo die Leute entspannter waren, cooler. Eine Gang aus starken erwachsenen Frauen würde ihr helfen, eine neue Identität anzunehmen. Dann hieße sie auch nicht mehr Nova und wäre kein affiges Astrologiekind mehr.

Vielleicht würde sie auch ihr Aussehen verändern. Sich piercen und tätowieren lassen. Sich so umoperieren lassen, dass niemand sie wiedererkannte. Sie würde sich die Nase begradigen und verkleinern und die Sommersprossen entfernen lassen. Dunkle Haare und dunkle Augen haben, so schön sein wie Amy Winehouse. Mit einer eigenen Wohnung in SoFo. In einem Café arbeiten. Sich neue Klamotten kaufen. Typen treffen, die cool waren, aber trotzdem nett. Nie mehr Fisksätra, Fishy Fiskis.

Nie mehr Mama wiedersehen und nie mehr mitten in der Nacht mit Björn und Jussi Krebse fangen müssen. Aber wollte sie wirklich, dass ihr nichts von alledem blieb?

Mama und Jussi waren für sie da, wenn es darauf ankam. Das wusste sie.

Einmal vor einer ganzen Weile hatte sie draußen im Hof die Reifen von mindestens zehn Fahrrädern aufgestochen, zwei Schachteln mit Heftzwecken dafür aufgebraucht, und auch wenn sie im Nachhinein nicht mal mehr wusste, warum sie so etwas Blödes getan hatte, konnte sie sich noch genau daran erinnern, wie Mama und Jussi reagiert hatten, als am Abend ein Nachbar bei ihnen geklingelt und erzählt hatte, er habe sie dabei beobachtet. Sie hatten sich geweigert, ihn einzulassen, und erwidert, er müsse sich verguckt haben, ihre Tochter sei den ganzen Tag über mit ihnen zusammen in der Wohnung gewesen. Natürlich war sie hinterher ausgeschimpft worden, aber Hauptsache, sie waren für sie in die Bresche gesprungen.

Sie schluckte, und ihr brannte es in Hals und Brust, als ihr dämmerte, wie bescheuert sie gewesen war. Was für gemeine Sachen sie gedacht und ihnen angetan hatte. Manchmal hatten sie das sicher sogar verdient – aber nicht immer.

Sie knipste die Lampe wieder an und stand auf.

Schlich in den Flur bis zu deren Schlafzimmertür. So wie sie es als Kind gemacht hatte, eine Zeit lang fast jede Nacht, und soweit sie sich erinnerte, hatten sie ihr nie verboten, zwischen ihnen unter die Decke zu schlüpfen.

Sie macht die Tür auf und späht ins Zimmer. Sie will sich jetzt nicht zu ihnen legen wie ein kleines Kind, sondern nur nach ihnen schauen.

Im Zimmer riecht es nach Alkohol, obwohl das Fenster offen steht.

Jussi liegt auf dem Rücken, seine Atemzüge sind lang und tief. Er brummt dumpf, der Laut kommt aus seiner Brust und nicht aus der Kehle, wie bei Mama.

Sie betritt das Zimmer und bleibt am Fußende des Bettes stehen.

Sie schlafen sehr unterschiedlich. Mama hat offenbar Mühe zu atmen, ihr Nachthemd ist verschwitzt, und sie wälzt sich hin und her und keucht, als hätte sie Albträume. Neben ihr liegt Jussi, sein nackter Brustkorb hebt und senkt sich in einem langsamen Takt.

Sie betrachtet die beiden. Gerade als sie beschlossen hat, wieder zu gehen, dreht Mama sich um und zieht ihm die Decke weg. Jussi ist darunter komplett nackt.

Sein Schwanz liegt auf dem Oberschenkel. Er sieht aus wie eine dieser beigebraunen Riesenschnecken, die bei Regen über den Radweg an der Schule kriechen.

Was zum Teufel war das gerade?
Hexenkessel

»Er hat gefragt, ob ich mit ihm chatten will«, berichtet Nova. »Er meinte, er weiß, wer ich bin, er hat mich in einem Film gesehen, und ich konnte sehen, wie er heißt ...«

»Peter? Bist du dir sicher, dass es derselbe Typ war?«, fragt Love.

Sie starrt ihn wütend an. »Ja«, zischt sie. »Er verwendet ein anderes Foto, aber warum sonst sollte er schreiben, dass er weiß, wer ich bin?«

»Und das ist eben gerade erst passiert?«

Sie nickt. »Vor fünf Minuten.«

»Wenn es so ist, wie du glaubst, dann müssen wir die Polizei informieren. Die Polizei kann dir helfen ...«

»Quatsch. Die machen sowieso nichts.« Sie verzieht das Gesicht, und für einen Moment sieht es so aus, als wollte sie ausspucken. Stattdessen schluckt sie und fährt fort: »Du unterstehst der Schweigepflicht und darfst keinem sagen, wieso ich hier sitze und rumheule. Ich kläre das. Ich zahl's ihm heim.«

»Nova ... Wenn ich auch nur den Verdacht habe, dass hier eine Straftat vorliegen könnte, dann bin ich verpflichtet, so was zur Anzeige zu bringen. Aber wenn du das unter keinen Umständen willst, sollten wir zumindest die Chat-Plattform kontaktieren, damit er gesperrt wird. Hast du auf seine Nachricht geantwortet?«

»Ja ... Ich hab geschrieben, dass ich auch weiß, wer er ist, und dass ich ihn gern wiedersehe und dann ein großes scharfes Messer mitbringe. Er soll bloß nicht ...«

Die Tür geht auf. Es ist Mercy.

»Er hat sich ausgeloggt«, sagt sie und weicht Loves Blick aus. »Ich glaub, der Blödmann löscht gerade sein Konto.«

Mercy grinst Nova an, ein paar Sekunden lang sagt niemand etwas, die beiden Mädchen sehen einander bloß an. Dann bewegt erst Mercy lautlos die Lippen, dann Nova.

Love weiß nicht, was sie zueinander sagen, doch als Nächstes nicken sich die Mädchen zu, ehe Mercy die Tür wieder zumacht und sie allein lässt.

Love hört, wie Mercys Schritte auf dem Flur verhallen – doch sie hat ihre Energie im Raum zurückgelassen. Er ist verwirrt, dreht sich zu Nova um, will etwas sagen, entscheidet sich dann aber dagegen. Nova wirkt leer, wie ausgelaugt, und er argwöhnt, dass sie seine Anwesenheit im Augenblick nicht mal bemerkt.

Was zum Teufel war das gerade?

Zehn, vielleicht fünfzehn Sekunden lang ist er sich vollkommen ausgeschlossen vorgekommen, ignoriert, als wäre er Luft. Was haben sie zueinander gesagt?

Er ist halbwegs gut im Lippenlesen, und manchmal, wenn er zum Beispiel in einem Lokal oder im Zug sitzt, versucht er spaßeshalber zu erraten, worüber sich andere Leute unterhalten. Lippenlesen ist eine gute Methode, um die unterschwelligen Signale der Körpersprache zu studieren, man schenkt der wortlosen Kommunikation zwischen Menschen viel mehr Beachtung, wenn man nicht hört, sondern nur sieht, was sie sagen.

Nova und Mercy haben keinen Mucks von sich gegeben, trotzdem haben sie offen miteinander kommuniziert.

»Was habt ihr eben gesagt?«

Nova zuckt zusammen, als wäre sie aus einem Traum hochgeschreckt. »Was meinst du?«

»Ihr habt gerade miteinander gesprochen oder eher... lautlose Wörter geformt. Ich würde gern wissen, worum es da ging.«

»Wenn wir gewollt hätten, dass du es hörst, hätten wir es ja wohl laut gesagt.« Sie sieht ihn milde lächelnd an. »Ich mag dich«, sagt sie. »Du bist ein echt guter Therapeut… Aber das hier kapierst du nicht. Ich kapier es ja selbst kaum.«

Er erwidert ihr Lächeln. »Probier's doch mal.«

Sie schweigt, streicht sich eine blonde Locke aus der Stirn. »Mercy und ich, wir haben eine seelische Verbindung«, erklärt sie dann. »Wenn es mir scheiße geht, und Mercy ist nicht da, dann kann ich sie in Gedanken herbeirufen, und sie kann das umgekehrt mit mir auch so machen. Einmal hat sie zu mir gesagt, ich soll mich rausschleichen und zu den Häusern unten am Fluss runtergehen, nach Tallmon. Da gibt es einen Kerl, der Kaninchen züchtet. Ich sollte ein Kaninchenjunges töten und es ihr bringen. So würde die Schlange verschwinden.«

Es ist ein offenes Geheimnis, dass sich die Mädchen nachts davonstehlen. Er hat seine Anstellung als Leiter des Wohnheims angetreten, kurz nachdem Freja Lindholm verschwunden ist, aber noch hat er nichts gegen das Problem unternommen.

»Und du hast getan wie geheißen?«, hakt er nach. »Was hat es überhaupt mit dieser Schlange auf sich?«

Was Nova berichtet, ist betrüblich. Wenn die Schlange eine Allegorie für Angst, vielleicht Paranoia ist, dann ist das, was sie da eben erzählt hat… Tja, wie soll man das nennen? Telepathie liegt nahe, aber das hieße natürlich, dass es auch um Wahnvorstellungen gehen könnte. Dass man Stimmen hört, bedeutet nicht automatisch, dass man psychisch krank ist, fast alle Menschen bedienen sich einer Art unkörperlicher Kommunikation, doch wenn die ein solches Niveau erreicht, dann schrillen die Alarmglocken.

»Ich hab es genau so gemacht, wie Mercy wollte«, sagt Nova. »Sie hat mir den Weg beschrieben – in meinem Kopf, ich war ja noch nie da gewesen. Ich bin also hingegangen, hab eine Tür aufgebrochen, ein kleines Kaninchen genommen und ihm den Hals umgedreht. Danach haben wir es im Wald begraben. Das kannst du gern überprüfen, wir haben ein kleines Kreuz aus zwei Stöckchen aufgestellt, das wir mit einem Haargummi zusammengebunden haben.«

»Moment mal … Du bist nie dort gewesen, aber Mercy hat dir in Gedanken den Weg beschrieben?«

Sie nickt. »Ja, wieso? Ich hab doch gesagt, dass wir uns unterhalten können – in Gedanken eben.«

Sie verrät mit keiner Miene, ob sie ihn auf den Arm nimmt oder es besonders bemerkenswert findet, sich mittels Gedankenübertragung zu verständigen.

Die Luft im Zimmer ist stickig. Draußen hat es zu dämmern begonnen.

Love Martinsson mustert das Mädchen und sieht sich selbst in ihr.

Er fühlt sich erschöpft und sehnt sich fort. Bereut seine Rückkehr.

Bis auf die Echtheit des Lächelns
Kinosaal, Kronoberg

Ozon, griechisch *ozein*, bedeutet »riechen« und ist ein Giftgas, das in größeren Mengen ein Druckgefühl auf der Brust, einen trockenen Hals, Atemnot und Übelkeit auslöst – Symptome, unter denen zum Beispiel Schweißer bei der Arbeit leiden.

Als Kevin die Tür zum Archiv in der Rikskrim aufmacht, schlägt ihm Ozongeruch entgegen. Einhundertzwanzig Regalmeter mit beschlagnahmten Festplatten, Videokassetten, Disketten, CDs und DVDs. Statische Elektrizität, die geringe Mengen des Gases produziert. Er ahnt, dass ihn in wenigen Minuten eine ganz ähnliche Übelkeit befällt wie einen Schweißer, nur dass die eigentliche Ursache dafür ist, was er sich gleich ansehen, und nicht, was er riechen muss.

Er hustet, sobald er das Archiv betritt, und sein Chef Lasse dreht sich um.

»Das hier sind die ausgedruckten Fotos, die Tara an Peter geschickt hat«, sagt er und reicht Kevin eine Mappe. »Außerdem gibt es vier Filme, allerdings zeigen die nur Großaufnahmen. Nichts drauf zu sehen, wenn du weißt, was ich meine.«

Kevin blättert die Nacktfotos von Tara durch. Sie sind nicht außergewöhnlich krass, aber durch den Zusammenhang wirken sie unangenehm. Das ist immer so. »Ich schätze, sie hat die Bilder auf ihrem Handy gelöscht, allerdings wusste sie nicht, wie man sie komplett ausradiert.«

»Du hast recht«, pflichtet Lasse ihm bei. »Die Techniker haben sie wiederhergestellt.«

»Und der Chat von Tara und Peter?«

»Peter hat seine Mitteilungen gelöscht, aber aus Taras abgesendeten Nachrichten geht hervor, dass er sie erpresst hat.«

»Und womit?«

»Mit der ewigen alten Leier.« Lasse legt einen Ausdruck auf den Tisch. »Die beiden haben sich ein paar Monate lang geschrieben. Er droht, ihrer Familie alles zu erzählen und Taras kleiner Schwester etwas anzutun. Er kennt ihren Namen, Chinar, er weiß, wie alt die Kleine ist und auf welche Schule sie geht.«

Er überfliegt den Ausdruck. Auf den ersten Blick findet er nichts, was ihnen weiterhelfen könnte, um den Mann aufzuspüren. Die übliche Erpressernummer. Er will mehr Fotos, mehr Filme, sonst erfährt es die ganze Welt. Und dann urplötzlich sagt er Danke und löscht sein Profil.

Nichts Neues, denkt Kevin. Peter, der Puppenherrscher. Er spielt mit ihnen, macht mit ihnen, was er will. Dann wirft er sie auf den Müll und zieht weiter.

»Das hier ist der SMS-Kontakt zwischen Tara und der Person, mit der sie sich am Abend getroffen hat.« Lasse blättert bis zur letzten Seite. »Neun Nachrichten insgesamt. Sie hat um zwei Minuten vor sieben den Kontakt ›Olof‹ erstellt. Kurz darauf wird die erste Mitteilung verschickt.«

19:01 – Tara: Ist das Olofs Nummer?

19:04 – Olof: Ja.

19:04 – Tara: Wollte nur sichergehen. Dann um halb 11 beim Coop Bergshamra? 2000 Tacken.

19:05 – Olof: Ja.

19:05 – Tara: Du kriegst nur die Standardnummer plus einen blasen. Keine Extras.

19:06 – Olof: Ich freu mich drauf.

22:02 – Tara: Kennst du den Puppenspieler?

22:06 – Olof: Nein. Wer soll das sein?

22:06 – Tara: Ach, niemand. Dann bis in einer halben Stunde.

22:08 – Olof: Um 22:30 Uhr – in 22 Minuten.

Kevin legt die Blätter beiseite. »Und dieser Olof benutzt ein Prepaidhandy, das sich nicht zurückverfolgen lässt?«

»Ja, leider. Tara und Olof hatten auch zuvor schon mal in einem Chatroom Kontakt, auf einer reinen Dating-Seite. Die Firma, die das Portal betreibt, sitzt im Ausland, und sämtliche Chats sind vertraulich, wir bräuchten also einen Gerichtsbeschluss, damit sie mit den Texten rausrücken.«

Kevin nickt. »Wir wissen jetzt immerhin, dass Tara die letzte SMS an Olof geschickt hat, noch während sie mit ihren Eltern vor dem Fernseher saß und Nachrichten gesehen hat – um sechs nach zehn. Dann hat sie sich schlafen gelegt, sagen die Eltern. Nur dass sie genau das eben nicht getan hat.«

»Nein. Stattdessen hat sie einen Abschiedsbrief auf dem Nachttisch hinterlassen, bevor sie sich rausgeschlichen hat, Sex hatte und vom Hochhaus gesprungen ist.«

»Vielleicht... Haben wir die Überwachungskameras aus dem Bergshamra Centrum schon ausgewertet?«

»Jimmy Schwarz hat angerufen, kurz bevor du gekommen bist, um Bescheid zu geben, dass er sich darum kümmert.«

»Gut.«

»Nächste Baustelle.« Lasse nimmt ein DVD-Etui zur Hand, das mit einem Etikett versehen ist. »Das hier ist der Film aus der alten Beschlagnahme. Den sollten wir uns noch mal genauer ansehen.«

Auf dem Etui stehen ein Datum und ein paar Schlagwörter, von denen Kevin *#Schweden, #Mädchen anonym* sowie *#Puppetmaster* herauslesen kann.

»Dass das Mädchen anonym ist, können wir ja wohl streichen«, meint Lasse. »Sie hat immerhin einen Künstlernamen.«

Sie treten in den angrenzenden Raum, den sogenannten Kinosaal, eine ironische Hommage an richtige Kinos. Ein schallisoliertes Zimmer von acht Quadratmetern, voll mit technischem Equipment.

Der Ozongeruch ist hier noch stechender als im Archiv und erinnert Kevin daran, wie seine Autorennbahn früher gerochen hat; trocken und metallisch von den kaputt gefahrenen Stromschienen und überhitzten Transformatoren.

Lasse schiebt die Tür hinter ihnen zu, und sie setzen sich an den Arbeitstisch.

An der Wand über dem Computerbildschirm hängt seit vielen Jahren eine vergrößerte Zeichnung der Serienfigur Socker-Conny mit Riesengrinsen und Sprechblase: *Mit einem vernünftigen Eisenrohr verschlägt man der ganzen Welt den Atem!*

Als Kevin neu in der Abteilung war, hatte er keinen Schimmer, warum die Zeichnung dort hing, aber nach Hunderten Angststunden vor diesem Bildschirm ist Socker-Conny sein bester Freund geworden. Das Eisenrohr, das er durch die Luft schwingt, ist in Wahrheit ein Abflussrohr.

Lasse spielt den Film ab, den er zuvor bereits eingelegt hat. »Wir fangen am besten sofort damit an. Den hatte ich mir gerade angeschaut, als ich dich angerufen habe.«

Wenn es um Filme geht, die von Missbrauch, Geschlechtsverkehr oder sadistischen Elementen handeln, lassen die Ermittler sie meist ohne Ton laufen, anders ist es nicht zu ertragen, doch Lasse erklärt, dass es diesmal ein Filmchen sei, bei dem es ums Posieren gehe, deshalb spielt er den Ton mit ab.

Sie sehen ein weiß gestrichenes Badezimmer vor sich, und Kevin dämmert sofort, dass es um das Mädchen geht, das sich Nova Horny nennt. Allerdings ist sie hier Jahre jünger.

Sie hält eine rote Zahnbürste in der Hand.

Ich liebe große Schwänze. Und ich liebe es, gefickt zu werden. Ich will, dass du mich fickst. Fick meine Fotze. Jetzt.

Er spürt die altbekannte Trockenheit im Hals ebenso jäh wie das Brennen in den Augen. Ihre spröde Stimme hallt leicht von den Fliesen wider. Die Hände zittern, es sieht aus, als würde sie frieren.

Im Hintergrund, irgendwo hinter der geschlossenen Badezimmertür, läuft »Master of Puppets« von Metallica.

Stimmen werden laut, sie übertönen die Musik. Dann Gelächter. Kevin hält den Film an, spult zurück und hört noch mal ganz genau hin.

»Die feiern da in der Wohnung eine verdammte Party«, stellt er fest.

Lasse nickt.

Kevin sucht das Bild nach Details ab, sieht sich alles an – bis auf das Mädchen, das gekünstelt stöhnt und nicht recht weiß, was es mit seinem Körper anstellen soll.

Da entdeckt er es.

Er hält das Bild an und zoomt näher.

Links im Bild hängen mehrere Handtücher. Die Haken sind aus weißem Plastik, aber es lassen sich graue Konturen darüber erahnen. Die Wand ist nicht fokussiert, an dieser Stelle ist das Bild leicht unscharf, trotzdem hat er sofort gesehen, dass es sich um die Konturen von Buchstaben handelt.

Er spielt an Bildschärfe und Kontrast und zoomt noch ein Stück näher heran.

»Damit können wir immerhin zweifelsfrei bestätigen, wie das Mädchen heißt«, sagt Kevin, als der Text über dem ersten Haken deutlich wird.

»Ja, da steht Nova, eindeutig«, bestätigt Lasse.

Kevin schiebt das nächste Handtuch in den Bildausschnitt. »Und was steht da?«

»Da ... steht Björn.«

Die Beschriftungen der anderen drei Handtuchhaken sind unlesbar.

Sie legen eine Pause ein. Sie haben Kaffee getrunken, der so abgestanden war, dass er nach Staub geschmeckt hat. Lasse isst sein zweites Sandwich, als sie in den Kinosaal zurückkehren –

für Kevin unvorstellbar, woher sein Chef diesen Appetit hernimmt.

Nova und Björn. Vielleicht eine fünfköpfige Familie, denkt Kevin – oder vier Familienmitglieder und ein Gästehandtuch.

Lasse legt den zweiten Film ein. Derselbe Drehort, zwei Jahre zuvor.

»Und es gibt sonst keine Verbindung zwischen dem Puppenspieler und dem Mann, der diese Filme in seinem Besitz hatte – außer dass sie das Material miteinander geteilt haben?«, will Kevin wissen.

»Hundertprozentig sicher können wir uns zwar nicht sein, aber was den Kontakt im Netz betrifft, beschränkt sich das auf eine Gelegenheit, bei der sie Ordner getauscht haben. Das ist alles schon in der Voruntersuchung dokumentiert, und wenn die Ermittler das Material korrekt katalogisiert haben, dann sollte Nova auch in diesem Film zu sehen sein...«

Der Film läuft, und ja, es ist Nova.

Ihr Gesicht ist aus nächster Nähe zu sehen, als sie die Kamera positioniert, und als sie dann ein paar Schritte zurücktritt, wird ein erleuchtetes Schlafzimmer erkennbar. Ein Doppelbett unter einer grellen Deckenlampe, hellgrüne Tapeten, rötliche Auslegeware.

Nova setzt sich aufs Bett, und als sie anfängt, sich auszuziehen, hält Kevin die Aufnahme an.

Auf dem Nachttisch steht ein gerahmtes Foto – ein Hochzeitsbild, stellt er fest. Eine blonde Schönheit mit einem Blumenstrauß in der Hand, und neben ihr steht der Ehemann, einen halben Kopf größer, dunkler Kurzhaarschnitt.

Glückliches Lächeln.

Außerdem sieht er, dass Nova der Frau auf dem Foto sehr ähnlich sieht – bis auf die Echtheit des Lächelns.

In der eingefrorenen Sequenz sitzt Nova im Bett und hat ihr schwarzes T-Shirt halb hochgezogen.

Sie lächelt über das Bündchen hinweg. Darunter steht aufgedruckt: OHNE SNUS STEHT SCHWEDEN STILL.

Sie lächelt so hohl, dass er eine Gänsehaut kriegt.

Er zoomt wieder raus und sieht im Schatten des Nachttischs etwas auf dem Boden liegen.

Eine Plastiktüte von einem Supermarkt, die – und das ist nicht das Wesentliche – ein Sechserpack Bier zu enthalten scheint.

Wichtig ist nämlich, wo das Bier eingekauft wurde.

Fisksätra, schießt es ihm durch den Kopf.

Nur fahle Dämmerung
Hexenkessel

»Einmal, als ich noch klein war, hab ich einen Krebs gefoltert«, sagt Nova.

Sie hat das Thema gewechselt und zugleich die nächste Ebene betreten – Tierquälerei –, und er unterbricht sie nicht, als sie wortreich erzählt, wie sie als Elfjährige mal einen Krebs zu Tode gekocht hat.

»Das war kurz nachdem Peter mir das letzte Mal geschrieben hatte. Der Penner hat ernsthaft gesagt, dass er mit mir Schluss macht. Dass der die Frechheit hatte, so was zu schreiben!«

Von der Gedankenübertragung ist sie über ein totes Kaninchen und einen toten Krebs bis in ihre Vergangenheit gelangt. Sie ist mit Eifer bei der Sache, und falls Love bislang am Wahrheitsgehalt ihres Berichts gezweifelt haben sollte, ist das inzwischen nicht mehr der Fall. Er hat das Gefühl, sie hat ganz vergessen, dass er es ist, mit dem sie redet. So sieht es aus, wenn sie mit Mercy spricht.

Nova ist zusammen mit ihrem Bruder und seinen Kumpels Alex und Fadde von einem Krebsessen abgehauen, hat am selben Abend ihren ersten Joint geraucht und allein einen Liter Weißwein getrunken.

»Beim nächsten Krebsessen hat es total geschüttet«, sagt sie und springt um ein Jahr nach vorn. »Aber da brauchte ich gar nicht mehr extra abzuhauen, Jussi und Mama hatten da eh nichts mehr dagegen, dass ich trank, solange ich es nicht übertrieb.«

Mit dreizehn hat sie mit Alex und Fadde Sex. Ein Jahr später hat sie bereits mit weiteren neun oder zehn Typen geschlafen und mit Alex und Fadde gleichzeitig Sex gehabt.

»Beim nächsten Krebsessen – da bin ich dann fünfzehn geworden – hatte ich echt alles durchprobiert. Hasch, Alk, Speed und Ecstasy, Rohypnol, Spice und sogar Viagra.«

Love denkt fieberhaft nach. Sie hat ihre ersten Jahre der Rauschmittelabhängigkeit an den Krebsessen festgemacht, und ihm geht auf, dass die Tierquälerei wiederum eng mit jenen ersten Alkohol-, Drogen- und Sexerfahrungen verknüpft ist. Das Krebsessen ist zum Stellvertreter geworden – eine gänzlich unbewusste Entscheidung, die eigene Geschichte so zu erzählen.

»Ich hab immer seltener an Peter gedacht ... an den Puppenspieler«, sagt sie dann. »Ich hatte ihn schon fast vergessen. Es war irgendwie eine andere Nova, der das alles passiert war. Ich war ja kein Kind mehr, meine Brüste waren da schon größer als die von Mama ... Eine Zeit lang hab ich mit dem Gedanken gespielt, die Fotos von mir zu verkaufen. Das hätte sicher ordentlich Geld eingebracht, und ich hatte ja auch alles allein gemacht. Ich war sozusagen Fotografin, Schauspielerin und Regisseurin in einer Person, und es wäre ja wohl ungerecht gewesen, wenn wer anders was daran verdient hätte. Aber ich hab mich nicht getraut ... und wohl gedacht, es wäre besser, alles zu vergessen.«

Sie erzählt auch, dass Jussi, um seine im Prinzip nicht existenten Finanzen aufzubessern, anfing, zu Hause schwarzzubrennen, während die Mutter mit der Astrologie aufhörte, weil sie nicht länger daran glaubte.

»Zu viele Jungfrauen benehmen sich gar nicht wie Jungfrauen«, kommentiert Nova.

Die Partys sind indessen weitergegangen, ständig Besucher jeglicher Couleur, vor allem wegen Jussis kleinem Unternehmen, aber auch dank ihrer eigenen Tätigkeit. In der Mehrheit Männer zwischen sechzehn und sechzig, und diejenige, die neben dem Schnaps im Mittelpunkt gestanden hat, war sie.

Nova erzählt vom ersten Mal, da sie Sex gegen Geld gehabt hat. Es habe wehgetan, aber obwohl sie sich beklagt habe, habe der Mann beteuert, dass es unglaublich schön gewesen sei.

Und dass er gespürt habe, dass es ihr auch gefalle.

Von da an redete Nova sich einfach ein, es schön zu finden. Mit anderen Worten: Sie fasste den Entschluss, Schauspielerin zu werden, und ihr war sofort klar, dass sie gut war. Nova, die sonst zu nichts zu gebrauchen war und in die neunte Klasse gehen sollte, obwohl sie in sämtlichen Fächern auf Mangelhaft stand außer in Englisch.

»Klar, man konnte immer auch ein bisschen stöhnen, aber Hauptsache, man atmete laut und lief rot an und tat so, als wäre man geil auf sie.«

Love kann sich denken, dass es so aussehen sollte, als hätte sie sich ihr ganzes Leben nach ihnen gesehnt und nach niemandem sonst.

»Danach haben sie gesagt, dass sie noch nie im Leben so geil waren, und dann konnte man sich an sie schmiegen, sich ganz klein machen und bescheiden flüstern, dass es einem ganz genauso ging.«

Er glaubt, dass er sie versteht.

Ich werde so sein, wie du mich haben willst.

Die Befriedigung liegt darin, dass sie Leistung zeigt, wie eine Spitzensportlerin, die trainiert und trainiert und am Ende damit belohnt wird, dass sie den Wettkampf überlegen gewinnt. Das ist der größte Kick.

Die Männer nehmen sie wahr. Bewundern sie, und sie belohnt sie dafür.

Ich werde so sein, wie du mich haben willst.

»Aber jetzt sollen sie dafür bezahlen«, sagt sie leise und macht eine Pause. Sie wirkt fast schüchtern. »Weder Mama noch Björn wusste davon, dass ich rumgehurt habe. Ich vermute mal, Jussi hat es geahnt, und gerade das hat mich komischerweise traurig gemacht... Obwohl es meine Entscheidung war, hätte er doch protestieren müssen und mir zeigen, dass ihm das nicht total egal war? Das weiß doch jeder, dass es bescheuert ist rumzuhuren. Im Prinzip waren es dieselben Typen, die bei ihm Schnaps und bei mir Sex gekauft haben.«

Sie schweift ab, redet von ihrem Bruder, und Love argwöhnt, dass der einzige Mann, der nie für sie da war, derjenige ist, von dem sie es sich am meisten gewünscht hätte. Ihr Bruder war so gut wie nie zu Hause, obwohl seine Freunde oft in der Wohnung zu Besuch gewesen waren. In Anbetracht dessen, was sie erzählt, scheint es fast, als hätten die Geschwister den Kontakt zueinander verloren.

»Es gab eigentlich nichts, was Björn nicht gemacht hätte. Er war ja Fiskis Bad Boy Number One. Hat Anabolika vertickt und zwei Monate gesessen, weil er einen Wachmann zusammengeschlagen hat oder so. Er hatte immer Geld, und obwohl es keiner laut sagte, wussten alle, dass er der Kopf hinter den ganzen Brüchen in den Snobvillen in Björknäs und Lännersta war. Mama dachte jedes Mal, er käme rechtzeitig zum Krebsessen wieder nach Hause, aber mir war klar, dass er nicht auftauchen würde. Ich hatte ihn ja ewig nicht mehr gesehen... Und er ist dann auch nicht gekommen. Die Party ging die ganze Nacht, und am Morgen waren immer noch Leute da. An dem Tag ist dann alles aus dem Ruder gelaufen... Das war dann aber auch das letzte Fest in dieser verfluchten Wohnung.«

Sie rutscht auf dem Stuhl hin und her, ihre Augen sind feucht, und die Stimme ist leise.

»Keiner von denen, die da waren, kam je wieder«, sagt sie. »Und das war alles meine Schuld.«

Sie hält inne, und beide blicken sie aus dem Fenster.

Doch draußen gibt es nichts zu sehen. Nur fahle Dämmerung. Love ist müde. Novas Erzählung hat alte Erinnerungen geweckt.

Ein silberfarbener Wagen rollt auf den Parkplatz, hält, und der Motor verstummt. Ein Mann Mitte vierzig steigt aus und sieht sich um, als suchte er etwas Bestimmtes. Nach kurzem Zögern marschiert er auf den Eingang zu.

Love steht auf und beendet das Gespräch mit Nova, ehe er dem Fremden entgegengeht. Nova schlendert den Flur entlang und schließt zu den anderen Mädchen auf, während der Mann durch die Eingangstür tritt.

Die beiden begrüßen sich. Der Mann stellt sich mit Sven-Olof Pontén vor – Alice' Papa.

»Ich bin hier, um sie wieder heimzuholen«, sagt er, und Love spürt, wie es ihm eiskalt über den Rücken läuft.

Irgendwas ist mit den Augen von Alice' Vater, das ihm bekannt vorkommt.

Irgendwas Krankes.

Ungesundes.

Wider die Natur.

Speichelproben nehmen
Kronoberg

Mit einem knappen Gruß lässt sich Ivo Andrić am Tisch nieder und rückt seine grün-weiße Baseballkappe zurecht.

Stockholm BSK, liest Kevin.

»Das hier wird ein kurzes Meeting«, teilt Andrić ihnen mit. »Die Sache nimmt langsam Form an.«

Lasse runzelt die Stirn. »Was habt ihr gefunden?«

Der Rechtsmediziner ist Bosnier, hat aber einen gemütlichen Akzent, der Kevin ans Norrländische erinnert, wie es flussaufwärts in Ångermanland gesprochen wird.

»Wie gesagt haben wir Spermaspuren in der Vagina der Toten gefunden«, sagt er, »sowie einige Flecke auf der Kleidung sichergestellt. Sie hat sich zwar nach dem Geschlechtsverkehr mit Seife gewaschen, trotzdem müsste die Menge für einen DNA-Test ausreichen. Wir müssen bloß sehen, wie schnell wir das Laborergebnis kriegen – die sind dort stark unterbesetzt, irgendein Grippevirus.«

»Und wenn wir keinen Treffer haben, dann müssen wir wohl im ganzen Norden der Stadt von allen Speichelproben nehmen«, ergänzt Lasse. »Wir fangen mit denen an, die Olof heißen.«

»Ja, so in der Art.« Andrić kratzt sich am Kinn. »Im Hinblick auf die Schwere der Tat denke ich, dass wir das tatsächlich auch durchkriegen.«

»Die Schwere der Tat? Meinst du damit die Prostitution?«

Der Rechtsmediziner schüttelt den Kopf. »Nein, die meine ich nicht. Ich meine den Mord.« Er macht eine hilflose Geste.

»Tara ist nicht durch den Sturz gestorben, sondern durch Ersticken. Der Tod ist irgendwann zwischen dreiundzwanzig Uhr und Mitternacht eingetreten. Und wahrscheinlich ist ein rotgrünes Kissen verwendet worden.«

Siebenhundert oder so
Zwei Jahre zuvor

Nova sah Albin zu, wie er schweigend hinter sich aufwischte.

Er brauchte mehrere Handtücher dafür, ehe er die Folie zusammenrollte und mit in die Dusche nahm. Als er fertig war, duschte Nova ebenfalls. Sie kam sich schmutzig vor, fast als hätte sie ihn vergewaltigt.

Albin war ein Kumpel von Alex und Fadde, mit dem sie von Anfang an Sex gehabt hatte, weil er ihr leidtat. Inzwischen bezahlte er dafür, meist nur knapp weniger, als er aufbringen konnte.

Der ist wie ich, dachte sie. Irgendwer muss ihm was angetan haben, als Kind wahrscheinlich.

Sie half ihm dabei, sich auch weiterhin schlecht zu fühlen. Und sie stellte sich dabei verdammt geschickt an.

Nova wusste genau, was nötig war, um sich beliebt zu machen. Man rühmte ihre Männlichkeit, wie gut sie Auto fahren konnten, dass sie richtige Hengste im Bett waren, und wenn sie sich ganz offensichtlich für ihre kleinen Schwänze schämten, dann konnte man andeuten, dass einem die kleineren lieber seien, weil die sich besser für Analsex eigneten.

Am Schluss hatte er vor Erregung gezittert. Er war ganz still gewesen, aber Nova hatte ihm angesehen, wie er innerlich geschrien hatte, als er gekommen war.

Im Bad zog sie sich an, und als sie fertig war, stand er schon aufbruchbereit mit einem Träger Bier im Wohnzimmer.

»Danke«, sagte er, schlug den Blick nieder und drückte ihr vier zerknüllte Fünfhunderter in die Hand.

Nova trat auf ihn zu, streichelte seine Wange und versuchte zu lächeln. »Du ... du musst dich für nichts schämen ... Du bist ein echt netter Kerl. Ich mag dich.«

Sie hatte schon einige schräge Dinge erlebt. Einmal sollte sie bei einem Typen einen Dildo verwenden, ein anderer hatte gewollt, dass sie ihn schlug, und ein Dritter hatte gefragt, ob er auf sie urinieren dürfe. Letzteres hatte sie abgelehnt.

Es braucht Mut, um sich dermaßen zu erniedrigen, dachte Nova.

Dann verließen sie seine Wohnung.

»Ich sag's auch keinem«, sagte sie wenig später, als sie in ihrem Haus in den Fahrstuhl traten. Wie immer roch es dort nach Pisse.

»Danke«, sagte er wieder.

Sie kehrten auf die Party zurück, als wären sie nur kurz Bier holen gewesen. Novas Mutter schlief immer noch, Jussi war wieder aufgewacht.

»Super, mehr Bier«, sagte er mit Blick auf die Tüte. »Zeit, sich wieder nüchtern zu trinken. Die Jungs auf dem Sofa dürfen noch ein bisschen bleiben, aber dann müssen sie die Fliege machen. Und du, Albin ... Hast du nicht etwas vergessen?« Er schien irgendwie sauer zu sein.

Nova setzte sich zu den anderen aufs Sofa, während Albin Jussi in die Küche folgte. Sich nüchtern trinken – das tat Jussi immer dann, wenn er mal einen Tag pausieren wollte. Dieser Tag sollte morgen sein. Er trank sich aus seinem Rausch hinaus – erst mit Schnaps, dann mit Wein, dann mit Starkbier und normalem Bier.

Sich zu prostituieren war nichts, was sich langsam entwickelt hatte. Den Beschluss hatte sie mehr oder weniger über Nacht gefällt. Sechs Monate zuvor hatte sie mit einem Typen geschlafen, und hinterher hatte er sie gefragt, wie viel sie bekäme – als wäre es die selbstverständlichste Frage der Welt. Sie hatte irgendwas mit siebenhundert oder so gemurmelt.

Mittlerweile nahm Nova achthundert für einen Blowjob, fünfzehnhundert für klassische Penetration inklusive Oralsex, zweitausend für Extras wie anal oder ins Gesicht abspritzen. Unter der Matratze in ihrem Bett lag das Ticket, das sie hier rausbringen sollte: fast fünfundzwanzigtausend Kronen. Sie wollte in die USA abhauen, so schnell wie möglich, nach Hollywood, denn wenn es etwas gab, was sie gut konnte, dann so zu tun, als wäre sie eine andere.

Ihr Bruder hatte keine Ahnung, dass sie anschaffen ging, Mama ebenso wenig. Die würden vollkommen ausrasten, wenn sie davon erführen. Aber Jussi?

»Will jemand einen Drink?«, fragte Nova, um sich abzulenken, und die Jungs nickten. Klar wollten sie.

In der Küchentür stieß sie auf Jussi. Er machte sich gerade eine frische Dose auf – Åbro-Starkbier. Er befand sich also bereits in der vorletzten Phase des Nüchterntrinkens. Sie trat an den Kühlschrank und nahm eine Flasche mit rosafarbenem Russenwasser heraus. Vier Gläser mit jeweils zwei Eiswürfeln.

Bevor Nova die Drinks einschenkte, verdrückte sie sich kurz in die Ecke, damit niemand sie aus dem Wohnzimmer sah, griff zu einer weiteren Schnapsflasche und nahm ein paar Schlucke. Bald würde sie sich wieder besser fühlen. Ihre Gedanken würden gewissermaßen verdünnt.

Im nächsten Moment kam ihre Mutter rein. Sie sah verschlafen aus – und verärgert, weil die Männer immer noch da waren. Jussi war abwechselnd bockig und dann wieder rastlos, ehe er urplötzlich anfing, den Tisch abzuräumen, und das Ende der Party verkündete.

Als alle gegangen waren und nur noch Nova, Jussi und Mama da waren, bat er die beiden, sich zu ihm in die Küche zu setzen.

»Jetzt ist Schluss mit der Scheiße«, sagte er ernst.

Es war vier Uhr, und Jussi hätte nicht mal mehr einen Tag zu leben.

Augen, die nicht glauben, was der Mund sagt
Pelikan

1904 besiegte die japanische Kaiserliche Armee die russische Flotte in Port Arthur; im selben Jahr wurde auf Södermalm in Stockholm ein Gebäude errichtet. Ironischerweise wurde das Haus im Zuge der Abstinenzbewegung erbaut, und zwar ausschließlich, um als Schankwirtschaft zu fungieren. Das Restaurant erhielt denselben Namen wie der Ort, an dem die russischen Schiffe versenkt worden waren, und diente fortan feuchtfröhlichen Feiern – die Betreiber rationierten den Ausschank allerdings auf maximal fünfzehn Zentiliter Schnaps für Männer und die Hälfte für Frauen. Für eine Damentoilette wurde allerdings erst 1984 gesorgt. Da war das Lokal bereits nach dem traditionsreicheren Pelikan umbenannt worden.

Vera ist schon Ende der Sechziger hierhergegangen und nennt die Kneipe immer noch Pottan in Anlehnung an den früheren Namen Port Arthur.

Sie zieht die Toilettentür hinter sich zu und kehrt an ihren Tisch zurück, als die Bedienung gerade das Essen und zwei weitere Schnäpse bringt – eisgekühlt in einer Schale. Zwei Portionen Köttbullar mit Rahmsoße und Preiselbeeren. Die Köttbullar im Pelikan sind angeblich golfballgroß; Billardkugeln kämen der Wahrheit näher.

»Vermisst du deinen Job?«, fragt Kevin und bekommt umgehend eine Lachsalve zur Antwort.

»Nein. Ich bin da irgendwann zu meiner eigenen Karikatur geworden – Typ Fernsehkommissarin, ausgebrannt, desillusioniert und versoffen.«

»Versoffen?«

»Du hast ja keine Ahnung. Inzwischen geht's wieder, aber eine Zeit lang hab ich's damit ganz schön übertrieben.«

Natürlich hat er Vera schon angesäuselt erlebt, aber er kann sie sich nicht als lallende Säuferin vorstellen. Dafür hat sie zu viel Würde und intellektuellen Scharfsinn. Und sie ist ein bisschen zu schön dafür.

Vera wechselt das Thema und will wissen, was Kevin von der geplanten Umstrukturierung der Behörde hält.

»Ich hoffe, dass dieser neue Vorstoß in Sachen häusliche Gewalt, gerade gegen Frauen und Kinder, nicht bloß ein Papiertiger ist«, antwortet Kevin. »Was glaubst du?«

»Ich bin nur froh, dass ich nicht mehr dabei bin«, sagt sie und trinkt einen Schluck Bier. »In den nächsten Jahren wird Chaos herrschen, jeder bewirft jeden mit Schmutz, das Übliche eben … Politiker, Polizeichefs und Professoren.« Sie lacht. »Tja, zumindest *ein* Professor. Aber mehr ist auch nicht nötig, wenn man einen wie Professor Persson hat … Aber wie kommt ihr denn mit den Mädchen voran?«

»Du meinst jetzt aber nicht Tara, das Mädchen, das tot vor dem Mietshaus gefunden wurde?«

Vera schüttelt den Kopf.

Kevin schiebt den Teller von sich weg. Dieses Thema hätte er lieber bis nach dem Essen hinausgezögert. »Ich hab ein paar Filme gesehen, aus der Beschlagnahme bei einem Pädophilen in Westschweden vor zwei Jahren. Ich sollte Lasse dabei helfen, *Goofs* zu finden.«

Oberflächlich betrachtet ist das auch nicht schlimmer als alles, was er sich sonst ansehen musste, aber unterschwellig gab es da etwas, was ihn direkt ins Herz getroffen hat.

Es war nicht zu übersehen, dass Nova sich große Mühe gegeben hatte, einen fröhlichen, unbeschwerten Eindruck zu machen. Trotzdem schimmerte etwas aus ihrem Innern gleichsam durch sie hindurch – und mangels einer treffenderen Bezeichnung nennt er es *Gestank*.

Der Gestank hat die gleiche widerwärtige Wirkung wie der Geruch von Ozon. Und der dünne Firnis aus missglückter Schauspielerei macht den Gestank nur noch schlimmer.

Genau so riecht Finsternis.

»Solltest du dich nicht eher von solchen Filmen fernhalten?«

»Wir denken da pragmatisch. Manchmal ist es einfach unvermeidlich.«

Mit gedämpfter Stimme erzählt er von dem ersten Film. »Ihre Sprechparts deuten darauf hin, dass es sich um eine Bestellung gehandelt hat.«

Er hat wieder die helle, brüchige Stimme des Mädchens im Ohr, die ihn zum Weinen gebracht hat.

Einstudierte vorgegebene Sätze. Augen, die nicht glauben, was der Mund sagt.

»Wir gehen davon aus, dass der Film für einen Typen aufgenommen wurde, der sich fast zehn Jahre lang per Cybergrooming an junge Mädchen rangemacht hat.«

Er will keine Namen nennen, noch nicht. Nicht mal Vera gegenüber.

»Im zweiten Film war eine Plastiktüte zu sehen – mitsamt Aufdruck eines Supermarkts in Fisksätra. Wie konnte das den Kollegen, die das Material vor zwei Jahren gesichtet haben, durchrutschen?«

Vera schüttelt den Kopf. »Ich nehme an, irgendwann wird einem das alles einfach zu viel. Ihr stumpft ab ... Ist doch nicht so außergewöhnlich.«

»Doch, das ist verdammt außergewöhnlich. Drei Ermittler haben sich diesen Film angesehen, ohne die Plastiktüte zur Kenntnis zu nehmen. Einige von uns sind so besessen davon, diese Täter dranzukriegen, dass sie darüber die Opfer aus dem Blick verlieren. Wir hätten das Mädchen womöglich schon vor zwei Jahren finden können, wenn sie ihren Job gemacht hätten.«

»Uns unterlaufen andauernd Patzer. Dein Vater hat auch immer mal was übersehen – und ich auch. Im Nachhinein kommen uns die Schnitzer allesamt abwegig vor. Dir werden auch noch welche unterlaufen, wenn es nicht schon der Fall gewesen ist.«

»Ich hab einem Pädophilen eine reingehauen, nachdem er freigesprochen wurde, und bin dafür suspendiert worden.«

»Mag sein, aber solche Fehler meine ich nicht. Du kannst nie alle *Goofs* finden ... Aber was meinst du, findet ihr jetzt dieses Mädchen?«

»Hoffentlich. Wann der Film aufgenommen wurde, lässt sich nicht genau sagen, aber nach der Bildqualität zu urteilen wurde die Aufnahme mit einem Smartphone gemacht. Wir haben inzwischen zwei Vornamen und die Wohngegend. Damit können wir weiterarbeiten.«

»Ihr gleicht die Namen mit den Einträgen bei der Meldebehörde ab?«

»Ja, irgendwo müssen wir schließlich anfangen.«

Vera hat ihr Essen nicht angerührt, seit Kevin angefangen hat, von den Filmen zu erzählen. Sie nimmt die Schnäpse aus der Eisschale und reicht ihm sein Glas. Ihre Blicke treffen sich, sie nicken einander zu und leeren die Gläser. Aalborg Taffel. Für den hätte sich auch sein Vater entschieden.

»Ich frage mich, wie dein Vater reagiert hätte, wenn du ihm das alles erzählt hättest«, meint Vera.

»Er hätte sich einen Baseballschläger geschnappt und wäre nach Fisksätra gefahren.«

»Um ein paar Kniescheiben zu zertrümmern.«

»Und um ein, zwei Finger zu brechen.«

»Und ein paar Rippen dazu ...« Vera lächelt matt. »Ihr habt nie viel über die Arbeit geredet, oder?«

»Keine Einzelheiten jedenfalls.«

»Hat er nie wissen wollen, warum du dich ausgerechnet für diesen Job entschieden hast?«

»Doch ... oft sogar. Ich hab immer gesagt, dass ich die Schlimmsten drankriegen will.«

Vera beugt sich über den Tisch, rollt das Schnapsglas zwischen den Fingern und mustert ihn ernst. »Es hat etwas mit deinem Onkel zu tun, stimmt's?«

Dunstschleier vom Schnaps im Rachen. Sie schmecken nach Kümmel und ganz leicht nach Dill und Fenchel.

Vor ihm sitzt Helen Mirren. Mit Helen Mirrens Augen und Helen Mirrens Mund, und er hört die Sorge, das Mitgefühl und die Wut zwischen den Zeilen. Eine Szene aus *Brighton Rock*.

»Der Bruder deiner Mutter«, fährt sie fort, »der Mann, der auch auf der Beerdigung war – ich hab dir angesehen, dass da irgendwas nicht gepasst hat, als du dich mit ihm unterhalten musstest. Du hast ausgesehen, als müsstest du dich übergeben.«

Sie nimmt seine Hand, und er spürt, wie warm ihre ist, obwohl sie gerade erst ein eisgekühltes Schnapsglas gehalten hat.

»Du musst jetzt nicht darüber reden, aber du weißt, dass ich für dich da bin, wenn du mich brauchst.«

Er lacht auf, räuspert sich. »Das ist lange her«, sagt er, und ihm dämmert im selben Augenblick, dass er sich dem Tod noch nie so nah gefühlt hat.

Also dann, denkt er. Wenn ich jetzt gleich sterbe, kommt's auf's Gleiche raus.

»Ich war neun ...«

Er beginnt zu erzählen, und mit jedem Satz wird es leichter, als hinterließen die Worte einen Hohlraum, Stellen, an denen zuvor etwas Muffiges gewesen ist, eine nässende Wunde oder eine hässliche Fistel.

Es kümmert ihn nicht, ob er zu laut redet, ob er an den Nachbartischen gehört wird.

Wenn er jemals – und sei es aus Scham oder Verleugnung – daran gezweifelt hat, was wirklich vor achtzehn Jahren in jenem Zelt auf Grinda geschehen ist, dann sind diese Zweifel jetzt weg. Er erzählt, wie ein einziges Geschehnis ihn schon sein Leben lang verfolgt und dazu geführt hat, dass er sich für den Beruf entschieden hat, den er nun ausübt, acht bis zwölf Stunden am Tag, jahraus, jahrein.

Vera hört zu, ohne ihn zu unterbrechen, weder isst noch trinkt sie etwas.

»Ich hatte mit einer lachhaften Ausnahme nie ein funktionierendes Liebesleben«, sagt er. »Ich hab seit vier Jahren keine Freundin mehr ... und all das ist nicht wirklich besser geworden, seit ich bei der Rikskrim bin.«

Erst jetzt merkt er, dass er immer noch Veras Hand hält.

Was für ein verdammter Loser er ist. Verwirrt lässt er ihre Hand los.

»Alles in Ordnung?«, fragt sie.

»Ich weiß nicht ...« Er muss plötzlich an ein Foto aus dem Familienalbum denken.

Vera steht im schwarzen Bikini auf einer Terrasse, sie ist schlank, braun gebrannt, und ihr Bauch wölbt sich leicht vor. Mit fünfzehn hat er das Fotoalbum mit ins Badezimmer genommen.

»Du bist die Einzige, der ich je davon erzählt habe«, sagt er wohl wissend, dass er nicht eigens erwähnen muss, dass das auch so bleiben soll.

Sie nickt. »Gehen wir raus, eine rauchen?«

Sie sucht die Zigarilloschachtel in ihrer Handtasche, und sie verlassen den Tisch.

»Dieses Mädchen, Tara – was kannst du mir über sie erzählen?«, fragt sie auf dem Weg zur Tür.

Er hält die schwere, alte Tür für sie auf. »Nicht viel.«

Vera hält inne. Besorgter Blick.

»Ein Balkonmädchen, oder?«
»Wahrscheinlich, ja.«
Tara. Ein Balkonmädchen.
Mehr gibt es dazu wohl nicht zu sagen.
Nicht im Augenblick.

Das mit der Schlange
Straße 76

Skutskär, der Ort, an dem es immer nach Scheiße riecht, stirbt immer wieder, Abend für Abend. Nach elf ist er dunkel und still und menschenleer. Es ist ein einsamer Ort, an den man nicht zieht, sondern an den man verbracht wird.

Im Hexenkessel herrscht nach elf Nachtruhe, da darf man sein Zimmer nicht mehr verlassen, es sei denn, man muss auf die Toilette. Die Nächte sind wie unendliche Schreie in einem Vakuum. Dunkelheit und Einsamkeit begraben alles unter sich. Was bleibt, sind der Hass, die Angst, die Wut und die Todessehnsucht. Daraus besteht ihr Schlaf.

Der Hexenkessel liegt unweit der Papierfabrik, und obwohl Nova und Mercy die Lüftung zugestopft haben, stinkt es in ihren Zimmern permanent nach Scheiße.

Das Einzige, was sie über Skutskär wussten, ehe sie im Wohnheim gelandet sind, war, dass es hier einen Kannibalen gegeben hat. Einen Typen, der seine zwei Stiefschwestern umgebracht, ihr Blut getrunken und ihr Fleisch gegessen hat.

Vielleicht wird es im Hexenkessel auch mal so enden. Sieben Mädchen, die einander auffressen.

Erkan, der heute Nacht Dienst hat, will, dass sie spätestens um fünf wieder da sind, weil gegen halb sechs die Übergabe stattfindet. Das Auto steht ein Stück die Straße runter, ein weißer Volvo. Dann sagt er noch, dass es ihm egal sei, was sie vorhätten, Hauptsache, sie hätten am Morgen keine Fahne, und er bekomme sein Geld.

Erkan ist ein netter Kerl. Eigentlich. Aber er braucht Geld, genau wie sie.

Als er die Küchentür aufmacht und sie in den Regen entlässt, muss Nova an das Gespräch mit Love denken. Sie weiß nicht, ob es richtig war, dass sie ihm gegenüber so offen war. Sogar von Jussi hat sie ihm erzählt.

Sie war ehrlich, aber sie hat auch gelogen. Dass sie und Mercy Gedanken lesen könnten, ist zwar fast wahr, aber beileibe nicht in dem Maße, wie sie es behauptet hat. Sie wusste beispielsweise sehr wohl, dass der Typ aus Tallmon Kaninchen züchtete.

Und dann das mit der Schlange. Als sie gehen, sieht Nova sie deutlich vor sich. Was sie Love erzählt hat, war zwar leicht übertrieben, aber sie weiß, woher die Assoziation stammte.

Sie war zehn und übernachtete bei einer Freundin, die ein Terrarium besaß. Die Schlange war vollkommen schwarz, ungefähr einen Meter lang und so dick wie ihr Handgelenk. Sie nahm sie hoch, obwohl sie es insgeheim gar nicht wollte; die Schlange fühlte sich kühl und trocken an, und sie nahmen sie mit in die Küche und legten sie in die Spüle. Anschließend machten sie einfach die Küchentür zu und setzten sich vor den Fernseher. Sie sahen sich einen Film an, tranken Limonade und aßen Popcorn, und als der Film zu Ende war, kehrten sie in die Küche zurück. Die Schlange war nicht mehr da.

»Der Volvo da ist es, oder?« Mercy deutet auf einen Wagen, der an der Bushaltestelle fünfzig Meter weiter parkt.

»Ich glaub schon ... Jedenfalls ist er weiß.«

Sie suchten überall nach der Schlange – vergebens –, und als die Eltern der Freundin nach Hause kamen, trauten sie sich nicht, ihnen zu erzählen, was passiert war. Sie hängten ein Handtuch über das Terrarium – nichts Ungewöhnliches, eine Schlange braucht Dunkelheit. Sie selbst sollte auf einer Matratze auf dem Fußboden schlafen, direkt neben dem Terrarium. Als sie zu Bett gingen, war die Schlange immer noch weg.

Die Fahrertür geht auf, und ein Typ steigt aus, lehnt sich gegen die Autotür und zündet sich eine Zigarette an. Papas Auto, denkt Mercy. Papas Geld.

Papas Junge.

Nova denkt an die Schlange, die irgendwo dort in der Dunkelheit lauert.

Sie rechnet jeden Moment damit, dass sie sich um ihre Beine schlängelt, vielleicht um den Hals, während die Freundin schläft, und nie in ihrem ganzen Leben hat sie sich dermaßen einsam gefühlt. Befindet sich die Schlange irgendwo im Zimmer, dann ist das nicht gut. Sie hat sich vorgenommen, nicht einzuschlafen. Komischerweise passiert genau das. Sie schläft ein.

Der Typ streckt ihnen die Hand hin.

»Adam«, sagt er und macht die Tür zur Rückbank auf.

Erst da fällt ihr auf, dass noch ein zweiter Typ im Auto sitzt. Eine jüngere Version von Adam, sein Bruder wahrscheinlich. Vierzehn, höchstens fünfzehn, während Adam Anfang zwanzig ist. Der Bruder stellt sich mit Viktor vor, ehe er sich wieder wegdreht. Er macht einen schüchternen Eindruck.

»Wohin geht's?«, erkundigt sich Nova.

Adam lässt den Motor an. »Das werdet ihr schon noch sehen.«

Diese Typen sind anders als ihre anderen Kunden; sonst sind es entweder einsame Greise mit Schmerbäuchen oder unbeholfene Kerls mit Öl unter den Fingernägeln, die Rostlauben fahren und in der Fabrik arbeiten. Das hier sind Jungs aus reichem Hause. Sie sehen gut aus und brauchen wohl kaum für Mädchen zu zahlen. Mercy drückt Novas Hand, sie lässt es geschehen und starrt ins Leere, während die Lichtreflexe der Straßenlaternen in ihren blauen Augen aufblitzen.

»Hallo?« Mercy knufft sie in die Rippen. »Woran denkst du? Du warst eben ganz woanders.«

Nova blickt aus dem Fenster. Zur Rechten liegt rostrot schimmernd das Skutskär-Werk. Schornsteine und Metallzisternen, eingehüllt in dichten grauen Rauch.

»An den Tod«, antwortet sie.

Die Schlange ist nie wieder aufgetaucht. Vermutlich war sie irgendwie durch den Abfluss entwischt. Oder sie haben ein Fenster offen stehen lassen, sie weiß es nicht mehr. Erinnert sich nur noch an das Gefühl, dass sich eine Schlange durch die Dunkelheit schlängelte.

Mercy hat ebenfalls eine Schlange im Kopf. Sie denkt an einen Typen auf einem Campingplatz in Hamburg, an eine kaputte Glasflasche und das gurgelnde Geräusch, wenn jemand an seinem eigenen Blut erstickt.

Auch Mercy war bei ihrer Sitzung mit Love ehrlicher und offener denn je. Sie hat ihm erzählt, was in ihrem Heimatdorf passiert ist und warum sie von dort fliehen mussten. Als sie gerade berichten wollte, wie sie es von Nigeria über die Türkei nach Griechenland geschafft hatten, wo ihr Leben zerstört wurde, war die Therapiestunde vorbei.

Der Fabrikgestank breitet sich im Auto aus. Bald darauf taucht ein Ortsschild auf: Gävle, vierzehn Kilometer, und der Typ am Steuer erkundigt sich, ob sie einen Wunsch hätten. Er habe Ecstasy, falls Interesse bestehe. Zwei kleine Tabletten, eine rote und eine blaue, die sie geil machen und fit halten würden.

Nova schluckt die blaue und Mercy die rote, und als sie das Zentrum von Gävle erreichen, fühlt sich das Leben schon ein bisschen leichter an. Es gibt keine Schlangen mehr.

Sie unterhalten sich auf der Rückbank, ohne dass die Typen es bemerken. Diese So-als-ob-Sprache war Mercys Idee, sie ist geschickt mit Wörtern, und Nova weiß noch genau, was sie gesagt hat, als sie vorschlug, miteinander in dieser So-als-ob-Sprache zu reden.

Wenn man gar nichts sagt, kommt man sich richtig nah.

Adam hält an einem Bankautomaten, um Geld abzuheben. Sie bekommen dreitausend unter der Bedingung, dass sie alles mitmachen. Mercy stellt sich neben ihn und zündet sich eine Zigarette an, während sie sich aus alter Gewohnheit seinen PIN-Code einprägt.

Um Viertel vor eins biegen sie auf die Garageneinfahrt einer großen Villa ein. Drum herum überall ähnliche Häuser, viele sind schon etwas älter, aber diese Villa sieht nach Neubau aus.

Der Eingang liegt auf der mittleren Ebene, und an der Wand in der Diele hängt die Halterung für eine Fernbedienung.

Adam drückt ein paar Knöpfe, und die Lampen in Diele und Treppenhaus gehen an.

An einem Garderobenhaken hängt ein Schal.

Weinrot, mit Perlen bestickt.

»Ist das Frejas Schal?«, fragt Nova und befühlt den Stoff.

Als hätte er etwas zu verbergen
Pelikan

Vera bietet ihm noch einen Zigarillo an, dieselbe Marke, die auch Kevins Vater geraucht hat. Kevins Vater und Vera waren schon so lange Freunde, dass sie einander immer ähnlicher wurden, und manchmal erkennt Kevin bestimmte Gesten seines Vaters an Vera wieder. Kleinigkeiten. Wie sie den Zigarillo zwischen Daumen, Zeige- und Mittelfinger zwirbelt, bevor sie ihn anzündet.

»Du siehst aus wie dein Vater, als er so alt war wie du jetzt«, meint sie, als hätte sie seine Gedanken gelesen und wollte sie in eine andere Richtung lenken.

»Ja, das erwähnst du ganz gern.« Er lächelt. »Du und Sebastian...«

»Nein, ich weiß. Kaum zu glauben, dass wir miteinander verwandt sind. Er kommt nach seinem Vater. Genau wie du.«

Kevin war neun, als Veras Mann starb, ein Hüne, der eine gewisse Ähnlichkeit mit John Goodman hatte und seine überflüssigen Pfunde mit Haltung trug. So wie Sebastian am Morgen während der Beerdigung ausgesehen hat, wird auch er seinem Vater immer ähnlicher, wobei er eine andere Körperhaltung hat. Das Übergewicht zieht ihn runter, er lässt die runden Schultern hängen.

»Wie geht es Sebastian denn so?«

Vera sieht angestrengt aus. »Keine Ahnung. Er geht selten ran, wenn ich anrufe. Verbarrikadiert sich hinter seinen Rechnern in dieser alten Studentenbude. Hat immer noch keinen Job, soweit ich weiß. Ich zahle seine Miete, trotzdem behandelt er mich wie eine Aussätzige. Als ich ihn angerufen habe, um ihm zu erzählen, dass dein Vater gestorben ist, hat ihn das erst überhaupt nicht gekümmert. Eine Stunde vor der Beerdigung hat er sich plötzlich gerührt und meinte, er kommt mit. Deswegen haben wir uns auch verspätet.«

Vera erzählt, dass sie am Nachmittag bei Sebastian vorbeischauen wollte, ein paar Stunden nachdem er die Beerdigung verlassen hatte. Er hat ihr nicht aufgemacht.

»Ich dachte, vielleicht könntest du ja mal bei ihm vorbeifahren. Vielleicht öffnet er sich dir gegenüber. Ihr habt euch doch immer gut verstanden. Er mag dich.«

»Ich kann's mal probieren… Gibt es einen besonderen Grund?«

»Schau einfach, wie es ihm geht. Sag, dass du zufällig in der Gegend warst. Ich will bloß wissen, wie es ihm geht, auch wenn er mich nicht an sich ranlässt. Nach außen hin gibt er sich hart, aber ich finde das irgendwie aufgesetzt, als hätte er etwas zu verbergen.«

Kevin sieht Novas Gesicht vor sich. Das Mädchen, das sein Innerstes vor der Kamera nicht verbergen konnte. Der Gestank, der aus ihr heraussickerte, trotz all der sinnlosen Schauspielerei.

»Und was, glaubst du, hat Sebastian zu verbergen?«, fragt Kevin und fröstelt, als ein Regentropfen seine Wange trifft.

»Vielleicht schämt er sich ja«, entgegnet Vera.

Nichts Illegales, aber hart und schmutzig
Zwei Jahre zuvor

»Jetzt ist Schluss mit der Scheiße.«

»Welche Scheiße?«, fragte Nova.

Jussi warf ihr einen Blick zu, als wäre sie unterbelichtet. »Was glaubst du denn? Das, was wir hier machen ... was *ich* hier mache. Von jetzt an wird nichts mehr verkauft.«

Verkauft? Meinte er *sie* damit? Dass sie sich verkaufte?

»Fast dreißig Jahre lang sauf ich jetzt schon«, fuhr er fort. »Und ich hab widerliche Sachen gemacht. Bin ein jämmerlicher Vater für dich und für Björn gewesen.«

»Aber Jussi...« Mama wollte schon nach seiner Hand greifen, doch er zog sie sofort weg und sah Mama verächtlich an.

»Und du warst eine genauso verflucht erbärmliche Mutter. Aber jetzt ist Schluss mit unserem Scheißleben. Ich rühr keinen Tropfen mehr an.«

Mama applaudierte demonstrativ. Ihr war deutlich anzusehen, dass sie sauer war, weil er sie eine erbärmliche Mutter genannt hatte. »Glückwunsch. Bist du jetzt fertig?« Sie stand auf.

»Bleibt verdammt noch mal sitzen! Nein, ich bin noch nicht fertig, noch lange nicht.«

Dann erzählte er, dass er einen Tipp für einen Job bekommen und ziemlich gute Chancen habe, den Zuschlag zu kriegen. Einer der Chefs sei ein alter Freund und Kollege aus der Zeit, als Jussi in den Neunzigern mal Kaffeeautomaten repariert hatte.

»Jetzt werden andere Saiten aufgezogen. Ich gehe wieder arbeiten, und dann verdiene ich fünfunddreißig Mille im Monat.«

Nova war all das nicht neu. Zwanzig Jahre zuvor hatte Jussi mal eine Maschine konstruieren wollen, die außer Kaffee auch Suppe ausspuckte. Er hatte einen Bankkredit aufnehmen wollen, sogar schon den Finanzplan vorgelegt und Zeichnungen. Und er war davon überzeugt gewesen, dass es klappen würde. Dann waren alle gegen ihn gewesen. Keiner hatte an seine Idee geglaubt.

»Alles wird anders. Ich ziehe aus.«

Mama runzelte die Stirn. »*Du* willst ausziehen?«

»Genau. Ich ziehe aus.«

»Und was ist mit uns?« Mama ließ die Schultern hängen. »Warum hast du denn nie was gesagt?«

»Das ist ganz allein meine Entscheidung. Meine Chance. Du hast deinen Job, ihr kommt schon klar. Ich wohne noch so lange hier, bis ich was Eigenes gefunden habe. Ist doch ganz einfach.«

Er haut ab, dachte Nova. Jussi zieht Leine.

»Und du trinkst auch nicht mehr, Nova«, sagte er, stand vom Tisch auf und verließ die Küche. Kurz darauf fiel die Wohnungstür ins Schloss.

»Wenn wenigstens Björn hier wäre«, sagte Mama, und dann ging auch Nova, aber vorher stibitzte sie noch die halb leere Schnapsflasche vom Tischchen im Flur.

Nova ist richtig betrunken, als sie wieder zurückkommt. Sie hat Jussi gesucht, ihn aber nicht gefunden. Stattdessen hat sie unten am Fisksätrabad gesessen und die Flasche geleert, während sie ein paar Kindern dabei zusah, die noch ein letztes Mal für den Abend ins Wasser sprangen.

»Wo ist Jussi?«, fragt sie. Sie sieht ihrer Mutter an, dass sie geweint hat.

»Er ist eben nach Hause gekommen und hat sich hingelegt.« Sie seufzt und geht ins Wohnzimmer.

»Und wo war er?«

Nova kickt sich die Schuhe von den Füßen und folgt ihrer

Mutter, die mit den Schultern zuckt. Sie nestelt an einer CD, versucht, sie in Jussis Rechner zu schieben. Als es ihr schließlich gelingt, hat sie Tränen in den Augen.

E-Gitarrenklänge wehen durchs Zimmer. Draußen ist es fast dunkel.

Ein neuer Tag an deiner blassen Schulter dämmert.
Die Sonne wie ein Waldgeist an das Fenster hämmert.

Sie setzt sich in den Sessel. Alles fühlt sich komisch an, das Zimmer ist verzerrt. Die Winkel stimmen nicht mehr, alles neigt sich nach rechts. Kippt zur falschen Seite.

Dein Haar fließt über das Kissen ...

Es ist alles verkehrt.

»Mama ... Mach das leiser.«

»Auf gar keinen Fall. Hör dir diese Stimme an ...« Mama lacht und streckt sich nach dem Weinglas. »Fred Åkerström.«

Wenn du wach wärst, würde ich dir all das geben, was ich dir sonst nie gebe.
Aber du, dir gebe ich meinen Morgen, dir gebe ich meinen Tag.
Du träumst süß, ich kann dich lächeln sehen.

Sie hören eine Weile stumm zu. Die Melodie kommt ihr bekannt vor. Es muss die gleiche sein wie »I Give You the Morning« von Kite.

»Ist das deine CD?«, fragt sie.

»Weiß nicht«, antwortet ihre Mutter. »Meine oder Jussis, Björn gehört sie jedenfalls nicht.«

Dann kommt es.

Eine einzige Zeile, die alles verändert. Die das Leben zum Tod macht.

Mein Blick zittert wie der zarte Flügel einer Libelle.

Sie erstarrt. Geht zum Rechner, spult zurück.

»Was machst du denn da? Lass das ...«

»Ich höre zu.«

Mein Blick zittert wie der zarte Flügel einer Libelle.

»Mag Jussi das hier?«
»Er liebt dieses Lied.«
»Das ist verdammt noch mal nicht wahr. Das darf einfach nicht wahr sein!«

Mama schlief auf dem Sofa ein. Nova lief in ihr Zimmer und fuhr den Laptop hoch.

Sie hatte die Worte, die er ihr ziemlich genau drei Jahre zuvor geschrieben hatte, nie vergessen.

»Mein Blick zittert wie der zarte Flügel einer Libelle.«
Da stand es. Wortwörtlich.

Wenn sie damals geahnt hätte, dass es sich um ein Zitat handelt, hätte sie es googeln können. Dann hätte sie längst alles gewusst. Und es vielleicht ein bisschen eher begriffen.

Aber nun googelte sie eben jetzt und hörte sich das Lied erneut an. Sie mochte die Kite-Version, allerdings klang es auf Schwedisch unheimlich: ein Typ, der ein Mädchen betrachtet, während es schläft. Der Typ, der die Ballade übersetzt und aufgenommen hatte, Fred Åkerström, hatte sie seiner Tochter gewidmet.

Das Album hieß *Zwei Zungen* und stammte aus dem Jahr 1972. Jussis Geburtsjahr.

Im Grunde war sie Jussis Tochter. Er nannte sie sogar so, wenn er mit anderen über sie sprach.

Zwei Zungen? Die sich küssten oder den Körper des anderen ableckten oder was?

Sie hatte schon öfter gehört, dass Männer auf ihre Töchter abfuhren; und wenn sie ein Mädchen großzogen, das nicht die leibliche Tochter war, war das oft umso geiler. Man musste sich nur diesen amerikanischen Regisseur anschauen, der seine Stieftochter sogar geheiratet hatte. Stell sich das einer vor – jemanden ficken zu wollen, dem man gerade erst ein paar Jahre zuvor die Windeln gewechselt hat.

Manchmal liegt die Wahrheit so dicht vor einem, dass man sie einfach nicht sieht.

Deswegen hat er so viel von ihr gewusst. Dass ihr Klassenlehrer Robban hieß, wo sie wohnte, das von Mama und von sich selbst.

Ich weiß, dass dein richtiger Vater tot und Jussi dein Stiefvater ist und mit den anderen Alkoholikern im Zentrum abhängt.

Zwei von Jussis Lieblingssongs waren »Master of Puppets« von Metallica und »Dir gebe ich meinen Morgen« von diesem Alten mit der Bassstimme, Fred Åkerström. Und auch der Puppenspieler mochte die beiden Songs.

Sie versuchte, sich zu erinnern, ob Jussi wenigstens ein einziges Mal *nicht* mit ihr gechattet haben könnte, weil er mit etwas anderem beschäftigt gewesen war. Ihr fiel nichts ein, was als Alibi durchgehen konnte. Ihr war zusehends schwindelig. Es war jetzt mehrere Jahre her, und meist hatten sie abends gechattet, wenn sie allein in ihrem Zimmer war.

Aber hatte er nicht auch mal angeklopft, mitten in einem Chat? Möglich.

Als sie die allerletzte Nachricht bekam, hatte Jussi sie mit dem Rechner auf dem Schoß überrascht. Das wusste sie noch ganz genau, und sie wusste auch noch, dass er wenige Minuten zuvor in der Küche gesessen und etwas in sein Handy getippt hatte – ungefähr zur selben Zeit, als ihr der Puppenspieler geschrieben hatte. Hatte Jussi bei ihr ins Zimmer geschaut, um zu sehen, wie sie auf die Nachricht reagierte?

Die perverse Neugier zu sehen, wie geschockt sie war?

Und jetzt wollte Jussi abhauen. Das feige Aas wollte flüchten.

Sie ging in die Küche, um sich einen Drink zu mixen, verwarf die Idee und goss sich stattdessen einen Schnaps ein.

Dann betrat sie das Schlafzimmer und stellte sich an sein Bett.

Betrachtete den schlafenden Körper. Diesen tiefen, ruhigen, unbeschwerten Schlaf.

Das Handy lag auf dem Nachttisch, und sie zog das Ladekabel ab. Nahm das Handy und ging damit zurück in die Küche. Er hatte den Wecker gestellt, das Handy war also nicht gesperrt, und sie nahm sich als Erstes seinen Suchverlauf vor.

Erst lauter normale Sachen. Sport und Nachrichten.

Dann eine Bildsuche, Jelena Issinbajewa, die russische Stabhochspringerin. Sie sah sich die Fotos an.

Hübsch, vermutlich. Und noch eine Suche nach einem Mädchen, das Stabhochsprung machte. Eine Schwedin, genauso hübsch wie die russische. Angelica Bengtsson, siebzehn, sah aber jünger aus, sogar noch jünger als sie selbst.

Sie scrollte nach unten. Vorgestern Morgen hatte er verkatert im Bett gelegen, während Mama Kippen und Hundedreck unten im Zentrum aufgesammelt hatte. Die Suchwörter zeugten davon, was er unterdessen getan hatte.

Bukkake. Rimming. Gangbang. Teenies. Young beauty. Shaved pussy. Brutal fucking.

Sie hasste ihn.

Sie checkte den Zeitpunkt der Suche. Eine halbe Stunde lag zwischen dem ersten und dem letzten Suchbegriff. Ungefähr zur selben Zeit hatte sie in ihrem Bett gelegen und sich den Schlaf aus den Augen gerieben, und er hatte wohl ziemlich genau in dem Moment seine Decke besudelt, als sie aufgestanden war.

Sie folgte den Links. Nichts Illegales, aber hart und schmutzig. Metallgeschmack im Mund, doch trotz des Schwindels war sie klar im Kopf.

Sie klickte den Fotospeicher auf. Der war komplett leer. Dann schaute sie nach, welche Apps er hatte. Abgesehen von denen, die auf den meisten Telefonen installiert waren, hatte er sich eine App für eine Chatseite runtergeladen.

Nicht dieselbe, auf der auch sie drei Jahre zuvor gewesen war, aber eine ganz ähnliche.

Mit einer eindeutig jüngeren Zielgruppe. Sie tippte auf das Icon, und eine Anmeldemaske mit registriertem Benutzernamen poppte auf. Die Zeile für das Passwort war leer.

Weiter käme sie also nicht. Aber das genügte.

Es kommt kein dritter Schlag
Villastan

Adam reißt Nova den Schal aus der Hand. »Wer zum Henker ist Freja?«

»Eine Freundin.«

»Das ist der Schal meiner Mutter«, sagt er und stopft ihn in den Garderobenschrank. »Arschteuer. Also lass die Finger davon.«

Sie gehen eine Treppe hinunter.

Zwei Mädchen und zwei Jungs. Allein in einem dreistöckigen Wohnhaus, das locker anderthalb Millionen pro Stockwerk gekostet hat. Das entspricht ungefähr zehn Volvos desselben Modells, wie es draußen vor der Tür steht. Ein Pool nimmt ein Drittel des unteren Stockwerks ein und ist mit Marmorstatuen nackter Frauen und Männer gesäumt.

Nova und Mercy setzen sich auf ein weißes Ledersofa. Auf dem Glastisch vor ihnen stehen zwei Flaschen Champagner. Sie sitzen da und doch wieder nicht. Ihre Körper gehören nicht mehr zu ihnen. Sie schweben leicht außerhalb ihrer selbst, betrachten alles unbeteiligt von außen.

So machen sie es sonst auch immer, aber diesmal kommt alles anders.

Während Adam eine Flasche entkorkt und die Gläser füllt, ziehen sie sich aus. Er grinst, als sein Blick auf die lange Narbe auf Mercys Bauch fällt, und geht auf sie zu.

Mercy ist zwölf Jahre alt und sitzt nackt auf einem Hocker. Eine klaffende Wunde verläuft quer über ihren Bauch, von der Brust bis zur Leiste. Es dampft aus der Verletzung, riecht nach warmer Milch.

Ein Mann sitzt daneben und isst. Er schaufelt Essen in sich hinein, schmatzt und schlürft den gelben Eintopf hinunter. Es riecht nach Curry, dann nach Ammoniak.

Sie sitzt nackt und mit übereinandergeschlagenen Beinen auf dem Sofa. Dann stoßen sie an, und er bittet sie, ihm die Hose aufzuknöpfen. Nova wendet sich ab und sieht, wie der jüngere Bruder in ein anderes Zimmer geht. Dort geht Musik an: House, schwerer Bass.

»Komm her«, sagt Adam.

Nova ist sieben Jahre alt, und es ist Mittsommer. Sie lernt, einen Löwenzahnkranz zu flechten. Nimmt einen Schluck Erdbeerlimonade, merkt aber nicht rechtzeitig, dass eine Wespe darin schwimmt. Die Wespe sticht ihr in die Zunge, und es tut fürchterlich weh. Jussi legt einen Würfelzucker auf den Stich, damit das Gift davon aufgesogen wird, aber das Brennen und die Schwellung gehen nicht zurück, und am Abend bekommt sie Fieber.

Das Ledersofa knarzt, als sie sich eng an Mercy schmiegt und ein Bein über deren Oberschenkel legt. Ihre Körper sind kühl, sie haben beide Gänsehaut.

Nova ist vierzehn und will in die Stadt fahren. Sie sagt Hej zum Busfahrer, als sie einsteigt, aber der nimmt sie nicht wahr. Als sie später von Slussen aus die Götgatan hinaufgeht, ist es, als wäre sie unsichtbar. Mehrmals muss sie Passanten ausweichen, und als sie beschließt, damit aufzuhören, stößt sie prompt mit einer Frau zusammen, die sie ein verfluchtes Balg schimpft, das aufpassen soll.

»Küsst euch.«

Es sind nicht Nova und Mercy. Es sind zwei andere Mädchen, ein blondes und ein brünettes, die einander küssen, und ihre Lippen und Zungen sind kalt.

»Blast mir einen ... alle beide.«

Sie wechseln sich ab. Zwei Mädchen blasen einem Jungen einen, und plötzlich muss die Blondine kichern. Es kitzelt in ihrem Brustkorb, und sie muss sich abwenden.

Nova zeigt der Frau, die sie verfluchtes Balg genannt hat, den

Stinkefinger. Steckt sich den Finger in den Mund, lutscht kurz daran und streckt ihn in die Luft. »*Fuck you, alte Kuh!*«

Sie nimmt einen Schluck Champagner. Kann gerade noch schlucken, ehe eine Hand sie am Kinn packt und ihren Kopf zurückdrückt. »Reiß dich zusammen, verdammt!«

Er presst sich in ihren Mund, ein fester Stoß gegen das Gaumensegel. Sie spürt nichts.

Kurze, heftige Atemzüge, und blaue Augen starren ein paar Sekunden lang unverwandt in braune Augen.

Mercy hält ihren kleinen Bruder auf dem Arm. Den jüngeren, denjenigen, der eine Stunde nach seinem älteren Bruder auf die Welt gekommen ist, ein Stückchen kleiner, nur mit einer Niere und einem leicht schiefen Gesicht. Er zittert vor Kälte und ist vollkommen nass, aber er sieht sie an, blinzelt und starrt. Er lebt!

Rote Lippen und rote Zungen. Blutrote Adern.

Der Kopf des dunklen Mädchens ruckt vor und zurück. Große Hände krallen sich in ihr Haar. Ein Speichelfaden hängt an ihrem Kinn, löst sich und tropft auf den Schenkel.

Dann dringt ein tiefes Gurgeln aus der Kehle des kleinen Bruders.

Dumpfes Stöhnen, und das blonde Mädchen fängt erneut an zu kichern. Jemand packt sie und reißt sie vom Sofa hoch. Sie bekommt gerade noch das Champagnerglas zu fassen, bevor der jüngere Bruder sie in das Zimmer schleift, aus dem die House-Musik kommt. Sie leert das Glas in einem Zug, und sie lacht immer noch, als er sie aufs Bett wirft.

Er trägt zu große Boxershorts. Der magere Jungenkörper ist übersät mit Aknepusteln – Schultern, Brust und sogar der Bauch.

»Blas mir einen«, sagt er wie zuvor sein älterer Bruder, allerdings mit dünnerer Stimme.

Sie kniet sich vor ihn hin und zieht ihm mit einem Ruck die Unterhose weg. Er verliert beinahe das Gleichgewicht, und sie lacht umso lauter.

Das ist der Daumen, der schüttelt die Pflaumen, der hebt sie auf, der trägt sie nach Haus, und der Kleine ...

»Und der Kleine ...« Unwillkürlich hat sie an den alten Kinderreim gedacht und wackelt mit dem kleinen Finger.

Der Schlag kommt unerwartet, mitten in ihr Lachen hinein.

Fingerknöchel gegen Zähne, und aus ihrem Mund spritzt Blut auf das weiße Laken. Sie spürt gar nichts.

... der Kleine isst sie alle auf.

Der nächste Schlag trifft eine Brust, und auch diesmal spürt sie nichts. Sieht ein blondes Mädchen, das sich in Embryonalstellung zusammenkrümmt. Sieht, wie es sich die Lippen leckt, sieht die Zunge, die über die aufgeplatzte Oberlippe fährt. Plötzlich fühlt sich die Zunge wieder geschwollen an, wie nach dem Wespenstich damals.

Das ist der Daumen, der schüttelt die Pflaumen, der hebt sie auf, der trägt sie nach Haus, und der Kleine isst sie alle auf.

Die Faust ist noch immer geballt, aber es kommt kein dritter Schlag. Stattdessen wirft er sich auf sie und drückt sie mit dem Knie auf die Matratze.

Ihr Brustkorb wird zusammengepresst, und sie keucht auf.

Er rammt ihr die Faust zwischen die Beine.

Der Siegelring an seiner Rechten schrammt sie auf. Sie spürt nichts und schreit trotzdem. Schnelle Bewegungen. Das Bett wackelt.

Und der Kleine isst sie alle auf.

Sie macht sich ganz klein, schrumpft zusammen. Ist am Ende so winzig, dass er ihr nicht mehr beikommen kann.

Trotzdem kann sie nicht aufhören zu schreien.

Mercy hört Geräusche aus dem Zimmer mit der Musik. Geräusche, die da nichts verloren haben. Sie schubst den Typen zur Seite, er schwankt und geht rücklings zu Boden. Er flucht, aber sie rennt bereits an den Poolrand und schnappt sich eine der

Statuen. Sie ist schwer, fast wie eine Bowlingkugel, und damit läuft sie in das andere Zimmer.

Was sie sieht, katapultiert sie zurück in eine andere Zeit. Erinnerungen an einen Fluss und an einen Mann, der von einer Schlange gebissen und dem das Bein abgesägt wurde.

Es ist nicht sie, die sich auf ihn stürzt, es sind ihr Hass und ihre Angst in einer Person vereint, und sie ist vollkommen ruhig, als sie die Steinfigur auf den Hinterkopf des Vergewaltigers schmettert.

Die Statue in Mercys Hand wiegt so schwer wie die Erinnerung an einen vergewaltigten Freund.

Der unfähig ist, sich in das hineinzuversetzen, was sie erlebt hat
Svartbäcken

Svartbäcken ist der älteste Stadtteil von Uppsala, über siebenhundert Jahre alt, allerdings sieht man ihm das nicht an. Nachdem in typisch schwedischer 1900er-Manier mit Feuereifer und Optimismus alles abgerissen oder saniert worden ist, gleicht Svartbäcken heute einem Potpourri aus allen möglichen Baustilen.

Love gefällt das. Der Stadtteil ist gleichsam organisch, tanzt nicht aus der Reihe, sondern hat sich angepasst. Wäre Svartbäcken eine Person, würde man sie womöglich einen Opportunisten nennen; er findet, Survivor ist die treffendere Bezeichnung.

Er wohnt seit fast einem Jahr hier. Das Haus ist zur Jahrhundertwende errichtet worden, ursprünglich als Holzhaus über zwei Stockwerke für arme Grubenarbeiter. Hundert Jahre später besteht die Fassade aus rotem Putz, und die Adresse zählt zu den begehrtesten im Norden von Uppsala.

Für gewöhnlich verwendet er die rund einstündige Heimfahrt darauf, den Arbeitstag Revue passieren zu lassen. Doch als er sein Auto diesmal vor dem alten Mehrfamilienhaus parkt, ist er damit noch immer nicht fertig. Noch lange nicht.

Er schaltet die Innenbeleuchtung über dem Rückspiegel an und hält seine Gedanken in seinem Notizbuch fest.

Es geht um Leid, Kraft und Überleben.

Er beißt auf das Bleistiftende und denkt daran, was den Tag über passiert ist. An die Begegnung mit Alice' Vater. Er hat einen bitteren Geschmack auf der Zunge, der Stift hat inzwischen zig Dellen.

Sven-Olof hat seine Tochter abgeholt. Mit schier selbstverständlicher Autorität hat er verkündet, die Therapie sei hiermit beendet, es sei für seine Tochter an der Zeit, wieder nach Hause zurückzukehren. Love protestierte: Das sei keine gute Idee. Aber es war nun mal Sven-Olofs gutes Recht als Erziehungsberechtigter, seine Tochter wieder mitzunehmen; Love konnte bloß die entsprechenden Dokumente unterschreiben und musste sie gehen lassen.

Obwohl er ihre Geschichte kennt.

In dieser streng gläubigen Familie ist Sexualität, vor allem die weibliche, ein Tabuthema – aber auch ein immer wiederkehrendes Thema, das er als essenziell ansieht. Es geht um Alice' erste Erfahrungen mit ihrer eigenen Sexualität, und es geht um Schamgefühle.

Die Eltern kleiden die Tochter in viel zu weite Kleider, bauschige Hosen und Pullover, damit sich kein Mann für das Mädchen interessiert. Alice muss peinliche Momente in Bekleidungsgeschäften über sich ergehen lassen, in denen die Mutter eine Hand zwischen Alice' Geschlecht und die Hose hält oder zwischen Brüste und Pullover, um abzumessen, ob der Abstand auch groß genug ist.

Love vermutet, dass exakt solche Vorfälle die ersten Erfahrungen des Mädchens mit schambesetzter Sexualität dargestellt haben. Sexualität und Scham sind für sie schon früh zu Synonymen geworden, und später hat sie dann irrtümlich geglaubt, sie finde Gefallen daran, erniedrigt zu werden.

Love Martinsson wirft Stift und Notizbuch in die Tasche, steigt aus dem Auto hinaus in den Regen, der einfach nicht in Schnee übergehen will.

Obwohl es Ende November ist, sind es immer noch acht, neun Grad plus, aber die sind kaum spürbar, und er friert bis auf die Knochen, als er zum Haus läuft.

Im Treppenhaus riecht es, wie in den Fünfzigern Rentner gerochen haben: nach einer Mischung aus Pfeifenrauch und nassem Hund.

Der Geruch von Geborgenheit.

Er schließt auf und steigt über die Postsendungen in der Diele. Weil er Fensterkuverts noch nie leiden konnte, lässt er sie gern ein paar Tage lang liegen, damit sie sich unwillkommen fühlen. Er geht in die Küche, um sich eine Flasche Rotwein und ein Glas zu holen, und dann weiter ins Arbeitszimmer.

Ein paar Bücherregale, ein Schreibtisch mit einem PC und ein Fenster, das zur Straße rausgeht. Zimmer wie dieses gibt es überall in Svartbäcken. Wo sich vor hundert Jahren drei oder vier arme Arbeiterkinder drängten, kann heute ein Halbwüchsiger sitzen, der dreißig Millionen im Jahr damit verdient, die Computerspiele, die er spielt, im Netz zu kommentieren.

Er fährt seinen Rechner hoch und legt das Notizbuch auf den Schreibtisch, setzt sich auf den Stuhl und macht die Weinflasche auf. Ein günstiger Italiener, der ganz passabel schmeckt. Er schenkt sich ein Glas ein und beginnt, die Aufzeichnungen von seinem letzten Gespräch mit Mercy zu lesen.

Das Mädchen ist offener und gesprächiger gewesen denn je. Sie ist eine gute Erzählerin, und obwohl er nur Stichpunkte notiert hat, erinnert er sich noch deutlich an ihre Formulierungen. Sie hat ihm von ihrem Leben erzählt, mehr oder weniger chronologisch.

»Es war am elften September 2008, ein paar Tage nach meinem zwölften Geburtstag«, hat sie gesagt, und er hat sofort gestutzt, weil sie das genaue Datum genannt hat. »Ich hatte eine Glückwunschkarte von meiner Freundin Blessing bekommen, einen Gutschein für einen Haarschnitt im Friseursalon ihrer Mutter.«

Blessing ist eine von Mercys besten Freundinnen gewesen, die Mutter hatte einen Friseursalon am Ortsrand von Kano. Blessings Familie war die einzige christliche im Ort.

Er sieht in seinen Aufzeichnungen nach. *11/9. Bevor ich reinging, bin ich noch kurz vor dem Haus stehen geblieben und hab zum Fluss runtergeschaut. Vor einem Jahr war dort ein Mann von einer Schwarzen Mamba gebissen worden, als er unten den Wald gerodet hat für die neuen Häuser. Der Fluss ist gestaut worden und inzwischen nur noch ein Bach voll mit Unrat und toten Fischen.*

Ich hab mir vorgestellt, dass der Fluss eine Ader ist. Vergiftet, genau wie das Blut in Papas Adern. Godfrey, der Student, mit dem er gefickt hat, hat ihn mit HIV angesteckt.

Love schreibt: *Wir müssen schwach sein, um zu leiden, und wir müssen leiden, um stark zu werden. Also müssen wir schwach sein, um stark zu werden.*

Vermutlich ein Zitat, nachdem es ihm einfach so in den Sinn gekommen ist.

Weil das Mädchen fast eine Stunde lang ununterbrochen geredet hat, hat er über zwanzig Seiten mit Stichpunkten von der Sitzung.

Und Love hat etwas getan, was er noch nie in einer Therapiesitzung getan hat.

Er hat geweint.

Er schreibt *N & M* und unterstreicht die Buchstaben, ehe er fortfährt: *Ihre Welt ist eine Spielwelt. Sie existiert parallel zur Wirklichkeit, fußt auf vollkommen egoistischen Beweggründen und gibt ihnen die Möglichkeit, Wünsche und Handlungen auszuleben, die die reale Welt zunichtemacht und verbietet. Zum Beispiel ist Tierquälerei legitim, weil dies eine Handlung ist, die innere Konflikte auflöst und starke, erstrebenswerte Gefühle freisetzt.*

Das ist vielleicht ein bisschen hart formuliert, aber es gibt Dinge im Zusammenhang mit Nova und Mercy, die ihm Angst machen.

Alice Pontén ist das absolute Gegenteil.

Sie ist kein Survivor.

Love schenkt sich Wein nach. Peinlich, wie wenig er über

Nigeria weiß, von der Boko-Haram ganz zu schweigen. Aber eins weiß er aufgrund seines Jobs: dass nigerianische Mädchen bei den Kindern und Jugendlichen überrepräsentiert sind, die im Zuge von Sex-Trafficking in Europa landen. Auch in Schweden.

Und eine von ihnen ist Mercy.

Sie scheint bis zu ihrem zwölften Lebensjahr eine glückliche Kindheit verlebt zu haben, hatte einen guten Draht zu ihren Eltern, der Familie ging es gut. Im Unterschied zu Nova gab es in Mercys näherem Umfeld keine Drogen- und Alkoholprobleme, und Love malt sich aus, wo Mercy heute im Leben stünde, wenn sie in Schweden zur Welt gekommen wäre.

Jedenfalls nicht dort, wo sie jetzt steht, denkt er und beginnt zu schreiben, wohl wissend, dass dies seine eigenen Worte sind: *Am elften September 2008 hat sich um ein Feuer in einem kleinen Dorf im Norden Nigerias kaum einer geschert. Der Nachbar, der sich in die Flammen warf und einem zwölfjährigen Mädchen, das gefoltert und vergewaltigt worden war, das Leben rettete, hätte später vielleicht davon berichten können, wenn er nicht selbst schwersten Verbrennungen erlegen wäre.*

Er nimmt noch einen Schluck Wein und liest sich die Passage durch, dann löscht er die Zeilen wieder. Es sind nicht ihre Worte, sondern seine, die eines weißen Mannes mittleren Alters, der unfähig ist, sich in das hineinzuversetzen, was sie erlebt hat.

Er fährt den Rechner runter, macht die Schreibtischlampe aus und wirft einen Blick auf die Uhr.

Es ist schon spät, der Regen peitscht gegen das Fenster. Trotzdem zieht es ihn wieder nach draußen, er will fort, egal wohin.

Vielleicht jemanden treffen.

Egal wen.

Stattdessen geht er ins Schlafzimmer und nimmt den Tablettenschieber aus der Nachttischschublade.

Den mit dem Paroxetin und den Schlaftabletten.
Dann öffnet er die Schachtel Testogel.

Noch minderwertiger als Frauen
Vier Jahre zuvor

Als Mercy in die Diele trat, kamen ihr Blessings kleine Schwester und der Vater entgegen. Sie wollten nach Wudil fahren, um einzukaufen, und wären in den kommenden Stunden nicht zu Hause.

Der Friseursalon war eigentlich eine Waschküche, die zum Hinterhof rausging, aber Blessings Mutter hatte sie so eingerichtet, dass sie den Salons in Wudil ähnelte. Ein großer viktorianischer Spiegel hing an der Wand vor einem altmodischen Frisierstuhl. Blessing kehrte den Boden, während die Mutter gerade das Haarwaschbecken putzte.

Blessing half oft, die Kunden zu empfangen, ihnen die Haare zu waschen, Haarkuren aufzutragen und Spitzen zu schneiden, sie nahm all das sehr ernst, und es war nicht immer leicht, nicht laut loszulachen, wenn sie einen Diener machte und sogar Mercy übertrieben förmlich willkommen hieß.

Vor ein paar Jahren hatten sie noch zusammen Spiele gespielt, bei denen sie richtige Berufe nachahmten, doch inzwischen wurden sie langsam erwachsen, und Mercy wäre sich bei den Spielen kindisch vorgekommen. Blessing wäre bald eine richtige Friseurin; nur sie selbst konnte nichts. Außer komische Gedanken zu denken – das konnte sie.

Mercy setzte sich auf den alten Frisierstuhl, und Blessing drehte die Kurbel, um die Rückenlehne nach hinten zu kippen. »Wir waschen zuerst die Haare.«

Sie schloss die Augen, während Blessing ihr das Haar mit lauwarmem Wasser spülte und mit langsamen, behutsamen

Bewegungen Shampoo einmassierte. Bis auf das Surren des Deckenventilators war alles still, und es flirrte hinter ihren Augenlidern, als die Rotorblätter des Ventilators durchs Licht wanderten. Sie wäre beinahe eingeschlafen, doch dann wehte von der Straße Motorendröhnen herüber. Der Motor verstummte, und Autotüren schlugen zu.

Mercy machte die Augen wieder auf und blinzelte ins Flimmerlicht, und Blessing spülte das Shampoo aus. Noch während sie die Spülung einmassierte, hallten Schritte durch die Diele.

Ein dumpfes Krachen, als etwas Schweres, Metallisches in der Küche abgestellt wurde.

Dann feste Stiefelschritte.

Der Wasserhahn quietschte, als Blessing ihn aufdrehte, um erneut Mercys Haar auszuspülen, und es spritzte ihr bis an den Hals.

Sie lag noch immer auf dem Frisierstuhl und hatte Spülung im Haar, als drei Männer den Raum betraten.

Sie trugen Camouflagekleidung, Messer und Stöcke, einer von ihnen hatte eine Maschinenpistole geschultert. Alle drei grinsten breit.

»Ich bediene keine Herren. Sie müssten bitte wieder gehen.«

Blessings Mutter hat eine Schere in der Hand, hält sie verkrampft fest und hebt sie an wie ein Messer.

Der Mann mit der Maschinenpistole hat eine Verletzung auf der Stirn. Ein Blutstropfen glänzt, und Mercy ahnt, dass er den Kopf gegen einen Stein presst, wenn er betet, weil er auf diese Weise Gott näherkommen will. Er gehört der Boko-Haram an und ist bewaffnet in ein christliches Haus marschiert.

In Mercy kribbelt alles. Wie Insekten in ihrem Körper.

»Haut ab, ihr Schweine«, zischt sie und geht ein paar Schritte auf die Männer zu. »Wenn ihr uns auch nur ein Haar krümmt, dann bringe ich euch um.«

Ein paar Sekunden Stille. Die Männer wechseln Blicke. Dann

wendet sich einer von ihnen zu ihr um, tritt auf sie zu und packt sie. Sie geht ihm nicht mal bis zur Brust, und er stellt sich so dicht vor sie, dass sie seinen Schweiß riechen kann. Er legt ihr den Zeigefinger auf die Nasenspitze und drückt dagegen. So fest, dass sie nach hinten kippt und das Gleichgewicht verliert.

Es tut nicht weh, weil gerade gar nichts wehtut, und es ist nicht sie, die sich auf ihn stürzt, es sind der Hass und die Angst, die sie spürt, vereint in einer Person.

Nimm das Böse an, kontrolliere es. Mach die Angst zu Hass.

Sie schlingt die Beine um seine Hüften, und ihre Zähne schlagen in sein Fleisch. Er schmeckt so, wie er riecht, penetrant nach Schweiß und Metall, und er schreit auf, ihr direkt ins Ohr, das Geräusch verebbt und verstummt.

Sie spürt noch immer keinen Schmerz. Nicht, als er ihr nasses Haar in großen Büscheln ausreißt. Auch nicht, als er sie mit Faustschlägen in Gesicht und Magen traktiert und dann mit dem Stock auf sie einknüppelt.

Wieder Schritte, ein schmatzendes Geräusch von Schuhsohlen auf öligem Boden, dann ein Scheppern, als ihr etwas über den Kopf gestülpt wird.

Vom ersten Schlag gegen den Blecheimer platzen ihre Trommelfelle.

Schlag um Schlag wird sie in die Finsternis hineingeprügelt.

Als das Licht sie erneut blendet, liegt sie auf dem Bauch.

Ihr Gesicht ist auf die Erde gepresst, jeder Atemzug ist nur mehr ein Röcheln. Ihr Unterleib fühlt sich taub an, und ihr Magen brennt.

Jemand packt sie unter den Achseln, hebt sie hoch, und erst als sie auf einen Hocker gesetzt wird, spürt sie, dass sie nackt ist. Von der Brust bis hinunter zur Leiste klafft eine lange Schnittwunde.

Blessing liegt reglos am Boden. Ihr Kleid ist bis über den Kopf hochgezogen, und sie ist blutig, von den Schenkeln bis hinauf zum Rücken. Blessings Mutter lehnt neben dem gesplitterten Spiegel an der Wand. Das Kinn ist ihr auf die Brust gesackt, der Kopf ist mit kahlen, fast weißen Flecken übersät. Wo ihre Brüste sein sollten, gähnen zwei tiefe Fleischwunden, und um sie herum liegen lauter schwarze Haarbüschel in einer Benzinlache am Boden.

Ein stechender Geruch von Schießpulver hat sich in die Benzinschwaden gemischt. Blessings Vater starrt sie aus kalten Augen an; in seiner Stirn das Loch einer Kugel. In seinen Armen hält er einen kleineren, zarteren Körper, und es dauert eine Weile, ehe ihr dämmert, dass es sich dabei um Blessings zwei Jahre jüngere Schwester handeln muss.

Dann wird sie von einem Feuermeer umschlossen.

Als Mercy wieder zu Bewusstsein kam, war das Erste, was sie sah, das verzweifelte Gesicht ihres Vaters. Dann die Tränen ihrer Mutter und die hilflose Verwirrtheit ihrer dreijährigen Zwillingsbrüder. Sie lag zu Hause in ihrem Bett, und der Dorfarzt, der die Bauchwunde genäht und die Verbrennungen versorgt hatte, versicherte ihnen, sie werde wieder ganz gesund, von ein paar hässlichen Narben einmal abgesehen. Die Stimme des Arztes klang gedämpft; sobald sie selbst sprach, hallte es in ihrem Kopf. Außerdem hörte sie pausenlos ein Geräusch, das ungefähr klang wie quietschende Reifen, wie Gummi auf Asphalt, bis in alle Ewigkeit in ihrem Kopf, und wenn der Arzt ihr nicht so starke Schmerzmittel gegeben hätte, dann hätte sie sicher den Verstand verloren.

Sie erinnerte sich nicht an die Vergewaltigung, ahnte aber, dass sie vergewaltigt worden war. Und wusste nicht, was sie fühlen sollte.

Ihr Vater riss sie aus ihren Gedanken. »Godfrey hat der Polizei alles erzählt.«

Er sprach leise, und sie musste ihm von den Lippen ablesen, was er sagte.

Ihre Mutter hielt die Zwillinge umklammert, die einander beunruhigt ansahen. Papa redete viel, während er Mercys Hand hielt und ihre Stirn streichelte. Godfrey sei beim Polizeiverhör eingeknickt, und gemäß der Scharia werde er zu hundert Peitschenhieben und einem Jahr Haft wegen Sodomie verurteilt. Schlimmer war es für Papa, denn er war verheiratet; Sodomie in Kombination mit Ehebruch bedeutete *rajm*, die Steinigung, ebenfalls ein Gebot der Scharia, obwohl die Strafe im Koran gar nicht erwähnt wurde. Vier Zeugen wären dafür notwendig, und die Polizei würde sicher welche finden, Papa hatte an der Uni genügend Feinde.

»Wir müssen von hier verschwinden.«

Dann erzählte er von einem Land in Nordeuropa. Soweit er wusste, war es ein gutes Land, vielleicht sogar das beste auf der Welt. Die Menschen dort halfen jenen, die sich in einer Bedrohungslage befanden, außerdem hatte er ja HIV, und in diesem Land wäre die medizinische Versorgung kostenfrei, wenn es ihnen gelänge, die Staatsbürgerschaft zu bekommen.

Sweden, las sie von seinen Lippen ab. Sie wusste nur zu gut, welches Land das war. Die Hauptstadt hieß Stockholm. Das Land lag fast so weit im Norden, wie es nur möglich war, und war mit Wald bedeckt. Ein Großteil der Streichhölzer auf dieser Erde stammte von dort, und sie musste erneut an die Schachtel denken, die sie am Hang hinter Blessings Haus gefunden hatte. *Three Stars*. SAFETY MATCHES – MADE IN SWEDEN.

Es war Blessing gewesen, die den Falter begraben hatte. In einer Streichholzschachtel derselben Marke, wie sie auch dafür verwendet worden sein dürften, um Blessings Haus anzuzünden. Streichhölzer, die in einem Land hergestellt worden waren, in das Mercy vielleicht bald unterwegs wäre.

Blessing war tot, ihre Schwester war tot, und ihre Eltern waren tot.

Da gab es kein Vielleicht. Keine Alternative.

Tränen brannten ihr in den Augen, Papa trocknete sie und sah Mercy traurig an.

»Alles wird gut.«

Papa sagte, der Arzt habe ihnen versprochen, sich um den Verkauf ihres Hauses zu kümmern. Ja, alles, was sie besaßen, sollte verkauft werden, und sobald das abgewickelt wäre, würde das Geld auf das Konto der Familie überwiesen.

Einige Stunden später fuhren sie in die Nacht hinein. Der mittlere Teil der Rückbank war heruntergeklappt, und sie lag rücklings mit den Beinen im Kofferraum und dem Kopf auf einem Kissen neben dem Schaltknüppel. Die Lichter des Dorfes spiegelten sich in den Seitenfenstern, und sie glaubte überall lodernde Flammen zu sehen.

Sie bildete sich ein, dass der Lärm in ihrem Kopf das stille Gebetsgemurmel von Christenkindern sei, das nur sie hören konnte – von Kindern, die verängstigt und allein dort draußen in der Dunkelheit lagen.

Die Boko-Haram hasste ihre Familie, weil sie keine mustergültigen Muslime waren und christliche Freunde hatten und nach westlichen Werten lebten. Die Polizei, die die Bevölkerung eigentlich vor den Extremisten schützen sollte, hasste ihren Vater, weil er so war, wie er war; der gesamte Bundesstaat Kano, selbst die umliegenden Bundesstaaten hassten Papa, denn in ihren Gesetzen stand geschrieben, dass er den Tod verdiene.

Es fühlte sich an, als würden sie von allen gehasst.

Bevor sie gefahren waren, hatte der Arzt noch mal nach ihr gesehen. Er hatte ein Schmuckstück aus einer dunklen Lederhülle hervorgeholt, den Verschluss geöffnet und es aufgeklappt. Es war, als hätte er ein kleines Buch mit Ledereinband aufgeschlagen. Das Schmuckstück sah alt aus, auf der einen Seite war ein Stück Spiegelglas eingeklebt, auf der anderen war ein Wort in roten Stoff gestickt worden. ASTAGHFIRULLÂH. Die an Gott gerichtete Bitte um Vergebung.

»Ihr begebt euch auf eine lange Reise«, hatte er gesagt. »Vielleicht hilft dir das Medaillon dabei auf die eine oder andere Weise.«

Mercy klappte ihr Glücksmedaillon auf. Ein zugeschwollenes Auge spiegelte sich in dem winzigen Stück Glas, und sie starrte auf das Wort hinab, das daneben stand.

ASTAGHFIRULLÂH. *Ich bitte um Vergebung.*

»Warum muss man andauernd um Vergebung bitten?«

Es tat noch immer weh, wenn sie redete, auch wenn die Schmerzmittel es leichter machten. Ihre Mutter streichelte ihre Wange, während ihr Vater das Tempo drosselte und links abbog. Der Schotter wurde von Asphalt abgelöst, er beschleunigte wieder, und sie hatte das Gefühl, sich im freien Fall zu befinden.

»Sobald du zu hassen beginnst, wird ein Kind geboren, das Vergebung heißt«, sagte ihr Vater. »Entweder bringst du das Kind um, oder du lässt zu, dass es den Hass umarmt. Alles ist ein ständiger Kampf zwischen Hass und Vergebung.«

Sie überlegte kurz. »Hast du Godfrey vergeben, dass er dich verraten hat?«

»Ich hasse Godfrey nicht, also muss ich ihm auch nicht vergeben. Wenn es dir möglich ist, diese drei Männer *nicht* zu hassen, dann entscheide dich dafür; es ist vielleicht die wichtigste Entscheidung deines Lebens.« Er legte eine Pause ein. »Ohne Hass ist auch keine Vergebung mehr nötig«, fuhr er nach einer Weile fort. »Und diese Männer hätten ohnehin keine Vergebung verdient.«

Sie wusste nicht recht, ob sie ihn verstanden hatte; noch kurz zuvor war ihr alles klar gewesen, so kam es ihr jedenfalls vor, doch jetzt entglitt es ihr wieder.

Die Gebetsformel aus dem Medaillon besagt, dass ich Gott um Vergebung bitte, dachte sie. Setzt das dann nicht voraus, dass Gott mich hasst? Zumindest dass ich *glaube*, dass er mich hasst. Vor ihren Augen drehte sich alles.

Wenn man zu viel nachdachte, war man leicht zu beeinflussen, und sie beschloss, von nun an besser darin zu werden, nicht mehr nachzudenken. Sie würde sämtliche guten Ratschläge in den Wind schlagen und nur noch *fühlen*. Wenn sie hasste, dann hasste sie. Die Männer, die Blessing und deren Familie umgebracht hatten, hatten Messer, Knüppel und Maschinenpistolen gehabt – aber sie hatten auch ihre Schwänze als Waffe eingesetzt, und wenn sich ihr die Gelegenheit böte, dann würde sie sie ihnen abhacken. Danach würde sie ihnen die Augen ausstechen und die Ohren und Zungen abschneiden, damit sie für den Rest ihres Lebens umherirrten, ohne sehen, hören und sprechen zu können, und dann wären sie auch keine Männer mehr, sie wären noch minderwertiger als Frauen.

Sie wären schlicht und ergreifend nichts.

Eintausend Kilometer bis nach Lagos unten an der Küste, zehn Stunden schwarze Träume, Halluzinationen vielleicht.

Blessing, die Falter in Streichholzschachteln beerdigt, atmet noch, halb nackt liegt sie in ihrem Blut, und es riecht nach Benzin, genau wie im Auto, und dann kommt das Feuer, und Mercy sieht Blessing, die aufsteht, und sie hört sie über die Flammen hinweg schreien.

Mercy träumt, und ihre Träume sind zu Erinnerungen geworden.

Sie sind neun Jahre alt und spielen auf der Straße mit Murmeln. Sie fangen an zu streiten, Mercy wirft Blessing eine Murmel ins Auge, wirft, so fest sie nur kann, ohne nachzudenken, und trifft genau dort, wo sie treffen will. Trifft sie ins Auge, das – kurz bevor es sich für immer schließt – zusieht, wie ein Nachbar Mercy durch die Flammen trägt und, als er nur noch einen halben Meter von den Rettungskräften entfernt ist, von einem Holzbalken erschlagen wird.

Blessings Augapfel ist noch tagelang rot gewesen.

Mercy setzte sich auf der Rückbank auf und rieb sich das Gesicht.

Links und rechts neben ihr schliefen ihre Brüder wie zwei Cherubim, und draußen schob sich der Verkehr durch die Straßen. Hohe Häuser entlang einer breiten Straße, und sie entdeckte ein Schild, das nach links wies: LAGOS ISLAND 1,2 km. Papa drehte sich um und sagte, sie seien gleich da.

Sie sollten einen Mann treffen, der ihnen Pässe, Visa und Flugtickets besorgen konnte.

Vermutlich würde es die Türkei werden, denn dort wäre es am einfachsten, an ein Visum zu kommen. Anschließend würden sie sich nach Deutschland durchschlagen und dann weiter nach Schweden.

Mit einem Mal krachte es unter dem Auto, und es schepperte in der Lüftung.

Papa fluchte und trat auf die Bremse. Irgendwo hinter ihnen hupte es schrill, er fuhr an den Straßenrand und hielt an.

Kleine graubraune Büschel und Federn wurden aus der Lüftung gepustet, und ihre Brüder fingen sofort an zu weinen.

»Keine Panik«, sagte ihr Vater. »Das war nur ein Vogel. So was passiert schon mal.«

Ein Jucken, und ihr dämmerte, dass die Wunden zu heilen begannen.

Wir fahren einfach, dann sehen wir schon, was passiert
E4

Nova weint.

Über dem Bett donnert der Regen gegen das Kellerfenster, und neben Nova liegt der kleine Vergewaltiger.

Mercy hält eine nackte Frau aus grünlichem Marmor in der Hand.

Sie hat mit dem kantigen Fuß der Statue zugeschlagen, dem stumpfen Ende, und höchstwahrscheinlich hat sie ihn erschlagen. Er liegt in einer ziemlich unnatürlichen Position da und rührt sich nicht mehr.

Werde bloß nicht so wie ich, Nova, denkt sie. Überschreite die Grenze nicht. Für mich gibt es kein Zurück mehr, aber du hast noch eine Chance. Du hast nichts getan. Er hat dich vergewaltigt.

Ich will dir nur sagen, dass sich unsere Wege hier trennen. Lauf weg, ich bleibe und trage die Konsequenzen.

Dann sage ich doch nichts, weil ich nicht will, dass du mich verlässt.

Sonst wäre ich ja ganz allein.

»Wir hauen ab«, sagt sie, als sie die Schritte des Bruders aus dem Wohnzimmer hört.

Sie dreht sich um und rennt los, trifft am Pool mit ihm zusammen und stürzt sich auf ihn. Er kommt rücklings zu Fall, sie lässt die Steinfigur fallen, die im Pool landet – genau wie ein gewisser nackter Junge, der erst noch mit den Armen rudert. Wie sie sieht, hat er nach wie vor eine Erektion.

Sie gehen über Bord. Das Boot kentert, überall um sie herum gluckert es.
Sie sinken auf den Grund.
Es war nur ein Boot mit Flüchtlingen. So was kommt vor.

Sie rappelt sich wieder hoch und ruft nach Nova, aber die kommt schon. Sie rennen die Treppe hinauf. Auf einem Stuhl in der Diele liegt die Jacke des einen Bruders, Mercy schnappt sie sich, ehe sie die Haustür aufreißt und zur Garage läuft. Die Autoschlüssel klappern in der Jackentasche, sie schließt den weißen Volvo auf und rutscht auf den Fahrersitz.

Nova macht die Beifahrertür auf, während Mercy den Motor startet. Genau genommen hat sie keine Ahnung, wie man Auto fährt, aber sie hat immer mal wieder dabei zugesehen, wie die verpeilten Typen oben in Bräcke so was gemacht haben; schwer kann es ja wohl nicht sein.

»Die Handbremse«, sagt Nova, und Mercy löst sie, zieht den Schalthebel auf R, weil sie weiß, dass das »reverse« bedeutet. Dann auf D wie »drive«.

Erst als das Auto sich vorwärts in Bewegung setzt, wird Mercy klar, dass sie noch immer nackt sind. Sie trägt lediglich das Medaillon, und obwohl sie genau weiß, dass es an ihrem Hals hängt, tastet sie darüber und hält es fest, um ganz sicher zu sein.

»Hier ...« Sie gibt Nova die Jacke des Typen, damit zumindest die sich etwas überziehen kann. Stattdessen durchsucht sie die Taschen.

»Shit«, murmelt sie und hält seine Geldbörse, dann sein Handy und schließlich – das Beste von allem – ein Tütchen mit blauen und roten Pillen hoch. Ecstasy. »War er eigentlich tot?«, fragt sie, aber noch ehe Mercy antworten kann, fügt sie hinzu, dass es ohnehin egal sei. »Es war sowieso Notwehr.«

Mercy hat ihn am Hinterkopf getroffen, und es klang, als wäre in seinem Schädel etwas entzweigebrochen.

No Mercy.

»In der Geldbörse sind sechs Riesen.« Nova grinst zu ihr rüber und wedelt mit einem Geldbündel. »Und eine Karte ... leider kein PIN-Code.«

Sie nehmen die Umgehungsstraße, an der schließlich die E4 in Richtung Stockholm ausgeschildert ist, und Mercy beschleunigt.

»Ich hab die PIN für die Karte«, sagt sie. »Ich hab zugeguckt, als er in Gävle Geld abgehoben hat, und ich hab mir die PIN gemerkt.«

Sie kann sich vor Lachen kaum halten, als Nova auf die Rückbank klettert, sich zur Seite dreht und den Autos auf der Gegenfahrbahn den nackten Hintern hinstreckt. Als sie vor Schmerz aufstöhnt, lacht Mercy nicht mehr.

Dieser Idiot hat Nova wehgetan, und sie entdeckt Blut auf dem Beifahrersitz.

Nova klappt die halbe Rückenlehne vor, um den Kofferraum zu durchsuchen, und findet darin einen Blaumann mit roten Farbklecksen.

Sie fahren in Richtung Süden. Nach ein paar Minuten kommen sie an eine Brücke, die über eine andere Straße führt. Dort sehen sie Tankstellen und Restaurants, vielleicht gibt es dort ja auch einen Geldautomaten. Sie fahren ab, und Nova zieht sich den Overall an.

Außer der Tankstelle ist alles geschlossen. Mercy parkt ein Stück von den Zapfsäulen entfernt, und Nova steigt aus und geht auf einen jungen Mann zu, der gerade sein Auto auftankt. Der Blaumann ist ihr viel zu groß.

»Er meint, im Übergstiefel gibt es einen Geldautomaten«, sagt sie, als sie wieder zum Auto zurückkommt, »ansonsten müssten wir in die Stadt reinfahren.«

»Übergstiefel?«

»Ein Einkaufszentrum, das so heißt.«

»Vergiss es. Wir fahren einfach, dann sehen wir schon, was passiert.«

Nova greift sich die Tüte mit den blauen und roten Pillen, und sie nehmen jeweils eine, bevor sie weiterfahren.

»Unsere ganzen Sachen sind noch bei denen, meine Tasche und mein Handy, deins auch ...«

Nova nickt, und ihnen ist klar, was das bedeutet.

»Wir können das Handy von dem Typen nicht behalten«, sagt Mercy. »Wirf es aus dem Fenster.«

»Aus dem Fenster?«

»Ja, woraus denn sonst?«

Manchmal ist Nova wirklich nicht die Hellste.

»Ich liebe dich«, sagt Mercy. »Wenn wir das Geld zusammenhaben, dann mieten wir was unter der Hand, ziehen zusammen und werden fett.«

»Fett von dem ganzen Eis und den Chips vor dem Fernseher.«

»Genau.«

Nova lässt die Seitenscheibe runter, und das Telefon verschwindet in der Dunkelheit.

Nova und Mercy sind wie Schwestern, wie Zwillinge. In einer Parallelwelt sind sie richtige Zwillingsschwestern.

Die Zeit fühlt sich auf Ecstasy komisch an. Gleichzeitig schnell und langsam. Sie fahren wieder auf die E4, und es ist, als wären sie plötzlich in China, denn am Straßenrand steht ein riesiger Tempel mit buddhistischen Statuen davor. DRAGONGATE steht auf einem Schild, und Mercy stellt sich lauter Drachen vor.

Nova gibt ihr einen flüchtigen Wangenkuss, während Mercy durch einen Wald fährt. Die Straße wird schmaler, bis sie vor einem kleinen roten Sommerhaus mit weißen Eckpfosten halten.

Mercy schwitzt, obwohl es draußen eiskalt ist und noch immer regnet. Sie braucht eigentlich keine Klamotten, aber Nova besteht darauf, und sie schlagen mit einem Stein ein Fenster ein, machen es ganz auf und klettern hindurch.

In dem Sommerhaus riecht es nach Abfluss und Zigarettenrauch. In einem Schrank finden sie Kleidungsstücke und probieren sie vor einem Spiegel an. Etwas zu essen gibt es auch, Cornflakes und Knäckebrot, und im Tiefkühlfach liegt eine Packung mit weiß-rot-grün gestreiftem Eis, das wunderbar schmeckt. In der Küche hängt überdies ein altes Wandtelefon mit einer Wählscheibe, es klickt bei jeder Ziffer, die Mercy wählt.

Es ist Erkans Nummer, und Nova ist beeindruckt, weil Mercy sich jede einzelne Ziffer gemerkt hat. Erkan ist weniger beeindruckt. Genauer gesagt ist er fuchsteufelswild, es sei fünf Uhr morgens, wo zum Teufel sie sich noch herumtrieben. Mercy antwortet, sie hätten keine Ahnung, wo sie hinsollten, womöglich sei die Polizei schon hinter ihnen her.

Erkan beruhigt sich etwas und nennt ihnen eine Adresse in Stockholm, wo sie sich eine Weile verstecken könnten. Die Wohnung liegt im Industriegebiet von Västberga, und Mercy wiederholt die Adresse für Nova, die sie auf einen Notizblock schreibt, der neben dem Telefon liegt.

Auf denselben Zettel hat jemand, vermutlich der Eigentümer des Sommerhauses, mit einem Füller eine Katze und eine Blume gezeichnet, und Mercy beginnt zu weinen, als sie sich an einen Kater erinnert, der Dusty hieß. Der kleine Dusty, der wie eine Wollmaus aussah, als sie ihn in München fanden und dann mit nach Hamburg nahmen.

Nach Hamburg, wo Mercy einen Typen umbrachte, weil der Dusty umgebracht hatte.

Sie legt auf, damit Erkan nicht hört, dass sie weint, und als Nova sie trösten will, schämt sie sich plötzlich. Sie schreiben einen Zettel, den sie auf dem Küchentisch liegen lassen.

Entschuldigung, dass wir euer Fenster kaputt gemacht und eure Kleidung genommen und das ganze Eis aufgegessen haben.

Dann legen sie ein paar Scheine aus der Geldbörse neben den Zettel und laufen zum Auto.

Nova trägt ein weißes Kleid und eine schwarze Steppjacke mit rot-gelben Bündchen und der Aufschrift BIF, während Mercy ein grünes Kleid und einen rosafarbenen Blazer anhat. Sie finden beide, dass sie wie Obdachlose aussehen.

Mercy weiß nicht, wie sie zur Autobahn zurückfinden soll, doch irgendwann gelingt es ihnen.

Es ist außer ihnen niemand unterwegs, und zum ersten Mal seit Ewigkeiten regnet es nicht. Sie kommen an der Abfahrt nach Tierp, Månkarbo und Storvreta vorbei, und als Uppsala auf den Schildern steht, verlassen sie die Autobahn wieder und halten Ausschau nach einem Geldautomaten. Sie wissen, dass man Abhebungen zurückverfolgen kann und dass die Polizei dahinterkommen wird, dass sie gen Süden in Richtung Stockholm fahren, aber das ist ihnen egal. Am Bahnhof heben sie Geld ab.

Sie bekommen zehntausend Kronen, dann erscheint die Meldung, dass das Verfügungslimit erreicht ist.

»Wohnt Love nicht in Uppsala?«, fragt Nova. »Wir könnten zu ihm fahren.«

Mercy hält das für eine gute Idee, und sie arbeiten sich langsam bis zu seiner Adresse vor. Am Ende erkennen sie sein Auto wieder.

»Und was machen wir jetzt?«

Nova öffnet das Handschuhfach und kramt darin herum. »Verabschiede dich von ihm... Ich wollte eigentlich nur einen Abschiedsgruß schreiben.«

Sie findet einen Stift und ein Papiertaschentuch, schreibt etwas darauf, ehe sie aussteigt und die Nachricht unter den Scheibenwischer von Loves Auto klemmt.

Nova lächelt, als sie zurückkommt, und Mercy fragt, was sie geschrieben habe.

»*Dir gebe ich meinen Morgen, dir gebe ich meinen Tag.*«
»Hä?«
»Fahr los, dann erzähle ich es dir.«

Alles ist so verdammt kompliziert
Zwei Jahre zuvor

Nova tat, was sie tun musste. Agierte mit einer eigenartigen Klarheit, als wäre sie die Einzige, die im Nebel sehen kann, in der grauen Blindheit, in der alle anderen herumirren.

Sie hatte sich ins Wohnzimmer geschlichen, ohne den unruhigen Schlaf ihrer Mutter zu stören, hatte sich Jussis Rechner geschnappt und mit in ihr Zimmer genommen. Und ihn dann ein paar Stunden später mit neuem Inhalt zurückgestellt.

Anschließend hatte sie sich schlafen gelegt, wütend auf die ganze Welt.

Als sie aufwachte, hatte sie schreckliche Kopfschmerzen. Sie hörte Türen schlagen, stand auf und trat aus ihrem Zimmer. Dachte an Eiswürfel. So gehe die Übelkeit weg, hatte Mama immer gesagt. Jussi kam aus dem Bad, er trug sein kariertes Holzfällerhemd und verschlissene Jeans. Sie hielt inne, eine Sekunde nur, und sah ihn an.

Sah ihn, wie er wirklich war. Sah, dass er schmutzig war, obwohl die Kleidung frisch gewaschen war. Roch, dass er nach Schweiß und Geschlecht stank, obwohl er gerade geduscht hatte und nach Rasierwasser duftete. Sie wandte sich angeekelt ab, ging ins Bad und schloss sich ein. Ihr Magen rebellierte.

Es war das letzte Mal, dass sie Jussi sah.

Die Wohnungstür fiel ins Schloss. Er machte sich vom Acker, um ein neues Leben anzufangen, während sie im Bad saß mit Messerklingen im Bauch und Durchfall.

Kurz darauf klopfte Mama an die Tür. »Ich muss zur Arbeit ... bin jetzt schon total spät dran. Wir reden heute Abend!«

Als die Wohnungstür erneut ins Schloss fiel, konnte sie die Übelkeit nicht länger unterdrücken, stand vom Toilettensitz auf und übergab sich. Danach lag sie zusammengekrümmt in der Dusche, ließ Wasser auf sich niederregnen, während sie versuchte, nicht daran zu denken, was sie in der vergangenen Nacht getan hatte.

Jussis Rechner stand im Wohnzimmer, voll mit illegalem Zeug, und die Polizei würde nicht nur einhundertzehn Fotos und zwei Filme finden, auf denen seine elfjährige Stieftochter in eindeutig sexuell motivierten Hardcore-Positionen zu sehen war, sie würde außerdem auf weitere einhundert Fotos sowie fünfzehn Filme stoßen, die mit das Widerlichste zeigten, was Nova jemals gesehen hatte.

Wie konnte all das so leicht zu finden sein? Was sie selbst durchgemacht hatte, war rein gar nichts dagegen. Diese Kinder konnten nicht mal mehr lustvoll tun. Sie schrien und weinten.

Was hatte sie getan? Was hatte sie sich verdammt noch mal dabei gedacht?

Dass sie erholt aufwachen, in aller Ruhe frühstücken und dann die Polizei rufen würde, damit die hier auf Jussi warten könnte, um ihn festzunehmen, wenn er nach Hause käme?

Das war ihr unausgegorener Plan gewesen. Das war ihre sogenannte Klarheit gewesen.

Aber so gut konnte sie dann doch nicht schauspielern.

War er es wirklich? Er musste es sein. Aber er konnte es genauso gut nicht gewesen sein.

Sie schrie und brüllte und raufte sich, so fest sie konnte, die Haare, als wollte sie sich das Hirn rausreißen und zertreten.

Dann musste sie weinen. Nova Horny. Nova Stupid.

Sie zog die Knie an und schob den Kopf dazwischen. Ein stummes, hilfloses Weinen, während sie auf die Haarbüschel in der Dusche starrte, die sich im Wasser ringelten und im Abfluss sammelten.

Als das Wasser kalt wurde, beruhigte sie sich etwas. Sie kam auf die Füße und stellte die Dusche aus. Sie würde wieder in Ordnung bringen, was noch zu retten war. Vielleicht wäre es noch nicht zu spät, und sie könnte noch etwas abwenden.

Sie trocknete sich ab, kämmte ihr Haar aus, dann schlang sie sich ein Handtuch um den Kopf und schlüpfte in den Morgenmantel ihrer Mutter.

Es war erst zehn Uhr. Die Luft im Wohnzimmer war stickig, und sie riss die Balkontür auf. Es war einer der letzten endlosen Sommer. Je älter man wurde, desto kürzer wurde die Zeit, das war sogar ihr schon aufgefallen.

Sie holte tief Luft und setzte sich an Jussis Rechner.

Zuallererst löschte sie den Suchverlauf, was überraschend lange dauerte. Die IP-Adresse stand inzwischen möglicherweise auf irgendeiner Liste mit einschlägigen Suchbegriffen und Downloads, und egal was sie jetzt täte, es wäre bestimmt ohnehin sinnlos, weil die Polizei Jussi sowieso eines Tages einen Besuch abstatten würde.

Von draußen drang Baulärm herein, in Fiskis wurde renoviert, bald brächen neue Zeiten an, schönere, aufpolierte. Motorengeräusch und Metall, das auf Stein traf.

Hinter den permanent geschlossenen Jalousien stand die Luft still, und alles kam ihr irgendwie milchig vor. Sie ging die Dateiordner durch. Sie hatte alles so getarnt und abgespeichert, damit es glaubwürdig wirkte, hatte den Ordnern Namen gegeben, die einer Computersprache ähnelten – jede Menge Buchstaben und Symbole, die man für Dateien halten könnte, in denen sich garantiert nichts Interessantes verbarg. Doch wo zum Teufel hatte sie die versteckt? Sie war dicht gewesen, und nun holte die Übelkeit sie wieder ein. Ihre Fußsohlen kribbelten, wie immer, wenn sie Angst hatte. Als schickten die Füße ihr Signale, dass es Zeit sei zu fliehen, einfach so schnell wie nur möglich das Weite zu suchen.

Dann entdeckte sie den Namen eines Ordners, den sie angelegt hatte, und klickte ihn an. Begann, die Dateien zu löschen, und bei jedem einzelnen Bild und jedem einzelnen Film tauchte ein Fenster auf mit der Frage, ob sie die Datei wirklich löschen wolle.

Ein mechanischer Mausklick auf Ja, während im Hintergrund die Baustelle lärmte, sodass sie nicht hörte, wie Björn von hinten in ihr Zimmer geschlichen kam.

Ein dumpfes Knarren auf dem Parkettboden, und zwei Hände packen sie an den Schultern.

Björn schreit ihr ins Ohr.

Sie versucht instinktiv, ihn abzuwehren, fällt vom Stuhl und verheddert sich in Handtuch und Morgenmantel. Er steht über ihr und lacht.

Dann wirft er einen Blick auf Jussis Rechner. »Was treibst du denn da? Du hast doch einen eigenen.«

Sie rappelt sich auf. »Lass mich ...«

Er drängelt sich an ihr vorbei, setzt sich auf den Stuhl, und ehe sie etwas tun kann, hat er eine Datei angeklickt.

Das Foto eines jungen Mädchens, das mit gespreizten Beinen auf einem Bett liegt.

»Was zum Henker ist das?«

Jetzt ist es gelaufen, denkt sie, und ihr kommen die Tränen.

Sie bleibt auf dem Fußboden sitzen und weint, das Handtuch immer noch auf dem Kopf, während er sich schweigend mehr Fotos ansieht.

Dann verstummen die Klicks.

Die Klänge von »Master of Puppets«, Jussis Lieblingssong. Dann ihre elfjährige Stimme, die forsch klingen will, aber fragil ist wie trockenes Laub.

Ich liebe große Schwänze. Und ich liebe es, gefickt zu werden. Ich will, dass du mich fickst. Fick meine Fotze. Jetzt.

Der Ton bricht abrupt ab. Stuhlbeine schrammen über den Boden, als er aufsteht.

Ein schwacher Luftzug, gefolgt von einem ohrenbetäubenden Knall, als er den Stuhl in den Vitrinenschrank schleudert.

Dann ist es totenstill.

Den Baulärm von draußen hört sie nicht mehr. Nur die heftigen Atemzüge ihres Bruders, und nach einer Ewigkeit spürt sie seine Hand, die sich in ihre schmiegt. Sie zittert und ist leicht schweißig.

»Was zum Teufel hat Jussi mit dir gemacht?«

Jetzt ist alles zu Ende. Wie konnte es nur so ausarten?

»Ich wollte die bloß löschen«, sagt sie. »Jussi ist ein Cybergroomer, oder ... ich ...«

Aber ist das wirklich so? Sie könnte es nicht mit Sicherheit sagen. Alles ist so verdammt kompliziert.

»Was da passiert ist, ist nicht deine Schuld.«

Doch, ist es. War es am Anfang vielleicht nicht, aber jetzt ist es ihre Schuld. Alles.

Es geht nicht mehr.

Hierbleiben geht nicht mehr. Weiterleben auch nicht.

Wieder hierher zurückkommen geht niemals.

Sie schluchzt und schnieft, und Björn legt seinen schweren Arm um ihre Schulter.

Sie sagt, sie sei elf gewesen, als Jussi sie unter dem Namen Peter gezwungen habe, ihm Nacktfotos und schlüpfrige Filme von sich zu schicken, und als sie die ganze Geschichte erzählt hat, mit Jussi und den widerwärtigen Sachen, zu denen er sie gezwungen hat, muss selbst ihr Bruder weinen.

Ein stummes Weinen, das vor Wucht vibriert.

Zweiter und dritter Tag

November 2012

Sie glauben an Gott
Bergshamra

Taras Vater sitzt auf dem Wohnzimmersofa. Auf dem Tisch vor ihm steht ein gerahmtes Foto seiner Tochter. Das Mädchen lächelt im gelblichen Schein einer Kerzenflamme, und der Vater trägt denselben Pyjama, den er angehabt hat, als sie zuletzt hier waren.

Auf dem Sofa lag damals ein Kissen in rot geblümtem Siebzigerjahre-Stoff.

Jetzt steckt es in einem Asservatenbeutel, der mit einer Nummer versehen ist.

In der Küche sitzt der Staatsanwalt und führt eine separate Befragung mit Taras Mutter durch. Die Polizei hatte ein Ermittlungsverfahren eingeleitet, aber sobald die Ergebnisse der Obduktion vorlagen, hat die Staatsanwaltschaft übernommen.

Es ist das übliche Prozedere, wenn ein Verbrechen begangen wurde und der Staatsanwalt zehn Jahre Berufserfahrung mit Fällen wie diesem hat. Er kann sich trotzdem nicht daran gewöhnen.

Er spricht dieselbe Sprache wie die Mutter des toten Mädchens, weil er nur zwei Autostunden von der Stadt entfernt aufgewachsen ist, die Taras Eltern in jungen Jahren verlassen mussten.

Sie glauben an Gott.

Er nicht.

Die Mutter sitzt kerzengerade auf ihrem Stuhl. Ihr Gesicht ist verquollen von den vielen Tränen.

»Als die Polizei Sie gefragt hat, ob Sie jemanden in dem Haus kennen, von dem Tara mutmaßlich gesprungen ist, haben Sie das verneint«, sagt der Staatsanwalt.

»Das habe ich nicht.«

Der Staatsanwalt schiebt den Polizeibericht zu ihr hinüber. »Unseren Angaben zufolge haben Sie es verneint.«

»Ich muss das Haus verwechselt haben«, entgegnet die Mutter, ohne das Schriftstück anzusehen.

Als in dem Haus, vor dem Tara gefunden wurde, die Nachbarn befragt wurden, hatte unter anderem eine Frau aufgemacht. Zwei kleine Jungs klammerten sich an ihre Beine, und sie sprach von zwei oder drei Männern, die in der Wohnung über ihr einen lautstarken Streit gehabt hätten. Worum es dabei gegangen sei, habe sie nicht verstehen können.

»Hier steht eindeutig, dass einer von Taras Onkeln dort wohnt.« Der Staatsanwalt tippt auf das Vernehmungsprotokoll. »Der ältere Bruder Ihres Mannes. Er wohnt im vierten Stock, und uns liegen Informationen vor, dass gestern Nacht aufgebrachte Stimmen in seiner Wohnung zu hören waren.«

»Ich weiß nicht, wer da gestritten hat oder worüber«, sagt Taras Mutter.

»Vielleicht darüber, dass Tara Schande über die Familie gebracht hat?«, mutmaßt der Staatsanwalt.

»Keine Ahnung.«

Es entsteht eine Pause. Sie hängen ihren Gedanken nach, und er hat das Gefühl, als ränge sie wortlos um sein Verständnis. Doch die Hand, die sie ihm entgegenstreckt, ist körperlos, er kann sie nicht fassen.

Schließlich bricht er das Schweigen und stellt die unausweichliche Frage: »Warum haben Sie das Kissen nicht verschwinden lassen? Die Obduktion hat ergeben, dass Spuren von Daunen und Fasern in ihrem Rachenraum und ihren Luftwegen gefunden wurden.«

Jetzt knickt sie ein, denkt der Staatsanwalt, als Taras Mutter auf dem Stuhl einen runden Rücken macht und den Kopf hängen lässt.

»Meine Tochter ist tot.«

Der Staatsanwalt nickt, und um ihr zu bedeuten, dass er sie durchschaut hat, fährt er fort: »Sie müssen jetzt die Wahrheit sagen. Haben Sie den Abschiedsbrief geschrieben, bevor oder nachdem sie erstickt wurde?«

Wie geht ein Mann über vierzig?
Kronoberg

Tara ist Yrsa Helgadóttirs erste Leiche, und die Kollegen reden von Balkonmädchen ...

In Schweden werden rund zehn Personen im Jahr von einem Balkon gestoßen, oder sie stürzen oder springen selbst. In den meisten Fällen kommen sie dabei ums Leben – oder sie sind bereits tot, wenn sie vom Balkon gestoßen werden.

Tara wurde vom Dach gestoßen.

Ihr Vater und seine beiden Brüder waren der Meinung, sie würden nicht auffliegen, wenn sie Taras Leiche bis nach ganz oben aufs Dach brächten.

Zurück im Präsidium auf Kungsholmen nippt Yrsa an ihrem Kaffee, während Schwarz überprüft, ob ihr Bericht vollständig ist.

»Gut«, sagt er schließlich. »Knapp und präzise formuliert. Genau so hätte ich es auch gemacht.«

Wie ein Kartenhaus sind die Lügen der Familie in sich zusammengefallen. Der jüngste Bruder des Vaters hat schlussendlich gestanden. Es ist alles auf Band aufgezeichnet worden, und Yrsa setzt sich die Kopfhörer auf. Dann schaltet sie das Aufnahmegerät ein und hört sich die Befragung von Taras Onkel an.

»Tara hat sich nach draußen geschlichen. Da hab ich sie aus dem Haus kommen sehen.« Der Mann räuspert sich, ehe er fortfährt. »Ich bin ihr nachgegangen. Sie hat sich mit einem älteren Mann beim Coop getroffen. Sie sind dann hinter dem Gebäude verschwunden.«

»Ein älterer Mann? Haben Sie gesehen, wie er aussah? Wie alt er war?«

»Das weiß ich nicht. Er hatte eine schwarze Lederjacke an. Und eine Mütze. Ich hab ihn eigentlich nur von hinten gesehen.«

»Woher wissen Sie dann, dass es ein älterer Mann war?«

»Er ist so gegangen. Wie einer über vierzig, bestimmt.«

»Und wie geht ein Mann über vierzig?«

»Keine Ahnung. Man sieht's ihm halt an.«

»Okay. Sie sind also um das Gebäude herumgegangen. Und dann?«

»Sie sind hinter dem Haus in ein Auto gestiegen.«

»Hinter welchem Haus?«

»Hinter dem Coop, das hab ich doch schon gesagt.«

»Gut. Können Sie sich an das Auto erinnern? Haben Sie sich das Kennzeichen gemerkt?«

»Nein. Ich hab es nur von der Seite gesehen, aber es war ein nagelneues Auto, sah silbern aus, vielleicht grau.«

»Ein graues oder silberfarbenes neues Auto?«

»Ja, es ist weggefahren, in Richtung Björnstigen.«

»Und was haben Sie dann gemacht?«

Yrsa erinnert sich noch gut daran, wie der Onkel sie bei der Frage angeschaut hat.

»Ich hab meine Brüder angerufen, und dann bin ich in ihre Wohnung raufgegangen, wo sie schon gewartet haben.«

Die Augen des Onkels. Die Angst in seinem Blick. So etwas bei einer Befragung festzuhalten ist unmöglich.

»Ihr ältester Bruder und Taras Vater?«

»Ja.«

»Wo haben sich Taras Mutter und Chinar zu dem Zeitpunkt aufgehalten?«

»In meiner Wohnung.«

»Und dann? Was haben Sie dann gemacht?«

»Wir haben auf Tara gewartet. Sie kam um kurz nach elf. Wir haben in ihrem Zimmer gewartet, und sie ist reingekommen.

Erst ist sie noch auf die Toilette gegangen und danach in ihr Zimmer. Dort haben wir sie uns geschnappt, wollten ihr aber zuerst noch eine Chance geben.«

»Was für eine Chance?«

»Na ja, es freiwillig zu tun. Zu springen. Damit das alles nicht so endet.«

»So endet?«

»Na, damit wir nicht alle im Gefängnis landen. Weil sie tot ist.«

Die Stimme des Mannes stockt, als er erzählt, wie sie das Mädchen auf ihr Bett gedrückt und sie mit dem Kissen erstickt haben.

Als Yrsa die Befragung in Reinschrift übertrug, machte sie sich nicht die Mühe festzuhalten, dass seine Stimme fast versagt hätte, doch dass er in Tränen ausbrach, hat sie in einer Anmerkung in Klammern notiert.

Weinen in Klammern zu setzen fühlt sich nicht besonders gut an.

Sie legt den Bericht aus der Hand und widmet sich wieder ihrem Kaffee.

Ein Mann mit einem neuen Wagen, silberfarben oder grau, denkt Polizeiassistentin Yrsa Helgadóttir und hofft, dass sie in der DNA-Datenbank einen Treffer landen.

Liebesreflexe
Graue Melancholie

Sven-Olof Pontén schiebt die Schreibtischschublade zu, in der Armin Meiwes, der Kannibale, und neunzehn weitere psychisch abnorme Menschen, die tausendfach schlimmer sind als er selbst, sein Gewissen beruhigen.

Er kontrolliert, ob sein Zweithandy auf lautlos gestellt ist, ehe er es ins Innenfach seiner Aktentasche schiebt.

Es wird ihm helfen, seinen Hunger zu stillen.

Der Mann, mit dem er soeben gesprochen hat, hat ihm harte Bandagen zugesichert: mindestens zwei Mädchen und einen Mann in seinem Alter.

Sven-Olof schließt die Schublade ab, nachdem er die Aufzeichnungen der Sekretärin vom heutigen Personalmeeting durchgesehen und ein paar Rechnungen freigezeichnet hat, schließt er die Tür auf und verlässt sein Arbeitszimmer.

Alice ist zu Hause. Sie ist motzig und eingeschnappt, aber zu Hause.

Als er nach Skutskär gefahren ist, um sie abzuholen, hat er bereits damit gerechnet, dass sie lauthals protestieren würde, aber sie hat sich ohne ein Wort zu ihm ins Auto gesetzt.

Alice hilft Åsa beim Abendessen, und es riecht köstlich, als er die Küche betritt.

Als seine Tochter ihm den Teller hinstellt, nimmt er ihre Hand. Der Narbe am Handgelenk weicht er mit dem Blick aus. Alice rührt sich nicht von der Stelle, doch als er den Blickkontakt sucht, sieht sie weg. Er weiß noch gut, wie sein Leben gewesen ist, als er selbst in ihrem Alter war.

Er kann sich noch an die Wahnsinnsangst erinnern, dass das Leben zu Ende gehen könnte.

»Ich liebe dich, das weißt du«, sagt er und lässt ihre Hand wieder los.

Während sie weiter aufdeckt und Åsa vor dem Topf Reis am Herd steht und so tut, als wäre nichts, versucht er, sich an die Höhepunkte in seinem Leben zu erinnern. Sie sind stets mit einem anderen, nicht annähernd so positiven Ereignis zusammengefallen. In seinen Schuhen scheuern ständig diese kleinen Steinchen.

Er war zweiundzwanzig und arbeitete als Referendar. Als einer der Lehrer krankgeschrieben wurde, sprang er als Vertretung in der sechsten Klasse ein. Einige der Schülerinnen waren körperlich bereits fast so weit entwickelt wie junge Frauen in seinem Alter. Doch im Kopf waren sie immer noch kindlicher, und im Unterschied zu den gleichaltrigen Mädchen, mit denen er befreundet war, bedachten die jüngeren Mädchen ihn mit anerkennenden Blicken. Für sie war er gewissermaßen ein Idol, sie fanden ihn interessant und spannend, ohne dass sie sofort anfingen, von einer gemeinsamen Zukunft mit Kindern zu reden.

Das gefiel ihm.

Endlich war er jemand.

Allerdings scheuerte da dieses Steinchen im Schuh.

Das Problem war nämlich nicht, dass Olof zweiundzwanzig und die Mädchen zwölf waren.

Das Problem war, dass sein Verlangen nach der Unschuld der Mädchen im Klassenzimmer ihn sein ganzes Leben begleiten sollte.

Er hat den Lehrerberuf an den Nagel gehängt, weil er genau wusste, dass etwas Schreckliches passieren würde, wenn er bliebe.

»Sprichst du das Tischgebet, Alice?«, sagt er, als Åsa Platz genommen hat.

Er unternimmt einen zweiten Versuch, Blickkontakt zu seiner Tochter herzustellen, doch sie hat den Blick bereits niedergeschlagen und die Hände gefaltet. Ihre Stimme klingt mechanisch, als sie das Gebet aufsagt, aber es ist schön, sie endlich wieder sprechen zu hören, und er wünscht sich, sie könnte ihm etwas von all dem erzählen, was sie in sich trägt.

Wünscht sich, sie säßen irgendwo ungestört zusammen.

Mit dem Kopf an seiner Schulter würde sie ihm von ihren Träumen erzählen und er ihr von seinen. Er würde ihr erzählen, wie schwer es sein kann, ein Mann zu sein. Mensch zu sein. Er würde ihr von den Menschen in seiner Schreibtischschublade erzählen, und sie würde ihn verstehen, voll und ganz.

»Danke, Alice«, sagt er, als sie das Gebet beendet hat.

Als Sven-Olof dreiundzwanzig war, verlobte er sich mit einer älteren Frau. Ulla, einunddreißig. In Venedig tauschten sie Ringe und gaben einander das Versprechen, sich zehn Jahre später an exakt demselben Ort wieder zu treffen, egal ob sie da noch ein Paar wären oder nicht. Aber es kam nicht dazu. Stattdessen kam es zu einer Vergewaltigung im Keller vor der Waschküche, während er verreist war; ein psychisch kranker Nachbar, Befragungen bei der Polizei, gefolgt von einem entsprechenden Trauma.

In jenem Augenblick starb etwas, und etwas anderes wurde geboren.

»Bitte sehr.« Åsa wendet sich mit einem Lächeln an ihre Tochter. »Schön, dass du wieder gesund und zu Hause bist.«

Alice stochert in ihrem Reis und schweigt.

Wieder muss Sven-Olof Pontén an Ulla denken, die Ulla Pontén hätte heißen können, wenn sie nicht von einem Nachbarn mit Wahnvorstellungen vergewaltigt worden wäre.

Er glaubt trotzdem, dass es Ulla heute gut geht. Sie ist in den Norden gezogen, und soweit er weiß, kommt sie allein gut zurecht und schafft es, andere Leute zum Teufel zu jagen. Eine Gabe, mit der nicht jeder beschieden ist.

Im Grunde will er, dass es all seinen alten Freundinnen gut geht. Jedenfalls denen, die nett zu ihm gewesen sind. Ein paar von ihnen haben ihn betrogen, und die sollen es nicht ganz so gut haben. Aber letztendlich will er, dass das Leben auch zu ihnen gut ist.

»Glaubt ihr wirklich, dass ich gesund bin?«, fragt Alice plötzlich.

»Du bist doch jetzt zu Hause«, entgegnet Åsa.

»Dir fehlt absolut nichts«, stellt Sven-Olof fest und legt sein Besteck aus der Hand.

Können die beiden nicht einfach still sein?

Er versucht zu denken, versucht, alles zu rekapitulieren, aber andauernd müssen sie sich kabbeln.

Er schließt die Augen, nimmt sich zusammen.

Manchmal erwischt ihn die Wut wie ein Wespenstich. Oder wie wenn man sich den Zeh an einer Schwelle stößt oder den Kopf an einer Schranktür. Er ballt die Fäuste und versucht, ruhig zu atmen.

»Warum sollte ich dir überhaupt zuhören?«, fragt Alice in diesem gleichgültigen Ton, der ihn so provoziert.

Ruhig jetzt.

Er denkt an sie als Baby.

Als kleines Bündel, das in seinen Armen liegt und nur ihn hat. Das zurücklächelt, wenn er es anlächelt. Das lacht, wenn er es am Bauch kitzelt. Liebesreflexe.

Das hilft.

»Ich weiß, was du durchmachst«, sagt er. »Du trägst dich mit Selbstmordgedanken, die hatte ich auch, als ich so alt war wie du. Manche stellen sich schon früh gewisse existenzielle Fragen. Du bist intelligent. Als ich sechs war, hab ich geweint bei der Vorstellung, sieben zu werden. Mit sieben wäre mein Leben zu Ende, weil ich in die Schule müsste und nicht mehr spielen dürfte. Als ich fünfzehn war, hab ich Kleber geschnüffelt, Gott geleugnet, und als mir irgendwann klar wurde, dass ich damit falschlag, war es fast schon zu spät. Aber es ist nie zu spät für ein gutes Leben, Alice. Nie.«

Er sieht seine Tochter an.

Glaub mir.

Aber er sieht, dass sie ihm nicht glaubt.

»Hör nicht auf Love und die Therapeuten. Du bist richtig, genau so, wie du bist. Du bist gesund. Punkt. Du musst nur daran glauben. Der Glaube darf dich nie im Stich lassen, du musst ihn nur zulassen.«

»Ja, Alice, du musst glauben«, sagt Åsa. »Hör auf deinen Vater.«

Sei still, Åsa, denkt er.

Mach dieses Gespräch jetzt nicht kaputt.

»Denkst du vielleicht, *wir* seien nicht ganz richtig im Kopf, Alice?«, fragt er, bemüht, sich nicht in Rage zu reden. Wer die Fassung verliert, ist schwach. Stößt man sich den Zeh an der Schwelle, muss man die Zähne zusammenbeißen und stumm leiden.

»Ja, vor allem du«, entgegnet sie, und zum ersten Mal, seit er sie nach Hause geholt hat, sieht sie ihm in die Augen. »Du bist ein kranker Mensch, Papa.«

Ihr Blick – wie Messerklingen.

Schärfer und schonungsloser als ihre Worte.

Weil sie recht hat.

Ein großer Kerl, der so aussah wie Rolf Lassgård
Teufelsinsel

Mitte des neunzehnten Jahrhunderts wurden auf Stora Essingen Zwangsarbeiter eingesetzt. Sogenannte Zuchthäusler wurden aus dem Gefängnis auf Långholmen auf die Insel gebracht, um Pflastersteine für Stockholm zu schlagen. Es entwickelte sich zum Volkssport, dort rauszufahren und die Zuchthäusler mit ihren Hacken und schweißüberströmten Oberkörpern zu begaffen, und Stora Essingen wurde im Volksmund bald Teufelsinsel genannt. Heute nennen alle die Insel liebevoll Storan, aber ein paar der älteren Inselbewohner sagen noch immer Teufelsinsel, und zu denen hat auch Kevins Vater gehört.

If I could find a way to get off this island, would you like to come with me?, denkt Kevin und schließt die Tür des Schrebergartenhäuschens ab.

Das Zitat stammt aus *Papillon* mit Steve McQueen in der Hauptrolle und Dustin Hoffman in der Rolle als Mitgefangener Louis Dega, und während Kevin sicherstellt, dass sein Jo-Jo in seiner Jackentasche steckt, kommt ihm überdies in den Sinn, dass eine weitere Figur in dem Film Jo-Jo heißt.

Es ist noch keine sieben, draußen ist es immer noch pechschwarz. Heute will er über die Zugbrücke nach Liljeholmen rüber, anstatt die Västerbron zum Präsidium zu nehmen. Einen kleinen Umweg über Stora Essingen zu seinem Elternhaus. Trotzdem wäre er rechtzeitig bei der Arbeit.

Er hat eine weitere, so gut wie schlaflose Nacht hinter sich. Sobald der Wecker klingelte, beschloss er, ein letztes Mal an seinem Elternhaus vorbeizuschauen. Dem Makler zufolge stagnieren die Gebote bei achthunderttausend über dem ursprünglichen Vorschlagspreis. In einigen Tagen wäre alles unterzeichnet und in trockenen Tüchern. Wahrscheinlich ist dies eine der letzten Gelegenheiten, den Ort, an dem er aufgewachsen ist, noch mal zu sehen, ehe die neuen Eigentümer jede Spur von früher wegrenovieren.

Er startet den rot lackierten Vespa Scooter, den er zusammen mit dem Schrebergarten übernommen hat.

Papas Vespa, Papas Schrebergarten, Papas Jo-Jo, denkt er.

Papas Junge.

Als er den Tantoberget hinunterfährt, muss er daran denken, dass es vielleicht einen Grund dafür gibt, warum seine Eltern ihn so verwöhnt haben.

Wusste sein Vater von dem Missbrauch draußen auf Grinda? Weiß seine Mutter davon?

Vera ist nach einer einzigen Begegnung mit dem Onkel draufgekommen.

Seine Eltern hatten achtzehn Jahre lang Zeit.

Vielleicht haben sie etwas geahnt und ihn deshalb anders behandelt? Er hat das Jo-Jo im selben Jahr geschenkt bekommen, als der Missbrauch stattgefunden hat. Und sein Vater hat ihm von der Vogelscheuche erzählt, dem Pädophilen Gustav Fogelberg, der ihm das Jo-Jo geschenkt hatte. Zu viel des Zufalls.

Er fährt den Fahrradweg am Ufer entlang, an der Badestelle in Tantolunden und am Minigolfplatz vorbei, auf dem bereits Herbstlaub liegt. Der Geruch von Erde erinnert ihn an den Frühling, aber dafür ist der Morgen zu frisch, und das Grün unten am Wasser schwindet allmählich. Als er auf die Liljeholmsbron fährt, muss er erneut an den Mann denken, der aus dem Flugzeug gefallen ist. Inzwischen ist nicht mehr zu sehen, dass er gerade erst vor wenigen Tagen auf die Brücke aufgeschlagen und dann von einem Lieferwagen überfahren worden ist.

Als Kevin Liljeholmen hinter sich gelassen hat und am Trekanten-See vorbeifährt, flucht er, weil er seine Handschuhe zu Hause vergessen hat. Spätestens an der Gröndalsbron hat er kein Gefühl mehr in den Fingern.

Immerhin regnet es nicht, denkt er und fährt weiter nach Aludden. In der Nähe gibt es noch Relikte aus einer Zeit, als die Insel Strafkolonie war. Als Kind hat ihm sein Vater die Mulden gezeigt, in denen die Gefangenen sich ihr Essen gekocht haben. Solche Feuerstellen gab es schon in der Steinzeit. Alles hier kam ihm alt vor.

Es gibt kein Jetzt mehr, sondern nur noch ein Damals an jeder Wegbiegung, die zu dem alten Haus führt.

Die Mauer, die den Garten umgibt, ist moosbewachsen, im grauen Putz der Steinfassade sind tiefe Risse, und unter dem Apfelbaum beim Holzschuppen liegt vergessenes Fallobst, niemand hat sich darum gekümmert.

Er hält vor dem Grundstück an, hängt den Helm über den Lenker und massiert sich die steif gefrorenen Hände. Die Eisentür quietscht, er schiebt die Vespa die Einfahrt hinauf und lehnt sie gegen das Treppengeländer vor der Eingangstür.

Das ist wirklich schnell gegangen, denkt er. Die Umzugsfirma hat schon vor einem guten Monat das Haus geräumt und die ganzen Habseligkeiten in ein Lager in Gröndal gebracht.

Er schließt auf, zwei Mal dreht sich der Schlüssel im Schloss, zwei Mal das gewohnte Klicken des Mechanismus. Als er in die Diele tritt, riecht es nach Äpfeln.

»*Der Duft von Äpfeln an einem klaren, kühlen Herbsttag*«, *sagte Papa.* »*Du weißt, diese Zeit, wenn die Sonne nur noch die Haut wärmt, aber nicht mehr bis zu den Knochen und ins Mark vordringt. Genau dann riechen die Äpfel am besten.*«

Jahrelang hat hier niemand mehr Äpfel gepflückt, und es ist noch länger her, dass ein Eimer mit Äpfeln in der Diele stand. Die Firma, die die Endreinigung vorgenommen hat, hat gründlich gearbeitet, vielleicht riecht es bloß nach parfümiertem Reinigungsmittel.

Er schaltet das Deckenlicht an und sieht sich um. Auf dem Holzfußboden sind noch die Umrisse des Teppichs zu sehen, wie ein Schatten. An den Wänden ist es genau umgekehrt. Hellere Vierecke verraten, wo Bilder gehangen und Möbel gestanden haben, und er versucht, sich an die Gegenstände zu erinnern. An der Wand zu seiner Rechten stand eine weiße Kommode mit einem runden Spiegel darüber. An der rechten Wand hingen vier Bilder: ein Druck von Peter Dahl, ein Landschaftsgemälde von einem Verwandten mütterlicherseits und zwei Repros von Bruno Liljefors' Füchsen und Hasen im Schnee.

Zu seinem großen Missfallen steht noch ein Umzugskarton in der Diele. Offenbar hat das Umzugsunternehmen ihn vergessen. Kevin überlegt, ob er dort anrufen soll, um sich über die schlampige Arbeitsweise zu beschweren. Aber er kann sich nicht aufraffen.

Er geht in die Küche und setzt sich auf den Boden, wo das Küchensofa früher gestanden hat.

Wenn Gäste da waren, hat sein Vater für gewöhnlich an der Spüle gelehnt, ein Bier in der Hand, und seine alten Polizeigeschichten zum Besten gegeben, Geschichten von der Schattenseite des Lebens, aber auch lustige Anekdoten, und mit der Zeit ist Kevin ein Teil davon geworden, in der Geschichte beispielsweise, warum Kevin beschloss, ebenfalls zur Polizei zu gehen, eine von Vaters bequemen Lügen.

»Kevin und ich haben ferngesehen«, begann er. »Ein Bericht im Sportspiegel *über legendäre Tore in Meisterschaften. Es kam ein Ausschnitt aus dem EM-Finale von 1976, Westdeutschland gegen die Tschechoslowakei, das fünfte, entscheidende Tor im Elfmeterschießen. Der Tscheche Antonin Panenka nimmt Anlauf, und es sieht so aus, als wollte er alle Kraft in den Schuss legen. Aber dann kommt's: Dieses Schlitzohr rennt auf den Ball zu, und anstatt ihn aufs Tor zu*

donnern, tippt er ihn nur ganz leicht an. Ein leichter Lob, mit dem er nicht nur den Torwart, Sepp Maier, sondern auch alle anderen täuscht – Kevin eingeschlossen.«

Kevin erinnert sich daran noch genau. An die Sommerferien, als er und sein Vater auf dem Fußballplatz in Gröndal Panenka-Elfmeter geübt haben. Den ganzen Sommer lang trainierten sie fast jeden Tag, und auf der Heimfahrt stoppte Kevin die Zeit.

Es gab zwei Zeitspalten. Eine für die kurze Strecke über die Gröndalsbrücke und eine für die lange über Kungsholmen und Lilla Essingen. Kevin kontrollierte, ob sein Vater sich ans Tempolimit hielt, und wenn er zu schnell fuhr, gab es Strafsekunden. Kevins Vater machte dieses Spiel mindestens genauso viel Spaß wie Kevin, wenn nicht sogar mehr, und Kevin war stolz darauf, weil er es sich ausgedacht hatte. Ausgerechnet an jenem Abend wählten sie die kurze Strecke und gerieten im Zentrum mitten in einen Tatort hinein: Ein Pkw war frontal gegen einen Baum gefahren. Die Tragegriffe einer Bahre ragten zwischen den Streifenwagen heraus, genau wie zwei Füße in Turnschuhen. Sie waren blutig.

Der Tote war ein stadtbekannter Krimineller gewesen, der im Drogenrausch mehrere Schüsse auf die Polizei abgefeuert hatte. Kevin war wie besessen von der Tat, sammelte Zeitungsausschnitte und nahm Nachrichtensendungen auf Video auf. In seiner Version der Geschichte betonte der Vater stets, dieser Vorfall sei entscheidend für Kevins Berufswahl gewesen. Es war die plausible, offizielle Version, und Kevin pflichtete den Worten seines Vaters mit einem Nicken bei. Damit war die Geschichte erzählt. Die Fortsetzung kam nie zur Sprache.

In der Abenddämmerung setzten sie ihren Heimweg fort, und sein Vater fuhr zu schnell. Kevin quasselte die ganze Zeit nur von dem Toten, und als sie Stora Essingen erreichten, war sein Vater für einen kurzen Moment unkonzentriert.

Irgendwas krachte gegen das Auto, sein Vater bremste und stieg aus.

Eine kleine graue Katze lag reglos auf dem Asphalt.

Sein Vater hatte immer behauptet, er reagiere allergisch auf Katzen, dabei hatte er im Grunde Angst vor ihnen, obwohl er das nie zugegeben hätte. Er sah sich um, nahm die Katze am Nackenfell, lief hinüber an den Straßenrand und warf das Tier zwischen die Bäume.

»Erzähl das bloß nicht Mama, es reicht schon, wenn sie von der Schießerei in Gröndal erfährt«, sagte er, als sie wieder im Auto saßen.

Kevin weinte, als sie weiterfuhren.

Er geht ins Wohnzimmer. Die Leere ist überwältigend und beengend zugleich. An der Wand neben der Tür stand der Fernseher. Auf dem sahen sie Panenkas Elfmeter, auf demselben alten, klobigen Röhrenfernseher, der jetzt in Gröndal eingelagert ist.

Er macht das Wohnzimmerfenster auf, um frische Luft reinzulassen. Draußen säumen Fliederbüsche das Ende des abschüssigen Grundstücks. Im Frühling und Sommer nehmen sie einem die Sicht auf die Bucht, doch jetzt ist das dunkle Wasser zwischen den Zweigen zu sehen. Wenn er sich nicht täuscht, hatte die Familie mit der Katze in einem der Häuser auf der anderen Straßenseite gewohnt.

Am späteren Abend schlich er sich mit einer Plastiktüte aus dem Haus. Bildete sich ein, er wäre hauptsächlich schuld daran, dass sein Vater die Katze überfahren hatte. Er hatte pausenlos von dem Täter geredet, und Papa hatte ihn angesehen, statt auf die Straße zu achten.

Nachdem er die Katze in die Plastiktüte gelegt hatte, lief er zu der Telefonzelle oben am Essingetorget und rief die Nummer am Halsband an. Ein Mann meldete sich und bat ihn, auf ihn zu warten.

Ein großer Kerl, der so aussah wie Rolf Lassgård, und die Katze sah ganz klein aus in seinem Arm. Er fuhr Kevin nach Hause, in einem Auto mit Kindersitz, neben dem eine Puppe lag.

Kevin ahnte, dass ein kleines Mädchen zu Hause saß, auf seinen Vater wartete und dass dieses Mädchen sehr traurig wäre. Dann erzählte Kevin alles genau so, wie es gewesen war.

Es gab einen Riesenaufstand. Der Mann machte Papa rund, und Kevin rannte in sein Zimmer und schloss sich ein. Dann las auch noch Mama Papa die Leviten. Genau dort standen sie, mitten im Wohnzimmer, und er hörte in seinem Zimmer alles durch den Fußboden mit an.

Er kann heute genauso schlecht lügen wie damals. Wenn es einen Charakterzug gibt, den er nicht von seinem Vater geerbt hat, dann das Talent, Lügengeschichten zu erzählen und Wahrheiten zu modifizieren. Sein Vater war ein Meister darin, seine Geschichten mit kleinen Flunkereien auszuschmücken. Wenn er etwas nicht erzählen wollte, verschwieg er es einfach. Auch eine Art zu lügen.

Kevin macht das Fenster wieder zu und beschließt, noch schnell in den ersten Stock hochzuschauen, eher er zur Arbeit fährt. Oben gibt es drei Zimmer; sein ehemaliges Kinderzimmer, das Elternschlafzimmer und das alte Zimmer seines Bruders, das irgendwann zum Gästezimmer umfunktioniert wurde.

Der erste Stock ist genauso leer wie das Erdgeschoss. Sein Zimmer sagt ihm nichts mehr, obwohl er achtzehn Jahre lang darin gewohnt hat. Die Wände sind mit Hunderten Löchern übersät, wo er Filmposter mit Reißzwecken aufgehängt hatte. Die Poster sind mit nach Tanto umgezogen, zusammen mit einer kleinen Sammlung Punk-Singles; das ist alles, was noch an sein Zimmer erinnert. Die Erinnerungen, die wirklich etwas bedeutet haben, liegen auf einem virtuellen Friedhof in Form einiger Computerspiele, eines Liebesbriefs an ein Mädchen aus seiner Klasse und in Gestalt eines peinlichen Versuchs, einen Science-Fiction-Roman zu schreiben.

Als er die Treppe wieder hinuntergeht, klingelt sein Handy. Es ist Vera, die sich für den vergangenen Abend bedankt und fragt, ob er nicht mal ins Seniorenheim in Farsta fahren mag, um seine Mutter zu besuchen.

»Morgen vielleicht«, sagt Kevin und geht in die Diele. »Dann kann ich vorher gleich auch bei Sebastian vorbei, haben wir das gestern nicht so besprochen?«

»Klingt gut.«

Er legt auf und zieht den vergessenen Umzugskarton auf, um nachzusehen, ob sich noch etwas Wertvolles darin befindet. Eine hässliche Lampe, von der er nicht mal mehr weiß, wo sie gestanden haben könnte, ein paar Bücher und eine Laptoptasche.

Papas alter Laptop.

Es könnte etwas Wichtiges sein
E4

Dir gebe ich meinen Morgen, dir gebe ich meinen Tag.

Das Papiertaschentuch, das hinter dem Scheibenwischer geklemmt hat, liegt auf dem Beifahrersitz, und Love fragt sich, was es zu bedeuten und wer es dort befestigt hat.

Es war schon ganz aufgeweicht, die Tinte verkleckst, trotzdem besteht am Wortlaut kein Zweifel.

Die Handschrift ist vermutlich die einer Frau.

Männer formulieren nicht so einfühlsam und wortgewandt, denkt er und geht vom Gas. Die Zinnen des Dragongate-Tempels schimmern über den Tannenwipfeln, und er muss bald abbiegen.

Er überlegt, welche Frau auch nur den geringsten Anlass haben könnte, ihm eine solche Liebeserklärung am Auto zu hinterlassen, aber ihm fällt keine ein. Sein letztes Date endete in einer Katastrophe. Sie war offensichtlich Alkoholikerin und schlief mitten in ihrer Unterhaltung ein, nachdem sie sich zum Abendessen anderthalb Flaschen Wein hinter die Binde gekippt und vermutlich schon zuvor zu Hause ebenso viel getrunken hatte. In den darauffolgenden Wochen belästigte sie ihn noch mit SMS und E-Mails, ließ dann aber von ihm ab. Wenn das die einzige Bewunderin ist, die ihm in den Sinn kommt, dann kann er diese Theorie getrost vergessen und kommt zu dem Schluss, dass es sich wohl um einen Irrtum oder um einen Scherz gehandelt haben muss.

Als das Telefon klingelt, will er zuerst nicht rangehen, aber es ist erst sieben Uhr morgens, es könnte etwas Wichtiges sein.

Es ist ein Beamter von der Stockholmer Polizei, der sich als Abteilungsleiter bei der Rikskrim vorstellt. »Ich würde Ihnen gern im Lauf des Tages einen Kollegen vorbeischicken. Unseren Angaben zufolge wohnt bei Ihnen ein sechzehnjähriges Mädchen aus Nigeria, ist das korrekt?«

Er nennt Mercys Namen, und Love bestätigt, dass die Information stimmt. Als er die gleiche Frage in Bezug auf Nova stellt, beginnt er, sich Sorgen zu machen.

»Wir wollen nur sichergehen, dass die beiden Mädchen auch tatsächlich die Personen sind, für die wir sie halten«, fährt der Beamte fort. »Den Hintergrund dafür erklärt Ihnen der Kollege vor Ort. Die Angelegenheit ist vertraulich, daher will ich sie lieber nicht am Telefon erläutern.«

Er kommt an Marma vorbei, wo auf der linken Seite der Dalälven in den Bottnischen Meerbusen mündet und so breit ist, dass er eher wie ein See aussieht denn wie ein Fluss.

»Und ich brauche keine weiteren Informationen, bevor der Kollege kommt?«

»Ich kann Ihnen nur so viel sagen, dass es sich um eine heikle Angelegenheit handelt. Wenn es wirklich diese beiden Mädchen sind, können sie uns im besten Fall bei einer Ermittlung helfen, aber für eine von beiden haben wir leider auch eine schlechte Nachricht.«

»Eine von beiden? Welche von den beiden meinen Sie?«

Der Polizeibeamte seufzt.

Alkohol ist gut
Industriegebiet Västberga

»Ich bin einfach weg ...«

Sie schlägt die Hände vors Gesicht, und Mercy legt den Arm um sie. »Du zitterst ja.«

Novas Finger krallen sich in die Matratze, als wollte sie sie aufschlitzen. Sie weint stumm in sich hinein, und Mercy ahnt, dass sich ihre Freundin von dieser Verletzung niemals erholen wird.

»Was ist dann passiert?«

Nova atmet schnell und sieht durch das einzige Fenster im Giebel hinaus. Sie befinden sich in einem Lagerraum in Västberga, die Wände sind fleckig von alter Farbe, eine tote Spinne baumelt in ihrem Netz. »Ich hab das Geld genommen, das ich vom Rumhuren auf die Seite gelegt hatte, fünfundzwanzigtausend oder so, bin ins Zentrum und dann in den Zug in Richtung Innenstadt gestiegen. Da hab ich dann mit ein paar Säufern oben in Vitan gebechert. Das muss ungefähr zu der Zeit gewesen sein, als mein Bruder sich um Jussi gekümmert hat... Danach hab ich eine Woche lang in verschiedenen Hotels übernachtet, bis die Polizei mich gefunden hat.«

»Sich um Jussi gekümmert?«

Nova hat Tränen in den Augen. »Sie haben ihn umgebracht... oder... Ich glaub, mein Bruder hat Jussi umgebracht, und meine Mutter hat einfach dabei zugesehen. Sie sind dann wohl die Einzigen, die wissen, was passiert ist.«

Mercy streichelt Novas Hand und lehnt den Kopf an deren Schulter.

»Weißt du, was passiert ist, nachdem du weg bist?«
»Nicht genau ...«
Sie wischt sich eine Träne von der Wange und setzt sich gerade hin. Der Rauschzustand lässt allmählich nach, sie braucht mehr, streckt sich nach dem Beutel mit den Ecstasy-Pillen aus und schluckt eine blaue.

Mercy will keine mehr. Sie trinkt jetzt. Erkans Kumpel, dem der Lagerraum gehört, ein femininer Typ, der auf den Namen Blomman hört, hat ihnen ein paar Flaschen Wein und einen Viertelliter Wodka dagelassen. Mercy hat eine Weinflasche und den Wodka schon halb geleert, trotzdem fühlt sie sich immer klarer im Kopf.

»Der Job in Tumba hätte Jussis erster richtiger Job seit sieben Jahren werden sollen, aber er hätte ihn auch dann nicht bekommen, wenn er nicht gestorben wäre.«

»Ich komm nicht mehr mit, wenn du mehr als eine Verneinung pro Satz unterbringst.«

»Die Säpo hat ihn gecheckt, und schon nach einem halben Tag war klar, dass er nicht gerade der Richtige gewesen wäre, um Geldscheine zu drucken... Er kannte zu viele Kriminelle, und auch wenn die Taten im Prinzip verjährt waren, spielte das keine Rolle mehr. Es war nicht das erste Mal, dass er einen Job wegen einer alten Sache vermasselt hat. Bevor er arbeitslos wurde, hat er für eine Zeitarbeitsfirma gearbeitet und sauschlecht verdient, obwohl er sich da nicht dumm angestellt hat. Er war bei der Post, und sie hätten ihn sogar fest anstellen wollen, aber das war nicht möglich, weil er vor zwanzig Jahren oder so eine Bewährungsstrafe wegen Diebstahls aufgebrummt bekommen hat. Statt einen besseren Job zu bekommen, wurde er an irgendeine Firma in Sumpan vermittelt, die Respiratoren herstellte. Einen Monat lang hat er dort gearbeitet, aber nichts verdient, weil die Zeitarbeitsfirma pleiteging... Irgendwie war es egal, ob er versuchte, sich zusammenzureißen, es ging sowieso immer alles schief.«

Mercy glaubt, dass Nova vielleicht einfach keine Kraft mehr hat, über den Mord zu reden, und sich deswegen mit lauter Nichtigkeiten aufhält.

»Mach die Augen zu und stell dir vor, ich wäre Love«, sagt sie.

»Warum?«

»Weil du fandest, es war leicht, mit Love zu reden, das hast du gestern zumindest gesagt.«

Mercy ist fast ein bisschen neidisch auf Love. Vielleicht hätte auch sie sich ihm anvertrauen sollen, aus Rache, weil Nova es getan hat.

»Ich hab Love von dem Kaninchen erzählt«, gesteht Nova. »Ich hab ihm erzählt, dass ich dem Kaninchen das Genick gebrochen hab und wir es dann im Wald begraben haben. Tut mir leid…«

Mercy erstarrt. Sie haben einander das Versprechen gegeben, niemandem davon zu erzählen.

»Mach das nie wieder«, sagt Mercy nach einer Weile. »Du musst damit aufhören, über Sachen zu reden, die nur du und ich wissen dürfen. Jetzt musst du mir etwas erzählen, was du noch nie erzählt hast.«

»Was denn?«

»Erzähl mir von dem Mord an Jussi.«

Mercy kann Nova am Blick ansehen, dass die Pille angefangen hat zu wirken. Nimmt man mehrere hintereinander, setzt die Wirkung schneller ein.

»Love sagt doch immer, es sei gut, über schwierige Sachen zu reden. Wenn du das jetzt machst, dann erzähl ich dir danach auch etwas von mir.«

Sie streckt sich nach der Wodkaflasche und nimmt einen Schluck. Alkohol ist gut, weil er erdet, wenn man zuvor Drogen genommen hat. Alkohol ist nicht so unwirklich, man wird ganz ruhig, und die Stimmen im Kopf verstummen.

»Mein Bruder hatte massenhaft Amphetamine eingeworfen«,

beginnt Nova. »Als Jussi nach Hause kam, hat Björn mit einem Baseballschläger auf ihn eingeprügelt, bis er bewusstlos war. Dann haben die beiden ihn nach oben auf den Dachboden gezerrt, wo sie ungestört waren. Dort haben sie ihn umgebracht.«

Jetzt ist Novas Blick hart, und Mercy reicht ihr die Wodkaflasche. Sie nimmt sie, trinkt, schraubt die Flasche wieder zu, gibt sie aber nicht zurück.

»Björn hat der Polizei erzählt, dass Mama nicht dabei gewesen wäre, dass er alles allein gemacht hätte, aber sie ist wegen Beihilfe verurteilt worden, und jetzt kommt der Fall vor das Appellationsgericht, weil der Staatsanwalt sie für Mord drankriegen will und nicht nur für Beihilfe.«

Mit einem Mal begreift Mercy, wer Nova wirklich ist.

Es hat in sämtlichen Zeitungen gestanden, ungefähr in der Zeit, als Mercy oben in Jämtland war. Da war von der Stieftochter des Opfers die Rede, die als Zeugin aussagen musste, und Mercy erinnert sich an die Zeichnung eines blonden Mädchens mit gesenktem Kopf.

Das war also Nova.

Mercy spürt, dass das Schwarze in ihr erwacht und sich zu regen beginnt, in ihrem Brustkorb und Magen, aber sie unterdrückt es und redet sich ein, dass es das allerletzte Geheimnis ist, das sie voreinander noch haben, das allerletzte, was noch gesagt werden muss, bevor sie ein und dieselbe Person werden können. Sie müssen die Finsternis miteinander teilen. Sie hat von dem Typen in Hamburg erzählt, aber nicht viel aus der Zeit, als sie gerade die Türkei verlassen hatten und nach Deutschland gekommen waren.

Sie will all das erzählen. Aber zuerst ist Nova an der Reihe.

Nova schraubt die Flasche wieder auf, trinkt und gibt sie Mercy zurück. Mercy nimmt sie und genehmigt sich noch einen großen Schluck, um den Rest der Schwärze wegzuschieben.

»Zuerst hat Björn Jussis Hände und Füße mit einem Hammer

zertrümmert«, sagt Nova, »dann hat er ihn mit Rohrreiniger übergossen, der hieß ... irgendwas mit Natron ...«

»Ätznatron?«

Nova nickt, und Mercy sieht, dass sie drauf und dran ist, in Tränen auszubrechen. Ihre Blicke treffen sich, aber es ist, als starrte Nova direkt durch sie hindurch.

Sie sind Zwillingsschwestern, sie teilen ein und dieselbe DNA, sie sind eins.

Plötzlich hört Mercy eine Stimme in ihrem Kopf, eine leise, klägliche Stimme, die so laut schreit, wie sie nur kann. Aus einem bodenlosen Loch in ihr.

Nova legt sich auf die Matratze und nimmt Mercys Hand.

Mercy schmiegt sich an sie, streicht ihr übers Haar und bewegt den Mund. Sie spricht ihre stumme Sprache, und Nova antwortet ihr mit wenigen Worten in kurzen Sätzen.

Es ist Mercy, die tröstet, und Nova, die getröstet werden will, und ohne ein Wort beschließen sie, dass sie jetzt schlafen müssen.

Mercy nimmt die Decke, breitet sie aus und schiebt ein Kissen unter Novas Kopf.

Sie schlafen exakt im selben Moment ein.

Guilty by association
Teufelsinsel

Es wird endlich hell, als Kevin aus seinem Elternhaus tritt. Während rechts jenseits der Straße der Fußballplatz Essinge IP auftaucht, fährt er langsamer, stellt dann den Motor ab und lässt die Vespa die letzten Meter bis zum Zaun ausrollen.

Er lässt den Blick über den Platz schweifen. Er hat nie in Grün-Weiß spielen dürfen, so wie Antonin Panenka von den Prag Bohemians, war nie gut genug für den Hammarby IF und hat sich beim gelb-schwarzen Essinge IK mit einer Mittelfeldposition begnügen müssen. Aber immerhin hatte er die Gelegenheit, in einem Spiel einen Panenka-Elfer hinzulegen. Im Herbst, als er zehn war. Da ging er bis zum Elfmeterpunkt vor, legte den Ball ab, und genau wie im Stadion in Belgrad stand die Zeit still.

Es sah fast genau so aus wie im Fernsehen, und er war regelrecht schockiert. Freute sich kaum, während seine Mannschaft total aus dem Häuschen war. Der Trainer hingegen nahm ihn hinterher beiseite und sagte, so etwas dürfe er nie wieder tun. Wenn er kein Tor mache, blamiere er seine Mannschaft, und wenn er wider Erwarten doch ein Tor mache, dann sei dies eine Erniedrigung für den gegnerischen Torwart.

Kevin grinst. Kurz gesagt war Antonin Panenka also ein schlechtes Vorbild für einen Polizisten.

Und doch war an Papas Lügenmärchen etwas dran. Antonin Panenka hat womöglich einen mutigeren Burschen aus ihm gemacht. Zumindest zeugt der Elfmeter des Tschechen davon, dass es durchaus nützlich sein kann, eine Überraschung in petto zu haben. Von diesem Wissen profitiert er in seinem Beruf jeden Tag. Bei Befragungen beispielsweise.

Er hat mit vierzehn aufgehört, Fußball zu spielen, und den Punk für sich entdeckt. Fußball passte einfach nicht mehr mit seinem jugendlichen Dogmatismus zusammen, stattdessen machte er sich den Lebensstil zu eigen, dem seine neuen Idole frönten, das englische Anarcho-Punk-Kollektiv Crass. Sport, beschloss er, sei Opium fürs Volk.

Auf die Polizeischule zu gehen passte genauso wenig, aber als er sich bewarb, war er schon kein Anarchist mehr. Allerdings war er noch immer Punk, und sein Auftreten stieß beim Lehrkörper ebenso wie bei den Polizeischülern und späteren Kollegen auf Unverständnis. Wegen des Punks geriet später dann auch alles außer Kontrolle, und das war gut so, denn genau dafür ist der Punk schließlich da.

Tatsache ist aber auch, dass seine Berufswahl genauso viel Chaos angerichtet hat. Alte Freundschaften gingen in die Brüche, und neue Kontakte zu knüpfen fiel ihm nicht leicht. Dass er auch nur im Mindesten mit Kinderpornografie zu tun hatte, machte ihn guilty by association, aber den Job zu verheimlichen war genauso heikel, denn so wurden die Leute nur misstrauisch und paranoid.

Bevor er die Vespa wieder anlässt, setzt er sich Kopfhörer auf, verbindet sie mit dem Telefon, und als er das Radio anstellt, geht ihm auf, dass er sich verspäten wird.

… und hier ist das Morgenecho, es ist acht Uhr. Guten Morgen …

Die Laptoptasche aus dem Umzugskarton, den die Umzugsfirma vergessen hat, klemmt in seinen Pullover gewickelt auf dem Gepäckträger. Er fährt vorsichtig. Immerhin hat der Laptop schon ein paar Jahre auf dem Buckel und ist empfindlich, was Erschütterungen angeht. Aber es ist ein gutes Gerät, das preislich sicher im fünfstelligen Bereich lag, als es auf den Markt kam. Die Lampe und die Bücher hat Kevin im Müll entsorgt.

Nach einem mutmaßlichen Einbruch in eine Villa in Gävle befindet sich ein Fünfzehnjähriger mit lebensbedrohlichen Schädelverletzungen im Krankenhaus ... Polizei hat Ermittlungen aufgenommen und einen potenziellen Zeugen vernommen. Es handelt sich um einen Mann Mitte zwanzig. Zu den laufenden Ermittlungen schweigt die Polizei. Die Ursache für die Verletzungen des Opfers ist nach wie vor ungeklärt.

Als er den Essingetorget hinter sich gelassen hat, wird die Radioverbindung wegen eines eingehenden Anrufs unterbrochen. Es ist Lasse, sein Chef.

»Fahr bitte raus nach Skutskär, es geht um die beiden Mädchen. Wir haben sie vielleicht gefunden.«

Skutskär?, denkt Kevin. Das liegt in der Nähe von Gävle.

Zuallererst loggt sie sich auf Facebook ein
Industriegebiet Västberga

Es ist mitten am Tag und trotzdem dunkel draußen.

Um diese Jahreszeit wird die Haut der Menschen im Norden allmählich durchsichtig.

Viele Schweden haben so helle Haut, dass man die Blutbahnen darunter sehen kann, und im Licht der Laterne vor der Lagerhalle schimmert Novas Gesicht fast bläulich.

Erkan hat Blomman angerufen und erzählt, dass nach ihnen gefahndet werde und sie untertauchen müssen, bis sich die Lage wieder beruhigt habe.

Gefahndet. Irgendwie fühlt sich das befreiend an. Jetzt haben sie einen Grund, ganz weit wegzugehen.

»Nach dem Prozess gab es eine Untersuchung, und ich sollte in einem Heim untergebracht werden, aber ich konnte abhauen.« Nova zündet sich eine Zigarette an. »Für ein paar Monate hab ich bei einem Typen gewohnt, einem Kumpel von Björn, der eine Regisseurin kannte. Die hat nicht nur gut ausgesehen, sondern war auch richtig cool. Ich hatte nichts mehr von meinem gesparten Geld, also hab ich ein paar perverse Sachen gemacht. Aber das weißt du ja schon ... Solche Sachen hast du ja eigentlich auch gemacht.«

»Dein Bruder hat Jussi umgebracht, nicht du.«

»Aber ich bin schuld, dass er tot ist.«

Um weit wegzugehen, brauchen sie Geld, und ein bisschen was haben sie schon zusammen. Der weiße Volvo soll umlackiert und mit neuen Nummernschildern verkauft werden. Das bringt zehn Riesen, und mit dem Geld, das sie mit der EC-Karte abgehoben haben, kommen sie auf siebenundzwanzigtausend. Und wenn sie mit ihrem Job in Blommans Studio fertig sind, kommen weitere fünfzehntausend hinzu. Sie haben nur zwanzig Minuten geschlafen, dann sind sie für Filmaufnahmen geweckt worden, und am Abend gehen die Aufnahmen im Keller weiter, gefolgt von ein paar Stunden vor der Webcam.

Es muss total öde sein, ständig in diesen Boxen zu arbeiten. Sie haben mit ein paar anderen Mädchen gesprochen, die sagen, dass man nur rumsitzt und wartet, weil die meisten nur ganz kurz reingucken wollen, ein paar Kronen für eine Sneak Preview bezahlen, dann Manschetten kriegen und sich wieder ausloggen. Nur eine der Boxen wird für den Livefick verwendet, aber das machen nur die Mädchen, die am längsten dabei sind. Es gibt nicht viele Typen, die gut sind beim Livefick, aber Blomman kennt ein paar, die das können. Aus irgendeinem Grund ziehen sich Männer öfter einen Livefick als ein Mädchen solo rein. Wahrscheinlich macht es sie an, die Schwänze anderer Männer zu sehen.

Nova gibt Mercy die Zigarette.

Sie hat immer noch einen salzigen Geschmack im Mund, und der Rauch reinigt.

»Waren sie hart zu dir?«, fragt Mercy.

Sie kann ihr deutlich ansehen, dass die Männer Nova wie den letzten Dreck behandeln, während sie selbst es leichter hat, weil sie vor ihr mehr Respekt haben. Manche Typen haben Probleme, einen hochzukriegen, wenn sie mit ihr zusammen sind. Dann gehen sie auf Abstand, manchmal werden sie wütend und grob, aber dann wird Mercy nur noch rabiater, und meistens gewinnt sie.

»Du kannst nicht immer nur rumjammern und dir alles gefallen lassen, wenn's wehtut«, sagt Mercy.

»Das ist mein Stil als Schauspielerin. Die mögen das, so krieg ich mehr Rollen.«

Nova lächelt sie an. Mercy weiß nicht, ob sie die Wahrheit sagt oder nicht. Manchmal setzt Nova sich irgendwas in den Kopf, und dann glaubt sie selbst daran. Nova erfindet ihre eigene Wahrheit.

»Wir arbeiten noch ein paar Wochen hier, dann sind wir weg«, entscheidet Mercy, und Nova nickt.

»Wir gehen nach L. A.«

Nova tritt die Zigarette aus und sieht Mercy trotzig an, weil sie weiß, dass Mercy lieber nach New York will. Los Angeles ist irgendwie hässlich und trist, nichts als eine einzige lange Autobahn.

»Die Leute in L. A. sind echt verrückt«, fährt Nova fort. »Alle sind total schön, Hippies halt. Sie hängen sich in die Sonne, fahren auf Einrädern durch die Gegend und verkleiden sich als Affen und *Playboy*-Bunnys.«

»Okay, wir gehen nach L. A. und verkleiden uns als Affen.«

»Wir kaufen uns ein kleines Haus am Meer. Am Sunset Beach. Werden normal.«

Nova merkt nicht mal, dass Mercy sauer wird. Eigentlich will sie das gar nicht, aber sie kann nicht anders.

»Ich könnte was lernen«, meint Mercy, um die Schwärze mit Worten zu verscheuchen, und sie versucht, sich vorzustellen, wie es in dem Haus aussehen könnte. Ein Balkon mit freiem Blick. Dort sitzt sie dann und liest, und Nova sonnt sich neben ihr. Ihre Haut ist nicht mehr bläulich, und sie sieht gesund und kräftig aus.

»Ich bewerbe mich in Hollywood«, sagt Nova dann.

Manchmal ist sie so unglaublich naiv, und Mercy will wissen, was sie mit »sich bewerben« meint.

Novas Lächeln ist wie weggefegt.

»Was ist?«, fragt Mercy. »Was ist los?«

»Er lebt, oder? Der Typ aus Gävle?«

»Zumindest hat Blomman das behauptet.«

Mercy dreht den Kopf weg. Auf der anderen Seite des Zauns, an der Straße, geht ein Mann, der ziemlich betrunken aussieht, mit einem Hund. Völlig neben der Spur. Plötzlich ist die Luft kristallklar und riecht nach Metall.

Genau so riecht die Schwärze, denkt Mercy.

Jetzt bin ich diejenige, die Hilfe braucht.

»Wovor hast du am wenigsten Angst?«, fragt Mercy.

»Ich weiß nicht ... Du?«

»Zu wissen, dass ich zu dem Typen da rübergehen könnte ...« Sie zeigt auf den Kerl mit dem Hund. »Ich könnte ihn auf der Stelle umbringen. Obwohl er viel stärker ist als ich, könnte ich ihn zusammenschlagen, auf seinem Kopf herumtrampeln, bis er platzt. Der Hund würde einfach abhauen.«

Nova sagt nichts darauf. »Gehen wir wieder rein?«, fragt sie nach einer Weile, doch Mercy schüttelt den Kopf.

»Nein, ich will das verstehen, es erklären ... Ich hab Angst davor, dass noch was Schlimmeres passiert. Ich weiß es einfach, irgendwie, es ist so übermächtig, als wäre es organisch.«

»Kapier ich nicht.«

»Es lebt in mir.«

»Mir geht es genauso«, sagt Nova, und Mercy weiß, dass sie Nova glauben könnte, wenn sie wollte, aber sie will es nicht. Es wäre nicht richtig, ihnen beiden gegenüber.

»Das glaub ich dir nicht. Versuch, nicht so zu werden wie ich. Es ist besser, wenn wir uns bemühen, uns gegenseitig besser zu machen. Lass mich versuchen, mehr so zu werden wie du. Dann können wir vielleicht auch in dieser Welt Zwillingsschwestern werden.«

Nova wirkt verletzt. »Es gibt nur eins, wovor ich Angst habe, und das ist, dass du mich irgendwann verlässt.«

Nova hat Tränen in den Augen, und Mercy spürt, dass ihr das hilft, die Schwärze zu verjagen, und manchmal wirkt das sogar besser als Alkohol. Wie jetzt. Sie nimmt Nova in den Arm.

Es fängt an zu regnen. Kleine Tropfen treffen auf ihre Wangen, und Mercy sieht, dass sie wie rostrote Flecken Novas weiße Haut benetzen. Sie sehen aus wie Blut, und sie küsst Nova auf die Stirn, ehe sie wieder in ihre Kammer unter dem Dach hochgehen.

Blomman hat ihnen ein iPad geliehen für den Fall, dass ihnen langweilig wird zwischen den einzelnen Jobs. Da ist lauter Pornozeug drauf, aber sie können auch auf ihre privaten Seiten gehen.

»Ich bin jetzt dran«, sagt Nova, als sie sich auf die Matratze legen, und zuallererst loggt sie sich auf Facebook ein.

Mercy mustert Nova, während die die eingegangenen Nachrichten überfliegt.

»Über uns stehen hier jetzt schon mindestens fünfzig Kommentare und ...« Plötzlich verstummt Nova. »Schau mal, was Freja geschrieben hat! Alice hat das mit mir auf meiner Seite geteilt«, sagt sie dann mit leerem Blick.

Nova hält das Gerät in einem anderen Winkel, damit Mercy das Display besser sehen kann.

Tatsächlich ist sie siebzehn, obwohl sie sich für achtzehn ausgibt
Kronoberg

»Der Toyota steht in der Tiefgarage, bei den Aufzügen.« Lasse schiebt die Autoschlüssel über den Tisch, und Kevin blättert in der Mappe, die er mitnehmen soll. Mehrere Fotos des blonden Mädchens, darunter auch ein paar ältere aus Schulzeiten. Sie hat die weiterführende Schule in Fisksätra besucht, und er hat kürzlich erfahren, dass das Mädchen vor etwa einem Jahr in einem Gerichtsprozess, der durch die Medien gegangen ist, als Zeugin ausgesagt hat.

Ihr Bruder hatte ihren Stiefvater umgebracht, und die Mutter hatte Beihilfe geleistet. Beide wurden zu langen Haftstrafen verurteilt. Die Behörden brachten Nova in einem Wohnheim für sexuell missbrauchte Minderjährige in Skutskär unter.

Es ist garantiert das Mädchen von den Fotos.

Außerdem ist da noch Blackie Lawless, Novas Freundin. Keine neueren Fotos, nur das immer gleiche starre Porträt, das er gestern schon vor sich liegen hatte. Allerdings ist ihrer Akte die Kopie eines nigerianischen Reisepasses hinzugefügt worden, und Kevin kann sich den Grund dafür denken. »Das Passbild liegt deswegen in der Mappe, weil wir davon ausgehen, dass der Passinhaber ein Verwandter von Blackie ist, stimmt's?«

»Der Mann auf dem Passbild war nicht irgendwer.«

»Aha, und wer soll das sein?«

»Es ist derselbe Mann, der vor ein paar Tagen aus dem Flugzeug gefallen und auf die Liljeholmsbron aufgeschlagen ist. Wir haben nach Verwandten hier im Land gesucht und bereits einige mit demselben Nachnamen ausgeschlossen – der Name ist da unten relativ geläufig. Aber ein paar Personen stehen noch aus, darunter auch ein sechzehnjähriges Mädchen namens Mercy, das in derselben Unterkunft wohnt wie Nova. Das hier ist das Foto, das die Migrationsbehörde heute früh geschickt hat.« Lasse greift zu einem Foto und schiebt es über den Tisch. »Findest du nicht, dass sie Blackie ähnlich sieht? Und dem Mann auf dem Passbild auch?«

Das Foto des Mädchens namens Mercy lässt sich nur schwer mit dem Mädchen aus den Pornos vergleichen, aber eine gewisse Ähnlichkeit ist da.

»Sie sieht ein bisschen aus wie Grace Jones«, meint Kevin. »Hohe Wangenknochen, das Gesicht eher maskulin. Hast du *Gordons Rache* gesehen? Das war Grace Jones' erster Film, Anfang der Siebziger.«

»Nein, hab ich nicht.« Lasse klopft mit seinem Stift auf die Tischplatte. Eine unangenehme Angewohnheit.

»Ich kenne keinen, der sich so gut Gesichter merken kann wie du. Für mich ist Blackie eine Kopie von Mercy und auch von dem Mann auf dem Passfoto. Findest du nicht?«

»Ich bin auch der Meinung, dass Mercy und Blackie ein und dasselbe Mädchen sind«, sagt Kevin, »oder zumindest nahe Verwandte. Über den Mann kann ich nicht viel sagen, außer dass er ebenfalls schlank ist und hohe Wangenknochen hat.«

»Er hatte einen Asylantrag gestellt, aber der wurde abgelehnt. Dem Sachbearbeiter zufolge, mit dem ich gesprochen habe, hatte er den Antrag mit Homosexualität begründet.«

»Das tun ja viele.«

Der Stift pocht noch immer auf den Tisch. Während sein Chef damit eben noch auf die Tischplatte getrommelt hat, hämmert er jetzt das stumpfe Ende auf die Tischplatte.

»Ich bin dann mal weg«, sagt Kevin, steht auf und dreht sich um, aber er kommt nur bis zur Tür.

»Du kannst nicht gut schlafen, oder?«

»Stimmt.«

»Trinkst du?«

Ein paar Bier und Schnäpse mit Vera im Pelikan, denkt er.

Er fährt in die Tiefgarage und setzt sich in den Toyota. Die zivilen Pkws sind nicht annähernd so gut in Schuss wie die Streifenwagen, und im Innenraum riecht es muffig. Der Geruch stundenlanger Observationen hat sich in den Polstern festgesetzt. Nachdem er den Motor angelassen und auf die Bergsgatan eingebogen ist, ruft sein Chef noch mal an.

»Ich hab eben mit dem Leiter des Wohnheims gesprochen. Die Mädchen sind verschwunden.«

»Verschwunden?«

»Ja, seit gestern Abend, und es sieht ganz so aus, als säßen sie ganz schön in der Klemme.«

»Wieso in der Klemme?«

»Sie stehen im Verdacht, einen Jugendlichen misshandelt und ein Auto gestohlen zu haben. Nach ihnen wird landesweit gefahndet.«

»Einen Jugendlichen misshandelt – war das in Gävle?«

»Genau. Ihn hat's richtig übel erwischt.«

»Verdammt ... Ich hab davon im Radio gehört.«

»Der Kollege aus Gävle wollte am Telefon nicht mehr sagen, er brieft dich, sobald du vor Ort bist. Aber da ist noch etwas ...«

Kevin kann im Hintergrund das Pochen des Schreibstifts hören.

»Vor knapp sieben Wochen ist ein anderes Mädchen aus dem Wohnheim verschwunden«, sagt Lasse. »Wenn du auf Facebook gehst, dann such mal nach einer gewissen Freja Lindholm. Sie hat dunkle glatte Haare, und auf ihrem Profilbild trägt sie ein rotes Top. Tatsächlich ist sie siebzehn, obwohl sie sich für achtzehn ausgibt.«

Kevin nimmt sein Handy zur Hand und findet diverse Profile

unter dem Namen. Eins davon stimmt jedoch mit Lasses Beschreibung überein. »Ich hab ihr Foto jetzt vor mir.«

»Schau dir ihre letzten Posts an. Das ist wohl unser Job, was meinst du?«

»Sieht ganz so aus«, murmelt Kevin, als er liest, was das Mädchen geschrieben hat.

»Bitte helft mir ich weiß nicht wo ich bin hier sind lauter Räume und ein Keller mit Betonboden keine Fenster bitte ortet das Telefon!!!!!«

»Hätte« ist ein trauriges Wort
Hexenkessel

Love Martinsson weiß nicht, dass die rostroten Flecken auf seinem Bürofenster Wüstensand enthalten, der über Nordwestafrika in die Atmosphäre gewirbelt und vom Wind fünftausend Kilometer weiter in Richtung Norden bis nach Schweden geweht wurde. Wahrscheinlich irgend so ein Mist aus der Fabrik, denkt er, als er den angetrockneten roten Staub mit einem Lappen abwischt.

Wenn er die Morgennachrichten gesehen hätte, wüsste er, dass dieses Phänomen Blutregen heißt, dass es in nördlichen Breiten relativ selten vorkommt und im Lauf der Menschheitsgeschichte häufig als schlechtes Omen bezeichnet wurde, als Vorzeichen des Todes und der Zerstörung.

Als die Polizei aus Gävle am Vormittag kam, hatte der Regen bereits nachgelassen, und je weniger es regnete, umso größer war die Aufregung unter den Mädchen. Bis es gegen elf Uhr schließlich aufhörte zu regnen, herrschte im Hexenkessel ein einziges Chaos.

Nova und Mercy wurden als Heldinnen gefeiert.

Er macht das Fenster zu und setzt sich an den Schreibtisch.

Fühlt sich leer.

Wo stecken die beiden? Wozu sind sie noch fähig? Die Polizei hat sich einsilbig dazu geäußert, was genau ihnen zur Last gelegt wird. Diebstahl und Körperverletzung, aber selbst wenn die Einzelheiten vertraulich sind, haben sich unter den Mädchen Gerüchte verbreitet.

Sie hätten gemeinsam einen jungen Mann zusammengeschlagen und ein Auto gestohlen und möglicherweise auch eine größere Geldsumme.

Es klopft an der Tür, und die Polizistin, die ihn zuvor befragt hat, eine Frau in den Fünfzigern, betritt erneut sein Büro. Sie nimmt auf dem Besucherstuhl Platz, in der Hand hält sie das Papiertaschentuch, das er unter seinem Scheibenwischer gefunden hat.

»Wir haben ein paar Schriftproben vorliegen, und mit einiger Wahrscheinlichkeit war es Nova, die Ihnen die Nachricht hinterlassen hat. Ist Ihnen inzwischen eingefallen, was sie Ihnen vielleicht damit sagen wollte?«

Sowie er erfahren hat, dass Nova und Mercy zur Fahndung ausgeschrieben wurden, war ihm klar, wer den Zettel geschrieben hat.

»Keine Ahnung«, antwortet er. »Vielleicht wollte sie mir nur einen Gruß zukommen lassen?«

»*Dir gebe ich meinen Morgen, dir gebe ich meinen Tag?*« Die Frau schreibt etwas in ihren Notizblock. »Ist das Mädchen verliebt in Sie?«, fragt sie anschließend, ohne aufzusehen.

Er ist überrascht. »Nein, das glaube ich kaum.«

»Sie haben also ein rein berufliches Verhältnis?«

Er fühlt sich voreilig beschuldigt, hat aber Verständnis, weil diese Art von Fragen vermutlich zum Standard gehört. »Ja«, gibt er zurück.

»Und trotzdem sind sie zu Ihnen nach Hause gefahren?«

»Offensichtlich.«

»Wir wissen, dass die beiden heute Morgen gegen sechs Uhr in Uppsala waren. Dort haben sie an einem Geldautomaten Geld abgehoben, entweder bevor oder nachdem sie zu Ihnen nach Hause gefahren sind. Sie haben angegeben, dass Sie Ihre Wohnung gegen sieben verlassen haben?«

»Ja, um kurz vor sieben. So was wie sechs Uhr fünfundvierzig oder fünfzig.«

»Und etwa eine Stunde später hat die Rikskrim mit Ihnen Kontakt aufgenommen, als Sie gerade mit dem Auto zur Arbeit gefahren sind.«

»Korrekt. Wie ich bereits sagte, wollten sie einen Beamten schicken – wegen einer Angelegenheit, die die Mädchen betrifft.«

»Können Sie bestätigen, dass Sie die ganze Nacht in Ihrer Wohnung verbracht haben?«, fragt sie dann.

Er will seinen Ohren nicht trauen. »Sie glauben, ich hätte ihnen geholfen? Und als Dank hätten sie mir dann den Zettel geschrieben?«

»Beantworten Sie bitte einfach nur die Frage.«

»Ja ... Ich lag im Bett – allein. Ich bin zurzeit alleinstehend.«

»Danke.« Die Beamtin sieht von ihren Notizen auf. »Möchten Sie dem noch etwas hinzufügen – irgendwas, was wir wissen sollten?«

Er denkt nach. »Gestern kurz vor meiner Therapiesitzung mit Nova ist sie in einem Chat von einer Person kontaktiert worden ... Sie war sich sicher, dass es sich dabei um dieselbe Person handelte, die sie auch schon vor fünf Jahren belästigt hat, ein Cybergroomer.«

Die Polizistin hakt sofort nach. »Wer war das?«

»Die Person nennt sich Peter oder Puppenspieler oder auch Puppet Master oder Master of Puppets.«

Sie schreibt mit und erkundigt sich, um welches Chatforum es sich handelt.

»Das hab ich ganz vergessen zu fragen«, murmelt er. »Aber so wie ich es verstanden habe, hat die Person gestern noch ihren Account gelöscht. Hat die Polizei nicht die Handys der Mädchen sichergestellt? Darauf müsste die App für den Chat installiert sein.«

»Die Bewohnerinnen haben bei Ihnen also rund um die Uhr Zugang zum Internet?«

»Ja, außer während der Therapie natürlich. Das hier ist kein Gefängnis.«

Die Frau nickt, und für ihn sieht es so aus, als verdrehte sie leicht die Augen.

»Apropos Handy«, fährt sie fort, »eine von Ihren Bewohnerinnen hat angegeben, dass sie gegen fünf Uhr von einem Telefon geweckt worden sei. Der Apparat am Eingang habe geklingelt, und die Nachtschicht sei rangegangen.«

»Ach so? Ja ... Ich war wie gesagt zu dem Zeitpunkt nicht hier.«

»Ihr Kollege Erkan wiederum hat ausgesagt, er habe in der Nacht nicht telefoniert. Ihm sei auch nicht aufgefallen, dass jemand im Lauf des Abends oder in der Nacht das Haus verlassen habe. Ist Erkan nicht auch dafür zuständig, dass er solche Dinge im Blick hat? Werden keine Kontrollrunden gemacht?«

»Nein, nur wenn es einen akuten Anlass gibt.«

»Aus Ihren Unterlagen geht hervor, dass Erkan seit fast zwei Jahren hier arbeitet, allerdings mit Unterbrechungen und auf Stundenbasis. Wie gut kennen Sie ihn?«

Erkan übernimmt meist die Nachtdienste und kommt oft erst, wenn Love längst Feierabend hat und heimgefahren ist. Er ist ausgebildeter Pflegeassistent, hat gute Referenzen und ist beliebt bei den Mädchen und beim übrigen Personal.

»Wenn Sie mich fragen, ist er ein kompetenter Mann«, sagt Love. »Aber Erkan ist vor meiner Zeit eingestellt worden, persönlich kenne ich ihn kaum. Wir laufen uns bei Personalmeetings über den Weg, aber das ist eigentlich auch schon alles.«

Die Frau sieht ihn nachdenklich an. »Und was denken Sie über die zwei verschwundenen Mädchen? Gibt es da noch etwas, was wir über die beiden wissen sollten, falls wir sie finden?«

Er überlegt. Der Polizei Details aus den Therapiesitzungen zu erzählen steht nicht zur Debatte, er ist nach wie vor an die

Schweigepflicht gebunden und beschließt daher, sich kurzzufassen.

»Gehen Sie nicht zu grob mit ihnen um«, sagt er dann.

Sie nickt, doch sein Rat scheint sie nicht wirklich zu interessieren. »Und in welcher Beziehung stehen Sie zu Freja Lindholm?«

»In gar keiner. Ich hab sie nie kennengelernt, sie war schon verschwunden, bevor ich meinen Dienst hier angetreten habe… Meinen Sie, Freja könnte etwas mit Novas und Mercys Verschwinden zu tun haben?«

»Das untersuchen wir derzeit«, antwortet sie und unterstreicht etwas in ihren Notizen.

Freja, denkt er, nachdem die Beamtin aus Gävle wieder gegangen ist.

Und Nova und Mercy. Verschwunden.

Die letzte Notiz aus seinem Gespräch mit Mercy liegt vor ihm auf dem Schreibtisch. *Samos*, steht da. *Küste des Todes.*

Und dann auch noch Alice.

Ebenfalls weg.

Auf einem anderen Blatt Papier auf seinem Schreibtisch erklärt Sven-Olof Pontén per Unterschrift, dass die Therapie seiner Tochter beendet sei.

Love lehnt sich auf seinem Stuhl zurück. Das Fenster ist nicht richtig sauber geworden, in den Fugen und auf dem Fenstersims sieht er noch immer blutrote Flecken.

Er hätte jetzt gern jemanden zum Reden. Er würde gern zum Telefon greifen und jemanden anrufen, und sie würden sich über all das unterhalten. Und am Abend hätte er gern jemanden, der zu Hause auf ihn wartet. Sie würden zusammen Wein auf dem Sofa trinken und ihr Gespräch fortsetzen.

»Hätte« ist ein trauriges Wort.

Aber er ist selber schuld, er hat sich seine Einsamkeit selbst ausgesucht.

Es gäbe tatsächlich eine Person, die er anrufen könnte. Vielleicht würde die sich sogar freuen, vielleicht würde sie reden wollen und sich vielleicht sogar mit ihm treffen.

Aber er ist noch nicht so weit, diesen Schritt zu wagen.

Das heißt offenbar »Anbläser«
Hexenkessel

Diese Strecke ist er noch nie gefahren. Die alte E4 zwischen Marma und Skutskär, gelegentlich öffnet sich die Landschaft, und Äcker, Wiesen und Haine wechseln sich ab. Im Sommer ist das hier sicher ein Postkartenidyll, aber aufgrund des Wetters ist derzeit alles matschig und schlammig.

Ingmar Bergman, der sich an Colin Nutley vergriffen haben soll, denkt Kevin und biegt auf die 76 ab.

Wenige Minuten später hat er das Wohnheim erreicht, ein lang gestrecktes Gebäude aus ockerfarbenem Klinker mit Flachdach, das ihn an eine Kita oder Grundschule in einem namenlosen Stockholmer Vorort erinnert. Er parkt neben einem Streifenwagen.

Die Beamtin aus Gävle empfängt ihn am Eingang, und sie gehen in den Speisesaal. Unterwegs berichtet sie, dass sie eben erst den Leiter des Wohnheims befragt habe.

»Er hat eher ausweichend auf meine Fragen geantwortet«, sagt sie. »Und er hat so einen abweisenden Unterton, wenn Sie wissen, was ich meine.«

»Er unterliegt der Schweigepflicht, nehme ich an?«

»Ja, zum Teil. Aber nun ist das ein total schwammiger Begriff. Wenn er uns wirklich helfen wollte, hätte er mir alles erzählt, was er über die Mädchen weiß.«

Die Frau schenkt Kevin und sich selbst Kaffee ein und setzt ihn weiter ins Bild. Zwei ihrer Kollegen hätten bereits die Bewohnerinnen und die übrigen Angestellten befragt.

»Ein gewisser Erkan Cihan Deniz hatte Nachtdienst. Sie können nachher gern noch ein paar Worte mit ihm wechseln, das dürfte ganz interessant sein. Als Allererstes hat er uns türkisches Konfekt angeboten, als wir ihn befragen wollten.«

»Türkisches Konfekt?«

»Ja, er hat eine Schale mit süßem Gebäck vor uns hingestellt, als wären wir zum Kaffeekränzchen gekommen.«

Auf dem Tisch liegen Kopien von Novas und Mercys Ausweisdokumenten, und was die Kollegin erzählt, zerstreut auch die allerletzten Zweifel, ob es sich um dieselben Mädchen handelt, nach denen Lasse und er seit fast einem Monat suchen.

Doch statt zweier vermisster Mädchen sind es jetzt drei.

»Wir sind dabei, das Telefon zu orten, das Freja Lindholm benutzt hat, als sie ihren Facebook-Hilferuf gepostet hat«, sagt die Beamtin, »aber offensichtlich ist die SIM-Karte manipuliert oder zerstört worden. Ist Freja bei der Rikskrim schon mal erfasst worden?«

»Nein, zumindest nicht unter diesem Namen.«

»Nach allem, was ich über sie weiß, war das Leben nicht gerade gut zu ihr. Ihre Eltern sind gestorben, als sie noch klein war, sie hat keine nahen Verwandten und war bei mehreren Pflegefamilien untergebracht, bevor sie hierhergekommen ist. Mit dreizehn hat sie angefangen, sich zu prostituieren, und war schwer drogenabhängig. Ich hab mit ihrer Therapeutin gesprochen, und die meint, Freja habe auch in Pornofilmen mitgewirkt.«

»Mitgewirkt? Also mitgespielt?«

»Na ja…« Er sieht eine leichte Röte am Hals der Beamtin. »Das weiß ich nicht genau. So was heißt offenbar ›Anbläser‹. Sie wissen vielleicht, was das bedeutet?«

»Ja.«

Ein Anbläser sind zwei dünne nackte Beine, die im Hintergrund kurz durchs Bild laufen.

Ein Anbläser hält die Erektionen der Männer aufrecht.

Das dritte Mädchen, denkt er.

Das Meer im Himmel
Industriegebiet Västberga

»Sie ist nicht hier«, sagt Mercy noch mal und schüttelt Nova an den Schultern. »Freja ist nicht hier, kapier das endlich.«

Nachdem sie Frejas Post auf Facebook gelesen hat, bildet Nova sich ein, dass Freja möglicherweise im Keller ist. Sie hört Mercy nicht zu, schiebt sich an ihr vorbei und läuft den Flur hinunter. Mercy gibt auf. Bleibt in der Kellerluft stehen – Erde und Schimmel – und sieht zu, wie Nova im Schein einer roten Lampe über einer Tür laut anklopft. Es ist kalt, trotzdem glänzen Novas Arme vor Schweiß.

Ich liebe dich, denkt Mercy. Einfach nichts denken, das kannst du doch so gut.

Das Mädchen hinter der Tür sieht sich gezwungen, die Liveshow zu unterbrechen, und es vergehen keine fünfzehn Sekunden, ehe die Lampe erlischt und die Tür aufgeht.

Es ist nicht Freja, die mit einer Decke über den Schultern auf den Gang heraustritt.

Es ist ein kleineres blondes Mädchen, das schüchtern auf Englisch fragt, was sie wollen.

»Never mind«, entgegnet Nova.

Mercy nimmt Nova bei der Hand. »Komm, wir gehen zurück.«

Sie haben noch ein paar Stunden Zeit bis zu ihrem nächsten Job, und Mercy will Nova eine Weile für sich allein. Außerdem denkt Nova inzwischen viel zu viel an Freja. Auch wenn das, was sie jetzt gerade über Freja denkt, falsch ist, wird sie am Ende vielleicht das Richtige denken. Und verstehen.

Und daran wird Nova zerbrechen.

Sie kriechen unter die Decke, und Mercy macht mit ihrer Erzählung ungefähr da weiter, wo sie beim letzten Mal aufgehört hat: als sie den Vogel überfahren haben. Sie will nicht, dass alles nur finster und schwarz ist, denn manchmal war es auch hell, und das will Mercy nicht vergessen. Vergisst man das Helle, weiß man nicht mehr, wie man es sich wieder zurückholen kann.

»Wir mussten eine ganze Woche in Lagos bleiben, bis sämtliche Papiere fertig waren. Papa hat uns erzählt, wir würden nach Ankara oder Istanbul gehen, aber dann ist es Izmir geworden.«

Mercy schildert all die Details, an die sie sich noch erinnern kann, damit sie sie nicht vergisst. Sie erzählt, dass sie während der Passkontrolle ihr Medaillon geküsst hat – nicht weil sie daran geglaubt hätte, nur sicherheitshalber. Dass sie hoffte, es würde nicht nur sie beschützen, wenn das Ritual wider Erwarten wirkte. Und dass ihr Vater zuerst durch den Zoll ging und es sich anfühlte, als wäre alles möglich, als sie ihn durchwinkten.

»In Lagos hab ich zum ersten Mal in meinem Leben das Meer gesehen und dann den Himmel, so wie er wirklich ist. Ich hab immer gedacht, dass er irgendwie flach wäre, aber im Flugzeug war ich dann ja mitten im Himmel, und er war das gespiegelte Meer, nur größer, weil er den gesamten Erdball überspannt. Viele glauben, dass man da hinkommt, wenn man stirbt, in das Meer im Himmel. Papa hat gesagt, dass der Luftdruck im Flugzeug nicht gut wäre für meine verletzten Trommelfelle, aber dann war es genau umgekehrt. Der Himmel war ein Meer, das rumort, gebrummt und gedröhnt und die Geräusche in meinem Kopf übertönt hat. Und als wir in Izmir gelandet sind, hab ich mich in den Himmel zurückgesehnt...«

»Und wie war es in der Türkei?«

Mercy schließt die Augen und versucht, es sich in Erinnerung zu rufen. »Izmir lag in einer blauen Bucht mit Bergen rundherum«, erzählt sie, »und im Hafen ankerten Schiffe, die höher waren als Häuser und so lang wie mehrere Häuserblöcke.«

Unglaublich, dass solche Kreuzfahrtschiffe schwimmen konnten. Nicht mal ihre Brüder konnten das, obwohl sie so klein und so leicht waren.

Anstelle von Fingerknöcheln
Vier Jahre zuvor

Am Flughafen herrschte ebenso großes Gedränge wie auf den Märkten in Kano, und in der Menschenmenge entdeckte Mercy einen Mann mit einer schwedischen Flagge auf dem Rucksack. Sie trat auf ihn zu und fragte ihn, ob er Schwede sei. Ja, er kam aus einer kleinen Stadt mit so vielen Silben, dass sie den Namen gleich wieder vergaß, und als sie erzählte, dass sie und ihre Familie auf dem Weg in sein Land seien, lächelte er, nahm den Rucksack ab und begann, darin herumzukramen. Das Wörterbuch, das er ihr schenkte, war zerlesen, die Buchdeckel abgestoßen, und mehrere Seiten waren mit Tesafilm geflickt.

Nach zwei Wochen im Hotelzimmer in Izmir hatte sie gelernt, dass »tot« »död« bedeutete. »Boot« schrieb sich »båt« auf Schwedisch, »Bruder« schrieb sich »broder«, während »Meer« und »hav« sich nicht gerade ähnlich waren, aber immerhin leicht zu merken.

Das Zimmer war klein, sie gingen kaum nach draußen und mussten eine geschlagene Woche auf den Mann warten, der die wichtigen Kontakte hatte.

Der Mann tischte ihnen für zehntausend Dollar Versprechungen auf, und als Papa ihm die gebündelten Scheine reichte, fragte er, ob sie auch Schwimmwesten benötigten. »Fifty dollars extra«, sagte er mit starkem Akzent.

»We only need three«, entgegnete Papa und deutete auf Mama und die Zwillinge, die nicht schwimmen konnten.

»Fifty dollars anyway.«

Während Papa in seiner Geldbörse kramte, starrte der Mann Mercy auf Brusthöhe an.

»Let me see ... your muska.« Er lächelte und wedelte mit dem Finger.

»Muska?«

»Medaillon.«

Sie reichte ihm das Medaillon, er klappte es auf und nickte anerkennend. Dann zeigte er ihr das seine. Es sah fast identisch aus, nur das Lederband war braun anstatt schwarz und die eingestickte Gebetsformel eine andere.

Er wandte sich wieder an ihren Vater. »Never mind the fifty dollars. Life jackets on da house.«

Die zwei letzten Tage im Hotelzimmer wollten kein Ende nehmen. Sie bestanden aus Minuten und die aus Sekunden, und nicht mal schlafen half, damit sie schneller vergingen.

Als sie schließlich in den Bus stiegen, der sie weiterbringen sollte, nahm sie ihre Brüder bei der Hand. »Nur noch zwei Stunden, dann sind wir am Boot.«

Der Bus war brechend voll. Fröhliche, ausgelassene Menschen neben stillen, verbissenen. Ein bunter Strauß aus Träumen, und sie fragte sich, wie viele davon realistisch waren und wie viele Träume bleiben würden. Wie Europa geschrieben wurde, war ihnen allen vermutlich bekannt, aber wie man einen Satz mit diesem Wort bilden sollte, war noch immer ein Rätsel.

Sie teilte sich mit den Zwillingen zwei Sitze, während ihre Eltern sich gegenüber auf die andere Seite des Mittelgangs setzten. Sie zerzauste ihren Brüdern die Haare. »Wisst ihr noch, wohin wir fahren?«

»Zu den Eisbären«, antworteten sie im Chor.

»Es gibt keine Eisbären in Schweden ... Aber ja, genau da wollen wir hin. Und wohin fahren wir vorher noch?«

Sie sahen ihre Schwester verwundert an. Ihre große Schwester. Für die beiden war sie eine Erwachsene, die im Vergleich zu ihnen unendlich viel wusste.

»Wir fahren nach Samos, das liegt in Griechenland«, erklärte sie und bat ihren Vater, ihr die Karte zu geben. Die faltete sie über den kleinen pummeligen Beinen der Zwillinge auseinander und zeigte auf die Linie, die ihr Vater zwischen zwei Landzungen durch eine fast vierzig Kilometer breite Meerenge gezogen hatte. »Von hier fahren wir mit einem Boot nach dort. Allerdings nicht auf dem kürzesten Weg, wie man vielleicht denken könnte ...« Sie zeigte auf den schmaleren Ausgang der Meerenge. »Dort ist es gefährlich, aber hier ist offenes Meer, das ist nicht ganz so riskant.«

»Was heißt riskant?«

»Wenn es gefährlich wird.«

Ihr Bruder zeigte auf die blaue Bucht. »Ist es da nicht gefährlich?«

»Nein«, sagte sie und faltete die Karte wieder zusammen.

Sie sah ein großes Schiff vor sich, so groß wie eins der Kreuzfahrtschiffe, die sie im Hafen von Izmir gesehen hatte, und stellte sich vor, wie ihres aussehen würde.

Sie legte den Arm um ihre Brüder, er reichte fast für alle beide, und es fühlte sich an, als umarmte sie zwei Puppen. Sie hatten an den Händen immer noch Grübchen statt Fingerknöchel, und manchmal überkam sie die Lust, den beiden in die Ärmchen zu beißen und Luft auf die Bäuche zu pusten, dass es laut knatterte.

Obwohl mehrere Fenster offen waren, herrschte im Bus brütende Hitze, und die Zwillinge wurden allmählich ungeduldig.

»Ich will zu Mama«, sagte der eine, und gleich darauf sagte der andere das Gleiche. »Es ist so warm ... Lass mich los!«

Stunden später erreichten sie eine kleine Stadt. Sie hatte nie zuvor in ihrem Leben so viele große schöne Häuser und so viele Luxusautos gesehen. Die Leute liefen in Bademänteln und Hausschuhen herum, waren alt und dick, aber vor allem waren sie kreideweiß.

Hier ging die Sonne nicht so schnell unter wie zu Hause. Die

Abenddämmerung schlich sich ganz langsam an, wie eine hohle Hand, die einer Fliege auflauert, näher und näher rückt, bis sie zuschlägt.

Ein lodernder roter Schein, ehe die Nacht beginnt.

Der Bus hielt auf einer Schotterstraße nur wenige Kilometer entfernt von einer Strandpromenade mit Bars und Restaurants, Neonbeleuchtung, Palmen und Rosenbeeten. Es war dunkel, man konnte nur mehr karge, schroffe Berge ausmachen, Dornenbüsche und Müllhaufen.

Unterhalb des Wendeplatzes ragte ein Pier ins Meer. Dort würde das Boot ablegen, allerdings lag der Hafen im Dunkeln, und es war niemand zu sehen. Meer und Himmel flossen zu einer einzigen schwarzen Masse ineinander.

Wenn man stirbt, kommt man in das Meer im Himmel.

Etwa vierzig Schatten bewegten sich auf den Pier zu, die meisten waren Männer, aber auch ein paar Frauen waren darunter, und Mercy zählte alles in allem acht Kinder, sie selbst und die Zwillinge eingeschlossen. Am Pier warteten sie und sahen zu, wie die Rücklichter des Busses immer kleiner wurden.

Dann hielt ein Jeep mit getönten Scheiben auf dem Wendeplatz, und zwei Männer stiegen aus.

Im nächsten Moment wurde ein Motorengeräusch laut, das Boot näherte sich dem Pier, und das Gemurmel der vierzig Schatten im Hafen nahm zu. Auch wenn dies das größte Schlauchboot war, das sie je gesehen hatte, war für alle offensichtlich, dass bei Weitem nicht alle Schatten darin Platz hätten.

»Hey ... You are family from Nigeria?« Ein Mann kam auf sie zu. »You paid too late.« Er zeigte auf ein Blatt mit Notizen. »Can you read? Are you analphabets?« Dann feixte er und zog die Schultern hoch. »Anyway ... We need more money.«

Papa blickte erschöpft auf. »How much?«

»Three hundred dollars.«

Sie wusste, dass sie nur noch fünfhundert Dollar besaßen, trotzdem bezahlte Papa anstandslos.

Sie half Mama dabei, den kleinen Brüdern die Westen anzulegen, und gab ihr anschließend die dritte Weste. Sie war definitiv zu klein, aber besser als nichts.

Als sie an Bord gingen, trugen alle Schwimmwesten außer sie selbst, ihr Vater und sieben weitere schwarze Männer.

Das Meer sah ölig aus. Die Dunkelheit hatte alle Farben geschluckt, die ganze Welt war nur mehr grauschwarz schattiert.

Ihr Boot war angeblich das letzte, ehe die griechische Küstenwache strengere Patrouillen einführen würde. Sie hätten Glück.

Your lucky day.

Viele auf dem Boot hatten um einiges länger in der Türkei gewartet als sie, einige sogar mehrere Jahre.

Was für ein Glück.

Das Wetter war gut. Eine leichte, laue Brise, der Nachthimmel sternenklar.

Ihr Glückstag.

Die Väter sowie eine Handvoll andere Männer
Hexenkessel

Das Arbeitszimmer von Love Martinsson, dem Therapeuten, ist klaustrophobisch klein, und Kevin fragt sich, ob das der Therapie zuträglich ist. Das einzige Fenster geht auf ein Fichtenwäldchen hinaus, und das Zimmer wirkt dunkel, obwohl beide Neonröhren unter der Decke und die Schreibtischlampe brennen.

Kevins erstem Eindruck zufolge ist Martinsson ein femininer Mann, sowohl was die Körpersprache als auch die Gesichtszüge angeht. Er ist Mitte vierzig und hat sein kurzes Haar schwarz gefärbt. Der Haaransatz ist hier und da grau.

»Wir müssen die Mädchen finden«, sagt Kevin. »Aber im Gegensatz zur Polizei betrachten wir von der Rikskrim sie in erster Linie als potenzielle Zeuginnen und nicht als Täterinnen.«

Kevin fasst den Stand der Ermittlung kurz zusammen, dann bittet er Love, ihm alles über die Mädchen zu erzählen, was in dem Zusammenhang interessant sein könnte.

Love lehnt sich auf seinem Stuhl zurück. »Ja natürlich ... Aber zuallererst würde ich gern eine Sache wissen. Ihr Chef hat mich angerufen und erzählt, dass Sie eine schlechte Nachricht für mich hätten. Er wollte nicht sagen, ob es um Nova oder Mercy geht. Was ist das für eine Nachricht, über die Ihr Chef nicht am Telefon reden wollte?«

Kevin findet, dass auch die Stimme leicht feminin klingt. Hoch und leicht heiser.

»Uns liegen Informationen über eine Person vor, bei der es sich um Mercys Vater handeln könnte – zumindest vermuten wir das.«

Kevin erzählt Love von dem Mann, der aus dem Flugzeug gestürzt ist, und als er den Namen erwähnt, der in den Ausweispapieren steht, schließt Love die Augen und nickt.

»Können Sie bestätigen, dass Mercys Vater so heißt?«

»Ja.«

Kevin greift zu seinem Handy und zeigt Love das Passfoto.

»Und so sieht er aus.«

»Warten Sie ...«

Love tippt etwas in seine Tastatur und dreht dann den Computerbildschirm herum, damit Kevin etwas sehen kann. Er hat die Webseite einer Technischen Universität aufgerufen.

Wudil, Nigeria, liest Kevin und geht die Fotos der Angestellten flüchtig durch, bis er ganz unten links das Porträt des Passinhabers entdeckt.

Mercys Vater war also Dozent an der Uni.

Das macht weitere Erklärungen überflüssig.

Love hat feuchte Augen, und nach einer Weile räuspert er sich.

Ein Mann, der seine Gefühle nicht gern offen zeigt, denkt Kevin. Außerdem wirkt er fast schon zerbrechlich. Womöglich hat ihn die Arbeit mit den missbrauchten Mädchen rein physisch geprägt; Psychologen arbeiten mitunter mit Affektspiegelung, sie ahmen Gestik und Mimik ihrer Patienten diskret nach, damit diese sich verstanden fühlen und Vertrauen fassen – eine Technik, die auch bei Polizeivernehmungen zur Anwendung kommt, und Kevin überlegt kurz, ob auch er selbst Gefühlsäußerungen von Personen angenommen hat, mit denen er im Lauf der Jahre zu tun gehabt hat.

Die Scham, wie sie sich im Blick des Täters oder eines Opfers widerspiegelt.

Häufig sieht sie identisch aus, denkt er.

»Zum gegenwärtigen Zeitpunkt muss unsere oberste Priorität sein, Nova und Mercy zu finden ...« Love senkt die Stimme. »Es ist nur eine Annahme, aber ich könnte mir vorstellen, dass sie in ihr altes Leben zurückgekehrt sind, weil es das Einzige ist, was sie kennen: Prostitution und Drogen. Dann wird es in einer Katastrophe enden. Sie werden von irgendetwas angetrieben ... Hass, Rache. Es brodelt förmlich in ihnen.«

Kevin muss an den französischen Film *Baise-moi* denken, in dem sich zwei junge Frauen auf eine Odyssee aus Sex, Drogen und Gewalt begeben. Und Männer abschlachten.

»Wissen Sie, bei wem die Mädchen untergeschlüpft sein könnten?«

Love lässt sich mit der Antwort Zeit. »Mercy war im vergangenen Jahr in einen Prostitutionsskandal verwickelt. Sie hat in Bräcke in Jämtland gewohnt, und was da oben passiert ist, war der Grund, warum sie letztlich zu uns gekommen ist.«

Bräcke?, denkt Kevin. Da klingelt etwas.

Love berichtet, dass Mercy in der jämtländischen Gemeinde angefangen hat, sich zu prostituieren. Ihre Kunden waren zunächst diverse junge Männer aus dem Ort. »Später sind auch die Väter zweier Kunden sowie eine Handvoll andere Männer hinzugekommen«, fügt er hinzu. »Es kam zu einem Gerichtsprozess, die Männer wurden verurteilt.«

Kevin hat die Berichterstattung verfolgt, allerdings war damals die einzige verwertbare Information, dass das Mädchen Ausländerin war.

Es handelte sich also um Mercy.

Love sieht ihn ernst an. »An Ihrer Stelle würde ich zuerst Novas alte Freunde in Fisksätra überprüfen. Sie war da verschwiegen, hat kaum Namen genannt, aber ich kenne immerhin drei ... Alex, Fadde und Albin, das waren Freunde von Novas Bruder.«

»Alex, Fadde und Albin? Irgendwelche Nachnamen?«

»Sie hat nie Nachnamen genannt, aber die drei gehörten zu einer Clique, die ihre Kunden waren. Es wäre ihr gegenüber nicht fair, wenn ich Sie in die Details einweihte.«

»Danke«, erwidert Kevin. »Gibt es noch etwas, das ich wissen müsste?«

»Nein, ich glaube nicht. War das alles?«

»Ich würde gern mit dem Therapeuten sprechen, der Freja Lindholm behandelt hat. Können Sie mich zu ihm bringen?«

»Zu ihr. Ihr Büro liegt am Ende des Flurs, aber dort spricht im Augenblick Ihre Kollegin mit Erkan.« Love steht auf. »Aber ich kann die Kollegin suchen gehen, Sie können solange mein Büro benutzen.«

Kevin nickt. Erkan, denkt er.

Der türkisches Konfekt anbietet.

Diese Wachsflügel
Industriegebiet Västberga

»Als ich klein war, hat mein Bruder mir immer Geschichten erzählt«, sagt Nova. »Du kannst auch gut erzählen. Wenn wir am Sunset Beach wohnen, kannst du ja Schriftstellerin werden und dich mit Bücherschreiben über Wasser halten.«

Mercy lacht leise. Ihr Lachen ist wie ihre Stimme, tief und irgendwie verzögert.

Nova wird ungeduldig, als Mercy nicht gleich etwas erwidert. Und sie will mehr von Mercy erfahren.

»Was ist auf dem Boot passiert?«, fragt sie.

»Es war kein Schlauchboot, sondern aus Plastik, und es war mit Klebestreifen und Flicken repariert. Die Bodenbretter waren aus Sperrholz, die hatten breite Ritzen, da lief Wasser rein, sobald wir den Hafen verlassen hatten.«

Sie erzählt, dass der Motor von einem Mann aus dem Tschad bedient worden und dass es pures Glück gewesen sei, dass sie etwas zum Schöpfen dabeigehabt hätten. »Kannst du dir das vorstellen? Aus dem Tschad? Der kam aus einem Land, das nicht mal eine Küste hat, und soll nach zehn Minuten Crashkurs das Boot steuern und die Verantwortung für vierzig Menschen übernehmen? Nur mit dem Handy als Hilfe? Allein unsere Familie, also fünf Personen haben mehr als zehntausend Dollar gezahlt... Vierzig geteilt durch fünf sind acht, achtmal zehntausend sind achtzigtausend insgesamt. Wie viel ist das in Kronen? Sechs-, siebenhunderttausend ungefähr?«

Mercy erzählt sehr anschaulich, man kann sich leicht in die Situation hineinversetzen.

Nach einer Weile nimmt ihre Stimme einen anderen Klang an. Nova hört, wie aufgebracht Mercy ist, als sie erfährt, dass sie auf dem Bootsrand sitzen und ihren Vater festhalten soll, während ihre Mutter und Brüder unten auf dem Boden kauern.

»Das Holz hat gekracht, als würde eine große Hand versuchen, das Boot zu zerquetschen.«

Nova schließt die Augen, und Mercy erzählt und erzählt, und zwar so lebendig, dass Nova alles vor sich sehen kann wie in einem Film: Die Lichter von der Küste verschwinden, und nur noch der Mond scheint, das Wasser sieht aus wie ein staubiger Fußboden, der langsam hin und her schwankt. Mercy merkt es kaum, aber sie spürt es im Bauch.

Mercy liegt eine Weile schweigend neben Nova, dann geht der Film weiter.

Den Sog im Bauch spürte Mercy draußen auf dem Meer, weil sie Angst hatte, aber es ist exakt der gleiche Sog, den Nova verspürt, kurz bevor sie durchdreht und auf jemanden einprügelt.

Wie können Angst und Wut sich gleich anfühlen?

»Weißt du, wer Ikaros war?«, fragt Mercy.

»Ich hab den Namen schon mal gehört.«

»Ich weiß nicht mehr genau, wie das war, aber er soll aus einem Gefängnis oder so fliehen, und sein Vater baut ihm dafür Flügel aus Wachs. Sein Vater warnt ihn noch, damit er nicht zu nah an die Sonne ranfliegt, da könnte das Wachs in den Flügeln schmelzen, aber er macht es trotzdem, stürzt ins Meer und ertrinkt.«

»Okay ...«

»Das Meer, auf das unser verdammtes Boot rausgefahren ist, ist dasselbe Meer, in das Ikaros gestürzt ist. Das hab ich später gelesen ... Es heißt Ikarisches Meer und gehört zum Ägäischen Meer. Wenn man stirbt, kommt man in das Meer im Himmel, verstehst du? Es heißt doch immer, dass die Sage von Hybris und Übermut handelt. Kapierst du's jetzt?«

»Ich glaube, ja, aber ich weiß nicht genau, was Hybris bedeutet...«

»Die Reise war Hybris, genau wie die Wachsflügel.«

Der stärkere von beiden
Vier Jahre zuvor

Mercy wusste, dass alles Böse im Menschen selbst entsteht, dass es aber bisweilen von Dingen beeinflusst werden kann, die außerhalb des eigenen Körpers passieren. Vom Bösen in anderen Menschen, als wäre es ansteckend, aber auch von einer unsichtbaren Kraft in der Luft. Jetzt kam es aus dem Meer und dem Wind.

Die Zeit war wankelmütig, wie wenn sie nicht einschlafen konnte und sich im Bett hin und her wälzte. Sie war hungrig, hatte aber keinen rechten Appetit, und obwohl sie fror, war ihr die Decke gleichgültig, die ihr Vater ihr gegeben hatte. Er wirkte abwesend, trotzdem lächelte er ihr gelegentlich zu und strich ihr über die Wange.

In ihr breitete sich ein Gefühl aus, das sie nicht benennen konnte. Angst war es nicht, aber es war ähnlich.

Der Mondschein wurde blasser und blasser, die Dunkelheit grauer und grauer. Jemand machte eine Taschenlampe an, und der Lichtkegel zuckte auf dem Wasser hin und her. Und die ganze Zeit das Platschen des Leckwassers, das ins Meer zurückgeschöpft wurde.

Es nahm kein Ende, das Wasser war unendlich, und wie viel sie auch schöpften, es kam immer mehr nach.

Dann nahm sie Abschied von ihrem alten Ich.

Es beginnt mit einem Geräusch.

Der Spalt im Holzboden des Boots ist plötzlich mehrere Zentimeter breit, ein schwarzer Riss von einer Seite zur anderen, und alles kippt nach links, mehrere Passagiere gehen über Bord, andere schreien, ihr wird ein Ellbogen ins Gesicht gerammt, und sie fällt rücklings in die schwarze Kälte.

Sie gerät mit einem Bein in das Tau, an dem die Bojen hängen, und wird nach unten gerissen. Sie kann das Tau abstreifen und kommt wieder an die Wasseroberfläche. Das Boot ist weg und das Wasser voller Menschen, allerdings sind es zu wenige. Alle schreien verzweifelt, sie selbst ebenfalls, wo sind die anderen, wo sind die Zwillinge, wo sind Mama und Papa? Sie taucht, sieht ein Stück entfernt einen orangefarbenen Fleck und schwimmt darauf zu, greift ihn sich, zieht ihn mit sich. So leicht ...

Leicht wie ein Kind.

Als sie ihn hochzieht, ist es Nonso, der jüngere ihrer beiden Brüder, er, der eine knappe Stunde später zur Welt kam, mit nur einer Niere und dem leicht schiefen Gesicht und der etwas kleiner geraten ist als sein Bruder. Nonso, der auf ihrem Bett herumgesprungen ist, in der Hand ein Glas Wasser, und als er es verschüttet hat, hat sie ihm eine Ohrfeige verpasst. Nonso, der morgens gern lange schläft und schneller rechnen gelernt hat als sein Bruder.

Er hustet Wasser, aber er lebt, und sie hält ihn fest, schwimmt auf dem Rücken.

Sie weiß nicht, wie lange sie so schwimmt, aber sie weiß, dass sie in die richtige Richtung unterwegs ist, weil sie Wellen gegen Steine schlagen hört. Ihre Augen brennen vom Salzwasser, dann streifen ihre Fersen etwas Hartes, Kantiges, felsigen Grund, und als sie erschöpft am Strand zusammensackt, kann sie den Herzschlag ihres Bruders durch die Schwimmweste hindurch spüren.

Die Weste hat einen Riss, und erst jetzt sieht sie, dass sie mit Zeitungspapier ausgestopft wurde.

Diejenigen, die für mit türkischen Zeitungen ausgestopfte Schwimmwesten extra bezahlt haben, sind wie Steine untergegangen.

Nur einer von ihnen, der nicht schwimmen konnte, hat den Schiffbruch überlebt – Nonso.

Mercys anderer Bruder, der stärkere von beiden, Ramy, war eine Stunde älter und wurde von den Fluten verschlungen, genau wie seine Mutter.

Ihr Vater schaffte es und erreichte das felsige Ufer zehn Minuten nach Nonso und ihr selbst.

Er schrie und weinte abwechselnd, umarmte sie beide und beteuerte in einem fort, dass er sie liebte.

Er schlotterte vor Kälte.

Er hatte sie verloren.

Er hatte gesehen, wie das Meer sie verschluckte.

Als ein griechischer Trawler sie an Bord nahm, begann Nonso zu husten. Tief in seinem Innern gurgelte es, und sein Gesicht wurde erst rot und dann blau.

Nonso wurde exakt so alt wie sein Zwillingsbruder.

Er holte die Stunde wieder auf, die er bei der Geburt drangegeben hatte.

Das Meer hatte Nonso zerdrückt, obwohl er es bis an Land geschafft hatte, und die alten Fischer weinten, als sie den kleinen Jungenkörper über den Pier in den Hafen von Samos trugen.

Sie wusste, dass es mit der Trauer so ist wie mit dem Meer: Anfangs sind die Wellen hoch, dann kommt die Dünung, aber das Meer ist nie vollends ruhig.

Ikaros fand es wunderbar, so hoch zu fliegen und zu sehen, wie alles kleiner und immer kleiner wurde.

Unter ihm spiegelte sich die Sonne im Meer, und er dachte, es sehe aus wie der Himmel und dass das Meer zum Himmel geworden sei. Als er zu sinken begann, war es, als stiege er auf.

Die notwendige Distanz
Hexenkessel

Wie die steinharte Kathy Bates in *Dolores*, denkt Kevin.

Die Frau, die elf Monate lang Freja Lindholms Therapeutin und Kontaktperson im Wohnheim in Skutskär war, ist eine erfahrene Psychologin. Sie sitzt auf dem Stuhl, auf dem eben noch Love Martinsson gesessen hat. Auf dem Schreibtisch liegt Frejas Akte. Sie ist ganze fünf Zentimeter dick.

»Ist Ihnen in der Zeit vor Frejas Verschwinden etwas aufgefallen?«, fragt Kevin.

Die Frau beugt sich vor, stützt die Ellbogen auf den Schreibtisch und faltet die kleinen kompakten Hände vor ihrem Gesicht – eine Geste, die Demut ausdrücken kann wie bei einem Gebet oder, wie jetzt, Autorität.

»Manche von diesen neuen Internetdrogen gehen völlig an mir vorbei«, sagt sie, »da ist es schwierig, physische Anzeichen eines Rausches zu bemerken. Vermutlich nahm sie Beruhigungsmittel ein. Sie war gefährlich friedlich, so nenne ich das immer.«

»Was genau meinen Sie damit?«

»Wenn man denkt, es geht ihnen besser als zuvor, und sie machen Fortschritte, und dann bringen sie sich plötzlich um. Das Vertrackte daran ist, rechtzeitig die Anzeichen zu erkennen. Meist sieht man erst hinterher, wenn sie sich umgebracht haben, dass man manipuliert worden ist.«

»Gibt es noch einen anderen Grund, warum Sie glauben, dass Freja Selbstmord verübt haben könnte?«

Die Frau macht ein sorgenvolles Gesicht.

»Hunger«, sagt sie dann.

»Ich verstehe nicht ganz ...«

»Hunger ist eine Rockband, die ihre Fans dazu ermuntert, sich das Leben zu nehmen. Freja hat sie vergöttert.«

Kevin kennt den Ruf der Band, aber nicht ihre Musik.

Er denkt kurz nach. »Wenn ich richtig informiert bin, hat Freja Ihnen erzählt, dass sie bei Pornoaufnahmen mitgewirkt hat. Was genau hat sie darüber gesagt?«

Die Therapeutin schlägt Frejas Akte auf und blättert. Fünf Zentimeter Papier, Hunderte Seiten und doch kein Hinweis darauf, was Freja zugestoßen sein könnte.

Das ist frustrierend.

»Hier ist es«, sagt sie schließlich. »Freja hat nur ein einziges Mal darüber gesprochen, und sie hat sich ziemlich genau so ausgedrückt ... *Ein paarmal hab ich angeblasen, das war okay, aber nicht so mein Ding. Das ist eigentlich alles echt krank. Fast alle sind Ausländerinnen, verstehen kaum Englisch. Einmal sind wir in eine Lagerhalle gefahren, da waren lauter Zimmer, irgendwie so fabrikmäßig, ich hab Nein gesagt, als ich gesehen hab, was die da machen.*«

Sie schlägt die Akte mit einem Seufzer zu.

Es könnte derselbe Ort sein, an dem sie eingesperrt ist, denkt Kevin. »Glauben Sie, Freja hat zusammen mit Nova und Mercy Filme gedreht?«

»Das weiß ich nicht, aber es ist wohl nicht ausgeschlossen.«

Er nickt. »Und wie gut waren die drei befreundet?«

»Schwer zu sagen. Ich glaube allerdings, dass sie Alice am nächsten stand.«

»Alice? Die gestern von ihrem Vater abgeholt wurde?«

»Ja.«

»Und wie nahe standen sich Freja und Erkan?«

Die Frau sieht unentschlossen aus und lässt sich mit der Antwort Zeit. »Erkan steht allen Mädchen recht nahe«, sagt sie. »Er ist gut zu ihnen. Ein bisschen *zu* gut vielleicht ... Er ist ja kein ausgebildeter Therapeut, und ich denke, ihm fehlt die notwendige Distanz zu den Mädchen, ich meine, er riskiert Kopf und Kragen für sie, und das kann auch mal schiefgehen.«

Und das ist schon passiert, denkt Kevin.

Das restliche Gespräch mit Freja Lindholms Therapeutin ist nicht weiter ergiebig. Als er sich verabschiedet, weiß er nur, dass Freja möglicherweise selbstmordgefährdet war, dass ihre engste Freundin im Wohnheim Alice Pontén war, ferner dass Freja in einer Lagerhalle war, in der Pornofilme produziert wurden, eventuell in größerem Umfang, und vielleicht hat sie von dort ihren Post auf Facebook abgesetzt.

Irgendwer hat Pizza bestellt, und er stibitzt sich ein Stück. Möglicherweise, eventuell und vielleicht. Eine verstörende Verschwisterung von Wörtern, denkt er, als er mit seinem Pizzastück in der Hand dasitzt.

Und dann ist da noch Erkan. Der angeblich allen Mädchen nahesteht.

»Ist die Pizza gut?«

Die Kollegin von der Polizei Gävle setzt sich auf den Stuhl neben ihm, und er schluckt den letzten Bissen.

»Unter den Exoten die beste Tropicana, die ich jemals gegessen habe«, sagt er. »Aus irgendeinem Grund sind die Pizzas auf dem Land immer besser ... Sind Sie fertig mit Erkan?«

»Ja, er gehört Ihnen.« Sie reicht ihm einen Zettel. »Die Mobilfunkdaten ... Haben wir soeben vom Anbieter erhalten.«

Kevin überfliegt die Liste. Sie ist nicht lang.

Eine einzige Telefonnummer, und das komplette Szenario ergibt plötzlich einen Sinn, als sie sagt, wem der Anschluss gehört.

Den Unterlagen zufolge ist Erkan Cihan Deniz dreiunddreißig Jahre alt, aber er sieht jünger aus, und das Lächeln, mit dem er Kevin bedenkt, verrät in keiner Weise, dass er eben erst drei Stunden lang befragt worden ist.

Er ist groß, schlank, hat breite Schultern, und allein nach dem Äußeren zu urteilen besteht kein Zweifel, warum er bei den Mädchen beliebt ist. Ein passender Schauspieler zum Vergleich fällt Kevin nicht sofort ein, was ungewöhnlich ist.

Sie geben sich die Hand, Kevin nimmt auf dem freien Stuhl Platz und erklärt, dass er an mehreren Fällen von Kinderpornografie und sexuell missbrauchten Kindern und Jugendlichen arbeitet.

»Endlich mal ein Polizist, der *wirklich* helfen kann«, sagt Erkan. »Die anderen scheinen zu glauben, dass Nova und Mercy gemeingefährlich sind.«

»*Wirklich* helfen? Wie meinen Sie das?«

Er lächelt. »Weil Sie mit solchen Sachen arbeiten... Sie verstehen die Problematik.«

Kevin lächelt zurück. Die Liste des Mobilfunkanbieters hält er zusammengefaltet in der Hand. »Und Sie haben keine Ahnung, wo sie sich letzte Nacht aufgehalten haben oder wo sie derzeit sein könnten?«

»Wenn ich das wüsste, dann würde ich es Ihnen sagen.«

»Dann helfen Sie mir doch jetzt mal *wirklich*. Wie lang sind eine Minute und siebenundvierzig Sekunden?«

»Ich weiß nicht, worauf Sie hinauswollen.«

Erkans Lächeln erstirbt, und im selben Moment fällt Kevin ein Vergleich ein: Dev Patel aus *Slumdog Millionaire*.

Er faltet den Zettel des Mobilfunkanbieters auseinander und legt ihn auf den Tisch. »Eine Minute und siebenundvierzig Sekunden sind genau so lang wie ein Anruf, der heute früh um drei nach fünf auf Ihrem Mobiltelefon eingegangen ist. Wer hat Sie angerufen, und warum haben Sie zuvor abgestritten, telefoniert zu haben?«

Erkan erstarrt, als er die Liste überfliegt. »Das war bestimmt so ein Taschenanruf oder wie das heißt.«

Goof, denkt Kevin. »Ein Hosentaschenanruf mit Ortsvorwahl? Das ist ein Festanschluss, und zwar einer aus Tierp. Vom Festnetz aus sind Hosentaschenanrufe eher schwierig.«

»Ich meinte, da hat sich wohl jemand verwählt.«

Noch mal *Goof*.

»Und wer verwählt sich und ist dann trotzdem so freundlich, so lange zu reden? War's Evert oder Gunnvi?«

Erkans Miene verrät, dass er fieberhaft nachdenkt, dass er nach einer glaubwürdigeren Erklärung sucht als die, die er bislang vorgebracht hat.

»Ich weiß echt nicht, wer Evert und Gunnvi sind«, sagt er schließlich. »Außerdem bin ich total fertig – erst der Nachtdienst und dann diese stundenlange Befragung. Aber jetzt weiß ich wieder, wie das war mit dem Anruf… Ich nehme nur ungern Anrufe mit unbekannter Nummer an, also hab ich den Anruf weggedrückt – da muss ich wohl die falsche Taste erwischt haben. Das könnte auch erklären, warum die Verbindung so lange offen war.«

Okay, denkt Kevin, eine bessere Lüge vielleicht, aber immer noch eine verdammte Lüge.

»Evert und Gunnvi besitzen ein Sommerhaus in der Nähe von Tierp«, erklärt er. »Die Kollegen aus Gävle haben soeben mit den beiden gesprochen. Im Augenblick halten sie sich in ihrer Wohnung in Upplands Väsby auf und fragen sich, wer da wohl in ihr Sommerhaus eingebrochen ist und ihr Telefon benutzt hat. Und Sie wissen immer noch nicht, wer Sie angerufen hat?«

Erkan seufzt und bleibt die Antwort schuldig.

»Ich hätte da eine Theorie«, fährt Kevin fort. »Sie lassen Nova und Mercy gehen, weil sie sich für zwei Männer in Gävle prostituieren, das Date läuft aus dem Ruder, sie klauen ein Auto und fahren in Richtung Süden bis Tierp, brechen in das Sommerhaus ein und rufen bei Ihnen an, weil sie Hilfe brauchen. Ich weiß nur nicht, ob Sie die beiden eine Minute und siebenundvierzig Sekunden lang zum Teufel schicken oder sie irgendwohin weiterlotsen – also, was genau haben Sie ihnen gesagt?«

In *Slumdog Millionaire* nimmt die Hauptfigur – gespielt vom jungen Dev Patel – am indischen Pendant von *Wer wird Millionär?* teil. Als ihm die entscheidende Frage gestellt wird, schlägt er den Blick nieder, und in seinem Innern ist nichts als Leere.

Genau so sieht Erkan aus, und genau wie Dev Patels Rollenfigur kann ihm nur noch eine Rettungsleine helfen. Er darf den Spielregeln zufolge jemanden anrufen.

»Vielleicht möchten Sie einen Anwalt anrufen?«, schlägt Kevin vor.

Jede ist für sich allein
TeenDaughterDaddySwapping.mp4

Erst haben sie in Europa gebettelt und gestohlen.

Sie saß auf einem Stück Pappe vor einer Lidl-Filiale. Die griechische Sonne war zwar nicht so heiß wie die zu Hause, aber auch nicht sanft. Sie war messerscharf und brannte in den Augen.

Papa saß schweigend neben ihr und vergaß immer wieder, den Blickkontakt zu den Passanten zu suchen. Aber an einen Zombie wollte niemand Geld verschwenden.

Aus ihnen waren zwei andere Menschen geworden.

Sie waren in eine andere Welt gefallen, aus der sie nie wieder entkommen würden.

Schatten eilten vorbei, Beine, die das Licht zerschnitten wie Scheren.

Mercy wird von der Lampe geblendet, als der Mann ihre Arme mit seinen Knien fixiert.

Es gibt kein Skript. Wer immer den Film sehen wird, weiß genau, worum es vordergründig gehen soll.

Zwei Väter und ihre Töchter.

Mercy spielt Blackie. Der Mann, der ihren Vater spielt, liegt über Nova und drückt ihr Gesicht in die Matratze.

»Open your mouth!«

Mercy macht den Mund auf, so weit sie kann, und streckt die Zunge raus, während sie den Mann unverwandt anstarrt. Er grunzt, schlägt ihr ins Gesicht, und sie ist froh, dass sie keinen Widerstand leisten muss, sondern ihn einfach nur gewähren zu lassen braucht.

Sie spuckt aus, auf die Matratze.

Der Mann, der Novas Vater spielt, ist gute fünfzig, blass, fett, hat dünnes Haar und sieht Nova kein bisschen ähnlich. Der Mann aus Sambia, der Mercys Vater spielt, ist ebenfalls übergewichtig und in den Fünfzigern. Er ist erschlafft, und Nova bleibt auf dem Bauch liegen, als er aufsteht.

»Twenty minutes off«, ruft Blomman. »Next scene we swap daddies.«

Novas Vater lächelt Mercy an. »I will miss you, little insect.«

Sein englischer Akzent klingt irgendwie bekannt, aber sie ist zu benebelt, um klar zu denken.

Die Männer lassen sie liegen, und Mercy streckt sich auf dem Rücken aus. Es gibt keine Decke; die Augen zu schließen ist ihre einzige Möglichkeit, sich zu bedecken.

Sie haben keine Kraft mehr, miteinander zu reden. Besser, jede ist für sich allein und ruht sich aus.

Noch besser, einfach nur zu schlafen, zehn Minuten genügen vollkommen.

Wenn sie nicht bettelten, las sie im Wörterbuch, um sich die Zeit zu vertreiben.

Es war feucht geworden, die Seiten waren wellig wie das Meer, und sie konnte ihre Brüder lachen hören, so wie sie gelacht hatten, als sie im Hotelzimmer in Izmir versucht hatten, Schwedisch zu sprechen.

Sie wusste, dass ihr Vater niemals stehlen würde, trotzdem musste er es getan haben. Er wolle Geld auftreiben, sagte er, und zwei Stunden später war er wieder zurück mit so viel Geld, dass es für die Überfahrt reichte.

Fünfzehn Stunden auf dem Meer, sie schliefen im Ruhebereich über dem Maschinenraum. Keine Fenster, man brauchte sich das Große, Unbarmherzige dort draußen nicht anzusehen. Der Motor stampfte, er würde niemals kaputtgehen, dieses Boot würde jedem Sturm trotzen.

Als sie Piräus erreichten, gewitterte es, und die erste Nacht schliefen sie in einem Park.

Am Morgen wurde sie wach, als Papa für sie sang. Sie hatte völlig vergessen, dass sie Geburtstag hatte. Jetzt war sie dreizehn.

Mercy wacht wieder auf, als jemand sie zwischen den Beinen massiert, und sie riecht sofort den Geruch des parfümierten, schlierigen Öls.

»Jetzt komm schon ...« Es ist Blommans Stimme.

»Er ist so verdammt schwer«, sagt Mercy, ohne die Augen aufzuschlagen. »Ich weiß nicht, ob ich das packe.«

Sie sah Mama und die Zwillinge an jeder Straßenecke, stumme Bündel unter Decken und alten Zeitungen. Eines Abends – Papa dachte wohl, sie schlafe – schlich er sich weg, und sie folgte ihm.

Zuerst betrat er ein Bekleidungsgeschäft und kam mit einer Tüte wieder heraus. Dann suchte er eine öffentliche Toilette auf. Als er wieder herauskam, trug er ein neues weißes Hemd und Jeans. Gewaschen hatte er sich auch.

»Reiß dich zusammen«, sagt Blomman. »Nova soll diejenige spielen, die wie eine Blöde rumliegt und jammert. Wehr dich halt ein bisschen, verflucht. Sie kommen gleich zurück. Je besser der Clip jetzt wird, umso mehr Cash gibt's nächstes Mal.«

»Ich weiß«, sagt sie noch immer mit geschlossenen Augen.

Sie wird schon merken, wenn sie zurückkommen.

Als ihr Vater die fünfte Nacht in Folge zurückkam, legte er das Geld in zwei Stapel und gab ihr einen davon. Obwohl er gerade mal fünfunddreißig war, sah er aus wie ein alter Mann: gebeugter Rücken, schmutzige Hose und ein Riss im Hemd, am Unterarm. Er sah verbraucht aus.

»*Wir müssen zusammenhalten*«, *sagte Papa.*

»*Dann musst du auch ehrlich zu mir sein*«, *sagte sie.* »*Erzähl mir, woher du das Geld hast.*«

»*Du bist zu jung, um das zu verstehen ... Schlaf jetzt, mein Engel.*«

»*Nein, erzähl.*«

Sie starrte in die Dunkelheit. Glaubte, die Umrisse von Mamas molligem Körper zu erkennen und die leichten Atemzüge ihrer Brüder zu hören.

Dann erzählte er es ihr.

Dass er sich an andere verkaufte.

Sie bekam einen trockenen Hals, und ihr wurde flau, aber es war schön, von ihm zu hören, was er für sie getan hatte. Sie würde sich niemals dafür schämen. Sich deshalb niemals schmutzig fühlen.

Nie im Leben.

Mercy schlägt die Augen auf.

Der Mann, der Novas Vater spielt, kneift ihr leicht in die Wange.

»So pretty when you're angry«, sagt er, und jetzt erinnert sie sich wieder an seinen Akzent.

Dauerland, denkt sie.

Jämtland.

Ist das die Mühe wert?
Kronoberg

»Erkan Cihan Deniz«, sagt Kevin und fährt auf die E4. Die Telefonverbindung wackelt, und er muss den Namen wiederholen.

Dann hat er eine Idee. »Überprüf doch bitte auch Love Martinsson.«

Es ist nur so ein Gefühl, aber irgendetwas ist mit Martinsson nicht ganz koscher.

Was Freja Lindholm betrifft, kann er nicht viel tun. Nach Erkans Befragung hat er mit den übrigen Mädchen aus dem Wohnheim gesprochen, aber keine von ihnen scheint Freja sonderlich gut gekannt zu haben, und von einer Lagerhalle, in der Filmaufnahmen stattgefunden haben, wussten sie ebenso wenig.

Nachdem er die Kollegin mit den notwendigen Informationen versorgt hat, beendet er das Telefonat und fährt in südlicher Richtung weiter. Er wirft einen Blick auf die Uhr und stellt fest, dass er seinen Acht-Stunden-Tag längst abgeleistet hat. Außerdem muss er den Toyota wieder in der Bergsgatan abstellen.

Vielleicht sollte er Sebastian gleich heute Abend besuchen. Und mit der Vespa von der Bergsgatan zu Sebastians Wohnung am Valhallavägen fahren.

Bis er in die Tiefgarage des Präsidiums fährt, ist es dunkel geworden, und als er den Aufzug nimmt, spürt er die Müdigkeit in den Augen.

In der Cafeteria holt er sich einen Kaffee und ein Croissant und setzt sich an einen Tisch. Dann zieht er den Laptop, den er in seinem Elternhaus in Stora Essingen gefunden hat, aus der Laptoptasche und verbindet das Kabel mit der Steckdose unter dem Tisch. Er fährt den Rechner hoch, und nach dreißig Sekunden erscheint die Startseite. Der Benutzername ist gespeichert, Papas und Mamas Vornamen, zusammengeschrieben in einem Wort, und er probiert aus, ob das Passwort dasselbe ist.

Das ist nicht der Fall, und er versucht es mit ein paar Alternativen. Mit der richtigen Ausrüstung dürfte es kein Problem sein, das Passwort zu knacken, er könnte einfach zu den Technikern hochgehen und dort ein Stündchen warten. Aber ist das die Mühe wert?

Nein, denkt er, fährt das Gerät runter und klappt den Deckel zu.

Aus irgendeinem Grund bleibt ihm die Formulierung »Passwort knacken« im Hinterkopf, und als er den Laptop in die Tasche zurückschiebt, ist ihm auch klar, warum.

Seit Vera vorgeschlagen hat, er könne doch mal zu Hause bei Sebastian vorbeischauen, hat er über einen Vorwand nachgedacht. Einfach nur so vorbeizufahren wäre doch eher unglaubwürdig, und Sebastian würde ihn vielleicht wieder wegschicken.

Jetzt hat er seinen Vorwand in der Tasche.

Es geht nur darum, so zu tun, als ob
Black girl, 14 y/o, full service

Mercy trägt ein dünnes rosafarbenes Sommerkleid und eine weiße Baumwollunterhose mit roten Herzchen.

Sie soll eine Vierzehnjährige spielen, hat sich das Haar in der Mitte gescheitelt und zu zwei Pferdeschwänzen gebunden, damit sie ein paar Jährchen jünger aussieht. Die Requisite besteht aus einigen Stofftieren und einer kleinen Puppe sowie einer Handvoll Dildos für verschiedene Zwecke.

Der Rest ist Schauspielerei, bei der es nur darum geht, was derjenige auf der anderen Seite der Webcam sehen will.

In der Box neben ihr sitzt Nova auf einem Bett mit ähnlichen Requisiten. Vielleicht werden sie sich später in der Nacht noch eine Box teilen, zusammen aufzutreten bringt mehr Geld.

Es ist der erste Job seit dem Dreh, aber bislang haben sie noch keine Kunden, und Mercy liegt auf dem Bett mit Blommans iPad, um sich die Zeit mit Schreiben zu vertreiben.

Merkwürdigerweise vermisst sie es, mit jemand Außenstehendem zu reden wie mit Love.

Papa hat uns quer durch Europa gefickt, schreibt sie. *Alle haben seinen schwarzen Schwanz geliebt, von den Schwulen bei der Goldenen Morgenröte bis zu Diplomatenfatzkes in Wien. Gleichzeitig schlug uns überall Hass entgegen, massenweise Hass, auf Flaggen und Plakaten, Aufklebern, an Hauswänden und Laternenpfählen. Die Goldene Morgenröte in Griechenland hat ein schwarzes Zeichen auf rotem Grund, das so ähnlich aussieht wie die Naziflagge. In Bulgarien heißt die nationale Bewegung IMRO und hat einen goldenen Löwen. Die Was-weiß-ich-wie-die-heißen in Rumänien und Job-*

bik in Ungarn haben verschiedene Kreuze. Die FPÖ in Österreich hat eine blaue Blume, und in Deutschland sieht das Logo der NPD aus wie ein Verbotsschild. In München hab ich eine kleine Katze aufgenommen. Sie zog ein Hinterbein nach und sah aus wie eine Staubfluse. Deswegen hab ich sie Dusty genannt.

Sie hört auf zu schreiben. Die rote Lampe leuchtet.

»Hello?«

Sie kann ihn hören, aber nicht sehen, und sie schließt das Dokument auf dem iPad, klickt stattdessen eine Pornoseite an und setzt sich gerade hin, presst sich den Bildschirm gegen die Brust und versucht, schuldbewusst auszusehen, als wäre sie bei etwas Verbotenem erwischt worden.

»What are you doing?«

Sie hört, dass Englisch nicht seine Muttersprache ist. Sie vermutet, dass er Japaner ist.

Sie senkt den Blick und zeigt ihm den Bildschirm.

»Nice«, sagt er. »Are you home alone?«

»Yes.«

»And what have you been doing today?«

Sie hört ihm an, dass er onaniert.

»Just been playing with my toys«, erwidert sie, legt den Kopf schief und macht einen Augenaufschlag.

Er ist nur eine Stimme, und sie wird sich weder daran erinnern noch an das, was die Stimme ihr aufträgt.

In Gedanken ist sie wieder in Hamburg.

Sie war gezwungen mitzuhelfen, nur zu betteln reichte nicht mehr.

Es geht nur darum, so zu tun, als ob.

Sie zieht ihr rosafarbenes Kleid hoch und zeigt ihm ihre Unterhose mit roten Herzchen.

Er ist nur eine Stimme.

Auf dem Land wohnt das Böse
Uchi

Sebastian wohnt seit mehr als zwanzig Jahren im Studentenheim am Valhallavägen.

Kevin ist noch nie hier gewesen, auch wenn er schon oft an dem Gebäude vorbeigefahren ist, allerdings ohne es richtig wahrzunehmen; es ist, als hätten sich die Stadtplaner für diesen Betonklotz geschämt und ihn von der Esplanade aus knapp außer Sicht hingestellt – ein Haus aus einer Zeit, da Schweden als die DDR des Westens galt.

Im Flur brennt kein Licht, als Kevin aus dem Aufzug tritt. Das Apartment befindet sich ganz am Ende des Flurs vor einem Fenster mit gelblichem Milchglas. Wo die Klingel sein sollte, klafft ein Loch, in dem ein paar lose Kabelenden zu sehen sind. Kevin klopft an. Er geht davon aus, dass Sebastian ihn in diesem Moment durch den Türspion mustert und überlegt, ob er ihm aufmachen soll oder nicht. Direkt neben dem Spion klebt ein Schildchen mit der Aufschrift SEKAI.

Kevin nimmt den Laptop aus der Tasche, damit Sebastian ihn sehen kann, und nach ein paar Sekunden klickt das Schloss. Die Tür geht auf, allerdings nur eine Handbreit, und Kevins Blick fällt auf eine Sicherheitskette.

»Was willst du?«

Nur der schwarze Schlitz zwischen Tür und Wand.

Kevin hält den Laptop hoch. »Ich hab hier Probleme mit dem Zugriff und dachte, du könntest mir vielleicht helfen. Der ist noch von meinem Vater. Ich hab ihn im Haus in Stora Essingen gefunden.«

Er hört einen Seufzer, die Tür wird angelehnt, und es klappert, als Sebastian die Kette zurückschiebt.

»Arbeitest du nicht mit solchen Sachen bei der Rikskrim?«, fragt Sebastian, nachdem er die Tür aufgemacht hat. Sein Blick ist auf Kevins Schulter gerichtet.

»Nicht direkt.«

Sebastian, ein John Goodman ohne Körperspannung, trägt Jeans und ein weißes T-Shirt. Sein Rücken ist krumm, und Kevin fragt sich unwillkürlich, ob er womöglich ein Rückenleiden hat. Es sieht fast aus, als wüchse sein Kopf aus dem Brustkorb.

Als Sebastian die Tür hinter ihnen zuschiebt, sieht Kevin, dass auf der Innenseite ebenfalls ein Aufkleber neben dem Spion klebt, auf dem UCHI steht. Sebastian schließt ab, und es wird dunkel – bis auf das flackernde Licht eines Computerbildschirms.

Metallisch trockene Luft, in der Staub flirrt, Elektrizität, Ozon und Zigarettenrauch. Gar nicht viel anders als die Luft im Archiv und im Kinosaal der Rikskrim.

Sebastian verschwindet im Zimmer, während Kevin in der Diele stehen bleibt. Von dort aus kann er die gesamte Wohnung überblicken: Links befindet sich eine Kochnische mit einem kleinen Kühlschrank. Zeitungsstöße und DVD-Stapel auf der schmalen Arbeitsfläche. Rechts ein WC ohne Tür. Kevin kann neben der Toilette einen Berg Klamotten ausmachen, außerdem weitere Zeitungsstapel sowie ein undefinierbares Wirrwarr, möglicherweise Stromkabel.

Die aufgestapelten Kartons, Papiertüten, Bücher, Comichefte, Filme, Videospiele und Schmutzwäschehaufen variieren in der Höhe von hüfthoch bis fast unter die Decke. Er sieht massenhaft Computerzubehör, mehrere Bildschirme, Tastaturen und alte Disketten, eine Kiste mit Schallplatten, einen Plattenspieler, eine Schreibmaschine und Kartons mit Bausätzen für Kriegsfahrzeuge und Panzer. An der Decke hängt das

Modell eines Kampfflugzeugs, an der Wand ein Samuraischwert und die Replik einer israelischen Uzi. Wie auf einem Dachboden sieht es hier aus, auf dem schon sehr lange nicht mehr aufgeräumt worden ist – ein Ort, an dem man all die Dinge lagert, die man nicht wegwerfen mag.

Ansonsten hängen Filmposter an den Wänden, vor allem japanische Manga, aber Kevin entdeckt auch ein paar Hentai-Poster. Zeichentrick-Porno.

Sie teilen also das Interesse für Filme. Allerdings dreht sich in Sebastians Fall alles um japanische Animation.

Am Boden verläuft ein freigeräumter Pfad bis zum Rechner. Davor liegt eine Matratze, und Kevin muss an einen Säulengang in einer Kirche denken, der zum Altar führt. Vor dem einzigen Fenster im Zimmer gleich hinter dem Rechner ist die Jalousie heruntergelassen, und auf dem Fensterbrett stehen zig Gegenstände aufgereiht: ein paar Porzellanpuppen und ein ausgestopfter Falke.

Sebastian stellt ein paar Kisten zur Seite, um Platz zu schaffen. Dann zaubert er einen Hocker aus dem Chaos und stellt ihn neben sich ab. Er sieht Kevin an und gleichzeitig durch ihn hindurch, setzt sich auf die Matratze, sein Blick geht noch immer ins Leere.

»Klar kann ich versuchen, dir mit dem Laptop zu helfen, aber ich wüsste wirklich gern, wieso du wirklich hier bist. Warum ist Vera denn so beunruhigt?«

Vielleicht weil ihr Sohn nicht mehr Mama zu ihr sagt, denkt Kevin, obwohl er keine Ahnung hat, was er auf die Frage erwidern soll.

Sie sind zwei Vögel, die in verschiedene Richtungen fliegen.

»'tschuldige«, bringt Kevin schließlich hervor. »Ich weiß gar nicht, was ich sagen soll. Wir haben uns ja auch lange nicht mehr gesehen, und bei der Beerdigung sind wir nicht mehr dazu gekommen zu reden. Auch wenn Vera mich gebeten hat, bei dir vorbeizufahren, also... Ich hatte da eh schon daran gedacht. Mehrmals.«

»Aber du bist einfach nicht dazu gekommen.«

»Ich hab öfter an dich gedacht. Mich gefragt, wer du heute bist.«

Sebastian wirkt müde. »Ich bin immer noch derselbe wie damals mit zwanzig. Ein Landei, das nach Stockholm gezogen ist, um zu studieren.«

Genau wie Kevins Vater stammten Vera und ihr Mann aus kleinen Ortschaften in Ångermanland. Sebastian wuchs dort auf und zog etwa ein Jahr vor seinen Eltern nach Stockholm. Offiziell ist Vera in die Hauptstadt gezogen, weil Kevins Vater ihr einen Job bei der Stockholmer Polizei organisiert hatte, aber Kevin weiß, dass das nur Gerede war, denn Vera war durchaus in der Lage, sich selbst darum zu kümmern.

»Ich vermisse die Sommer in Ångermanland«, sagt er. »Wir haben immer ein Sommerhaus gemietet...«

»Ångermanland vermissen?« Sebastian lacht. »Du ahnst ja nicht...« Er greift nach seinen Zigaretten, schiebt sich eine in den Mundwinkel und hält Kevin die Schachtel hin. »Dann lass mich mal einen Blick auf den Laptop werfen, damit du gleich wieder gehen kannst.«

Kevin nimmt sich eine Zigarette und legt dann den Rechner auf die Matratze. »*Was* ahne ich nicht?«, hakt er nach, während Sebastian das Kabel einsteckt, den Laptop aufklappt und hochfährt.

Sofort ist Sebastians Aufmerksamkeit nur noch auf den Bildschirm gerichtet.

»Wie überlebt man in so einem Loch«, murmelt er, und seine Finger tanzen über die Tastatur, »mit Heroin, Alkohol oder einer unheilbaren Rubbellos-Sucht? Legt man sich weniger hochfliegende Träume zu? Wünscht man sich eine neue Veranda, einen Schuppen oder vielleicht einen langen Urlaub in Ko Samui?«

Seine Stimme klingt gleichzeitig monoton und voller Verachtung. »Ich musste dort einfach weg, sonst wäre ich krepiert.«

Kevin zündet sich die Zigarette an, während Sebastian sich nach einer kleinen Dose streckt, einen USB-Stick herausnimmt und ihn an den Laptop steckt. Der Bildschirm ist in seine Richtung gedreht, und Kevin kann nicht sehen, was Sebastian tut, aber er geht davon aus, dass er irgendein Programm installiert.

»Nur Idioten bleiben da, wenn der Zug erst mal abfährt«, erklärt Sebastian. Die Zigarette baumelt noch immer unangezündet in seinem Mundwinkel. »Die Kranken, die Faulen und die Phlegmatischen. Die stellen sich dort eine Sauna hin und kaufen sich ein neues Auto und gehen irgendwann auf Partnerin oder Tochter los. Surfen zu viel auf Pornoseiten und kriegen mit der Zeit eine künstliche Weltsicht, die von den Online-Artikeln der Abendzeitungen geprägt ist. Auf dem Land passiert Missbrauch. Auf dem Land wohnt das Böse. Ich war ein Nerd und deshalb leichte Beute für diese ganzen verfluchten Psychopathen und Scooter-Gigolos.«

Kevin ist überrascht. Er hatte einen wortkargen und zurückhaltenden Sebastian erwartet – denjenigen, der ihn an der Tür empfangen hat.

»Ich wollte was Kreatives machen«, fährt er fort und zündet sich endlich die Zigarette an. »Ich hab immer schon gern gemalt, weißt du noch?«

Kevin nickt. Als Kind haben ihn Sebastians Bilder schwer beeindruckt, von den Comics ganz zu schweigen.

»Es ist nicht leicht in so einem Kaff auf dem Land«, meint Sebastian und zieht den USB-Stick wieder ab. »Ich hab mich eine Zeit lang in einem Kunstzentrum herumgetrieben und dort ein paar der älteren Künstler aus der Provinz kennengelernt. Da war mir schnell klar, dass die meisten von diesen sogenannten Kreativen die faulsten Leute sind, die es überhaupt gibt. Die reden in einem fort darüber, was sie machen wollen und was sie gemacht haben, aber wenn man wirklich mal schaut, was sie in den letzten Jahren zustande gebracht haben, dann ist das dermaßen wenig – das würde ein normaler Mensch locker in einer Woche schaffen. Manchmal verstehe ich die Banker und ihre Verachtung diesen Künstlertypen gegenüber. Die schinden sich sechzehn Stunden am Tag, um riesige Summen so schlau wie nur möglich zu investieren und anzulegen, verwenden ihr ganzes Können und ihre gesamte Kreativität darauf, den größtmöglichen Gewinn zu erzielen, während die Künstlertypen nur dasitzen, sich einen hinter die Binde kippen und jammern, dass ihnen die Inspiration fehlt.« Er legt den USB-Stick wieder in die Schachtel und verbindet den Laptop mit seinem eigenen Rechner. »Nein, Künstler und Schriftsteller sind wirklich das faulste Pack, das es gibt, und ich glaube, genau deswegen haben sie sich den Beruf auch ausgesucht. Da genügt es schon, dass du eine Idee hast, da brauchst du dann nicht mal was vorzuweisen. Die können mir echt den Buckel runterrutschen.«

Kevin ahnt, dass Sebastian eigentlich von seinen eigenen geplatzten Künstlerambitionen und Unzulänglichkeiten spricht.

»Und dann hast du aufgehört mit dem Malen?«

»Ja. Ich wollte auf gar keinen Fall so werden wie die.«

Er ist hierhergezogen, denkt Kevin. Hat Informatik und kreatives Programmieren studiert. Hat keinen Job bekommen oder keinen gewollt. »Hast du irgendwo gearbeitet nach der Uni?«

Sebastian schnaubt und drückt die Zigarette auf einem Teller mit Essensresten aus. »Ich hatte einen Job als Maler, auf einer Baustelle. Bin den ganzen Tag lang mit einem Langhalsschleifer rumgerannt und hab Wände abgeschliffen. Das war ganz schön hart und hat gestaubt wie nur was. Und wenn ich um halb fünf nach Hause gekommen bin, war ich todmüde und hab mir nicht mal mehr den Staub abgeduscht. Gegen halb neun bin ich wieder aufgewacht und hab vor dem Fernseher etwas gegessen, dann bin ich um elf wieder eingeschlafen. Um sechs musste ich wieder raus, mit Muskelkater und mit dem Staubgeschmack noch auf der Zunge. Da war absolut keine Zeit mehr zu machen, was ich eigentlich wollte. Nein, Träume darf man eben nicht auf die lange Bank schieben.«

Und jetzt sitzt du hier, denkt Kevin, und verwirklichst deine Träume ...

Sebastian steht auf und beugt sich über den Rechner. Ein Dialogfenster besagt, dass beide Geräte jetzt miteinander verbunden sind.

»Das wird eine Weile dauern«, sagt er und dreht Kevin den Rücken zu. »Oder hast du noch was auf dem Herzen?«

Kevin drückt die Zigarette auf demselben Teller aus wie zuvor Sebastian.

»In alten Zeiten schwelgen vielleicht? Wir haben ja viel zusammen gemacht als Kinder. Du warst immer nett zu mir.«

»Weißt du noch, als wir draußen auf Grinda gezeltet haben?«

Sebastian beugt sich noch immer über den Computer und hat Kevin den Rücken zugekehrt.

Es muss in dem Sommer gewesen sein, nachdem sein Onkel sich an ihm vergriffen hatte.

Ja, so muss es gewesen sein. Es war im Panenka-Sommer, und Vera und Sebastian waren auch dabei.

Sebastian lässt sich wieder auf die Matratze fallen. »Du solltest in meinem Zelt schlafen. Erinnerst du dich noch?«

»Na ja ... nicht so genau.«

»Weißt du nicht mehr, was du zu deinem Vater gesagt hast, am Morgen nach deiner Nacht in meinem Zelt?«

»Nein.«

Mit einem Mal blickt Sebastian hoch, und ein vages Lächeln umspielt seine Mundwinkel, was Kevin vom alten Sebastian noch kennt. Aber sein Blick ist ein anderer. »Dein Vater hat dich gefragt, ob du gut geschlafen hast, und du hast gesagt, dass ich die ganze Nacht mit dir gekuschelt hab.«

Kevin wird eiskalt. »Du machst Witze.«

Sebastian schüttelt den Kopf. »Absolut nicht. Du warst zehn, ich dreiundzwanzig. Und ich muss sagen, das hat einen Riesenaufstand nach sich gezogen. Du weißt das wahrscheinlich nicht mehr, aber ich muss oft daran denken.«

Warum hat nie jemand darüber gesprochen?, denkt Kevin. Nicht einmal Vera.

Einen Moment lang überlegt er, ob da wirklich etwas passiert sein könnte, verwirft den Gedanken aber sofort wieder. Hätte Sebastian etwas mit ihm gemacht, dann wüsste er davon.

»Wieso erzählst du mir das jetzt erst?«

»Wenn ich an dich denke, muss ich jedes Mal an diese Nacht im Zelt denken. Jetzt weiß ich zumindest, dass dir keiner was davon gesagt hat. Vielleicht haben dein Vater und Vera auch vergessen zu erwähnen, dass du ein richtiger kleiner Teufel sein konntest?«

Sebastian nimmt sich noch eine Zigarette, zündet sie sich an und wirft Kevin die Schachtel zu. Die Geste hat etwas Aggressives.

Obwohl Sebastian nichts gesagt oder getan hat, was unmissverständlich zum Ausdruck bringen würde, dass er Kevin nicht in seiner Wohnung haben will, beginnt der, sich unwillkommen zu fühlen; Sebastians Körpersprache besagt, dass er genug hat. Kevin legt die Zigaretten aus der Hand.

»Ich muss wieder«, sagt er. »War schön, dich zu sehen.«

Sebastian lächelt. »Das glaub ich dir nicht.«

Der alte Sebastian lächelt, aber mit den Augen des neuen Sebastian.

Als die Haustür hinter ihm ins Schloss gefallen ist, atmet Kevin tief durch.

Der Regen hat aufgehört, er lässt die Vespa an und wirft noch einen Blick über die Schulter, ehe er losfährt. In Sebastians

Fenster fällt schwaches Licht durch die schrägen Jalousienlamellen.

Hier draußen kann man wenigstens atmen, denkt Kevin. Da drin ist die Luft gar nicht bis in die Lunge vorgedrungen, sie ist im Hals stecken geblieben, abgestanden und trocken vor Staub und toten Insekten.

Uchi und Sekai.

Auch wenn die Träume möglicherweise illusorisch sind
Svartbäcken

Die Wolfsstunde beginnt um drei Uhr, um die Zeit in der Nacht, wenn der Körper auf Sparflamme läuft, wenn Blutdruck und Stoffwechsel besonders niedrig sind. Das Melatonin hingegen schießt in die Höhe, ein Hormon, das hoch dosiert Albträume verursacht, wenn man schläft, im Wachzustand indes Müdigkeit, Übelkeit und Kopfschmerzen auslöst.

Love schlägt die Decke zurück und reckt sich nach dem Tablettenschieber neben dem Testogel. Die Plastikschachtel fällt ihm aus der Hand, er macht Licht und hebt sie wieder auf.

Er weiß nicht, ob er die Medikamente überhaupt noch braucht, trotzdem steckt er sich zwei Tabletten in den Mund und schluckt. Die Schlaftablette und das Paroxetin, ein Antidepressivum, das er seit Jahren nimmt.

Auf dem Telefondisplay ist es drei Uhr sechsunddreißig. Es ist eine Mail eingegangen.

Er geht in die Küche, stellt den Wasserkocher an und nimmt die Schachtel Zigaretten aus dem Gewürzschrank. Eine einzige Schachtel mit nur drei Zigaretten. Er klopft eine heraus und dreht sie zwischen den Fingern. Knochentrocken nach einem halben Jahr zwischen Kräutern und Brühwürfeln.

Ein paar Löffel Instantkaffee, er gießt das Pulver mit kochendem Wasser auf, dann zündet er sich unter dem Dunstabzug die Zigarette an und überfliegt die Mail.

Hej, Love, hier ist Mercy.

Nachdem wir abgehauen sind, ist es, als würde alles nur so aus mir heraussprudeln. Ich erzähle Nova von meinem Leben, aber sie ist viel zu nett, und weil sie selbst so viel mitgemacht hat, findet sie, dass alles, was ich erzähle, normal ist. Ich muss mit jemandem reden, der weiß, wann ich was Anormales sage. Mit jemandem, der mir helfen kann herauszufinden, wie es mir geht.

Es ist nämlich so: Die Hälfte der Zeit geht es mir eigentlich ganz gut, ich hab kein Bauchweh, und mir ist auch nicht schlecht. Die andere Hälfte ist es so, als wäre mir alles egal, und ich will am liebsten, dass alles zum Teufel geht.

Wenn ich mit einem Job fertig bin, dann geht's mir okay. Allerdings wird es danach wieder schlechter, bis ich dann den nächsten Job mache.

In der Bibliothek damals in St. Pauli hab ich was über einen kleinen Jungen gelesen, der in einem Kohlebergwerk gearbeitet hat. Wenn es mir schlecht geht, denke ich immer an ihn, damit ich mir nicht mehr selbst leidtue, wenn ich arbeite.

Er drückt die Zigarette aus, der Rauch brennt in den Augen.

Das ist positiv, denkt er. Egal was sie schreibt – es ist gut, dass sie überhaupt etwas schreibt.

Dass ich arbeiten kann, bedeutet doch, dass ich stark bin, dass es noch nicht zu spät ist. Dass ich leben kann. Mein Körper funktioniert, er ist nicht ausgelaugt von den Vergewaltigungen, und er akzeptiert es, freiwillig einen Typen an sich heranzulassen.

Akzeptiert es, freiwillig einen Typen an sich heranzulassen? Ihre Formulierung ist so sachlich, so … Er weiß es nicht. Gestört, vielleicht?

Ja, ihre Formulierung ist gestört.

Mit ein paar Zeilen hat Mercy mehr gesagt als in sämtlichen Therapiesitzungen, und er fragt sich, ob die Abwesenheit des Therapeuten für sie eine Art Katalysator ist.

Es ist einfacher, sich einem imaginären Therapeuten anzuvertrauen als einer physisch anwesenden Person mit prüfendem Blick und Notizblock, die jedes gesagte Wort registriert.

Er weiß, warum Mercy durchhalten kann.

Weil sie immer noch glaubt, dass ihr Vater am Leben ist.

Er selbst hat ganz ähnliche Vorstellungen, allerdings von anderen Dingen. Auch wenn die Träume möglicherweise illusorisch sind und sich manchmal Zweifel bemerkbar machen, helfen sie ihm dabei durchzuhalten.

Die Testogel-Salbe ist ein Umweg, um an das zu kommen, was ihm fehlt. Er kehrt wieder ins Schlafzimmer zurück und reißt eins der Beutelchen auf.

Er reibt sich die Arme ein und dann den Bauch.

Ganz allein auf der Welt
Drei Jahre zuvor

Die Zeitung war auf Englisch, und es ging um einen Jungen mit rußigem Gesicht. Bloß die Augen waren nicht schmutzig, sie waren groß und weiß und blank, als hätte er vor Kurzem geweint. Er hieß Liam, war sieben Jahre alt und hatte ein Jahrhundert zuvor in einem Kohlebergwerk gearbeitet. Vierzehn Stunden am Tag kauerte er unter der Erde und zog für die Loren die Törchen auf. Es war so beengt und heiß dort unten, dass er kaum atmen konnte.

Ich muss oft Wache halten ohne Licht, und ich habe Angst. Ich schlafe nie. Manchmal singe ich, wenn ich Licht habe, aber nie, wenn es dunkel ist. Dann traue ich mich nicht zu singen. Wenn die Ratten kommen, mag ich mich nicht einmal rühren, sie fiepen so unheimlich und sind kalt und nass.

Das kann nicht sein, dachte Mercy. England liegt doch in Europa.

Diejenigen, die als Toröffner arbeiteten, waren zumeist Jungen und Mädchen zwischen vier und acht Jahren, danach wurden sie zu groß für die engen Grubengänge.

In der Finsternis kam ihnen jedes Gespür für die Wirklichkeit abhanden. Sie dachten, das Geschepper und Getöse seien Monster, die aus der Unterwelt aufstiegen, um sie zu holen.

Sie betrachtete das Bild des Jungen, und ihr Magen krampfte sich zusammen, als sie an Nonso denken musste und daran, wie ihr kleiner Bruder ausgesehen hatte, als sie ihn aus dem Wasser gezogen hatten.

Liam war der einzige Überlebende nach einem Schachteinsturz gewesen, sein Vater und die kleine Schwester hatten ebenfalls in der Grube gearbeitet und waren nicht gefunden worden. Er war in einer kleinen Lufttasche tief unter der Erde entdeckt worden, wo er unter einer schwarzen Staubschicht gelegen hatte – mit einer toten Katze im Arm.

Die Katze ist mein bester Freund. Manchmal kommt sie zu mir, schnurrt und schmust, und dann fühle ich mich nicht so einsam.

Sie dachte an Dusty und daran, wie schön es war, den kleinen Kater auf dem Schoß zu haben, und sie fand es seltsam, dass das Leben des Jungen ihrem so ähnlich war.

Auch wenn sie nicht in einem Bergwerk arbeitete, hatte sie fast ihre gesamte Familie verloren, genau wie er. Außerdem half auch sie, die Finanzen aufzubessern – indem sie sich prostituierte.

Und dann das mit der Katze. Sie und Papa konnten nachts besser schlafen, weil Dusty die Ratten fernhielt, und genau so war es auch mit den Grubenkatzen gewesen. Sie wurden fast wie Angestellte behandelt, jagten Mäuse und Ratten und bekamen Futter und Milch und einen eigenen Platz in der Grube, Körbchen und warme Decken.

Sie schämte sich, weil sie nicht daran gedacht hatte, einen Korb für Dusty zu besorgen, damit er bequem schlafen konnte, und sie schämte sich, weil sie sich mit dem englischen Jungen verglich. Selbstverständlich war sein Leben härter gewesen als ihres.

Ein Vorarbeiter hatte damit gedroht, dass Teufel und Dämonen kämen, um den Jungen zu holen, wenn er seine Aufgaben nicht ordentlich erledigte, und nachdem er aus der Mine gerettet worden war, hatten die Erwachsenen gesagt, er habe nur dank Gottes Hilfe überlebt, obwohl er nur wenige Monate darauf an Tuberkulose starb. In der Zwischenzeit war auch seine Mutter an demselben Leiden verstorben, und der Junge war ganz allein auf der Welt gewesen, als Gott ihn endlich zu sich rief.

Ich hasse Religion, dachte sie und legte die Zeitung wieder zurück, verließ die Bibliothek und ging in Richtung Bushaltestelle, wo ihr Vater mit Dusty wartete. Sie würde Papa von Liam erzählen, aber vorher wollte sie für Dusty ein Körbchen kaufen.

Ein paar Euro für ein geflochtenes Katzenkörbchen mit eingenähtem Kissen.

Als sie die Bushaltestelle erreichte, war Papa nicht da.

Und Dusty auch nicht.

Dann kommt die Angst
Graue Melancholie

Es ist sieben Uhr morgens, als Sven-Olof Pontén seinen Wagen vor dem Firmengebäude am Frösundaleden parkt. Ganz oben an der Fassade ist das Schild mit dem Firmenlogo angebracht, das er selbst vor fast zwanzig Jahren in Stocksund zu Hause an seinem Schreibtisch entworfen hat. Ein rotes P, kursiv und in Arial Bold, das sich über den restlichen Namen neigt. Gewollt unelegant, aber einprägsam.

Er hält inne und betrachtet den Schriftzug, versucht, die Gedanken an Alice und die ersten schweren Jahre beiseitezuwischen, als Pontén Reklam noch eine kleine Firma war. Doch die Nostalgie kann die Sorge und Niedergeschlagenheit nicht verdrängen.

Du bist ein kranker Mensch, Papa. Ich will nie so werden wie du.

Alice. Vielleicht muss sie eine Weile ohne ihn auskommen, um ihn wieder lieben zu können, so wie in Kindertagen.

Aber er kann jetzt nicht an sie denken.

Er nimmt den Aufzug in den dritten Stock und stellt fest, dass er der Erste ist. Als Erster zu kommen und als Letzter zu gehen ist keine schlechte Devise, wenn man Erfolg haben will.

Das Managementmeeting ist für acht Uhr anberaumt. Seine Assistentin taucht um Viertel vor auf, während die vier anderen Teilnehmer erst kurz vor Beginn der Sitzung herbeischlendern werden.

Er drückt die Tür zum Konferenzraum auf, stellt die Aktentasche auf den Tisch und nimmt die Unterlagen heraus, um die es gehen wird. Die Firma hat einen Vertrag mit einem französischen Riesen so gut wie in der Tasche, es geht um fünfundzwanzig Millionen.

Aber das muss noch zwanzig Minuten warten.

Er öffnet das Innenfach seines Aktenkoffers, nimmt das Zweithandy heraus, kehrt auf den Flur zurück und steuert die Toilette an.

Seine Hände zittern, als er die Tür abschließt und den Klodeckel hochklappt.

Er macht die Hose auf, schiebt die Boxershorts runter und setzt sich. Den Film, den Blomman ihm geschickt hat, hat er sich mindestens zehn Mal angesehen, aber das Herz schlägt ihm trotzdem bis zum Hals, als er ihn nun erneut abspielt.

Von Ästhetik kann kaum die Rede sein, aber das Bild ist gestochen scharf, und die Mädchen wirken natürlich. Blomman ist vielleicht nicht der Allerhellste, aber er weiß, was seine Kunden wollen. Sie wollen das Mädchen von nebenan ficken. Je näher die Fantasien an der Wirklichkeit verortet sind, umso stärker wird die Lust getriggert.

Und jetzt, in diesem Moment, sieht er seine wahr gewordene Fantasie.

Sein erstes schwarzes Mädchen.

Open your mouth.

Aufgenommen aus schräg seitlichem Winkel, Blackie liegt auf dem Rücken, reißt den Mund auf und streckt die Zunge raus, während er sich rittlings auf sie setzt. Seine Erektion ist ohne Viagra genauso schmerzhaft wie im Film. Er sieht sein Gesicht, eine animalische Fratze, als wölbte sich die Stirn vor und als lägen die Augen tiefer in den Höhlen. Er sieht, wie er mit der Handfläche ihre Wange tätschelt.

Sein Blick zuckt zwischen dem Gesicht des Mädchens und seinem Schwanz hin und her. In- und auswendig kennt er ihn, jede Ader und jeden Leberfleck, und er bewegt die Hand schneller, um seine Ejakulation der aus dem Film anzupassen.

Es gibt keinen anderen Ort, an dem er lieber wäre als hier drinnen.

Hier drinnen in seinem Kopf.

Sven-Olof Pontén weiß, wie er mit den Nebenwirkungen seiner wegmasturbierten unangenehmen Gedanken umgehen muss.

Erst einmal tritt augenblicklich ein Gefühl der Erleichterung ein, eine Art seelische Erlösung. Meist muss er es direkt im Anschluss wiederholen, und diesmal kommt er zwei Mal innerhalb von zwölf Minuten. Anschließend beschleicht ihn die Angst – und hier kann er nicht auf seine Schreibtischschublade zurückgreifen. Die Mappen im Konferenzraum enthalten den Fünfjahresplan für die französische Firma, die ihr Produkt in Nordeuropa lancieren will, und er hofft darauf, dass er die Angst mit harter Arbeit in Schach halten kann. Aber wenn er fokussiert arbeiten soll, dann muss er erst masturbieren. Andere vertreten die Theorie, dass es umgekehrt sei, dass man mit einem Samenstau eher bei der Sache bleibe, aber bei ihm hat das nie funktioniert.

Sven-Olof hat seinen Part bereits eine halbe Stunde lang vorbereitet, als seine Assistentin auftaucht. Sie ist einundzwanzig, hat kaum Berufserfahrung, aber sie ist hartnäckig und ambitioniert und verfügt über die seltene Gabe, auch mal querzudenken.

Er hakt sie gedanklich ab, in der Reihenfolge, in der sie den Raum betreten.

Fünf vor acht: Roger, neununddreißig, kaufmännischer Geschäftsführer und Arschkriecher. Drei Minuten vor acht: Christer, sechsundvierzig, Kundenservice. Hat viel geleistet für die Firma. Zusammen mit Christer kommt Ibrahim, siebenundzwanzig, der neue Creative Director. Gute Referenzen, aber hält er den Druck aus? Punkt acht: Katarina, zweiundvierzig, Personalchefin, kurz vor dem Burn-out.

»Tja, dann wird es wohl Zeit, unseren Fang einzuholen.« Roger, der Arschkriecher.

»Große Aufträge werden nicht mit kleinen Jollen heimgerudert«, sagt Sven-Olof mit einem Lächeln. »Sondern mit unsinkbaren Flugzeugträgern.«

Er schlägt eine der Mappen auf, und als er die Tagesordnung austeilt, sieht er, dass sein kaufmännischer Geschäftsführer eine Abendzeitung dabeihat.

»Was soll das?«, fragt er und zeigt auf die Zeitung. »Sieht so deine Vorbereitung auf unsere Meetings aus? Sollen wir uns die nächsten Stunden mit Promiklatsch herumschlagen, oder was?«

Der kaufmännische Geschäftsführer entschuldigt sich, und als er seine Zeitung gerade wieder in der Tasche verstauen will, hat Sven-Olof aufgehört zu lächeln.

»Nein, warte, gib mir die Zeitung mal kurz«, sagt er.

Der kaufmännische Geschäftsführer hält inne. »Die Zeitung?«

»Ja ... darf ich mal?«

TARA, 15 – JÜNGSTES sowie Taras halbes Porträt – dunkle Locken, blasse Stirn – nehmen die obere Hälfte der Titelseite ein. Er faltet die Zeitung auseinander. TARA, 15 – JÜNGSTES EHRENMORD-OPFER.

Er sieht ihr Lächeln, die kleine Lücke zwischen den Schneidezähnen und den Schönheitsfleck auf der Oberlippe.

Verflucht junges Ding
Farsta

Kevin ist noch verschlafen, als Vera ihn um zehn in Tanto abholt, und er schläft im Auto weiter. Irgendwann halten sie vor dem Seniorenheim in Farsta, wo sie seine Mutter besuchen wollen.

Der erste Tiefschlaf seit Langem, und er wacht erst auf, als sie den Motor abstellt.

»Sorry«, sagt er. »Offenbar kann ich in deiner Gesellschaft echt gut entspannen.«

Sie lächelt, aber es entgeht ihm nicht, dass sie sich Sorgen macht um ihn. »In gewissen Kreisen wird Schlafmangel als Foltermethode eingesetzt... Was machst du eigentlich nachts, Kevin?«

»Filme gucken.« Er reibt sich die Augen und versucht, sich zu erinnern, warum er schlussendlich eingeschlafen ist.

»Du bist traurig«, sagt sie, und vermutlich hat sie recht.

Seine Mutter erkennt sie beide nicht wieder, und Kevin ist sofort klar, dass es einer jener Besuche wird, die zusehends kurz ausfallen, je näher der Tod rückt. Er ist froh, dass Vera mitgekommen ist.

Kevins Mutter sitzt in einem Sessel im Aufenthaltsraum. Selbst als die Pflegerin ihr mitteilt, dass ihr Sohn gekommen sei, wendet sie den Blick nicht vom Fernseher ab.

Er kann sie vor sich sehen, um zehn Jahre jünger, zu Hause in Stora Essingen, in ihrem Sessel. Abgesehen davon, dass ihr Gesicht damals runder und der Blick klarer gewesen ist, erkennt er einen wesentlichen Unterschied: Damals hat sie nett ausgesehen. Das ist jetzt nicht mehr der Fall.

Erst als sie sich neben sie aufs Sofa setzen, dreht sie den Kopf und sieht sie an. »Habt ihr mich hierhergeschafft?«, zischt sie. »Du und diese Hure ...«

Obwohl die Pflegerinnen ihm mitgeteilt haben, dass sich der Zustand seiner Mutter verschlechtert hat, ist er schockiert. Während sein Vater in jeden zweiten Satz einen Fluch eingestreut hat, hat er seine Mutter nie fluchen hören.

Sie starrt Vera an, die den Blick niederschlägt.

Er will ihre Hand nehmen, aber sie zieht sie sofort zurück und verzieht angewidert das Gesicht, als litte er an einer ansteckenden Krankheit.

»War mein Bruder hier, um dich zu besuchen?«, fragt er betont leichtherzig. »Er wollte nach der Beerdigung bei dir vorbeischauen, hat er zumindest gesagt. Er ist ja extra aus den USA hergeflogen und ...«

»Verdammte Hure«, unterbricht sie ihn und feuert einen finsteren Blick auf Vera ab, ehe sie sich wieder dem Fernseher zuwendet.

Zwei Männer und eine Frau springen in einen Pool. Sie benehmen sich, als wäre es das Höchste im Leben, in einem Swimmingpool herumzuplanschen, und womöglich trifft das auch zu; ein Jahr später wird sich niemand mehr an ihre braun gebrannten, durchtrainierten Körper erinnern. Bestenfalls darf der Gewinner der Show noch als DJ mit auf eine Finnlandfähre gehen.

»Ich warte besser im Auto«, sagt Vera leise.

Kevins Mutter hat Vera gemocht, sie waren jahrelang gute Freundinnen.

»Warte«, wispert Kevin. »Sie hat nur einen schlechten Tag heute. Wir bleiben nicht lange.«

Vera nimmt seine Hand und drückt sie.

Seine Mutter starrt die beiden an. »Hure«, faucht sie erneut. »Luder.«

Menschen, die schwer an Demenz erkrankt sind, sind oftmals

nicht wiederzuerkennen, weil sie ihre Identität verloren haben und die Persönlichkeit sich verändert. Kevin fragt sich, ob eine solche Beschreibung die Patienten nicht eher beleidigt. Was seine Mutter anbelangt, ist nicht mehr viel da, was er wiedererkennen könnte. Seit seinem letzten Besuch ist eine eklatante Verschlechterung eingetreten.

Vera lässt seine Hand los, lächelt gequält und steht vom Sofa auf. »Ich lasse euch trotzdem lieber allein.«

Der Abspann läuft bereits, als Vera den Aufenthaltsraum verlässt, und sobald sie außer Hörweite ist, murmelt Kevins Mutter vor sich hin.

»Was hast du gesagt?«

Sie sieht ihn forsch an. »Sie war gerade mal dreizehn... ein verflucht junges Ding.«

»Von wem redest du?«

»Die Hure. Seine kleine Hure.«

Ihr versagt die Stimme, und sie muss husten. Ein Speichelfaden hängt am Kinn.

Im Fernsehen ein Werbespot für Light-Margarine. Er steht auf, tritt auf sie zu und legt ihr seine Hand auf die Schulter.

Diesmal schiebt sie die Hand nicht weg. Sie sagt nichts, tätschelt sie sogar leicht. Vielleicht als freundliche Geste, vielleicht als Signal, dass er wieder gehen soll.

»Ich gehe jetzt, Mama, aber ich komme in ein paar Tagen wieder. Dann fühlst du dich vielleicht besser.«

Ohne sich noch mal umzusehen, läuft er zum Parkplatz.

Als er sich in Veras Auto auf den Beifahrersitz fallen lässt, klingelt sein Handy. Es ist die Polizistin, mit der er nach seinem Besuch in Skutskär gesprochen hat.

»Es geht um Love Martinsson«, sagt sie. »Der Name gehört zu einer geschützten Identität.«

Geschützte Identität? Zeugenschutzprogramm?

»Wie kommt's?«

»Kann ich dir nicht sagen. Da müsstest du mit Lasse Mikkelsen sprechen. Ich glaube, er kann dir erklären, worum es da geht.«

Fabrikgestank
Hexenkessel

Loves altes Tagebuch liegt aufgeschlagen auf dem Schreibtisch, und er fragt sich, ob er das alles wirklich selbst geschrieben hat. Es kommt ihm vor, als wäre es eine andere Person gewesen.

Ein heranwachsendes Mädchen ist vor allem ein Objekt der Beurteilung, liest er, *genauso empfänglich für Lob wie für Kritik. Sie ist ein Ausstellungsobjekt, das bewertet wird: die Brüste, der Hintern, die Gangart, die Kleidung.*

Ihr heranwachsendes Ich wird ihr immer bleiben, als Version ihrer selbst, als falsches Lächeln in einer blanken Rasierklinge.

Wenn sie erwachsen ist, wird sie ihre Jugend als eine diffuse Krankheit wahrnehmen, als Infektion, von der sie sich nie wieder richtig erholt hat.

Die Aufzeichnungen stammen von Anfang der Neunziger, als er Psychologie studiert hat. Er hat das Tagebuch zwischen ein paar Büchern zum Thema Entwicklungspsychologie wiederentdeckt, es muss bei seinem Einzug versehentlich dort gelandet sein.

Ein falsches Lächeln in einer blanken Rasierklinge, denkt er und klappt das Tagebuch wieder zu. Diese Formulierung ist zumindest seine eigene.

Er tritt hinaus auf den Flur und geht in Richtung Therapiezimmer.

Seit Sven-Olof Pontén seine Tochter Alice abgeholt hat, ist die Gruppe nur noch halb so groß.

Die vier verbleibenden Mädchen sind mucksmäuschenstill, als er Platz nimmt. »Ich möchte, dass wir darüber reden, was hier passiert ist. Jeder kommt dran, aber der Reihe nach. Wer will anfangen?«

Alle vier melden sich, und er gibt das Wort an diejenige, die zuerst die Hand gehoben hat.

»Was ist mit Erkan?«, will sie wissen. »Warum hat die Polizei ihn mitgenommen?«

»Er wurde festgenommen und ist bis auf Weiteres vom Dienst freigestellt. Und ich denke, wir sollten nicht über die Gründe spekulieren, bis wir wissen, was da tatsächlich passiert ist. Heute Abend kommt seine Vertretung.«

»Hat die Polizei Freja gefunden?«

Er schüttelt den Kopf. »Nein, aber ich verspreche euch, dass ihr die Ersten seid, denen ich's sage, wenn ich etwas weiß. Jetzt ist vor allem wichtig, wie es euch geht und …«

»Hat die Polizei den Puppenspieler gefunden?«, fällt ihm ein anderes Mädchen ins Wort.

»Darüber weiß ich genauso wenig«, antwortet er.

Durch das Fenster hinter ihr sieht er den erdigen Hang, der zum Wald hinaufführt, und er erhascht eine Bewegung. Ein Kaninchen?

Sah ganz so aus, aber jetzt ist es weg.

In Tallmon gibt es einen Kerl, der Kaninchen züchtet.

Er weiß fast wortwörtlich, was Nova ihm während ihrer letzten Therapiesitzung erzählt hat.

Ich hab ein kleines Kaninchen genommen und ihm den Hals umgedreht. Danach haben wir es im Wald begraben. Das kannst du gern überprüfen, wir haben ein kleines Kreuz aus zwei Stöckchen aufgestellt, das wir mit einem Haargummi zusammengebunden haben.

Er räuspert sich. »Wie gesagt, jede kommt dran.«

»Ich wollte nach Nova, Mercy und Freja fragen«, sagt das nächste Mädchen, und ihre Sitznachbarin nickt zustimmend. »Es ist irgendwie so leer hier, du weißt schon.«

Ein kurzes Klopfen an der Tür unterbricht sie.

»Ja?«, ruft Love.

Es ist Frejas ehemalige Therapeutin. »Hast du kurz einen Augenblick?«

Er steht auf und geht hinaus auf den Flur.

Die Therapeutin wirkt besorgt. »Gerade ist die Reinigungsfrau zu mir reingekommen ... Sie hat das hier gefunden, als sie heute Morgen Alice' Zimmer geputzt hat.« Sie hält ein schwarzes Trägerhemd hoch.

»Ah, ja, die Mädchen stopfen die Lüftung zu, wenn der Fabrikgestank zu extrem wird.«

Sie seufzt. »Das ist nicht Alice' Hemd. Es gehört Freja.«

Er wirft einen Blick darauf. In roten Buchstaben steht *Hunger* auf der Brust.

»Freja hat das Top geliebt«, sagt sie. »Was meinst du, vielleicht weiß Alice etwas über Frejas Verschwinden?«

Früher oder später wird auch dort das Verbot eingeführt
Nynäsvägen

Kevin weiß nicht, wie viel er sagen darf, dann wiederum hat Vera ihn direkt darauf angesprochen.
»Love Martinsson hat eine geschützte Identität«, erzählt er, »und bis vor anderthalb Jahren, also bis Frühling 2011, hatte er einen anderen Namen.«
»Und was heißt das?«
»Da ist noch nicht ganz klar, was passiert ist... Vielleicht war er in einem Zeugenschutzprogramm.«
Der Zigarillogeruch in Veras Auto ist der gleiche wie früher in Papas Auto. Seit seiner Kindheit verbindet Kevin ihn mit Geborgenheit.
Eine große Frage hat ihn lange beschäftigt, ohne dass er eine Ahnung gehabt hätte, wie die Frage tatsächlich lautet. Jetzt kann er sie endlich in Worte fassen.
»Hattest du eigentlich ein Verhältnis mit Papa?«
Die Antwort kommt prompt und knapp.
»Ja.« Sie wirft den Zigarillo aus dem Fenster.
Es ist, als würde ihre Antwort etwas bestätigen, was er die ganze Zeit über gewusst hat, und er ist erleichtert.
Er stellt sich die beiden zusammen vor.
Clint Eastwood und Helen Mirren.
Sein Vater und Vera haben fast dreißig Jahre lang zusammengearbeitet, privat Kontakt gehabt, und Kevin hat kein Problem, sich die beiden in einem Bett vorzustellen.
Plötzlich ist alles sonnenklar.

»Wie lange?«

Sie dreht den Zündschlüssel herum. »Seit wir Teenager waren, bis vor fünfzehn, zwanzig Jahren ungefähr.«

Was hatte seine Mutter gesagt? *Sie war gerade mal dreizehn ... Ein verflucht junges Ding.*

Vera fährt vom Parkplatz.

»Bist du jetzt sauer?«

»Nein, kein bisschen«, sagt er und macht das Handschuhfach auf, in dem die Zigarilloschachtel liegt. »Darf ich?«

Sie nickt.

Sie schweigen eine Weile, während Vera durch Hochhausviertel fährt, er sich den Zigarillo anzündet und das Fenster runterkurbelt.

»Wie war's bei Sebastian?«, erkundigt sie sich.

Kevin erzählt von dem Wochenende auf Grinda und davon, dass er als Zehnjähriger behauptet haben soll, Sebastian habe die ganze Nacht lang mit ihm gekuschelt, weshalb er nicht habe schlafen können. Und dass Vera und sein Vater mit Sebastian geschimpft hätten.

»Das haben wir damals falsch verstanden und überreagiert«, sagt Vera, verlässt den Nynäsvägen und fährt nördlich in Richtung Stadtmitte.

Das beständige Wetter ist erst mal vorbei, es fängt wieder an zu regnen, und er nimmt jeden Tropfen als persönliche Kränkung. Er hat irgendwo gelesen, viele Einwanderer seien der Meinung, dass die Schweden sich permanent über das Wetter beklagten und unnötig Energie auf etwas verwendeten, was sie ohnehin nicht beeinflussen könnten. Möglicherweise macht er den gleichen Fehler, wenn er über Dinge nachdenkt, die mit seinem Vater zusammenhängen. Gegen den Tod ist er sowieso machtlos.

Und Geheimnisse wird es immer geben.

Vera räuspert sich. »Ich hab in letzter Zeit oft an Sebastian gedacht... Vielleicht ist das ungerecht von mir, aber ich glaube, er leidet an Größenwahn.«

»Das ist ganz schön hart«, sagt Kevin.

Er ahnt, dass die Sache komplizierter ist. Nach seinem Besuch bei Sebastian hat er recherchiert, was »Uchi« und »Sekai« bedeuten. Es sind die japanischen Entsprechungen für »Heim« und »Welt«, was ihn darauf gebracht hat, wo bei Sebastian das Problem liegen könnte.

»Er weigert sich, mit mir zu reden«, fährt Vera fort. »Trotzdem macht er die ganze Zeit Andeutungen, dass er eine Aufgabe gefunden hat, die so groß ist, dass alles, was wir anderen tun, im Vergleich dazu vollkommen sinnlos ist. Solange er sich einredet, dass er zu Höherem berufen ist, muss er keinen Finger krumm machen, um den Alltag zu meistern – in einem stinknormalen Job zum Beispiel.« Sie schlägt mit beiden Händen aufs Lenkrad. »Mit einem realistischen Plan fürs Leben, wie simpel er auch sein mag. Was soll ich denn bloß machen?«

»Was glaubst du, was diese Aufgabe sein könnte?«

Vera schüttelt den Kopf. »Keine Ahnung. Ich hab alles versucht. Psychologen, Praktika und Auslandsreisen, aber er wollte von alldem nichts wissen. Vor meiner Pensionierung hab ich mir zwei Wochen freigenommen, damit wir zusammen was unternehmen, uns noch mal ganz neu kennenlernen können, aber nach zwei Tagen war ich wieder im Büro. Er hat sich geweigert, die Wohnung zu verlassen.«

»Uchi und Sekai«, sagt Kevin.

»Was?«

»Sebastian ist ein Hikikomori.«

Vera sieht ihn verständnislos an. »Was?«

»Ein Hikikomori.«

Sie beschleunigt und überholt. »Und was heißt das?«

»In Japan und ein paar anderen ostasiatischen Ländern ist Hikikomori eine Art Volkskrankheit. Allein in Japan soll es über eine Million davon geben. Aber auch hier breitet sich dieses Phänomen immer weiter aus. Es bedeutet mehr oder weniger ›selbst gewählter gesellschaftlicher Rückzug‹. ›Uchi‹ bedeutet ›Heim‹ und ›sekai‹ ›Welt‹ ... also er gegen den Rest der Welt.«

»Aha ... Und was kann man dagegen tun? Gibt es da irgendein Gegenmittel?«

Kevin hat mit dieser Frage gerechnet. Vera war immer schon ergebnisorientiert, die Kollegen haben sie nicht umsonst Direktorin genannt. Aber in diesem Fall gibt es keine einfache Lösung. Menschen sind keine Maschinen.

»Na ja ... In Umeå und Uppsala ist über Hikikomori geforscht worden, aber über die Ergebnisse ist mir nichts bekannt.«

»Schon klar«, sagt sie schroff. »Wenn man irgendwann den Hintern hochkriegen muss, um seine Studiengebühren abzustottern, wird man krank, und nichts geht mehr. Man igelt sich einfach in seinem Zimmer ein und philosophiert darüber, wie ungerecht die Welt ist. So macht das Sebastian jedenfalls, seit fast zwanzig Jahren sitzt er jetzt schon in seiner Wohnung am Valhallavägen und glotzt in seinen verfluchten Computer.«

»Dafür gibt es sicher mehrere Ursachen«, meint Kevin. »Druck vonseiten der Gesellschaft, das Bedürfnis, Statussymbole und Geld anzuhäufen, hohe Erwartungen von außen ...«

»Und vonseiten der Familie vermutlich.« Vera macht ein bedrücktes Gesicht.

Kevin weiß nicht, was er sagen soll, und stammelt ausweichend, die ganze Sache sei wahrscheinlich noch viel komplizierter und lasse sich nicht auf Versäumnisse in der Erziehung reduzieren.

Wenn er sich nicht täuscht, bedeutet das japanische Wort »hikikomori« »soziale Isolation« und »Abschottung«. Der Hikikomori schottet sich von der Außenwelt ab, weil er ausgebrannt ist oder an einer sozialen Phobie leidet, und er sucht oftmals Zuflucht im Internet und in alternativen Welten. Laut Statistik handelt es sich überwiegend um junge Männer, die sich in einer Lebenskrise befinden, die einen Vater haben, der durch Abwesenheit glänzt, und die in finanzieller Abhängigkeit von ihrer Mutter stehen.

All das trifft auf Sebastian zu.

»Japanische Eltern ermutigen ihre Kinder zu fliegen, gleichzeitig halten sie sie an den Füßen fest.«

»Woher weißt du das alles?«, fragt sie. »Interessierst du dich für die japanische Kultur?«

»Google.«

»Hätt ich mir denken können.« Sie zuckt mit den Schultern.

Er schnippt den Zigarillo aus dem Fenster und kurbelt es wieder hoch. Vor ihnen hat sich ein Stau gebildet, und Vera muss abbremsen. Überall rote Rücklichter. Doch statt langsam vorwärtszukriechen, fährt sie urplötzlich rechts auf den Standstreifen und rauscht ebenso energisch an den anderen Fahrzeugen vorbei wie einst sein Vater.

Obwohl sie wenig Platz hat und die Außenspiegel keine zehn Zentimeter entfernt sind, fährt sie gute vierzig Sachen. Als ihr Handy klingelt, fischt sie es aus der Jackentasche und nimmt den Anruf entgegen.

Seit Albanien vor ein paar Jahren das Telefonieren mit dem Handy am Steuer verboten hat, ist Schweden das letzte Land in Europa, in dem das noch erlaubt ist. Aber früher oder später wird das Verbot auch hier eingeführt. Vera wird das gewiss nicht kümmern.

»Sebastian?« Sie wirft Kevin einen verwunderten Blick zu.

Er kann die Stimme ihres Sohnes am anderen Ende hören. Sein Name wird genannt, und sie reicht ihm das Handy.

»Er will dich sprechen.«

Während Sebastian berichtet, dass es ihm gelungen ist, sich in den Rechner zu hacken, den Kevin in seinem Elternhaus gefunden hat, bremst Vera und kommt auf dem Seitenstreifen zum Stehen.

Erstens hört Kevin, dass Sebastian betrunken oder high ist. Zweitens ahnt er, dass Sebastians Zustand darauf zurückzuführen ist, was er ihm mitteilen will.

Und drittens weiß er intuitiv, dass nichts mehr so sein wird, wie es war.

Elfter Tag

Dezember 2012

Ein Buch, von dem man will, dass es nie endet
Rechtsmedizinisches Institut

Ihr Name ist Emilia Svensson, sie ist neunundvierzig Jahre alt und in einem millionenschweren Wohnbauprojekt in Brandbergen südlich von Stockholm aufgewachsen, auch wenn ihre Eltern ursprünglich aus Västerbotten stammen. Emilia misst eins siebenundachtzig, während Inger bloß eins dreiundfünfzig und Gunnar eins einundsechzig groß sind. Emilias Haut ist braun und geschmeidig, während die ihrer Eltern trocken und eher graubeige ist. Emilia ist in einem kleinen Dorf im Osten Nigerias an der Grenze zu Kamerun zur Welt gekommen. Als sie an einem hellen Sommerabend Mitte der Sechzigerjahre zu Inger und Gunnar kam, war es ein Segen für die beiden.

Der Mann, der nun vor Emilia auf einer Bahre aus rostfreiem Stahl liegt, stammt ebenfalls aus Nigeria, allerdings aus einem Dorf im Norden, und er hat eine gänzlich andere Reise nach Schweden hinter sich.

Zwei Wochen zuvor ist er unbemerkt an Bord eines Airbus A320 von Brussels Airlines gelangt, der nach Stockholm fliegen sollte. Er hatte einen Flugtechniker bestochen und sich auf Höhe des Fahrwerks in einem Hohlraum hinten links verstecken können.

Die ersten zehn Minuten nach dem Start war die Temperatur noch annehmbar, aber über Süddänemark war sie in etwa so wie auf dem Mars.

Kriminaltechnikerin Emilia Svensson überfliegt den Bericht des Rechtsmediziners.

Als primäre Todesursache sind schwere Erfrierungen sowie Sauer-

stoffmangel aufgrund von zu dünner Luft anzusehen. Als die Fahrwerke ausgefahren wurden, war der Mann bereits tot.

Der Mann war bereits tot, denkt sie.

Ivo Andrić hat einen trockenen Stil, der sie an den eines Nachrichtensprechers erinnert.

Es gibt mehrere dokumentierte Fälle, in denen sich Flüchtlinge im Fahrwerksschacht eines Flugzeugs versteckt haben und hinausgefallen sind, u. a. 2000 und 2007 in den USA. Die Verletzungen der Toten ähneln denen eines Bergsteigers.

Nach einem Sturz aus achthundert Metern Höhe schlug die Leiche auf der Liljeholmsbron auf, wo sie von einem Lkw überrollt wurde.

Sauerstoffmangel, Erfrierungen und schwerste Prellungen. Etwa fünfundsiebzig Prozent der Knochen sind gebrochen, der Schädel zertrümmert.

Die Leiche ist deformiert, eingesunken, und geschwollene Augen starren sie mit leerem Blick an.

Trotzdem ist das Todesopfer ein schöner Mann. Seine Identität ist inzwischen geklärt. Die Tochter befindet sich ebenfalls in Schweden, ihr Name ist Mercy. Sie wird von der Polizei gesucht.

Emilia deckt die Leiche wieder zu und schiebt die Bahre in die Kühlbox zurück.

Socio interruptus.

Ein Leben ist doch nichts weiter als eine Abfolge von sozialen Unterbrechungen, denkt sie. Kollegen kommen und gehen, Leute lassen sich scheiden, Freunde ziehen weg. Ein Umfeld verändert sich. Der Tod ist die extremste Veränderung, und sie versucht, nicht darüber nachzugrübeln, welche Geschichte der Tote hat.

Manchmal kann sie es trotzdem nicht lassen. Die Tochter des Toten weiß nicht, dass er tot ist. In der Welt der sechzehnjährigen Mercy lebt ihr Vater noch immer, der Socio interruptus ist noch nicht eingetreten.

Emilia erinnert sich an einen ihrer ersten Fälle als Kriminaltechnikerin, als sie noch nicht verinnerlicht hatte, sich am besten keine Gedanken über die Toten zu machen.

Ein Mann hat seine Frau geschubst, und die hat sich bei dem Sturz so schwer verletzt, dass sie gestorben ist. Das Paar war sechzig Jahre lang verheiratet, und dem Ehemann zufolge haben sie sich zuvor nie gestritten. Diesmal ist ihm aus einem völlig banalen Grund der Geduldsfaden gerissen. Als Emilia und ihr Kollege bei dem Ehepaar zu Hause vorfuhren, wartete der Mann bereits auf einem Stuhl in der Diele auf sie. Er saß dort und bürstete die Haare seiner toten Frau. *Wir haben es doch gut*, sagte er.

Wenige Tage darauf verstarb der Mann. Nüchtern betrachtet war es kein Selbstmord, sein Herz wollte nicht mehr.

Emilia verlässt das Rechtsmedizinische Institut, schließt ihr Auto auf und setzt sich ans Steuer.

Ihr nächstes Ziel ist Kronoberg, die inzwischen abgeschlossene Untersuchung des Laptops, den Kevin vor etwa einer Woche abgegeben hat. Ein Rechner, der einen Socio interruptus der härteren Art offenbart hat, und sie hofft, dass der junge Kollege das überlebt. Es ist doch ungerecht, denkt sie. Das Leben sollte doch sein wie ein Buch, von dem man will, dass es nie endet, und nicht wie eins, das mitten im Satz aufhört.

Außerdem hat sie den Laborbericht vom SKL in Linköping bekommen, den sie den Kollegen aus der Sitte vorbeibringen will.

Als sie die Rechtsmedizin hinter sich lässt, fallen die ersten Schneeflocken des Winters.

In Worten, die keiner kapiert
Industriegebiet Västberga

Als Nova noch klein war, hatte sie immer wieder Albträume von einem Märchen. Das Märchen handelte von einer Riesin namens Gryla, die in einer Höhle wohnte. Sie war böse und hässlich und hatte eine Hakennase voller haariger Warzen. Hin und wieder verließ sie die Höhle, um nach unartigen Kindern Ausschau zu halten und sie zu verschlingen. Und es schien immer irgendwelche Bälger dort draußen zu geben, die nur darauf warteten, verschlungen zu werden.

Der Albtraum lief immer gleich ab, und vor Angst hatte sie beim Aufwachen einen schlechten Geschmack im Mund.

Mit genau diesem Geschmack im Mund wacht Nova jetzt auf.

Nach acht Tagen in Västberga und von der Außenwelt abgeschnitten ist ihnen sterbenslangweilig, und um sich die Zeit zu vertreiben, haben sie angefangen, sich kleine Aufgaben zu geben.

Ungezogene Bälger.

Nova hat teure Haarsprays, Cremes und Öle mitgehen lassen. Sie reiht die Tiegel, Dosen und Flaschen auf dem Tisch auf.

Es allein bis in die Stadt zu schaffen war heikel. Seit ein paar Tagen wird nach ihnen gefahndet, mitsamt Fotos und Namen in der Presse, und auch wenn Nova sich die Haare abgeschnitten und schwarz gefärbt hat, könnte jemand sie wiedererkennen.

Kürzlich hat Mercy sich an einer Tankstelle in Knivsta mit einem Freier verabredet – derselbe Typ, der bei ihrem Dreh Novas Vater gespielt hat. Sie hat ihm allen Ernstes das Auto geklaut, einen silbergrauen BMW. Blomman hat ihnen dreißigtausend für den Wagen versprochen, obwohl er eine Stinkwut auf sie hat, weil sie ständig so unvorsichtig sind.

Aber vom Geldverdienen abgesehen haben sie nicht gerade viel zu tun, sie langweilen sich, und Nova betrachtet die Waren, die sie gestohlen haben. Eine hässliche antike Vase und ein russisches Schachspiel, das sie nie benutzen. Unter dem Sofa liegen drei Schachteln mit Champagnergläsern von Ikea für je einhundertsiebzehn Kronen, und Mercy hat wesentlich mehr für das Taxi bezahlt, das sie zur Kungens Kurva und wieder zurück gebracht hat, um sie mitgehen zu lassen.

Darüber hinaus haben sie sich vor allem auf Zigaretten und Süßigkeiten konzentriert, und auch wenn sie nicht mal für die Hälfte der Sachen bezahlt haben, haben sie Geld ausgegeben.

Das sie besser sparen sollten.

Schließlich wollen sie nach Amerika.

Mercy sitzt im Sessel und raucht. Der Rauch zieht zum schlecht isolierten Fenster, und Nova wickelt sich in eine Decke.

»Du bist gar nicht beeindruckt von den Sachen, die ich geklaut habe, oder?«

Mercy lacht und drückt ihre Hand. »Ach... Du hast wohl einfach keinen Bock mehr aufs Klauen. Hast du überhaupt noch Bock auf mich?«

Sie denkt nach. »Keinen Bock auf dich?«, sagt sie dann. »Du bist doch perfekt.«

Das stimmt. Sie können über alles reden und ganz offen zueinander sein, und es gibt nichts mehr, wofür sie sich schämen müssten.

»Du bist die Beste. Aber was findest du eigentlich an mir?«, fragt Nova.

»Du bist der einzige Mensch auf der Welt, den ich nicht umbringen will«, entgegnet Mercy.

Es entsteht eine Pause, dann brechen sie gleichzeitig in Gelächter aus.

Es ist so einfach, den Trübsinn zu vertreiben, die Traurigkeit zu verjagen, wenn man zu zweit ist und einander helfen kann.

Aber sie haben sich auch damit die Zeit vertrieben, Briefe an Love zu schreiben. Es ist im Grunde sein Verdienst, dass sie und Mercy so viel miteinander sprechen.

Es ist, als verspürte Mercy endlich den Drang, sich alles von der Seele zu reden.

Als hinge alles davon ab.

Mercy drückt die Zigarette aus und zündet sich sofort die nächste an. »Weißt du noch, wie wir uns kennengelernt haben?«

Nova weiß es noch genau. Im Hexenkessel war das, an einem Morgen nach dem Frühstück. »Das war an deinem ersten Tag in Skutskär. Wir sind nach draußen gegangen, haben geraucht und geredet, auf dem Parkplatz.«

»Ja, und du hast mir deine letzte Zigarette gegeben.«

Nova wirft einen Blick auf die leere Zigarettenschachtel.

»Ein Mädchen, das seine letzte Zigarette hergibt«, fährt Mercy fort, »das muss ein gutes Mädchen sein.« Sie denkt nach, während sie ein paar Rauchringe in die Luft bläst, die ebenfalls auf das undichte Fenster zuziehen.

Obwohl Nova sich so sehr bemüht hat, kann sie keine Rauchringe blasen.

»Erinnerst du dich noch an das Mädchen, das aus irgendeinem Kaff bei Gävle stammte und meinte, Stockholm wäre ungefähr so cool wie New York?«

»Ja, die hat dermaßen viele Pillen eingeworfen, dass sie wie ferngesteuert war.«

»Und ihr Dialekt! *Wiägehtsdiädänn?*«

Nova hat eine Weile gebraucht, bis sie begriff, dass *Wiägehtsdiädänn* eigentlich *Wie geht es dir denn* bedeutet und dass man auf dem Land bei Gävle so redet.

»*Dankääbänfalls*«, gibt Mercy grinsend zurück, und Nova weiß, dass das *Danke, ebenfalls* bedeutet.

Nova macht eine Tüte Kartoffelchips auf und kippt den Inhalt auf einen Pappteller. »Und die alte Leiterin, die vor Love ... Sie hat ernsthaft geglaubt, dass ich keinen Blutpudding mochte, weil er mich an irgendwas Schlimmes erinnert, was ich erlebt hab. Aber Blutpudding ist einfach nur supereklig. Sie hat immer alles psychologisiert, was wir gesagt oder gemacht haben.«

»Weißt du, was mein Vater mir über Psychologie beigebracht hat?«

Nova schüttelt den Kopf.

»Dass man bei dieser Wissenschaft über alles redet, was alle längst wissen, aber in Worten, die keiner kapiert.« Mercy dreht eine der Shampooflaschen von Åhléns hin und her. »Ich lern gerne Wörter, die ich nicht kapiere«, sagt sie dann. »In den ersten Tagen in Bräcke, bevor dort schwedische Bücher und Zeitungen angeschafft wurden, waren die Texte auf den Shampooflaschen das Einzige, was ich gelesen hab – abgesehen von meinem Wörterbuch. Auf den Flaschen werden Schwedisch, Norwegisch und Dänisch zusammengemixt, weil das Platz spart.« Sie hält das Shampoo hoch. »Die Sprache nennt sich dann Schampoosisch.«

»Nicht wirklich, oder?«

»Doch, das haben die Jungs in Bräcke gesagt.«

Nova nimmt sich eine Handvoll Chips und gießt Rotwein in ihr Limoglas. Der Wein ist ganz okay, wenn man ihn mit Cola verlängert.

Blomman hat angedeutet, dass sie hier nicht bleiben können. Dass sie gehen müssen.

Die alle denselben Benutzernamen verwenden
Kronoberg

Kriminaltechnikerin Emilia Svensson steht vor der Tiefgarageneinfahrt des Präsidiums auf Kungsholmen und raucht. Zu ihrer Rechten recken sich kahle Bäume in den trostlosen Himmel, links neben ihr blitzt die glatte Fassade des Gebäudekomplexes. Zwischen zwei Zügen betrachtet sie die Volvos der Polizei mit ihren blau-gelben Vierecken und muss daran denken, dass der kleinste gemeinsame Nenner zwischen einem schwedischen Streifenwagen und einem englischen Marzipankuchen das Battenbergmuster ist. Ein Kollege hat ihr mal erzählt, dass jahrelange Forschungen ergeben haben, dass das Muster des englischen Battenbergkuchens auch dazu verwendet werden kann, die Sichtbarkeit von Streifenwagen zu optimieren.

Und so kam es.

Es geht darum, gesehen zu werden, denkt sie und schnippt die Zigarette weg. Das Unerwartete hinter dem Erwartbaren zu sehen.

Lars Mikkelsen, einer der Chefs der Rikskrim, hat sie um Hilfe gebeten. Er wolle ein paar unkonventionellere Wege ausprobieren, um Personen zu identifizieren, die Kinderpornos im Internet verbreiten. Emilia hat zugesagt, denn was er braucht, fällt in ihren Kompetenzbereich, außerdem ist sie neugierig und will sich einen Einblick in die Arbeit der Rikskrim verschaffen.

Lasse hat auch gesagt, dass ein »Grey Hat« sie bei ihrer Arbeit unterstützen werde; sie hatte keine Ahnung, was sich dahinter verbarg.

Jetzt, da sie wieder das warme Präsidium betritt, weiß sie,

dass ein »Grey Hat« ein Hacker ist. Und genau wie in den klassischen Westernfilmen, in denen die Guten weiße Hüte und die Bösen schwarze tragen, gibt es in der Hackerwelt diejenigen, die sich »graue Hüte« nennen. Sie machen dies und das, mal auf dieser, mal auf jener Seite des Gesetzes. Ein bisschen, wie die Leute im Allgemeinen sind, denkt sie und nimmt den Fahrstuhl nach oben zur Rikskrim, wo Lasse und der graue Hut sie am Kaffeeautomaten begrüßen.

Emilia stellt sich dem Mann vor, der ihr nervös zunickt, ohne ihr die Hand zu schütteln.

»Sebastian Dagerman«, sagt er und hält den Blick auf den Kaffeeautomaten gerichtet. »Meine Mutter war hier mal Chefin.«

Als jeder sich mit einem dampfenden Kaffeebecher versorgt hat, gehen sie in den Konferenzraum, wo ein Laptop auf dem Tisch steht.

Lars Mikkelsen erzählt, dass der Rechner einem ehemaligen Beamten der Stockholmer Polizei gehört hat, der vor einem guten Monat verstorben ist.

»Der Sohn des Beamten hat den Rechner gefunden«, erklärt Mikkelsen. »Er heißt Kevin Jonsson und ist ebenfalls Kollege. Er hat ihn in seinem Elternhaus gefunden.«

Der Laptop des verstorbenen Polizisten enthält massenhaft kinderpornografisches Material.

»Etwa sechstausend Fotos und neunhundertsiebenundfünfzig Filme. Ein Großteil davon ist mit der Abkürzung PTHC getaggt«, sagt Mikkelsen.

»Pre-teen hardcore«, erläutert Sebastian.

Mikkelsen nimmt einen Schluck Kaffee und wendet sich an Emilia. »Deine Aufgabe besteht zum einen darin, die Aufnahmen zu analysieren, rein vom technischen Standpunkt her, und zum anderen den Rechner an sich.«

Der Laptop, erfährt Emilia, wurde vor ein paar Jahren bei

einer der großen Elektronikhandelsketten gekauft, in einem südlichen Vorort Stockholms, und mit der Kreditkarte des Besitzers bezahlt.

Bis auf Sebastians und Kevin Jonssons Fingerabdrücke ist das Gerät klinisch sauber.

»Ist das nicht seltsam?«, fragt Emilia. »Ich meine, da sollten doch auch die Fingerabdrücke von Kevins Vater zu finden sein. Wenn nicht, stellt sich die Frage, warum er sie abgewischt hat.«

Mikkelsen nickt. »Stimmt, aber gegenwärtig konzentrieren wir uns darauf, was wir sicher wissen. Darauf, was sich auf dem Rechner befindet.«

Er wendet sich an Sebastian und bedeutet ihm mit einer Geste loszulegen.

»Ich hab einhundertdreiundsechzig IP-Adressen gefunden, die sich das Material auf dem Laptop teilen«, sagt er und beugt sich über den Rechner. »Sie alle haben gemeinsam, dass sie einen Router mit einer gigantischen Sicherheitslücke nutzen – Asus. Der Router verfügt über einen USB-Port, an den sich externe Festplatten anschließen lassen. Wenn man den Router allerdings nicht gezielt abschaltet, ist der Inhalt des Rechners weiter für jedermann auf der ganzen Welt einsehbar. Ein halbwegs erfahrener Hacker kann dann im Prinzip alles Mögliche mit den Daten anstellen.«

Und genau das hat Sebastian getan, denkt Emilia. Zum Glück ist sein Hut nicht schwarz.

»Wir haben es mit jemandem zu tun, der sich Puppenspieler nennt, allerdings ist das keine Einzelperson«, fährt Sebastian fort. »Es sind vermutlich alles in allem dreiundzwanzig Personen, die alle denselben Benutzernamen verwenden. Also, sicher sind es noch mehr, aber es sind dreiundzwanzig Asus-User. Sie benutzen auf verschiedenen Chat- und Kontaktseiten ein und dieselbe Fake-Identität.« Er räuspert sich. »Der Besitzer des Rechners, euer Exkollege, war einer von ihnen. Aber sie alle haben dieselben Profilbilder verwendet, dieselben Status-Updates, dieselbe Taktik. Sie arbeiten gewissermaßen wie eine Pädophilenarmee zusammen ... Da geht es um Ausdauer. Sozusagen ein Haufen alter Säcke, die alle darauf aus sind, sich per Cybergrooming an Mädchen ranzumachen. Ich meine ... Die können rund um die Uhr aktiv sein. Das Mädchen glaubt, es hat einen einzigen heimlichen Verehrer, aber tatsächlich wird es von ein paar Dutzend Säcken attackiert, die alle das Gleiche im Sinn haben.«

Sebastians Stimme ist monoton, sein Gesichtsausdruck starr, aber Emilia ahnt die schwelende Wut unter der nüchternen Fassade.

»Ferner finden sich drei Originalaufnahmen auf dem Laptop«, fährt er fort. »Die Filme sind nirgends heruntergeladen, sondern direkt auf der Festplatte gespeichert worden. Das Filmmaterial stammt von einer Canon-Kamera und wurde am neunzehnten August 2007 aufgespielt.«

»Vor ziemlich genau fünf Jahren«, ergänzt Emilia jetzt. »Ich hab den Ton des Filmmaterials analysiert, und zwar mittels einer Methode, die sich Electric Network Frequency Analysis nennt. Im letzten Jahr hatten wir zweiundsiebzig Anfragen, davon neunundzwanzig Sprachanalyse-Aufträge. Dieses Jahr werden es noch mehr.«

»Wie geht das denn praktisch vonstatten?«, fragt Lasse.

»Das Stromnetz liefert eine Wechselspannung von fünfzig Hertz, die ein schwaches, aber durchaus hörbares Surren verursacht. Die Frequenz ist allerdings nicht stabil. Je nachdem, wie stark das Netz ausgelastet ist, variiert sie um wenige Tausendstel Hertz. Diese Veränderungen ergeben im Verlauf der Zeit ein Muster, das einzigartig ist, und wenn man das speichert, erhält man so eine Datenbank, die Auskunft darüber gibt, wann eine Tonaufnahme entstanden ist.«

»Und wozu soll diese Information gut sein?« Sebastian hat

sein Handy gezückt, und Emilia ahnt, dass er sich Notizen macht.

»Wir können das Surren isolieren und mit unserer Datenbank abgleichen. So erhalten wir eine Zeitangabe und können außerdem feststellen, ob die Aufnahme manipuliert oder aus verschiedenen Aufnahmen zusammengeschnitten worden ist.«

»In den drei Filmen ist eine Männerstimme zu hören«, sagt Lars Mikkelsen ernst. »Gehört die Stimme dem Besitzer des Rechners?«

Emilia hat für Vergleichszwecke rund zwanzig Tondateien mit Stimmproben aus Vernehmungen erhalten, die der inzwischen verstorbene Polizeibeamte mit der Zeit durchgeführt hat.

»Ja, hundertprozentig. Es handelt sich um ein und dieselbe Person.« Sie hat die Stimme immer noch im Ohr.

»Jonsson, der ehemalige Polizeichef?«

»Wie ich gesagt habe: hundertprozentig.«

Die Stimme in ihrem Ohr ist aggressiv und schreit.

Steh auf, verdammt noch mal.

Die Stimme gehört Kevins Vater. Einem ehemaligen Polizisten.

Du bist der letzte Dreck.

Als würde er auf einen Teil seiner selbst verzichten
Rosendalsvägen

Stockholm ruht auf einem sechshundert Millionen Jahre alten Grundgebirge. Die Ebene ist von Rissen durchzogen, wie Runzeln in einem Gesicht, das der Trübsinn so unbarmherzig hat altern lassen, dass er das Granitgestein zermalmt hat. Eine tränengefüllte Riftzone hat sich zwischen den Inseln Södermalm und Djurgården gebildet, und während die Felsen von Söder steil und mit gefüllter Lunge aus dem Wasser aufragen, schnappen die Ufer von Djurgården nur knapp über der Wasseroberfläche nach Luft.

Es ist kurz vor Mitternacht, Kevin steht in Veras Jahrhundertwende-Villa am Schlafzimmerfenster und lässt den Blick über die Djurgårdsbrunnsviken schweifen.

Im Mondschein sieht das Wasser grau aus.

Der Mensch besteht bloß aus Erinnerungen, denkt Kevin und lässt das Jo-Jo tanzen.

Aus Milliarden übereinandergestapelter Erinnerungen.

Wenn man den Körper häutet, das Fleisch von den Knochen löst und dann den Menschen betrachtet, sobald er gänzlich frei ist von Glaube, Hoffnungen und Irrtümern, dann bleibt nichts übrig außer den Erinnerungen.

Keine Wahrheit mehr.

Nach der Wahrheit zu suchen ist oftmals so, als suchte man nach einer Bestätigung für seine Vorurteile. Da vertut man sich leicht. Der Wirklichkeit gegenüber muss man sich wachsam und kritisch verhalten.

Noch vor einer Woche haben seine Erinnerungen ganz anders ausgesehen.

Doch im Nynäsvägen hat sich alles verändert – als Sebastian anrief und berichtete, was er auf dem Laptop gefunden hatte.

Kevin hat schon Mühe, sich einen dieser Filme anzusehen. Mehr hat er nicht über sich gebracht. Der Film dauerte eine Minute und siebzehn Sekunden.

Die Stimme seines Vaters, ein anonymes Zimmer, ein nacktes Mädchen mit Sommersprossen, vielleicht elf, zwölf Jahre alt.

Sein erster Gedanke war, nach Stora Essingen zu fahren und sein Elternhaus abzufackeln, dann weiter nach Tantolunden, um auch das Schrebergartenhäuschen niederzubrennen.

Um die Überreste eines Vaters auszulöschen, den es nie gegeben hat.

Um seine Vergangenheit auszuradieren und noch mal bei null anzufangen.

Um die Erinnerung an eine Erinnerung auszumerzen.

Aber Kevin fuhr nicht zu seinem Elternhaus und fackelte es auch nicht ab.

Stattdessen begleitete er Vera nach Hause und blieb auf Djurgården.

Eine Woche ist seither verstrichen.

Er hat sich über seinen Vater das Hirn zermartert.

Hat über kaum etwas anderes gesprochen.

Wie eine Zunge, die immer wieder einen eitrigen Zahn anstupst.

Als er noch klein war, hat er oft darüber fantasiert, wie es wäre, wenn sein Vater tot wäre. Und jedes Mal kam er zu dem Schluss, dass es so wäre, als verlöre er einen Teil seiner selbst. Jetzt hat er seine Meinung revidiert.

Es ist, als würde er auf einen Teil seiner selbst *verzichten*.

Es ist verdammt einfach zu hassen, wenn man von demjenigen zum Narren gehalten wird, den man liebt.

Er sieht seine Mutter vor sich, und ihre vorwurfsvollen Worte klingen in seinen Ohren. *Sie war gerade mal dreizehn ... ein verflucht junges Ding.* Sie hat damit gar nicht Vera gemeint in ihrem grauen Demenznebel.

Er hat sie seither nicht wieder besucht, auch seinen Bruder nicht kontaktiert und außer mit Vera mit keinem Menschen geredet. Er hat den Vertrag noch nicht unterschrieben, der den Verkauf seines Elternhauses besiegelt; auf das Dutzend Anrufe des Maklers hat er nicht reagiert. Sein Bruder hat genauso oft angerufen. Auch als Lasse ihn anrief, hat er das Gespräch nicht entgegengenommen. Und auch nicht den Anruf der Kriminaltechnikerin Emilia Svensson.

Er fängt das Jo-Jo mit der Hand und legt sich in Veras Gästezimmer aufs Bett.

Sie hat ihm von Papas Narbe erzählt, von der langen Narbe links am Bauch, die er bei jeder Gelegenheit wie einen Tapferkeitsorden hergezeigt hat. Dabei war es eine Routinekontrolle, kein Heldenakt. Ein aktenkundiger Dealer, den sie vom Gullmarsplan vertreiben wollten, hat ein Messer gezogen und es Kevins Vater in die Seite gerammt. Nicht tief, aber die Stichverletzung musste genäht werden. Heute ahnt Kevin, dass es für einen Mann, der mehrere Herzinfarkte gehabt hatte, vermutlich ein Trost war, eine Narbe herzeigen zu können, die ihm im Kampf zugefügt worden war.

Kevins Erinnerungen an seinen Vater zerplatzen wie Seifenblasen.

Dabei hat Kevin nur einen der Filme gesehen.

In der Stadt Daten hochladen
Rosendalsvägen

Vera sitzt an ihrem Schreibtisch. An den Fenstern rüttelt der Sturm, die Aussicht auf die Wiese ist trostlos, und inmitten all dessen das Spiegelbild ihrer eigenen verhassten Gestalt.

Sie fährt den Rechner hoch und klickt sich durch die Ordner.

Sie hat Kevin belogen, was ihr Verhältnis mit seinem Vater betrifft. Sie haben ihr Verhältnis nicht vor fünfzehn, zwanzig, sondern erst vor fünf Jahren beendet.

Sie klickt den Ordner »Sommer 2007« an.

Lasse von der Rikskrim zufolge wurde am neunzehnten August um 17:43 Uhr eine Canon-Kamera über ein USB-Kabel mit dem Laptop verbunden.

Sie sieht sich die Fotos an. Kevin sieht ihm erschreckend ähnlich. Die zwei haben die gleichen Augen, die gleiche Kinnpartie, das gleiche leicht schiefe Lächeln. Besonders ein Foto hat es ihr angetan – aufgenommen am neunzehnten August 2007.

Das Bild beschleunigt ihren Puls.

Jener Sonntag, der neunzehnte August 2007, war ein drückender Spätsommertag. Sie fuhren, ohne sich bei irgendwem abzumelden, mit dem Boot in die Schären, um zu zelten. Ihre letzten beiden gemeinsamen Nächte und der letzte gemeinsame Sex.

Auf dem Foto liegen sie ausgestreckt auf einer Decke in der Sonne. Er hat es schräg von oben aufgenommen, man sieht nur ihre Gesichter und zwei erhobene Gläser mit Weißwein.

Ungefähr zur selben Zeit ist ein illegaler Film auf seinen Laptop gespielt worden.

Sie starrt das Datum an. *2007-08-19*.

Man kann nicht an zwei Orten gleichzeitig sein.

Man kann nicht in den Schären zelten und in der Stadt Daten hochladen.

Reicht eine Bilddatei mit einem Datum, um seine Unschuld zu beweisen?

Vermutlich nicht, aber das hier ist alles, was sie hat. Sie meint, sich zu erinnern, dass sie zuvor in der Stadt in einem Supermarkt und im Systembolaget eingekauft haben. Den Sonntag über haben sie Sonne getankt und miteinander geschlafen, und keiner wusste, wo sie waren.

Auch wenn sich das über die Kontobewegungen nachvollziehen ließe, wäre dies allein noch kein Beweis.

Plötzlich ist sie verunsichert. Vielleicht sind sie eine Woche eher mit dem Boot rausgefahren, und sie hat die Fotos erst am folgenden Wochenende hochgeladen? Wie funktioniert das mit dem Hochladen von Bilddateien eigentlich?

Die Bodendielen knarren, sie hört, dass Kevin sich nähert. Sie klickt das Foto weg. Vielleicht hat sie sich auch einfach geirrt?

Sie muss sich erst ganz sicher sein.

Sie schließt die Augen, als er seine Hände auf ihre Schultern legt.

»Wie geht's dir, Vera?«

Jemand will dir am Zeug flicken, denkt sie.

Dabei sterben die meisten Vögel
Industriegebiet Västberga

Eine Nova ist ein neuer Stern, dessen Leuchtkraft sich in einem bestimmten Zeitraum intensiviert, er strahlt extrem hell und blendet.

Als sie sich zum ersten Mal begegnet sind, hat Nova ein so starkes Licht ausgestrahlt, dass Mercy kaum mehr klar sehen konnte.

Es war ihr egal, was Nova sagte oder tat, sie pflichtete ihr bei und machte ihr alles nach.

Anfangs hatte sie Angst, Nova könnte sie verlassen, und wenn sie nicht zusammen waren, versank alles um sie herum in Finsternis.

Nun sitzt Nova auf dem Sofa und sieht grauer aus, isst Chips und trinkt Rotwein mit Cola.

Man könnte meinen, sie sei ein kleines Kind. Aber sie ist eine Orre, genau wie Mercy. Das Wort kommt vom türkischen »orospu« und bedeutet »Hure«.

»Weißt du noch mehr komische Wörter?«, fragt Mercy.

»Spießerhockey.«

»Und das bedeutet was?«

»Golf.«

»Mach weiter.«

»Öffentlich schlafen«, sagt Nova nach einer Pause.

»Kapier ich nicht ...«

»Obdachlose, die in Nachtbussen schlafen.«

»Trockenglotzen«, sagt Mercy.

»Was?«

Mercy starrt in die Luft, auf die Art, dass der Blick komplett reglos und ohne Fokus ist.

»Hör auf, so siehst du echt total krass aus.«

»Bumsbusch«, fährt Mercy fort, obwohl sie beide wissen, was das bedeutet. Das Wort gibt es wohl nur auf Schwedisch. Aber »fuck hair« klingt auch ziemlich cool, vielleicht wird das irgendwann ja ins Englische übernommen.

Nach einer Weile haben sie keine Lust mehr auf dieses Spiel und kuscheln sich gemeinsam unter die Decke.

Zwischen dem ganzen Pornokram auf Blommans Tablet gibt es aus irgendeinem Grund auch eine App für Naturfilme, und sie sehen sich ein paar davon an, um Zeit totzuschlagen.

Die Filme sind kurz, dauern gerade mal fünf bis zehn Minuten, und anfangs sind sie echt schön. Malerische Landschaften und spannende Tiere, Eidechsen, Vögel und Fische. Dann stoßen sie auf einen Film über ein Vogeljunges, das von einem Seeadler gerissen wird: Der Adler stiehlt es quasi aus dessen Nest und fliegt damit fort, legt es auf einem Felsen ab und beginnt, darauf einzupicken und es zu rupfen. Das Vogeljunge lebt immer noch, als es aufgefressen wird, und die Stimme des Sprechers rühmt die einmaligen, großartigen Aufnahmen.

»Mir ist schlecht«, sagt Nova und schmiegt sich an Mercy.

Trotzdem können sie nicht aufhören mit den Filmen, die immer schlimmer werden. Tiere paaren sich oder töten einander in Zeitlupe, alte Säcke mit Camouflagehüten auf dem Kopf beobachten durch Ferngläser, wie ein Bär eine Bärin besteigt und wie ein Löwe eine Gazelle reißt.

Im selben Moment begreift Mercy etwas vom Menschen, auch wenn es nicht leicht ist, das in Worte zu fassen. »Wir sind so dermaßen kalt. Wir finden es toll, wenn andere leiden. Wir sind schlimmer als Tiere. Die wollen ja bloß überleben.«

Novas Augen sind blank. »Wenn das Menschen wären und nicht Tiere, dann wären solche Filme verboten.«

Mercy denkt an den letzten Dreh, den sie im Keller gemacht haben. Einer der Typen hat Nova beiseitegenommen, bevor sie angefangen haben, und Mercy konnte hören, was er zu ihr gesagt hat.

Egal was ich gleich mit dir mache, vergiss nicht, dass das nur Schauspielerei ist, nicht echt. Und wenn ich mich danebenbenehme, dann mach ich das nur für den Film – damit der gut wird. Ich mag dich, vergiss das nicht.

Es war derselbe Typ, der Nova anschließend am übelsten mitgespielt hat.

Auf dem iPad beginnt ein neuer Film. Er scheint etwas harmloser zu sein als die anderen, und Mercy streicht Nova über die Stirn, während sie mit dem Blick einem Vogelschwarm folgen, der über den Bildschirm fliegt.

»Ulkig«, sagt Nova. »Das ist ja fast die Route, die du genommen hast. Sie fliegen von Mittelafrika nach Norden und legen am Mittelmeer eine Pause ein, um Kraft zu tanken, damit sie die lange Strecke schaffen.«

»Dabei sterben die meisten Vögel«, sagt Mercy.

Plötzlich hören sie Schritte auf der Treppe, und Nova steht auf.

»Los geht's.« Es ist Blomman mit einem anderen Mann, den sie zum ersten Mal sehen.

Der Neue sieht hart aus, seine muskulösen Arme sind mit Tätowierungen übersät.

»Wohin?«, will Nova wissen, zieht die Nase hoch und greift nach ihrer Jacke.

Blomman stiert Nova an, mustert sie vom Scheitel bis zur Sohle und wieder bis zum Scheitel, ehe er mit den Schultern zuckt. »Frag nicht so viel.«

Ohne dass sie wüssten, wohin sie unterwegs sind, geht es in Richtung Osten quer durch die Stadt.

Blomman ist high, und gerade als Nova das Schild nach Fisksätra sieht, beginnt er zu erzählen, worum es überhaupt geht.

Das geht garantiert schief, denkt sie.

Sie hat's gratis gemacht
Hexenkessel

Es ist zwanzig nach zehn Uhr abends, und Love ist immer noch im Büro. Der Grund dafür liegt vor ihm auf dem Schreibtisch und besteht aus zwanzig Seiten rosafarbenem Briefpapier mit Blümchen in den Ecken. Das kann er nicht vor der Polizei geheim halten. Er kann sie nicht länger beschützen.

Im Hinblick auf den Inhalt des Briefes ist Mercy vermutlich gefährlicher, als er gedacht hat, weitaus gefährlicher.

Das Problem ist nur, dass er nicht genau weiß, wie er der Polizei helfen soll, die Mädchen zu finden.

Sie haben ihm beide geschrieben, auf altmodischen Briefbogen, die schwieriger zurückzuverfolgen sind als eine E-Mail. Die Postwege innerhalb Stockholms sind mehr als undurchsichtig, da lässt sich nicht feststellen, ob ein Brief in Vällingby oder in Roma kloster auf Gotland eingeworfen wurde.

Hej, Love. Wir schreiben dir, weil wir glauben, dass du der Einzige bist, der uns versteht.

Novas Schrift.

Es macht nichts, wenn du diesen Brief der Polizei zeigst. Es sieht ohnehin so aus, als wäre es für uns gelaufen. Wir setzen uns ins Ausland ab, wohin genau, sagen wir nicht.

Aber du sollst erfahren, warum Mercy Angst hatte und diesen Typen in Gävle niedergeschlagen hat. Sie wollte mich bloß beschützen und hat Panik gekriegt. Manchmal ist es so, als hätte sie keine Kontrolle über sich selbst. Aber die Erklärung dafür, warum sie das getan hat, ist komplizierter. Sie schreibt sie für dich auf, dann kannst du es der Polizei erzählen. (Sie winkt dir übrigens gerade zu!)

Am Morgen hat Love erfahren, dass der junge Mann aus Gävle aus dem Krankenhaus entlassen wurde. Die Polizei hat die Brüder nochmals vernommen, und da kam die Wahrheit ans Licht. Erkan hatte den Kontakt vermittelt.

Dieser Brief ist unser Dank und Abschied an Schweden, und du bist der Einzige, den wir vermissen werden. Es ist eine lange Geschichte, also schlaf jetzt besser nicht ein.

So, Mercy ist dran.

Er blättert um, und Mercys ordentliche Handschrift übernimmt. Es gibt durchaus Ähnlichkeiten mit Novas Schrift, und er weiß, dass das daran liegt, dass Nova versucht hat, Mercys Schrift nachzuahmen, was ihr aber nicht gut gelungen ist; ein Grafologe würde sofort zu dem Schluss kommen, dass eine zögerliche, schüchterne Person den Stift geführt hat.

In Hamburg hab ich eine Woche lang nach Papa und Dusty gesucht. Jede einzelne Straße in St. Pauli hab ich abgesucht und bin mindestens drei Mal am Tag zur Bushaltestelle gegangen, um nachzusehen, ob er zurück war. Dabei hatte ich komische Gedanken – als wäre alles, was seit unserer Flucht passiert war, ein Traum, den ich mir nur ausgedacht hatte, als befände ich mich in einer Nur-so-als-ob-Welt.

Als ich klein war und nicht einschlafen konnte, hat Papa immer gesagt, dass der Schlaf so ist wie eine Katze, dass er nur kommt, wenn man sich nicht um ihn schert. Und genauso war es.

Als ich eines Morgens wieder zur Bushaltestelle lief, saß Dusty dort auf der Mauer neben einem Busch und hat sich die Pfote geleckt. Seitdem hielten wir zusammen, er hatte irgendwie ein Auge auf mich, und ich brauchte nicht mehr nach ihm zu suchen. Er tauchte einfach immer wieder auf.

Dusty war ein lustiger Kater, den man schon von Weitem erkannte, weil er hinkte und wie eine große Staubfluse aussah. Keine Schönheit, aber ein guter Kumpel.

An den Rand des Briefbogens neben die verschlungenen Rosen hat eine von ihnen eine Katze gezeichnet.

Mercy schreibt, sie sei täglich in die Bibliothek gegangen für den Fall, dass ihr Vater dort nach ihr suchte. Sie habe in seinem Namen eine Suchmeldung auf Facebook gestellt. Ohne Erfolg.

Er legt den Brief aus der Hand.

Facebook. Warum hat er nicht eher daran gedacht?

Er loggt sich ein und geht auf Mercys Profil, um zu sehen, ob sie in letzter Zeit auf Facebook gewesen ist. Aber der letzte Beitrag in ihrer Chronik stammt vom vergangenen Sommer, und sie hat ihn nicht selbst verfasst.

Mercy ist eine verfluchte Negerhure, die gern Schwänze lutscht und Arschlöcher leckt, und sie lügt, wenn sie sagt, dass sie dafür bezahlt wird. Sie hat's gratis gemacht.

Der Typ, der den Kommentar geschrieben hat, hat auf seinem Profilbild eine Kappe auf. Ein stolzer Schwede, gebürtig aus Bräcke, Jämtland, und Love ist sofort klar, dass der Beitrag mit dem Gerichtsprozess zu tun hat. Als er weiter nach unten scrollt, sieht er, dass auf ihrer Seite jede Menge ähnlicher Kommentare stehen.

Er ruft Novas Profil auf. Dort sind seit einem Monat keine Posts mehr erstellt worden.

Was mache ich hier eigentlich?, denkt er. Die sozialen Medien zu checken ist Polizeiarbeit.

Er nimmt den Brief wieder zur Hand und blättert weiter. Ganz oben auf der nächsten Seite ist eine Zeichnung zu sehen, die nichts mit dem Text zu tun hat. Eine stilisierte Blume mit einem leeren Gesicht in der Mitte. Daneben steht: BLOMMAN LUTSCHT SCHWÄNZE.

Die Windungen eines kranken Hirns
Rosendalsvägen

Die alten Häuser an der Djurgårdsbrunnsviken lauern schwarz und reglos in der dunklen Nacht. Das einzige Licht stammt aus dem Fenster einer der Jahrhundertwende-Villen oben auf dem Hügel: ein bläuliches Flimmern, das die Bäume ringsherum zum Leben zu erwecken scheint.

Kevin ist aufgewacht und hat nicht wieder einschlafen können. Stattdessen ist er ins Wohnzimmer hinuntergegangen und hat sich einen Film herausgesucht. Stanley Kubricks *Shining*, der am wenigsten kommerzielle Streifen, den er in Veras DVD-Sammlung finden konnte. Auf dem Fernsehbildschirm im Wohnzimmer ist in Großaufnahme der Junge zu sehen – Danny, der Gedanken lesen und Dinge sehen kann, die andere nicht sehen können.

Tote und ihre Gedanken.

Kevin fühlt sich seltsam klar im Kopf. Was, wenn er Dannys übersinnliche Fähigkeit besäße, die Gedanken der Toten zu lesen? Die Gedanken seines toten Vaters?

Er schließt die Augen, versucht zu akzeptieren, was seine Kollegen von der Rikskrim vermuten.

Papa war pädophil, denkt er. Ein verdammter Pädophiler. Der sogar eigene Filme produziert hat.

Sosehr er sich auch anstrengt, er kann es immer noch nicht wirklich glauben und beschließt, sich an den dürrsten Strohhalm zu klammern, solange es noch einen letzten Rest Zweifel gibt.

Ihm ist klar, dass er ins Präsidium fahren und sich vor den

verfluchten Laptop setzen muss. Nach dem Rest Zweifel suchen muss, der in ihm nagt.

Er muss den entscheidenden *Goof* finden.

Er lässt das Jo-Jo tanzen und konzentriert sich wieder auf den Fernseher. Einer verbreiteten Verschwörungstheorie zufolge wurde die Mondlandung im Jahr 1969 auf der Erde gefilmt, Stanley Kubrick hat angeblich Regie geführt und darüber später verschlüsselte Botschaften unter anderem in *Shining* eingestreut.

Kevin braucht eine eigene Verschwörungstheorie zu den Filmen auf dem Rechner seines Vaters.

Er spult zu den entscheidenden Szenen vor. Danny sitzt auf dem Boden auf dem Hotelflur und spielt. Ein kleiner weißer Ball rollt über die gemusterte Auslegeware und bleibt vor ihm liegen. Nach dem Schnitt ist das Teppichmuster plötzlich spiegelverkehrt – oder Danny hat sich in einer Mikrosekunde um hundertachtzig Grad gedreht. Beide Alternativen sind physisch unmöglich durchführbar, also handelt es sich entweder um einen Fehler im Drehbuch oder um einen bewussten *Goof*.

Danny trägt einen Pullover mit dem Aufdruck einer Rakete und der Aufschrift *APOLLO 11, USA*. Der spiegelverkehrte Teppich ähnelt mit seinem Muster einer NASA-Startrampe. Danny steht auf, geht mit dem weißen Ball in der Hand den Flur entlang und bleibt vor einer Tür stehen.

ROOM NO. 237.

Der Abstand zwischen Erde und Mond wird mit 237000 englischen Meilen angegeben, und den umtriebigsten Verschwörungstheoretikern zufolge ist die Zimmernummer Beweis dafür, dass Kubrick seinem Publikum mitteilen will, er hätte bei dem gefakten Mondlandungsprojekt mitgewirkt.

Der Film läuft weiter. Danny will nicht erzählen, was sich in Zimmer 237 befindet.

Vielleicht hat er ja tatsächlich nur gespielt? Eine fiktive

Mondreise mit simplen Requisiten: ein weißer Ball als Raumschiff, ein gemusterter Teppich als Startrampe, ein Pullover mit Raketenaufdruck und ein Zimmerschlüssel mit der Monddistanz-Zahl.

Ein Spiel, denkt Kevin. Attrappen, Kulissen – genau wie Kubrick in *Shining* mit Requisiten gespielt hat. Ein Spiel hat immer mit Fake zu tun, aber ein Fake lässt sich immer enttarnen.

Er macht ein paar einfache Jo-Jo-Tricks und denkt nach.

Shining läuft weiter, und er spult wieder vor.

Johnny – Jack Nicholson –, sein Gesicht und die Axt in der Tür. *Here's Johnny!*

Vor dem Wohnzimmerfenster schneit es, genau wie im Film. Jack Nicholson jagt seinen Sohn mit der Axt, pflügt zwischen den Hecken des Labyrinths vor dem Overlook Hotel durch den Schnee.

You can't get away!

Vielleicht stellt das Labyrinth ja die Windungen eines kranken Hirns dar.

Kevin muss die Zimmertür seines Vaters mit der Zahl 237 öffnen, ganz gleich was ihn dahinter erwartet.

Es ist an der Zeit, sich nicht länger in Selbstmitleid zu ergehen.

Außerdem muss er Lasse anrufen und ihn fragen, warum Love Martinsson eine neue Identität erhalten hat.

Fast noch lächerlich unschuldig
Hexenkessel

Alles hat mit dem verdammten Blutregen angefangen. Nachdem er eine Radiosendung zu dem Phänomen verfolgt hat, dämmert es Love endlich. Saharastaub.

Am selben Tag, als es Blut regnete, sind Nova und Mercy verschwunden.

Eigentlich sollte er nach Hause fahren und sich ausschlafen. Zum ersten Mal seit mehreren Monaten will er seine Medikamente nicht einnehmen. Aber er wird schon mal ohne die Tabletten auskommen – und auch ohne Paroxetin.

Vermutlich auch ohne Testosteron.

Jedes Medikament wirkt unterschiedlich, und vielleicht ist es trotz allem nur vermessen, die Lust zu lieben über eine Selbstmedikation wiedererlangen zu wollen. Die sexuelle Lust, die ihm vor Jahren abhandengekommen ist.

Die er ihr geben wollte, aber nicht geben konnte.

Eine Erinnerung taucht vor seinem inneren Auge auf.

Ein Sofa in einem Heim, in dem es gut riecht. Ihr Zuhause. Sie küssen sich.

Willst du nicht über Nacht bleiben?, fragt sie.

Doch, entgegnet er, weil es genau das ist, was er in diesem Moment will.

In diesem Moment, denkt er. Ein vergangenes Leben, zu dem es kein Zurück mehr gibt.

Er verscheucht die Gedanken an sie.

Der Grund, warum er um halb drei Uhr nachts immer noch im Büro sitzt, ist wichtiger. Das Gefühl, den entscheidenden

Hinweis in Novas und Mercys Brief überlesen zu haben, hält sich hartnäckig.

In dem Brief geht es im großen Ganzen nicht um die Gegenwart, sondern um Geschehnisse, die in der Vergangenheit liegen. Um Mercys Flucht nach Schweden, um den Auslöser der Reise und all das, was in Hamburg passiert ist. Dennoch scheint es, als verstecke sich noch etwas anderes zwischen den Zeilen.

Er nimmt sich den Brief noch mal vor und liest weiter.

Kann Mercys Stimme förmlich hören.

Die Polizei war hinter mir her, und zwei Roma haben mir geholfen. Ich hab mich einfach in ihr Auto gesetzt, ohne Fragen zu stellen, und sie haben gesagt, dass wir nach Buchenwald fahren, wo ich in Sicherheit wäre.

Buchenwald ist ein Campingplatz vor den Toren Hamburgs. Darüber liegt das ständige Grollen des nahe gelegenen Flughafens in der Luft.

Über mir Maschinen im Tiefflug. Später hab ich mich oft gefragt, ob Papa in einer davon gesessen hat, in der Zeit, als ich dort gewohnt habe. Vermutlich war das der Fall.

Die Leute, die sie mitgenommen haben, hießen Florin und Roxana und kamen aus Rumänien. Aus Mercys Text geht hervor, dass die zwei stark betrunken waren, aber sie mochte die beiden trotzdem. Sie haben sie nicht nur vor der Polizei gerettet, sondern ihr auch einen Schlafplatz angeboten.

Neben den Text hatte sie einen VW-Käfer und einen Wohnwagen gemalt.

Florin und Roxana haben den Campingplatz gegründet und ihre Verwandten dorthin eingeladen, woraufhin auch mehrere andere Migranten dort eingezogen sind. »Man muss gastfreundlich sein, wenn man im Ausland ist«, hat Florin gesagt, »weil man ja selbst Gast ist.« Kein schlechter Gedanke, finde ich.

Mercy berichtet, dass einige von Florins und Roxanas Verwandten ihr gegenüber feindlich gesinnt gewesen seien, dass vier Männer und eine Frau von Anfang an ihren Unmut über Mercys Anwesenheit geäußert hätten.

Ich hab gelernt, dass »negru« und »stricată« so viel wie »schwarze Hure« bedeutet. Und sie haben Dusty bespuckt und mit Kies nach ihm geworfen.

Gleich am ersten Abend schlug eine von Roxanas Cousinen vor, wie sie Geld verdienen könne, um es weiter bis nach Schweden zu schaffen.

Unter dem Vorwand, in den Bars in St. Pauli Rosen an angetrunkene Touristen zu verkaufen, fuhren sie in die Innenstadt. Die anderen Mädchen hatten die Tour schon ein paarmal gemacht, und als Mercy aus dem Auto stieg, nahmen sie sie kurz in den Arm und sagten, sie brauche keine Angst zu haben.

Ich weiß noch genau, dass die Häuser dort aus Backstein waren und der Himmel voll mit Möwen. Dann hab ich Alkohol getrunken und ein paar Pillen eingeworfen, die ich bekommen hatte und die die Welt erträglicher machten und in Watte packten.

In Watte?, denkt er, lehnt sich auf seinem Stuhl zurück und massiert sich den Nacken.

Egal, genug für heute ... Es war ein langer Tag.

Er geht zur Abstellkammer, schließt die Tür auf, macht Licht und nimmt sich ein Kissen und eine Decke mit dem Logo der Einrichtung aus dem Regal. Dann noch einen Stapel Wolldecken, denn es gibt nirgends eine Zusatzmatratze oder Liegeunterlage.

Er kehrt in sein Büro zurück, schiebt den Besucherstuhl beiseite und breitet die Wolldecken auf dem Boden aus. Sie haben unterschiedliche Farben und Muster, die oberste ist schwarz mit rosafarbenen Blumen.

Er muss an die gezeichnete Blume denken.

Statt sein Lager fertig zu machen, nimmt er sich den Brief noch mal vor. Dann setzt er sich wieder an seinen Rechner und loggt sich auf Facebook ein.

Blomman ist kein ganz ungewöhnlicher Spitzname, und er scrollt Novas und Mercys Facebook-Freunde durch – auf der Suche nach jemandem mit dem Nachnamen Blom, Blomberg, irgendwas mit dem Wortbestandteil für »Blume«. Irgendwo muss er ja anfangen. Doch nach zehn Minuten gibt er auf.

Das überlasse ich lieber der Polizei, denkt er.

Er schreibt Mercys Künstlernamen in die Suchmaske.

Blackie Lawless.

Ein paar Treffer, die aber alle zu Seiten der Hardrockband W.A.S.P. führen. Er kennt die Band noch aus den Achtzigern, aus seiner Jugend. Sie hat für einen moralischen Aufschrei in Schweden gesorgt, das damals fast noch lächerlich unschuldig war. Oder böse? Der Unterschied ist manchmal gar nicht so groß.

Dann gibt er »Nova Horny« in die Suchmaske ein. Der Name ergibt nur einen Treffer. Auf dem Foto ist eine geschminkte Nova zu sehen, die älter wirkt, als sie tatsächlich ist. Sie posiert wie ein Fotomodell oder eine Schauspielerin und hat als ihren Heimatort Hollywood, California, angegeben.

Die Mehrheit ihrer Freunde haben schwedische Namen, und fast alle sind männlich.

Einer heißt Ulf Blomstrand.

Blomman, der Schwänze lutscht?

Wunden in ihren Handflächen
Rosendalsvägen

Vera wacht auf, weil sie friert.

Sie hört Geräusche aus dem Erdgeschoss und vermutet, dass Kevin sich mal wieder einen Film ansieht. Auf dem Radiowecker ist es exakt 02:22 Uhr, und ihr erster Impuls ist, zu ihm runterzugehen und zu fragen, wie es ihm gehe, doch dann beschließt sie, liegen zu bleiben, bis der Traum, den sie hatte, halbwegs verblasst ist. Sie hat von Sebastian geträumt.

Sie dreht den Kopf und wirft einen Blick auf das Porträt über der Kommode. Sebastians Vater, Kevin zufolge eine Kopie von John Goodman, vor neunzehn Jahren verstorben. Wenn es nur möglich wäre, würde sie die Erinnerung für immer aus ihrem Kopf verbannen, aber sie sieht die Bilder noch immer klar vor sich. Sie tauchen in Form von Albträumen auf.

Die Beerdigung war vorüber, die erste explosionsartige Trauer hatte sich gelegt.

Sebastian kam zu ihr nach Hause. Sie machte ihm die Tür auf, sein Gesicht leuchtete blass im Schein der Außenleuchte, und sie bat ihn rein. Sie tranken Wein, und mit wachsender Besorgnis nahm sie zur Kenntnis, wie sich der Blick ihres Sohnes veränderte.

Eine Stunde verstrich, vielleicht zwei. Sie ging in die Küche, um für sie beide Bier zu holen.

Merkte nicht, dass er ihr folgte.

Merkte nicht, dass er den Feuerhaken vom offenen Kamin nahm.

Den aus rostigem schwerem Eisen.

Sie lässt den Blick auf dem Porträt über der Kommode ruhen. Sie und Sebastians Vater waren so verschieden.

Er beschrieb sich leicht ironisch als einsamer Segler ohne Kompass, während sie ein Zug auf Schienen sei. Sebastian hingegen, denkt sie – ein Tiefsee-U-Boot?

Das auf den Grund sank und unter dem Umgebungsdruck implodierte.

Sie hielt die beiden Bierflaschen in der Linken und hatte die rechte Hand immer noch an der Kühlschranktür. Ein Schatten im Augenwinkel, dann der Schlag in den Nacken, der so unerwartet kam, dass sie ihn kaum spürte. Sie ging in die Knie, die Bierflaschen rollten über den Boden, und ihr erster Reflex war, sich vor dem nächsten Schlag zu schützen. Sie riss den rechten Arm hoch, und der zweite Schlag traf ihr Handgelenk.

Dann ließ Sebastian den Feuerhaken fallen. Es schepperte laut, Sebastian ließ sich auf den Boden sinken, lehnte sich gegen die Küchenanrichte und weinte.

Sprachlosigkeit. Nur sein Blick, der fragte, wer sie war, wer er war und was das für ein Ort war, an dem er gestrandet zu sein schien.

»Mama«, murmelte ihr erwachsener Sohn, mit demselben Blick, den er auch schon als Neugeborener hatte. »Was mache ich hier? Was passiert hier?«

Danach war sie zwei Tage im Krankenhaus.

Sie weiß jetzt, dass der Tod ihres Mannes sie ihrem Sohn in keiner Weise nähergebracht hat. Trotz allem, was passiert ist, hat sie über die Jahre hinweg die naive Hoffnung genährt, dass vielleicht am Ende doch noch etwas Positives dabei herauskäme.

Es heißt, Wurzeln werden kräftiger, je stärker der Wind weht. Doch das sind nur Plattitüden. Sie und Sebastian sind zwei Bäume, die im Sturm umgeknickt sind.

Es ist der pure Hohn, dass der Mensch betrauert, dass das Leben nicht unendlich ist, denkt sie. Der Mensch, der sich selbst eine höhere Daseinsberechtigung zugeschrieben hat als allen anderen Tieren, kommt ausgerechnet mit der banalsten Einsicht über das Leben nicht klar: dass es ein Ende hat.

Der Wind wird die Spuren ihres Lebensweges davontragen. Es spielt keine Rolle, wie tief diese Spuren sind. Die Zeit wird sie auslöschen, früher oder später.

Jetzt reiß dich zusammen, denkt sie. Reiß dich verdammt noch mal zusammen.

Vera steht auf und geht die Treppe hinunter, hält vor der Küchentür inne und wärmt sich die nackten Füße auf dem weichen Teppich. Derselbe Teppich, der zu Hause bei ihren Eltern in der Diele gelegen hat. Bei ihrer Mama und ihrem Papa, die schon seit Ewigkeiten tot sind.

Sie haben ihre Tochter Vera getauft, ihr einen lateinischen Namen gegeben, der »die Wahre« bedeutet.

Vera ist wahr, wahrhaftig, trotzdem hat sie ihr Leben lang gelogen. Gelogen oder die Wahrheit verschwiegen.

Sie sieht Kevins konzentriertes Gesicht im Fernseherlicht.

Sie hat nie jemandem erzählt, was Sebastian ihr neunzehn Jahre zuvor angetan hat, doch das will sie jetzt ändern. Und sie will von der Vogelscheuche Gustav Fogelberg erzählen.

»Kevin?«

Sie bleibt im Türrahmen stehen und hofft, dass sie erholter aussieht als zuvor, vor dem Schlafengehen.

Er wirft ihr einen Blick zu, schaltet mit der Fernbedienung den Fernseher aus und macht Anstalten aufzustehen.

»Darf ich mich ein bisschen zu dir setzen?«

Er nickt und lehnt sich wieder auf dem Sofa zurück. Dasselbe Sofa, auf dem sie neunzehn Jahre zuvor mit einem gebrochenen Handgelenk und einem angebrochenen Halswirbel lag.

Sie lässt sich neben Kevin auf das Sofa sinken und erzählt, warum sie eine Halskrause trug, als Kevin klein war, sie erzählt von ihrem Sohn und einem Feuerhaken, und als sie fertig ist, hält Kevin ihre Hand.

Er sieht sie mit den Augen seines Vaters an. »Warum erzählst du mir das alles?«

Sein Blick stößt etwas in ihr an. Die Erinnerung an einen Badestrand. An einen Kuss. An ein verbotenes Treffen mitten in der Nacht in einem Hotel in Uppsala. An den Geschmack eines Mannes. An den Geschmack des Verrats.

Sie lehnt den Kopf an seine Schulter. »Als dein Vater und ich klein waren, waren wir eng befreundet. Damals haben wir einander geschworen, den anderen nie zu hintergehen, das haben wir sogar per Blutsbrüderschaft besiegelt. Trotzdem hab ich ihn einmal richtig im Stich gelassen ...«

Sie berichtet von jenem Sommer, als sie acht war und Kevins Vater neun. Sie badeten im Ångermanälven, die Wunden in ihren Handflächen, mit denen sie sich ewige Treue geschworen hatten, waren nicht mal vollends verheilt.

»Wir sind abwechselnd am Seil ins Wasser gesprungen, danach saßen wir am Flussufer und haben geredet. Plötzlich taucht dieser Mann auf und fragt, ob er sich zu uns setzen darf. Ich hab sofort gemerkt, dass irgendwas mit dem nicht gestimmt hat, dass er es irgendwie auf deinen Vater abgesehen hat. Ich weiß noch genau, wie er gerochen hat ...«

Ihr Kopf ruht an Kevins Schulter, und sie kann seinen Herzschlag spüren, das Herz schlägt lauter, rascher. Er sagt nichts, sie schweigen beide. Nur sein lauter Herzschlag.

»Er hat ihn gezwungen, die Hose runterzuschieben«, sagt sie schließlich. »Und ich ... Ich bin einfach weggerannt. In den Wald. Da hab ich mich hinter einem entwurzelten Baum versteckt.« Sie räuspert sich. »Irgendwann bin ich dann wieder zurück, der Mann war weg, und dein Vater saß da und weinte. Ich hab ihn angelogen und erzählt, ich wäre weggerannt, um Hilfe zu holen, hätte aber niemanden gefunden.«

»Die Vogelscheuche«, sagt Kevin. »Gustav Fogelberg.«

Sie zuckt zusammen. »Er hat also ...«

»Nicht direkt«, fällt Kevin ihr ins Wort. »Er hat mir eine andere Geschichte erzählt, eine Geschichte, in der du nicht vorkommst. Ich hab Artikel aus der Lokalpresse gefunden, aus den Vierzigern, über einen Mann namens Gustav Fogelberg, einen Pädophilen. Er wurde Vogelscheuche genannt und im Winter 1946 tot unter einer Brücke gefunden.«

Sie ist überrascht und aufgeregt zugleich. Sie weiß, dass sie beide im Augenblick das Gleiche denken.

Vielleicht ist sein Vater aufgrund des sexuellen Missbrauchs im Sommer 1946 pädophil geworden?

Kevin bricht das Schweigen. »Hatte Papa Feinde? Jemand, der ihn in den Dreck ziehen wollte?«

Sie denkt nach. »Viele«, sagt sie nach einer Weile, ohne es genauer eingrenzen zu können.

Zwölfter Tag

Dezember 2012

Mehr oder weniger blöd im Kopf
Hexenkessel

Die Nacht raubt ihm fast vollständig den Schlaf.

Love weiß nicht, was er mit der Information anstellen soll, die er aufgetan hat. Entweder hat er recht, oder aber es ist ein unglaublicher Zufall.

Erkan, denkt er. Mit Ulf Blomstrand auf Facebook befreundet.

Um sieben Uhr schlägt er die Decke zurück und räumt das provisorische Bett beiseite. Dann setzt er sich an den Schreibtisch, um zu telefonieren.

Er ruft bei der Rikskrim an.

Der Mann, der sich meldet, ist derselbe, der ihn eine Woche zuvor kontaktiert hat.

Love berichtet, er habe einen Brief von Nova und Mercy erhalten, und fasst den Inhalt anschließend zusammen. Er beschränkt sich auf das, was für die Polizei wichtig ist, wie etwa Namen und Orte.

Eine Formulierung, die ihm besonders im Gedächtnis geblieben ist, möchte er zitieren.

»Mercy schreibt hier: ›Zu dem Zeitpunkt hab ich das nicht kapiert, aber jetzt ist mir klar, dass zwischen zehn und zwanzig Prozent aller Menschen mehr oder weniger blöd im Kopf sind und dass Buchenwald da keine Ausnahme ist. Das Schwein hat es nicht anders verdient.‹«

Wunddesinfektion und Verbandszeug
Drei Jahre zuvor

Das Blut auf der Innenseite ihrer Schenkel ist mit einer anderen Flüssigkeit vermengt, und Mercy nimmt den Duschkopf herunter, um sich abzubrausen.

Sie nimmt sich Zeit, um sich zu waschen.

Ihre Tränen vermischen sich mit dem Duschwasser, und sie genießt die Leere zwischen dem Gestöhne und Gejapse. Genießt sie? Nein, nicht wirklich.

Sie hört das ungeduldige Werkeln der Männer draußen im Wohnzimmer, jemand hört sich an, als wäre er betrunken, dann wird eine Bierdose aufgemacht. Ein Geräusch der Erwartung. Sie hat keine Ahnung, wie viele es sind. An einem gewöhnlichen Tag sind es zwischen acht und zweiundzwanzig.

Mercy weiß, dass es nach dem vierten anfängt wehzutun. Die Schmerzgrenze liegt bei zweiundzwanzig.

Diejenigen zwischen vier und zweiundzwanzig machen den Unterschied aus. Sie sind das Ticket, das sie von hier wegbringt. Die ersten vier sind bloß das Dach über dem Kopf, Essen, Miete und so weiter.

Die zweiundzwanzig ist das Glas Schampus als Trost.

»Next one!«, ruft sie hinaus.

Sie wissen, wer sie ist. Sie ist die junge Schwarze. Die Neue.

Vor der Tür tut sich etwas.

Next one wirkt unsicher und schüchtern.

»Use a condom«, sagt sie.

Sie hört ihn in der Tasche kramen, als er sich zu ihr umdreht, hat er ein rotes Tütchen in der Hand. Er schiebt die Tür zu.

Sie schließt ab.

Er starrt sie an.

»I don't want to«, sagt er plötzlich, und sie sieht, dass er feuchte Augen hat. »Can't we pretend?«

»Pretend what?«

»That we fuck...«

Sie wechseln einen Blick. Draußen im Wohnzimmer herrscht Unruhe.

»Come here«, sagt sie schließlich.

Er geht ein paar Schritte auf sie zu.

Sie kann den Blick nicht von den Comicfiguren auf seinen Boxershorts losreißen. Sie sieht seine beginnende Erektion – und dass er sich schämt.

Mercy packt das Handwaschbecken und rüttelt daran.

Sie stöhnt. Er starrt. Sie gibt vor zu genießen. Er gibt vor zu genießen.

Ein Zahnputzbecher fällt zu Boden und zerspringt. Sie keucht auf und stöhnt. »Oh Jesus... Fuck me. Fuck me harder.«

Er ist zu unsicher, um bei der Scharade mitzumachen.

Sie spielt. Er spielt, so gut er kann.

Dann bekommt sie ihr Geld, und sie gehen auseinander.

»Next one!«, ruft sie ins Wohnzimmer mit den Fremden.

Diesmal ist Next one Fernfahrer aus Polen, fünfzig, hat einen behaarten Rücken und weint nach dem Erguss.

Mercy sitzt auf einem Klappstuhl in Buchenwald und ist kein Kind mehr.

Sie ist dreizehn Jahre alt, es ist früh am Morgen, und sie hat immer noch einen Rausch. Sie nimmt alles in blassen Farben wahr, graubraune Baumstämme mit grünem Moos und Laub am Boden wie ein gelb-rot-brauner Teppich.

Sie macht die letzte Bierflasche auf und trinkt. Vor ihr summt der Gaskocher unter Roxanas verbeulter Suppenschüssel. Es wird vermutlich ihre letzte Mahlzeit sein, bevor sie aufbricht, denn gestern Abend ist zum dritten Mal in dieser Woche die Polizei da gewesen. Sie sollen innerhalb von vierundzwanzig Stunden ihre Zelte abbrechen.

In ihrem Rucksack liegen in ein Handtuch gewickelt vierzig Zehneuroscheine: die Überbleibsel von den Fahrten in das rote Backsteinhaus im Hamburger Hafen, Geld von insgesamt zweiundzwanzig Männern, die genug hatten von den legalen Bordellen, Geld, das durch zwei Hände gegangen ist. Die von Roxanas Cousin Gavril und die einer Deutschen namens Bärbel.

Sie bezeichnen sich als Vermittler, und Bärbel nimmt sich den Löwenanteil. Die Alte will auch Geld für Make-up, Klamotten, Alkohol, Drogen, Sexspielzeug, Kameras, Pornofilme und Fernseher, Kondome und die Pille danach, Zimmermiete und Erste-Hilfe-Kram wie Kühlpacks, Wunddesinfektion und Verbandszeug. Besonders Letzteres ist extrem wichtig, weil man im Voraus nie weiß, was die Männer vorhaben.

In der vergangenen Nacht hat ein Kunde der Ukrainerin Irina den Arm gebrochen.

Es ist, als hätten sie zwei Gehirne.

Zwei Mal hat Mercy das Medaillon abgenommen, das sie von ihrem Arzt bekommen hat, dann hat sie es sich doch anders überlegt und sich das Medaillon wieder umgehängt. Es ist wie ein Fluch. Wenn sie es trägt, ist sie abergläubisch, wenn sie es abnimmt, ist sie auch abergläubisch. Sie wünscht sich, sie hätte es niemals angenommen. ASTAGHFIRULLÂH.

Ich bitte um Vergebung. Aber nicht Gott.

Verzeih mir, Papa.

Sie denkt jeden Tag an ihn, jede Stunde, manchmal jede Minute. Oft tut es weh, aber dann ist es gut, dass sie Dusty hat.

Wir finden dich, versprochen.

Sie hat so ein Gefühl, dass ihr Vater in Schweden ist und dort auf sie wartet. Kürzlich hat sie geträumt, dass sie Schwedisch miteinander sprechen und die Sprache wie eine Melodie klingt.

Die Bierflasche ist bereits leer, als die drei Männer kommen. »Stricatā«, zischt einer von ihnen, setzt seine Stiefelsohle auf ihren Rücken und tritt zu.

Als sie vom Klappstuhl fällt, sieht sie zwei weitere Personen im Hintergrund. Einen Mann und eine Frau.

Es sind Florins und Roxanas Verwandte, die sie allein deswegen hassen, weil sie schwarz ist.

Der Mann, der sie getreten hat, schleudert ein graues Bündel auf die Erde.

Zuerst erkennt sie nicht, was es ist, dann will sie nicht sehen, was es ist, will nicht begreifen, kann nicht begreifen.

Ein Schrei entsteht in ihrem Kopf, er wird lauter und immer lauter und schließlich so gellend, dass ihr die Tränen über die Wangen laufen. Sie liegt immer noch am Boden, streckt sich nach der Bierflasche.

Der Mann macht einen Schritt auf sie zu. Seinen letzten.

Ihr Hass ist auf einen Punkt mitten auf der Stirn konzentriert, genau dort tut der Schrei besonders weh.

Ihr ganzer Hass sitzt in diesem Schrei, und der Mann vor ihr ist drei Anhänger der Boko-Haram, er ist der Arzt, der ihnen das Haus weggenommen hat, er ist der Türke, der nutzlose Schwimmwesten verkauft hat, er ist all die Rassisten, die sie bespuckt und bei unsäglichen Namen genannt haben, er ist der fette Mann, der Irina den Arm gebrochen hat, weil er sie festhielt, damit ein anderer Fettwanst ihr in den Mund ejakulieren konnte, und er ist Bärbel, die das ganze Geld an sich rafft.

Der Mann vor ihr ist alle in ein und derselben Person.

Und er hat soeben seinen letzten Schritt getan.

Sie schlägt die Bierflasche gegen die Kante des Gaskochers, und dann sticht sie zu. Die Scherbe bohrt sich in seinen Hals, und als er zu schreien versucht, ist nur ein Gurgeln zu hören.

Sie zieht die Flasche heraus und holt erneut aus, wieder und wieder, beugt sich über ihn und sticht so oft zu, bis die Flasche in den Sehnen hängen bleibt.

Der Schrei in ihrem Kopf übertönt die Schreie der Idioten, die versuchen, sie aus der blutigen Grütze am Boden zu ziehen, sie schlägt wie wild um sich, kratzt und beißt, ehe es ihr gelingt, sich loszuwinden, ihren Rucksack mit dem Geld zu schnappen und wegzurennen, direkt in den Wald hinein, wo die Baumstämme so dicht stehen, dass kein Auto hindurchkommt. Aber es folgt ihr ohnehin niemand.

Sie haben gesehen, wie der schwarze Spalt sich geöffnet hat und das Böse zum Vorschein gekommen ist.

In einem Haus am Sunset Beach mit großem Balkon
Fishy

Die Hochhaussiedlung in Fisksätra sieht noch genau so aus, wie Nova sie in Erinnerung hat.

Hierher zurückzukommen kommt für sie der Rückkehr an den Ort des Verbrechens gleich, und sie hat einen schlechten Geschmack im Mund, als sie an dem Haus vorbeifahren, in dem sie aufgewachsen ist. Sie wirft einen Blick nach oben zum Balkon und stellt sich vor, wie Jussi dort mit einer Bierdose in der Hand und einer Zigarette im Mundwinkel am Geländer lehnt.

Mercy legt den Arm um sie. »Komisch, dass es ausgerechnet hier passiert ist.«

»So komisch ist das auch wieder nicht. Fishy ist immer noch ziemlich günstig, obwohl es nicht weit ist bis in die Stadt. Ist sicher praktisch, hier einen Schlafplatz zu haben.«

Blomman hat drei Häuser weiter von jenem Haus eine Wohnung gemietet. Es ist eine von vieren, über die er in Stockholm verfügt.

Blomman und sein Freund Juris aus Lettland sind offenbar über ein Once-in-a-lifetime-Filmchen gestolpert, und auf dem Weg hierher hat Blomman erklärt, was das bedeutet.

Einer der Hacker, der ihnen geholfen hat, damit die Bullen die illegalen Livesendungen nicht zu der Lagerhalle in Västberga zurückverfolgen können, ist hinter die wahre Identität einiger Kunden gekommen.

Und einer von denen, die sich bei ihren Filmen einen runtergeholt haben, ist wohl ein hohes Tier, Jurist oder Polizist oder so.

Der Hacker hat alles Mögliche über den Mann zusammengetragen und ist zu dem Schluss gekommen, dass er das perfekte Erpresseropfer vor sich hat.

Offenbar ist er überdies sehr von ihr angetan und überzeugt davon, dass sie mit ihm gechattet und ihm versichert hat, sie sei zusammen mit Mercy für Sadomaso-Sex zu haben, obwohl in Wahrheit Blomman derjenige ist, der all das arrangiert. Im Übrigen ist Blomman eher verschwiegen, um wen genau es sich handelt, sie wissen nur, dass er Zugang zu einem Sommerhaus in der Nähe des Nacka-Reservats hat und die ganze Sache dort stattfinden soll.

Blomman zufolge schieben Nova und Mercy dafür mindestens hunderttausend ein, wenn nicht mehr. Und in ein paar Tagen können sie Schweden vielleicht hinter sich lassen.

Als sie das Haus betreten, versucht Nova, alle schlechten Erinnerungen von dort zu verdrängen.

Es heißt doch, man soll seine Träume visualisieren, damit sie wahr werden, und sie stellt sich Palmen, Strände, schöne Menschen vor und sich selbst mit Mercy in einem Haus am Sunset Beach mit großem Balkon und Blick auf ein azurblaues Meer.

Sie sieht ihren Namen in einem Stern auf dem Walk of Fame in Hollywood.

Blomman und Juris sitzen in der Küche und rauchen, während Mercy und Nova versuchen, sich auszuruhen. Die Wohnung ist anspruchslos. In ihrem Zimmer steht ein einziges Möbelstück, ein schmales quietschendes Bett, das sie sich teilen müssen.

Die kahlen Wände erinnern Mercy an ihre erste Nacht im Flüchtlingsheim in Bräcke. Dort war es still, als lägen draußen sämtliche Tiere unter Schnee begraben.

»Wir hauen ab...« Sie flüstert, damit Blomman und Juris nichts hören. »Das hier geht schief, ich spüre das. Wenn der Typ von der Polizei ist, dann geht das bestimmt nicht gut aus.«

»Er ist vielleicht kein Polizist. Blomman hat doch auch was von einem Juristen gefaselt. Der ist doch einfach nur total verpeilt. Wir gehen in die Küche und reden ein bisschen mit den beiden.«

Blomman und Juris verstummen, als Nova und Mercy hereinkommen. Die Küche ist genauso karg wie das Schlafzimmer, hier stehen bloß ein Tisch und vier Stühle. Die Jalousie ist heruntergelassen, auf dem Tisch stehen eine Flasche Wodka, ein Tetrapak Orangensaft und ein paar leere Bierflaschen.

»Ich weiß, dass ihr Stoff habt«, sagt Nova. »Wir müssen uns vor heute Abend entspannen.«

Blomman zuckt mit den Schultern und legt einen Beutel auf den Tisch, den Nova sich schnappt, während Mercy einen Drink runterkippt und das Glas wieder vor Juris hinstellt.

Juris wirkt irritiert, aber er mischt ihr einen neuen Drink. Auf der Herfahrt ist ihr aufgefallen, dass er immer wieder auf ihr Medaillon geschielt hat. Sie nimmt das Lederband in die Hand und lässt den Anhänger hin und her baumeln. Ein paar von Juris' Tätowierungen lassen darauf schließen, dass er Muslime nicht sonderlich mag.

Juris schraubt den Orangensaft wieder zu und sieht Mercy wortlos an.

»Zauberkräfte«, sagt sie und stupst das Medaillon wieder an.

Juris schnaubt und spielt mit den Kiefermuskeln.

Seine Oberarme sind so dick wie ihre Oberschenkel, trotzdem kann sie grob zuschlagen.

»Ich bin eine muslimische Hexe«, sagt sie, greift nach dem Feuerzeug und hält es ein paar Zentimeter unter ihre Handfläche. Entzündet die Flamme, während Juris versucht, gleichgültig auszusehen.

Die heiße Flamme sengt ihr die Hand an, und sie wartet auf das knisternde, zischende Geräusch von verbrennender Haut. Sie weiß, wie es klingt, wenn ein Mensch verbrennt.

Ein Mädchen, das Blessing hieß.

Juris sagt kein Wort, aber er beginnt, auf seinem Stuhl herumzurutschen, trinkt einen Schluck Bier, zündet sich eine neue Zigarette an, und allmählich hat Blomman begriffen, was sie da treibt. Mindestens eine Minute ist verstrichen.

Du bist ein Mörder.

»Hör auf«, blafft Blomman und packt sie am Handgelenk, versucht, die Hand von der Flamme wegzuziehen, aber sie ist stärker als er.

Du bist ja verrückt.

»Allahu akbar«, sagt sie mechanisch, ohne eine Miene zu verziehen. Ihr Gesicht ist vollkommen entspannt, ihre Hand ruhig. Zwei Minuten müssen vergangen sein, sie kann ewig so dastehen, bis die ganze Hand zu brennen anfängt.

Nova packt sie an den Schultern und versucht, sie zu schütteln, aber sie ist unerschütterlich.

»Allahu akbar.«

Juris ballt die Faust und steht auf, obwohl er groß ist, ist er flink, und der Schlag trifft ihren Handrücken, das Feuerzeug fällt ihr aus der Hand, prallt von der Tischplatte ab und fliegt in hohem Bogen durchs Zimmer.

Der Mann vor ihr ist drei Anhänger der Boko-Haram, er ist der Arzt, der ihrer Familie das Haus weggenommen hat, er ist der Türke, der nutzlose Schwimmwesten verkauft hat, er ist all die Rassisten, die sie bespuckt haben, er ist all die fetten Typen, die Mädchen den Arm brechen und in den Mund ficken, er ist all die alten Weiber, die Geld an sich raffen, er ist alle Männer, die Katzen umbringen.

Der Mann vor ihr ist all das zusammen, in ein und derselben Person.

»Keine Bange«, sagt sie. »Das ist nicht meine Wichshand.«

Dann stößt sie den Stuhl um und stürzt sich auf ihn.

Störung eines Gottesdienstes
Kronoberg

Den Schnee, der in den letzten Tagen in dicken Flocken gefallen ist, hat der Regen in ein paar wenigen Stunden weggespült. Tropfen prasseln auf den Fahrradhelm, und bis zum Cityterminal hat sich die Feuchtigkeit einen Weg unter den Regenschutz gesucht, den Vera ihm geliehen hat. Kalt laufen ihm Tropfen den Rücken hinab, als er bei Rot hält.

Am Morgen ist er mit erneuerter Entschlossenheit aufgewacht, hat Lasse angerufen und ihm mitgeteilt, dass er an seinen Arbeitsplatz zurückkehre. Lasse hat sich erfreut gezeigt und gesagt, er habe eine neue Aufgabe für ihn.

Als er sich von Vera verabschiedet hat, hat er sie in den Arm genommen.

»Melde dich heute Abend«, hat sie noch gesagt.

Dann ist er losgefahren, und ihm ist klar geworden, dass er die vergangene Woche ohne Vera nicht überstanden hätte. Sie war für ihn da und hat sich um ihn gekümmert, sie haben die Einsamkeit miteinander geteilt. Diese gemeinsame Melancholie hatte fast schon einen gewissen Charme.

Er wirft einen Blick in Richtung Hauptbahnhof, der sich im ewigen Umbau befindet. Rund um die Statue des Eisenbahnbarons Nils Ericson, die jemand mit einer Mütze und einem grün-weißen Schal geschmückt hat, befinden sich mit Planen bespannte Gerüste. Ein paar Raucher stehen am Eingang dicht gedrängt unter Schirmen zusammen. Alle außer einem. Eine vom Regen durchnässte, krumm gebeugte Gestalt.

Sebastian?, schießt es ihm durch den Kopf. Ja, er ist es, kein

Zweifel. Sebastian unterhält sich mit einem Mann, und ihre Gestik lässt auf ein hitziges Gespräch schließen. Der Mann legt Sebastian eine Hand auf die Schulter, und sie gehen zum Eingang. Die kleinen schlurfenden Schritte lassen auf einen älteren Mann schließen. Ehe sie durch die Tür gehen, bleibt er stehen und sucht etwas in seiner Innentasche.

Dann sieht Kevin, wie Sebastian mit dem alten Mann die Wartehalle betritt.

Die Tür zum Besprechungsraum steht halb offen, und er kann seinen Chef hinter einer großen Frau mit schwarzen Locken ausmachen. Er vermutet, dass das Emilia Svensson ist, die Kriminaltechnikerin, die Lasse für die Arbeit mit dem Laptop gewinnen konnte, und als er den Raum betritt, ist er überrascht. Jemand, der Emilia Svensson heißt, ist in seiner Welt jung, maximal dreißig, und strohblond. Diese Frau ist dunkel und um die fünfzig.

Sie geben sich die Hand, und er nickt Lasse zu, ehe er die Tür hinter sich schließt und Platz nimmt.

Lasse berichtet, dass Love Martinsson sich am Morgen gemeldet habe, nachdem er einen Brief von den gesuchten Mädchen bekommen hat. Er liest von seinen Notizen ab, dass der Brief die detaillierte Beschreibung eines Totschlags enthält und Mercy gesteht, vor drei Jahren in Hamburg einen Mann getötet zu haben.

»Totschlag?«

»Ja – oder Mord. Ich hab die Kollegen mit den entsprechenden Infos versorgt. Außerdem hat Love Martinsson uns einen Namen genannt, der interessant sein könnte. Es handelt sich um einen Mann namens Ulf Blomstrand, genannt Blomman.«

Den Namen hat Kevin noch nie gehört.

Auf dem Tisch stehen zwei Rechner, einer davon kommt ihm ziemlich bekannt vor.

»Dann kurz zu dem, was wir auf den Rechnern gefunden haben«, verkündet Lasse und wendet sich an Emilia. »Könntest du bitte den Stand der Dinge für uns zusammenfassen?«

»Sebastian Dagerman hat uns dabei geholfen, er war gestern hier und hat ein paar interessante ...«

Kevin zuckt zusammen. »Halt, was war das? Ihr habt euch von *Sebastian* helfen lassen? Veras Sohn?«

Emilia sieht ihn erschrocken an. »Ja, hat er dir nicht mit dem Rechner geholfen?«

»Haben wir ihn darum gebeten, oder ging das von ihm aus?«, will Kevin wissen.

»Sebastian hat sich an uns gewandt.« Emilia fährt ihren Rechner hoch. »Er hat ein Programm geschrieben, das Personen aufspüren kann, die pornografisches Material im Internet verbreiten. Über einen Bug im Modem kann er den Inhalt ihrer Rechner sichtbar machen – einfach alles: Bankdaten, persönliche Dokumente, Suchverläufe im Netz. Das spart euch monatelange Arbeit.«

»Freut mich«, sagt Kevin.

In mehrerlei Hinsicht. Fakt ist, dass das einfach phänomenal gut ist, und er kann sich ein Grinsen nicht verkneifen. Womöglich ist Sebastian doch gerade dabei, sich aus seiner Isolation rauszuarbeiten.

»Nur eine Sache noch«, wirft Lasse ein. »Wir wissen noch nicht, ob so ein Programm legal ist oder nicht. Sollte sich herausstellen, dass diese Vorgehensweise in irgendeiner Form gegen das Gesetz verstößt, sind die Ergebnisse als Beweise unbrauchbar. Unsere Juristen prüfen das gerade.«

Emilia dreht ihren Laptop so, dass Kevin und Lasse den Bildschirm sehen können. Ein Register mit IP-Adressen. »Das hier sind Personen, die sich seit ein paar Tagen Kinderpornos runterladen und miteinander teilen und das auch in diesem Augenblick gerade tun ...« Zwei neue IP-Adressen tauchen auf dem Bildschirm auf. »Die meisten verwenden Direct Connect, sie kopieren sich also die Dateien direkt von den anderen Rechnern.« Sie verzieht angewidert das Gesicht. »Ich bin hier zum ersten Mal mit solchen Dingen in Kontakt gekommen ... Material hab ich noch nicht gesichtet, aber ich hätte mir nie vorgestellt, dass solches Material dermaßen schnell verbreitet wird. Dadurch wird alles so konkret, dass man es förmlich vor sich sieht.«

Er kann sie verstehen. Im Register erscheinen drei weitere IP-Adressen, und unwillkürlich muss er an den Kopfgeldjäger Leonard Smalls aus *Arizona Junior* denken, der sich Kinderschühchen als Trophäen an seine Honda Shadow hängt. *My friends call me Lenny. But I got no friends.*

»Bevor ich euch zeige, was wir dank Sebastian gefunden haben«, fährt Emilia fort, »möchte ich noch etwas sagen, worüber ich früher nie wirklich nachgedacht habe, bevor ihr mich hinzugezogen habt ... Ich bin rein interessehalber mal sämtliche Haushaltserlasse seit 2006 durchgegangen. In keiner einzigen Direktive der Regierung, in der es um Ressourcen für die Polizeibehörden geht, war je von Kinderpornografie die Rede. Und das geltende Strafmaß ist lächerlich.«

Lasse nickt. »Ja, Kinderpornografie wird noch immer unter dem siebten Abschnitt geführt – unter Straftaten gegen die öffentliche Ordnung. Es wäre logischer, wenn sie unter dem achtzehnten Abschnitt subsumiert würde.«

»Straftaten gegen die persönliche Freiheit«, sagt Kevin. »Oder unter dem siebzehnten Abschnitt ...«

»Straftaten gegen die körperliche Unversehrtheit«, ergänzt Emilia. »Stattdessen werden Sexualstraftaten mit läppischen Ordnungswidrigkeiten wie der Störung eines Gottesdienstes oder ungebührlichem Benehmen auf öffentlichen Plätzen gleichgesetzt.« Emilia gibt etwas in ihren Rechner ein und verbindet ihn mit dem Laptop. »Derjenige, der diesen Laptop benutzt hat...« Sie unterbricht sich. »Tut mir wirklich leid, Kevin. Es deutet alles darauf hin, dass es sich um deinen Vater handelt, aber ich will lieber von einem User sprechen, bis die Identität hundertprozentig geklärt ist. Der User dieses Laptops also«, fährt Emilia fort, »ist einer von dreiundzwanzig Männern, die sich Puppenspieler, Puppet Master oder Master of Puppets nennen. Die Männer sind übers ganze Land verteilt, von Vellinge in Skåne bis Skellefteå in Västerbotten. Sie verwenden dieselben Profilbilder, dieselben Statusmeldungen, und sie arbeiten eng zusammen. Anfangs verüben sie Cybergrooming, allerdings mit dem Ziel, Fotos und Filme zu produzieren, die sie dann in ihrem Netzwerk und darüber hinaus teilen. Es gibt außerdem drei Nutzer im Ausland: zwei in Thailand und einen in den USA.«

Sie zeigt ihnen die komplette Liste, erst die jeweilige IP-Adresse, dann den dazugehörigen Namen mitsamt Personennummer.

Zuoberst steht der Name seines Vaters, und sein Magen krampft sich zusammen.

Er überfliegt die restlichen Namen. Gewöhnliche schwedische Namen, Männer zwischen achtzehn und fünfundsiebzig. Bei einem Namen bleibt sein Blick hängen. Er ist vollkommen ruhig, während er nachprüft, ob die Personennummer stimmt. Na klar, denkt er.

Der perverse Onkel.

Absolut logisch.

Wie es sich anfühlt, einen Mann abzustechen
Hexenkessel

Der Six-degrees-of-separation-Theorie zufolge ist ein Eskimo, der auf Grönland Latrinen gräbt, nur um sechs Ecken davon entfernt, zum Abendessen beim US-Präsidenten eingeladen zu werden. Auf schwedische Verhältnisse übertragen decken Freunde der eigenen Freunde mitsamt deren jeweiligen Freunden das gesamte Land ab. Jeder kennt im Prinzip jeden, und Love überlegt, ob Blomman und Erkan ebenfalls zu dieser Kategorie gehören.

Er schenkt sich Kaffee aus der Thermoskanne ein. Es ist ein komisches Gefühl, am Arbeitsplatz einzuschlafen und dort auch wieder aufzuwachen. Als wäre er interniert. Man hat gar keine Wahl, man muss einfach weiterschuften.

In ein paar Stunden kommt Kevin von der Rikskrim, und Love weiß nicht recht, was er ihm erzählen soll. Er würde ein Gespräch vorziehen, bei dem keiner von ihnen Polizist und Psychologe wäre.

Sie würden über Gefühle reden. Über Gefühle für Menschen und deren Lage.

Er nimmt sich erneut den Brief der Mädchen vor. Mercy schreibt von ihrer ersten Nacht im Auffanglager in Bräcke. Ganz gleich ob sie eine Mörderin ist oder nicht: Sie kann durchaus Empathie empfinden, sie ist keine Psychopathin.

Es war still, als lägen draußen sämtliche Tiere unter Schnee begraben, und ich musste an Liam denken, den Jungen aus der englischen Kohlegrube. Er wurde verschüttet, ist aber wieder ausgegraben und gerettet worden, doch die Grube hat sich an ihm gerächt, und er ist kurz darauf an Tuberkulose gestorben.

Dann schreibt sie über ihren kleinen Bruder – da ist es das Meer, das sich gerächt hat. Er ist an Land ertrunken, weil in seiner Lunge zu viel Wasser war. Und über Dusty, den kleinen Kater, der in Hamburg verschwand. Sie glaubte schon, er wäre für immer fort, doch dann tauchte er wieder auf, nur um wenige Wochen später erschlagen zu werden.

Vielleicht ist es mein Schicksal, dass ich erst glücklich und unbeschwert bin, dann wird mir das weggenommen, und der Tod spielt mir einen Streich. Wenn das so ist, finde ich Papa eines Tages, und dann wird er sterben müssen. Sofern ich mich nicht vorher schon totgesoffen hab, was ich in Jämtland fast fertiggebracht hätte.

Die Zeit in Bräcke hat Mercys Abstumpfung gefestigt, denkt er. Und ihren Alkoholismus.

In der Flüchtlingsunterkunft fühlte sie sich nicht wohl, sodass sie immer häufiger den langen Weg in den kleinen Ort gegangen ist. Es gab dort ein Café am Bahnhof, wo sie sich mit einem Jungen getroffen hat, Mårten. Mårten mit den blonden Locken. Er lud sie auf eine Limo ein und machte sie vergessen, wie es sich anfühlt, einen Mann abzustechen, zu sehen, wie er röchelt und sein Blick erstarrt.

Mårten machte sie vergessen, dass ihre Familie ausgelöscht war.

Er stellte sie seinen beiden großen Brüdern vor, die in einem Haus im Wald wohnten. Meistens waren auch noch ein paar andere Typen da, und alle wollten sie das schwarze Mädchen sehen.

Irgendwann im Lauf des Sommers ging sie abends einfach nicht mehr in die Flüchtlingsunterkunft zurück und schlief stattdessen bei den Brüdern auf dem Sofa.

Love hat den Brief mittlerweile zigmal gelesen. Doch diese Passagen nehmen ihn besonders mit. Mercy wechselt hier offenbar unbewusst zwischen einem Ich und einer Sie hin und her.

Eines Nachts wurde sie davon wach, dass Mårten in ihr drin war. Ich wurde nicht wütend, wir hatten uns ja schon ein paarmal geküsst. Also beschloss ich für mich, dass ich es auch wollte. Als er fertig war, ging sie an ihm runter und sorgte dafür, dass er direkt noch mal wollte, sie war ja auch noch nicht fertig, und das zweite Mal war es wirklich gut. Danach saßen wir nackt auf dem Sofa und tranken weiter, bis ich auf seinem Schoß wieder eingeschlafen bin.

Am Anfang ist Sex die Sehnsucht nach Liebe oder Bestätigung, denkt Love. Oder einfach nur etwas Spannendes. Wenn die erste Verliebtheit sich gelegt hat, kann Sex eine Flucht aus der Tristesse sein, aus der Melancholie, der grauen und nichtssagenden, die so schwer in Worte zu fassen ist. Danach wird Sex zur Routine, und vielleicht bildet man sich da sogar ein, dass man sich besser fühlt, wenn man Geld dafür nimmt.

Als ich wach wurde, waren mehrere Typen im Zimmer, und Mårten hat mich zwischen den Beinen geleckt. Ihre erste Reaktion war, sich nach der Flasche zu strecken und einen großen Schluck zu trinken. Dann hab ich gelacht und gesagt: Wer sonst noch außer Mårten mitmachen will, muss zahlen. So schön war es auch wieder nicht, dass sie es gratis machte, und nach dieser Nacht hab ich auch von Mårten Geld genommen, weil er inzwischen nicht mehr ganz so nett war. Er war genau wie die anderen, nur halt ein bisschen jünger.

Je älter sie waren, umso mehr Geld hatten sie, und das meiste Geld hatten die Väter.

Sie ist gefährlich, denkt er. Diese unfreiwillige Vermischung von Ich und Sie.

Sie schiebt »sie« von sich selbst weg, braucht einen Sündenbock.

Ein solches Verhalten begegnet ihm gelegentlich, und die Erfahrung sagt ihm, dass es nur schwer therapierbar ist.

Ich will es mit eigenen Augen sehen
Kronoberg

»Dein Onkel?« Emilia sieht ihn skeptisch an.

Kevin nickt. »Der Alte hat sich an mir vergriffen, da war ich noch ein Kind.« Er zuckt mit den Schultern, wirkt fast erleichtert, während Lars Mikkelsen mit seinem Bleistift leise auf die Tischplatte trommelt. Das Geräusch erinnert an eine tickende Uhr und geht ihr auf die Nerven.

»Das tut mir sehr leid, Kevin«, sagt Mikkelsen schließlich. »Entschuldige bitte, aber ... Wie war das Verhältnis zwischen deinem Vater und deinem großen Bruder?«

Kevin runzelt die Stirn. »Das ...« Er verliert den Faden. Fährt sich mit der Hand durchs Haar und lehnt sich auf seinem Stuhl zurück. »Das Verhältnis war nie besonders gut. Ich weiß ehrlich gesagt nicht, wie es war, als ich noch kleiner war. Mein Bruder ist aber auch ein ganzes Stück älter als ich, wir haben kaum Kontakt, aber ... Nein, das ist eher unwahrscheinlich.«

Er hat Zweifel, denkt Emilia. Das sieht man an seinen Augen.

»Können wir uns wieder auf den Rechner konzentrieren?« Kevin nickt in Richtung Laptop. »Es waren also keine Fingerabdrücke darauf, obwohl er in der Laptoptasche verstaut war?«

Emilia kann nachvollziehen, dass Kevin seinen Vater reinwaschen will.

»Stimmt«, sagt sie. »Wir haben Spuren von Isopropanol auf dem Gerät gesichert, das ist ein Alkohol, der auch in Reinigungsmitteln für Tastaturen enthalten ist. Aber es gibt keine Fingerabdrücke – bis auf deine. Man sollte meinen, dass es Fingerabdrücke von demjenigen geben müsste, der den Rechner in die Tasche gesteckt hat, vorausgesetzt, derjenige hat keine Handschuhe getragen.«

»Übrigens«, sagt Kevin langsam, »hab ich bei der Umzugsfirma nachgefragt, und obwohl sie es natürlich nicht komplett ausschließen können, dass sie einen Karton vergessen haben, ist das doch sehr unwahrscheinlich. Vielleicht ist der Karton zu einem späteren Zeitpunkt dort abgestellt worden.«

Emilia mustert den jungen Mann, der bereit ist, alles dafür zu tun, dass nicht sämtliche Erinnerungen an seinen Vater zerstört werden. Sie kann ihn verstehen.

Lasse macht ein bedrücktes Gesicht. »Und der Film? Könnte der ein Fake sein?«

Sie denkt nach. Sie weiß nur, dass die Stimme in einem der Missbrauchsfilme die von Kevins Vater ist. »Spontan kann ich nur sagen, dass es ziemlich gut gemacht wäre, wenn es sich tatsächlich um ein Fake handeln würde... Aber da kann ich auf jeden Fall noch ein paar Tests durchführen. Von der Verbesserung des Aufnahmetons bis zur Echtheitsprüfung. Weil nicht bekannt ist, wo die Filme aufgenommen wurden, kann ich leider keine Vergleichsaufnahmen vor Ort machen, was sich oft als hilfreich erweist, aber ich kann mittels verschiedener Tests untersuchen, ob der Ton manipuliert worden ist.«

Emilia denkt daran, mit welchen Mitteln Pädophile Bildmaterial manipulieren und dass es sich dabei oftmals um Fotos handelt, da die leicht echter aussehen als bewegte Bilder. Man braucht dafür nur ein Bildbearbeitungsprogramm.

Seit sie eine Woche zuvor von der Rikskrim hinzugezogen worden ist, hat sie sich durch Berge von Prozessakten gewühlt. Die Gesetzgebung mag nach außen hin steinhart wirken, aber das geringe Strafmaß in Kombination mit der haarfeinen Grenze zwischen allem, was als Verbrechen angesehen wird und was nicht, führt dazu, dass nur wenige Staatsanwälte es für notwendig erachten, Voruntersuchungen einzuleiten. Hinzu kommt, dass es in einigen Fällen eher um Sexualmoral zu gehen scheint als um den wahrhaften Willen, Kinder vor Übergriffen zu schützen.

Sie muss an den sogenannten Manga-Fall denken. Ein Übersetzer, spezialisiert auf japanische Comics, wurde wegen des Besitzes kinderpornografischen Materials verurteilt, nachdem die Polizei Zeichnungen bei ihm beschlagnahmt hatte, die er für seine Übersetzungsarbeit benötigte. Es ging um Zeichnungen aus dem Subgenre Hentai – also pornografische Mangas, die Kinder in sexuell konnotierten Zusammenhängen darstellen. Auch wenn der Übersetzer letztinstanzlich freigesprochen wurde, war er zuvor vor dem Amts- und dem Appellationsgericht verurteilt worden.

Wenn Gerichte immer öfter zu Fehleinschätzungen gelangen, führt das schlimmstenfalls dazu, dass Kunst verboten wird, die nackte Kinder abbildet, und das trifft dann irgendwann auch auf Astrid-Lindgren-Filme und auf Gemälde von Carl Larsson zu.

»Fürs Erste deutet nichts darauf hin, dass das Bildmaterial manipuliert wurde«, stellt Lasse fest. »Die ganze Abteilung hat sich das angeschaut und ...«

»Manchmal unterlaufen selbst uns Fehler.« Kevin senkt den Blick und seufzt. »Ich will es mit eigenen Augen sehen.«

Lasse nickt und wirft einen Blick auf die Uhr. Emilia wird zwar allmählich ungeduldig, trotzdem schiebt Lasse den Laptop über den Tisch und dreht den Bildschirm herum.

Kevin startet den Film, und als Emilia die Spiegelung eines Bildes in seinen Augen sehen kann, kneift sie die Augen zusammen und hört nur noch zu.

Verfluchtes Balg. Steh auf, verdammt noch mal ...

Das Mädchen gehorcht und stellt sich hin, hat den Rücken zur Kamera gedreht, beugt sich vor und reckt den Hintern in die Höhe, während die Kamera heranzoomt und bei einer Nahaufnahme ihres Schoßes anhält.

Du bist der letzte Dreck.

»Eindeutig, das ist mein Vater. Und das soll vor fünf Jahren aufgenommen worden sein?«

Emilia zuckt beim Klang von Kevins Stimme zusammen und schlägt die Augen wieder auf.

Seine Kiefermuskeln arbeiten, und er wirkt unruhig.

»Das wissen wir nicht genau«, gibt sie zu. »Wir wissen nur, dass das Material vor fünf Jahren von einer Kamera aufgespielt wurde, und einem Kollegen aus der Technik zufolge wurde anschließend bloß eine kleinere Tonkorrektur vorgenommen. Die Aufnahme selbst ist zwischen fünf und zehn Jahre alt.«

Kevin seufzt und klappt den Laptop zu.

Er sieht irgendwie anders aus, findet Emilia. Erschöpft. Gealtert.

Um zehn Minuten verspäten
Skutskär

Ehe der Dalälven beim Skutskär-Werk in die Bottensee mündet, teilt sich der Fluss in einen östlichen und einen westlichen Arm und bildet ein Delta rund um ein paar Inselchen. Die größte heißt Rotskär, und ihr südlicher Teil ist bewaldet. Dort wurden schon Spuren von Wölfen und Bären gefunden.

Zwei Fahrräder lehnen neben dem Wanderweg an Bäumen, hinter denen ein Abhang steil zum Fluss abfällt. Zwei Kinder beugen sich über etwas, was dort am Waldrand liegt.

Eigentlich sind die zwei Jungs hergeradelt, weil sie einen bestimmten Nachtfalter aufspüren wollten. Er ist selten, in ganz Schweden gibt es ihn lediglich hier, und er ist ein Blutsauger, wie ein richtiger Vampir. Er saugt sogar Menschenblut, wenn sich die Gelegenheit bietet. Das ist fast noch spannender als Wölfe und Bären.

Nachdem sie fast die komplette Pause über nach dem Falter gesucht haben, ist ihnen die Puste ausgegangen. Doch auf dem Rückweg stießen sie auf das Grab.

Es liegt Schnee, der Boden ist hart, aber noch kann man mit den Händen graben. Da ragt etwas aus einer Kuhle, was wie eine Plastiktüte aussieht.

Neben der Kuhle, die bald so groß ist wie ein Fußball, steckt ein kleines Kreuz in der Erde. Zwei Stöckchen, die jemand mit einem schwarzen Haargummi zusammengebunden hat.

Zum Sport werden sie sich wohl um zehn Minuten verspäten.

Ein Wunder bedeutet etwas Gutes
Hexenkessel

Obwohl die Schweden nicht gern mit Fremden sprechen, sagen sie Hej, auch zu Leuten, die sie gar nicht kennen. Ihr Nationalgericht ist Pizza, ihr Nationalgetränk Alkohol. Dass ich mit der Sauferei angefangen habe, war der erste Schritt zu meiner Integration in diesem Land.

Love trinkt einen Schluck Kaffee und spuckt ihn gleich wieder in die Tasse zurück. Er ist kalt geworden, und als er den Deckel der Thermoskanne abschraubt, um nachzuschenken, stellt er fest, dass die Kanne leer ist.

Er steht auf und läuft in die Küche, um die Kaffeemaschine neu zu befüllen. Während der Kaffee durchläuft, versucht er, die Welt mit Mercys Augen zu sehen.

Sie ist aufgebracht darüber, dass die Lage in Nigeria niemanden in Schweden zu kümmern scheint. Seit den Unruhen 2009 hat die Boko-Haram immer mehr Zulauf bekommen, und der neue Anführer ist nur umso charismatischer als der vorherige. Inzwischen bekämpft die Boko-Haram auch Muslime, sie kämpft gegen alle, die sich nicht der reinen Lehre verpflichtet sehen, und sie kämpft sogar weiter, wenn auf sie geschossen wird, denn die Terroristen sind so high, dass ihnen alles egal ist. Wie Zombies, wie Mercy, wie No Mercy, der schwarze Spalt.

In Mercys Welt brodelt es ständig, sie schäumt über, und sie tickt aus.

Wenn man in einer Menschenmenge intensives Parfum riecht, dann muss man aufpassen. Die machen die Selbstmordattentäter glauben, dass sie garantiert ins Paradies kommen, wenn sie starkes Parfum auftragen, ehe sie sich in die Luft sprengen.

Mercys Vater hat ihr mal gesagt, dass derjenige, der es nicht wert ist, geliebt zu werden, auch nicht wert ist, gehasst zu werden. ASTAGHFIRULLÂH.

Love begrüßt die Reinigungskraft und dann die Pflegerin, die Frühdienst hat. Der Hexenkessel erwacht um ihn herum nach und nach zum Leben.

Er hat zwar kaum geschlafen, aber er vermisst seine Tabletten nicht.

Er geht zum Empfang, um sein Postfach zu leeren. Es könnten neue Anfragen gekommen sein, die er beantworten muss. Seit Alice', Novas und Mercys Verschwinden sind immerhin drei Plätze frei, und der private Träger des Wohnheims möchte diese Plätze möglichst bald wieder besetzt sehen. Der staatliche Beitrag wird pro Bett gezahlt, und leere Betten schlucken Geld.

Im Postfach liegt tatsächlich ein Kuvert, das an ihn adressiert ist, allerdings sieht es nicht aus wie die Anfrage einer der Sozialbehörden für einen freien Therapieplatz.

Es sieht eher aus wie Privatpost.

Sowie er den Umschlag geöffnet hat, weiß er, dass es mehr ist als das.

Ein Wunder bedeutet etwas Gutes. Wunder sind so selten, dass es sie – verglichen mit bedeutend schlimmeren Vorkommnissen, schieren Katastrophen –, im Prinzip gar nicht gibt.

Auf eine Kernschmelze zu hoffen ist realistischer, als auf ein Wunder zu hoffen.

Und trotzdem hat er gehofft. Wunder können auch einfach nur Glück bedeuten.

Sogar die Handschrift sieht ähnlich aus, stellt Love fest.

Mercys Vater lebt.

Genau wie du
Kronoberg

Als Emilia geht, bleibt Kevin mit Lasse im Konferenzraum zurück. Sein Chef wirkt nachdenklich, und sie schweigen eine Weile.

»Also ... Warum ist Love Martinsson nicht sein richtiger Name?«, will Kevin wissen. »Dem Sachbearbeiter zufolge, mit dem ich gesprochen habe, hat er vor anderthalb Jahren einen neuen Namen angenommen. Ich wollte ihn eigentlich nur überprüfen, weil er mir nicht ganz koscher vorkam.«

Lasse nickt. »Verstehe ... Aber vor dem Hintergrund dessen, was ich über ihn weiß, wäre das Zeitverschwendung.«

»Und was weißt du über ihn?«

»Das muss aber unter uns bleiben.« Lasse faltet die Hände und beugt sich über den Tisch. »Love hat bereits 1988 eine neue Identität bekommen, da war er achtzehn. Er hat uns bei einer Ermittlung geholfen, ich war selbst einer der Kollegen, die sich für seine neue Identität ausgesprochen haben. Ich war außerdem daran beteiligt, als sein Name ein weiteres Mal geändert wurde – und zwar 2011, als er in einem weiteren Fall als Zeuge ausgesagt hat.«

»Love hat uns schon mal geholfen?«

»Ja, ist ja auch naheliegend, bei seinem Beruf. Als ich zum ersten Mal mit Love telefoniert habe, hatte ich schon so eine Ahnung, dass es sich um dieselbe Person handeln könnte. Seinen neuen Namen kannte ich natürlich nicht, aber die Art zu reden kam mir bekannt vor. Und dann natürlich seine Tätigkeit. Das war ja logisch.«

»Logisch?«

»Ja ... Love ist als Kind sexuell missbraucht worden. Genau wie du.«

»Und als Erwachsener will er jetzt anderen helfen, die in eine ähnliche Situation geraten sind, meinst du?«

Kevin sieht Love vor sich. Die fast schon fragile Erscheinung des Therapeuten bei ihren Gesprächen im Wohnheim vor einer Woche. Kevin hat es sich so erklärt, dass er die Versehrtheit der Mädchen absorbiert hat, mit denen er arbeitet.

Dabei stammt die Versehrtheit in Wahrheit aus seinem eigenen Innern.

Von eigenen Verletzungen.

Zurückgeschickt zu werden
Hexenkessel

Zur selben Zeit, als Mercy dreizehn Monate zuvor ein paar Hundert Meter vom Hexenkessel entfernt in Begleitung zweier Pflegerinnen aus dem Bus gestiegen ist, der sie von Bräcke hierhergebracht hat, saß ein Mann in seinem Büro an der Vintergatan in Malmö und starrte auf einen Bildschirm.

Der Mann arbeitete beim Amt für Migration und hatte einen Namen auf einer Liste mit Asylbewerbern wiedererkannt, deren Anträge abgelehnt worden waren. Er druckte den entsprechenden Vorgang sofort aus.

Hier war ein riesiger Fehler passiert, und der Beamte hoffte inständig, dass sich die Sache wieder geradebiegen lassen würde.

Dreizehn Monate später steht Love Martinsson mit einem Brief in der Hand da und fragt sich, was die schwedischen Behörden eigentlich treiben.

Mercys Vater hat eine schöne Handschrift.

Dear Mister Love Martinsson,

I hope you are the right person to contact in my case. I do not want to bother you with a phone call, instead I choose to write a letter that you can read when you have time.

Nach allem, was Mercys Vater von den Sozialbehörden erfahren hat, ist Love als nächste Kontaktperson genannt, weil Mercy nicht in einer Pflegefamilie untergebracht wurde.

Er berichtet, dass er zum zweiten Mal innerhalb eines Jahres nach Schweden gekommen sei, um Asyl zu beantragen, diesmal beim Amt für Migration in Stockholm. Ferner sei er darüber informiert worden, dass seine Tochter sich ebenfalls in Schweden aufhalte.

Noch während er auf den Bescheid vom Amt auf sein aktuelles Gesuch gewartet hat, hat er Fotos seiner Tochter in der schwedischen Presse gesehen, doch die Texte kann er nicht nachvollziehen.

Wenn das, was da steht, wirklich stimmt, dann muss etwas Schreckliches passiert sein, seit sie sich in Hamburg aus den Augen verloren haben.

Love würde am liebsten laut aufschreien.

Schon der erste Asylantrag, den Mercys Vater bei der Ankunft in Schweden gestellt hat, hätte bewilligt werden müssen.

Als Love weiterliest, traut er seinen Augen nicht.

Es gibt ein weiteres bürokratisches Problem.

Mercys Vater wurde von der schwedischen Polizei vor Kurzem für tot erklärt. Das Amt für Migration hat diesbezüglich auf ein Rundschreiben verwiesen: 2005/52, VERFAHRENSWEISE IM UMGANG MIT VERSTORBENEN.

Offiziell befindet sich Mercys Vater in einer Kühlbox auf einem Leichentransport nach Kano in Nigeria und nicht in einer Flüchtlingsbehörde.

Kafka lässt grüßen, denkt Love und blättert um. Sämtliche Datenbanken leuchten rot auf, wenn ein Toter Asyl beantragt, und Mercys Vater schreibt, er habe die ersten Stunden nach seiner Ankunft gedacht, dies alles sei ein böser Traum. Als Allererstes hätten sie seine Papiere beschlagnahmt, weil die falsch sein müssten, schließlich sei die Person, für die er sich ausgebe, verstorben. Einer der Sachbearbeiter informierte die Polizei und erfuhr, dass der Tote auf einer Brücke im Zentrum von Stockholm gefunden worden war.

Laut Obduktionsbericht war er im Fahrwerksschacht eines Flugzeugs entweder erfroren oder erstickt, war dann herausgefallen und auf eine Brücke aufgeschlagen, wo er anschließend überfahren wurde. Es war nahezu unmöglich gewesen, die Leiche zu identifizieren, aber die Ausweispapiere waren mit denen von Mercys Vater identisch gewesen.

Der Grund, warum er nun einen Brief schreibe und nicht persönlich komme, sei, dass er sich nicht frei bewegen dürfe. Er sitze in Stockholm in Gewahrsam und warte darauf, abgeschoben zu werden.

Love fällt auf, dass die Handschrift geschwungener und schräger wird, als hätte Mercys Vater schneller geschrieben.

I will go back in time a bit and tell you my story, from the sad day when I lost my daughter at the bus stop in St. Pauli up to the moment when I arrived in Stockholm.

Er wurde von zwei Wachmännern aus jenem Busbahnhof hinausbefördert und irrte anschließend wochenlang ziellos umher, um seine Tochter zu finden. Irgendwann nahm ihn ein polnischer Fernfahrer mit bis nach Malmö, wo er das erste Mal Asyl beantragte – vergebens.

I know that Sweden is a tolerant country, but I could not prove my homosexuality. They simply did not believe me because I also told them that I was married and had a family. They say that a lot of people who seek asylum come with lies. If I had lied about my family instead of telling the truth, maybe they would have believed me.

Er sollte nach Nigeria zurückgeschickt werden und landete auf einem Flug mit Zwischenhalt in Brüssel, wo er sich davonstehlen konnte.

It was there I met him. The man I believe is the man whom they found on the bridge in Stockholm. His name was Moses, he was from Ghana, and we were around the same age. Sometimes Europeans have trouble seeing the difference between us West Africans.

Er hatte sich Moses für ein paar Tage angeschlossen, doch dann war er eines Morgens aufgewacht, und Moses war nicht mehr da gewesen. Später, als er entdeckte, dass sein Pass verschwunden war, glaubte er, er hätte ihn verloren, und erst in

Stockholm ging ihm auf, dass Moses ihn ihm vermutlich entwendet hatte.

Nachdem er fast acht Monate lang in Brüssel umhergestreift war, hatte er genug Geld für neue Papiere beisammen sowie ein finanzielles Polster, um sich bis nach Schweden durchzuschlagen.

Er geht nicht näher darauf ein, wie er es angestellt hat. Erneut ist er mit einem Fernfahrer nordwärts gefahren, diesmal mit dem Ziel Stockholm.

Now I will do anything to find my daughter. She is all I have left. Please, Mister Martinsson, can you in any way help me?

Die Fichten vor dem Fenster sehen grau aus im matten Tageslicht, es ist Tauwetter, aber der Nieselregen wird schon am Abend wieder in Schnee übergehen.

Love kommt eine Idee, und er legt den Brief aus der Hand.

Jetzt ist die Tür nicht länger angelehnt
Skutskär

Der Schnee schmilzt wieder, aber Teile der Fahrbahn sind mit einer verräterischen Eisschicht bedeckt, und Kevin fährt behutsam in die Kurven. Kurz vor Älvkarleby klingelt sein Handy, und er greift zu seinem Headset.

Es ist jemand aus dem Pflegeheim für Demenzkranke in Farsta. »Ich soll Grüße bestellen von Ihrem Bruder. Er war hier und meinte, dass er ein paarmal vergeblich versucht hat, Sie zu erreichen. Es geht vermutlich um den Verkauf der Villa, und Ihre Unterschrift fehlt noch.«

Er ist also noch in der Stadt, denkt Kevin.

»Okay, ich rufe ihn später zurück.«

»Ihre Mutter möchte Sie gern noch sprechen. Haben Sie kurz Zeit?«

Das schlechte Gewissen versetzt ihm einen Stich. »Natürlich ... Wie geht es ihr denn?«

»Auf das neue Medikament spricht sie besser an. Die Nebenwirkungen sind nicht ganz so stark.«

»Gut, geben Sie ihr ruhig den Hörer.«

»Sofort ... Sie hat mich gebeten, eine Sache zu notieren, damit sie nicht vergisst, warum sie Sie anrufen wollte. Ich lese es Ihnen am besten gleich vor.«

»Ja gern.«

»Sie hat gesagt: ›Papa hat Kevin geschlagen. Papa wollte sich entschuldigen, aber er hat es nicht mehr geschafft. Entschuldige dich bei Kevin.‹« Die Pflegerin räuspert sich. »Es tut mir leid, wenn es so war.«

»Mein Vater hat mich nicht geschlagen«, entgegnet Kevin. »Niemals.«

»In Ordnung, schön zu hören. Hier ist Ihre Mutter.«

Es knackt in der Leitung, als er über die Brücke am Dalälven fährt.

»Hej, Kleiner...« Ihre Stimme ist sanfter, und sie spricht langsamer als beim letzten Mal.

»Hej, Mama. Du wolltest mich etwas fragen? Du hast die Pflegerin gebeten, etwas auf einen Zettel zu schreiben.«

»Auf einen Zettel? Ja, ach so... Schau an. Ja, hier liegt er.«

Auch wenn sie verwirrt ist und schleppend redet, kann man immerhin bis zu ihr durchdringen. »Und was steht auf dem Zettel?«

Wieder zehn, fünfzehn Sekunden Stille. »Papa will sich entschuldigen«, sagt sie dann. »Weil er dich geschlagen hat.«

»Papa hat mich nie geschlagen«, entgegnet Kevin.

»Das war nicht gut«, fährt sie fort, als hätte sie ihn nicht gehört. »Am schlimmsten war es, als wir nach Stora Essingen gezogen sind. Ich weiß, dass er sich dafür geschämt hat, aber er hatte eben so ein Temperament, er...«

»Mama, er hat mich doch gar nicht geschlagen, da irrst du dich, du...«

Plötzlich ist ihm alles klar.

Er sieht seinen Bruder vor sich. Nicht den erwachsenen Unterdrücker, sondern das Kind, in einem Fotoalbum.

Er steht auf einer Brücke und hält eine Angel in der Hand, vermutlich draußen auf Grinda.

Papa hat *ihn* geschlagen, denkt er. Nicht mich.

Papa hat nicht das verwöhnte Nesthäkchen geschlagen, den kleinen Jungen, der alles bekam, worauf er gezeigt hat, unter anderem ein rotes Jo-Jo.

Papa hat *ihn* geschlagen.

Hat er auch andere Sachen mit ihm gemacht?

Kevin läuft es eiskalt über den Rücken. »Hat er sich an meinem Bruder vergriffen?«

Keine Antwort. Zuerst glaubt er, sie hätte aufgelegt, aber dann hört er eine Stimme im Hintergrund, vermutlich die einer Pflegerin. Ohne darüber nachzudenken, hat er beschleunigt und das Schild mit der Begrenzung auf fünfzig mit achtzig Stundenkilometern hinter sich gelassen. Ausgerechnet als seine Reifen den Grip verlieren, antwortet sie.

»Niemand hat sich an irgendwem vergriffen.«

Er tritt die Kupplung, das Auto rutscht erst ein wenig nach rechts, dann kommt es wieder zurück auf die Spur, und er kann abbremsen.

»Hej då, Kevin.«

Sie legt auf.

Er fährt nach Skutskär, an Bungalows vorbei, biegt immer wieder ab. Aber mit den Gedanken ist er woanders, er sitzt auf dem Schoß seines Vaters, ist fünf Jahre alt und hat eine kleine Donkey Kong jr. in der Hand – eine Minikonsole von Game & Watch, die ihm sein Bruder vermacht hat.

Nach einer Woche spielt er schon besser als sein Vater, der seine steifen, rissigen Hände vorschiebt, die aufgesprungen und hinüber sind, seit er in seiner Jugend auf den Fischerbooten in Ångermanland gearbeitet hat.

Als er vor dem Hexenkessel parkt, ruft Lasse an und setzt ihn kurz über Blomstrand ins Bild. »Vor zehn Jahren tauchte er in einer Ermittlung wegen sexuellen Missbrauchs eines dreizehnjährigen Jungen auf. Wir konnten den Fall nie abschließen, aber es ist immerhin ein Hinweis. Außerdem ist er zwei Mal verurteilt worden, weil er Raubkopien von Filmen, vor allem von pornografischen Filmen, verbreitet hat. Ein weiterer Hinweis, auch wenn es da nicht um Kinderpornografie ging, soweit ich weiß.«

Als Kevin das Gespräch beendet hat, ist er überzeugt, dass Love Martinssons Tipp mit Ulf Blomstrand ein Treffer ist.

Love Martinsson wirkt wesentlich weniger fragil, und Kevin fragt sich schon, ob er Stärke mit Schwäche verwechselt hat.

Er legt den Brief auf den Tisch, den Nova und Mercy ihm geschrieben haben, und fasst den Inhalt zusammen, während Kevin die Seiten durchblättert.

Ich habe so oft zugestochen, bis die Flasche in den Sehnen hängen blieb.

»Glauben Sie, Mercy könnte ein zweites Mal töten?«, erkundigt sich Kevin.

»Ich fürchte, ja.«

Love legt weitere Briefbogen vor sich auf den Tisch. »Das hier ist ein Brief von Mercys Vater.«

»Mercys Vater?«

Kevin nimmt die Seiten entgegen. Aus irgendeinem Grund muss er an eine Tür denken, die angelehnt ist, obwohl sie verschlossen sein sollte.

»Ich wollte damit warten, bis Sie kommen, und habe weder mit ihm gesprochen noch mit jemandem vom Migrationsamt, aber vor dem Hintergrund dessen, was in dem Brief steht, kann es sich tatsächlich nur um Mercys Vater handeln. Er erwähnt Dinge, die auch in Mercys Erzählungen auftauchen. Die sie mir in zwei Therapiesitzungen anvertraut hat.«

Der Brief ist sechs Seiten lang, Kevin liest ihn sich eilig durch.

Love hat recht, denkt er. Da hat die Rechtsmedizin geschlampt. Er kennt den Chefpathologen nicht persönlich, weiß aber, dass Ivo Andrić der Ruf eines Perfektionisten vorauseilt. Nun gilt das nicht automatisch für seine Kollegen. Manchmal werden Fälle wie dieser nachrangig behandelt.

Jetzt ist die Tür nicht länger angelehnt. Sie steht weit offen, weil sie überhaupt nie verschlossen war.

Er ist Mercy nie begegnet, meint aber, sie zu kennen, und das Kribbeln in seinem Bauch ist nicht mehr nur vor Anspannung da, sondern auch vor Freude.

»Ich hab da eine Idee«, sagt Love.

»Aha, was denn für eine?«

»Könnten Sie nicht die Medien ins Boot holen, um Mercy zu finden?«

Kevin denkt nach. »Vielleicht… Wir könnten ihren Vater bitten, sich an die Öffentlichkeit zu wenden – er könnte sie dazu bringen, sich zu erkennen zu geben. Das könnte wirklich funktionieren.«

Bald haben wir sie, denkt Kevin und ruft die Rikskrim an.

Während er telefoniert, beobachtet er Love, der vor ihm sitzt, die Beine übereinandergeschlagen und die Hände im Schoß gefaltet hat.

So sitzen alle Psychologen.

Ein gläubiges Zuhause
Stocksund

Emilia Svensson parkt vor dem Haus der Familie Pontén.
Den Angaben zufolge gehört Sven-Olof ein BMW, der ist jedoch nirgends zu sehen.
Herzukommen und mit Alice zu reden ist Emilia spontan eingefallen. Sie würde Lasse und Kevin gerne entlasten, aber nach ihrer Besprechung war sie unsicher und hatte keine Ahnung, welche Fragen sie überhaupt stellen sollte. Dann hat sie in der Kriminaltechnik angerufen und um eine E-Mail mit Fotos von Freja Lindholms Trägerhemd gebeten. Wenigstens zu dem Aufdruck kann sie Fragen stellen.
Sie steigt aus und geht den Steinplattenweg zu Ponténs Reihenhaus entlang.
Landgren, Johansson, Frykberg und Sund, liest sie, als sie an den Briefkästen vorbeikommt. Die Nachnamen sowie die unansehnlichen Sechzigerjahre-Häuser aus rotem Backstein gibt es in jedem typisch schwedischen Mittelschichtenvorort, aber allein die Postleitzahl verrät, dass es sich nicht jeder leisten kann, hier zu wohnen.
Das erste Zeichen dafür, dass sie ein gläubiges Zuhause aufsucht, begegnet ihr in Form des Türklopfers. Sie hebt Jesus an und lässt seine Fersen leicht gegen die Tür schlagen.
Åsa Pontén hat ein Puppengesicht, eingerahmt von einer blonden Pagenfrisur. »Yes?« Ihr Lächeln sieht angestrengt aus. »My husband is not here.«
Emilia ist perplex. »Hej, ich heiße Emilia … und Sie können Schwedisch mit mir sprechen.«

Sie sei Kriminaltechnikerin bei der Polizei und wolle kurz mit Alice sprechen. »Es ist keine Vernehmung«, erklärt sie. »Ich müsste mich nur kurz mit Ihrer Tochter über ein paar Details unterhalten – allerdings ist es nicht nur wichtig, sondern auch eilig.«

»Geht es um die beiden Mädchen?«

»Ja, genauer gesagt geht es um drei Mädchen.«

Die Frau wirft einen Blick die Straße entlang, um sicherzugehen, dass sie von niemandem beobachtet werden. »Kommen Sie«, sagt sie dann, weicht einen Schritt zurück und lässt Emilia eintreten.

Sie ist schlank, zwischen vierzig und fünfzig, und ihre feinen, leicht spitzen Züge und die graue Alltagsgarderobe hinterlassen bei Emilia einen unterkühlten, harten Eindruck.

Åsa Pontén ist nervös. Trotzdem ist ihr auch eine gewisse Neugier anzumerken.

Sie durchqueren ein Wohnzimmer, das aus den Fünfzigerjahren stammen könnte, und Åsa hält auf der Schwelle zu einem Arbeitszimmer inne. Alice ist nicht da, aber der Duft eines Lavendelparfums hängt in der Luft. An den Wänden hängen String-Pocket-Regale mit fein säuberlich aufgereihten Ordnern, Emilia tippt auf Versicherungsunterlagen. Davor stehen zwei Stühle an einem Schreibtisch mit einem Stoß Schulbüchern.

»Sie können solange im Wohnzimmer warten, ich hole sie«, sagt Åsa.

Emilia nimmt auf einem schwarzen Ledersofa Platz und blickt durchs Panoramafenster hinaus in den Garten. Eine kleine Terrasse, dahinter kaum mehr als dreißig Quadratmeter Rasen. Die Wohnzimmereinrichtung ist vermutlich zwischen 1950 und 1965 hergestellt worden. Keine teuren Möbelstücke, denkt sie, als sie das Telefon klingeln hört.

Schnelle Schritte werden auf der Treppe zum ersten Stock lauter, und Åsa nimmt den Anruf entgegen. Häuser wie dieses haben dünne Gipswände, und obwohl Åsa leise spricht, kann Emilia hören, was sie sagt.

»Hej, Erik... Ja, er ist zur Arbeit gefahren, aber Alice ist da. Und du, ich hab Besuch, ich muss auflegen. Aber ich erzähl's dir später.«

Im Regal links neben dem Sofa steht ein Plattenspieler, und während sie das Telefonat im Flur belauscht, beugt sie sich hinüber und versucht zu lesen, was auf den Schallplattenhüllen steht.

»Okay... Ich kann Alice bitten, nachher zu dir rüberzugehen... Sven-Olof ist übers Wochenende nicht da, und wir beide können... Ja, ich ruf dich an... Bis dann!«

Ein paar Platten mit klassischer Musik und gregorianischem Chorgesang. Dann stutzt sie.

Sie steht auf und sieht sich die Schallplatten genauer an.

The Clash? Kraftwerk?

»Wem gehören denn die Platten?«, fragt Emilia, als Åsa Ponten ins Zimmer zurückkommt.

»Das sind alte Platten von Sven-Olof. Er will sich einfach nicht davon trennen.«

Emilia schiebt *Autobahn* von Kraftwerk ins Regal zurück. »Ich hoffe, ich bringe nichts durcheinander... Ich meine, wenn Sie telefonieren müssen, dann kann ich auch selbst zu Alice hochgehen.«

Åsa lächelt. »Nein, nein, kein Problem, das war nur meine Schwester.«

Die Erik heißt und mit der du eine Affäre hast, denkt Emilia und lächelt zurück. »In Ordnung, dann warten wir einfach auf Alice, nicht wahr?«

»Sie ist im Bad und will nicht rauskommen.«

»Vielleicht können wir ja gemeinsam zu ihr hochgehen«, schlägt Emilia vor, und Åsa nickt.

Die Treppe nach oben ist zur Diele hin offen. Rechts hängen

Familienporträts an der Wand, Fotografenbilder von Alice und ihren Eltern, und während sie in den ersten Stock hinaufgehen, stellt Emilia fest, dass die Fotos in chronologischer Reihenfolge aufgehängt sind. Alice wird auf den Fotos immer jünger: Am oberen Treppenabsatz ist sie ein Säugling, den der Vater im Arm hält.

Die Treppe mündet in einen schmalen Flur mit drei geschlossenen Türen. Die Badezimmertür ist die hinterste, an der Wand direkt daneben hängt ein Druck von Rubens' *Anbetung der Hirten*.

Es gibt keine Schwelle, und die hellgraue Auslegeware scheint bis ins Badezimmer hineinzureichen.

»Alice?« Åsa stellt sich vor die Tür. »Kannst du bitte rauskommen?«

»Nein.«

Alice ist siebzehn und hat noch immer eine Kinderstimme. Plötzlich fühlt sich Emilia unwohl.

In Novas und Mercys Ermittlungsakten wird sie als potenzielle Zeugin genannt, und an eine Formulierung erinnert sie sich besonders gut.

Den Angaben von Alice' Therapeutin zufolge hat das Mädchen gegen ihre Eltern rebelliert und in Pornofilmen mitgewirkt. Mehrere Filme sind derart gewalttätig, dass bei einigen Szenen von Vergewaltigungen ausgegangen werden muss.

Die Filmaufnahmen liegen drei Jahre zurück.

Da war Alice vierzehn, denkt Emilia. Ist in die achte Klasse gegangen, war vermutlich cool und hat gern provoziert, ganz so wie es sich gehört. Ein Teenager in engem T-Shirt und kurzem Rock, ein Kind, das erwachsen sein will. Mitunter reif genug, um lebenswichtige Entscheidungen zu treffen, aber genauso oft manipulierbar und naiv.

Sie klopft an die Tür. »Ich heiße Emilia. Ich bin Kriminaltechnikerin und will dir nur ein paar Fragen stellen zu …«

»Gehen Sie, bitte.«

Åsa legt Emilia eine Hand auf die Schulter. Die Geste kommt unerwartet, und ihre Blicke treffen sich für einen Moment. Åsas Blick ist sanft, und tonlos wispert sie: »Weiter.«

»Wovor hast du Angst, Alice?«, erkundigt sich Emilia.

Auf die Frage folgt Stille. Nur ein leises Knacksen, und Emilia ahnt, dass Alice sich gegen die Wand lehnt.

»Warum willst du nicht mit mir reden? Ist es, weil ich von der Polizei bin?«

Immer noch keine Reaktion, und Emilia lässt ein paar Sekunden verstreichen, ehe sie noch mal von vorn anfängt.

»Es geht um das Oberteil, dass Freja Lindholm dir gegeben hat. Ich hab es nicht selbst gesehen, aber die Kollegen aus Gävle haben es untersucht und zu Experten nach Linköping geschickt. Es sind Haare darauf sichergestellt worden – und Erdpartikel. Du musst nicht rauskommen, wenn du nicht willst, aber du wärst mir eine große Hilfe, wenn du wenigstens ein paar Minuten für mich hättest. Das Top hat einen Aufdruck. Da steht *Hunger* darauf, und ...«

»Freja hat gesagt, dass sie nicht mehr zurückkommt. Ich hab das Top als Abschiedsgeschenk bekommen, aber es war mir zu groß, also hab ich es als Stinkestopper verwendet.«

»Stinkestopper?«

»Ja, wir stopfen die Lüftung zu, damit wir den Fabrikgestank nicht riechen müssen.«

Wieder Stille.

Gedämpftes Schluchzen hinter der Tür.

»Freja war nicht allein, als sie weg ist«, sagt Alice schließlich. »Ich dachte schon, sie wollten zu dritt verschwinden, aber die anderen zwei sind zurückgekommen.«

»Wie meinst du das? Wer ist zurückgekommen?«

»Nova und Mercy«, antwortet Alice. »Aber Freja war nicht dabei.«

Mit Benzin übergossen
Gävle

Während Kevin von Novas Verhältnissen bereits ein relativ klares Bild hat, dann bekommt jetzt allmählich auch Mercys Geschichte klarere Konturen.

In Bräcke hatte sie mit ein paar Jungs Kontakt und sich regelmäßig prostituiert, zuerst für die Jungen, dann für deren Väter. Offenbar hat es niemanden gekümmert, dass sie noch ein Kind war.

Nach all dem zu schließen, was Mercy geschrieben hat, ist sie aller Wahrscheinlichkeit nach nicht dorthin geflüchtet; die Jämtland-Spur zu verfolgen lohnt sich ganz sicher nicht.

Als Kevin vom Parkplatz vor dem Hexenkessel fährt, um die 76 nach Gävle anzusteuern, muss er an eine Frau namens Barbro Göransson denken, die Einzige, der Mercy nicht egal war.

Barbro hat ehrenamtlich im Flüchtlingsheim von Bräcke gearbeitet und ist oft durch den Ort gefahren, um nach Mercy zu suchen. Gerüchte machten die Runde, und bis zum Ende des Sommers brachte sie genug in Erfahrung, um damit zur Polizei gehen zu können. Allerdings versteht es sich von selbst, dass ein Polizeidistrikt von den Ausmaßen eines Kleinstaats mit lediglich drei Beamten kein eigenes Dezernat für Sexualdelikte hat. Dank Barbro kam es mit Unterstützung der Kollegen von der Länskrim aus Östersund trotzdem zu einem Polizeieinsatz. Am Ende landeten sieben Männer vor Gericht, zwei davon waren Väter der Jungs.

Es war eine einzige widerliche Schlammschlacht.

Dem Verteidiger zufolge hatte das nigerianische Mädchen die Männer verführt und nach dem Sex erpresst.

Guck sie dir doch an, sie sieht locker aus wie achtzehn!
Er kann es beim besten Willen nicht mehr hören.
Sie hat meine Mandanten mit dem Vorsatz belogen, sie in die Irre zu führen. Und nun drohen ihre Lügen die Karrieren zweier erfolgreicher, respektierter Mitbürger zu ruinieren.
Einer der verurteilten Väter war Erster Beigeordneter der Gemeindeverwaltung und parteipolitisch aktiv, der andere ein Therapeut mit eigener Praxis.
I'm not really a therapist. I'm the rapist.
Obwohl er sich ziemlich sicher ist, dass dieses Zitat nicht aus *The Walking Dead* stammt, muss er ausgerechnet an diese Fernsehserie denken, während draußen der Gestank der Papierfabrik stärker wird.
Die Menschheit wird irgendwann noch von Zombies ausgelöscht. Es sind auf der Welt nur noch wenige Menschen übrig, trotzdem können sie nicht zusammenarbeiten, geschweige denn miteinander auskommen.
Auf Zombies kann man sich wenigstens verlassen, denkt er. Die sind vorhersehbar, sie täuschen niemanden und spielen keine Spielchen. Sie töten nur, wenn sie hungrig sind, und sind im Grunde nicht schlechter als Tiere.
Nur Menschen hintergehen einander wegen Nichtigkeiten.
Menschen sind wirklich schlecht.
Er denkt an Erkan. Eine Ausbildung in psychologischen und sozialen Einrichtungen, aber kein studierter Therapeut; seinen Chefs und Kollegen zufolge engagiert, geht in seiner Arbeit auf. Gleichzeitig ist er Zuhälter, der seine sogenannten Ideale für Geld über Bord wirft.
Der Fabrikgestank wird unerträglich, und Kevin fällt wieder ein, was sein Vater mal gesagt hat, als sie an der Fabrik bei Kramfors vorbeigefahren sind. Nämlich dass es dort weder nach Sulfit noch nach Sulfat stinkt.
Sondern nach Geld.

Er erreicht Gävle, überall liegt Schneematsch. Unzählige Male ist er hier schon vorbeigefahren, auf dem Weg nach Ångermanland oder zurück. Die Ausfahrt West führt ins Zentrum, und linker Hand wird die Bebauung dichter: eine bunte Mischung verschiedenster Baustile, und wie in vielen schwedischen Städten sind nur wenige Gebäude älter als der letzte Großbrand. Hier und da ragen palastähnliche Häuser in den Himmel, und auf der rechten Seite liegt ein Barockgarten von enormen Ausmaßen. Als der Park schließlich endet, biegt er links auf eine der zentralen Alleen ab und fährt im Zickzack zum Fluss hinunter.

Knorrige Laubbäume säumen die schnurgerade Kaimauer, und auf der anderen Uferseite steht der über zehn Meter hohe Strohbock und wartet nur darauf, dass jemand ihn anzündet. Dafür, dass der Strohbock das Wahrzeichen der Stadt ist, wird er recht stiefmütterlich behandelt. Er wurde bereits mit Benzin übergossen, von Aufreißerautos gerammt, mit Feuerwerkskörpern und brennenden Pfeilen beschossen, und er tut Kevin fast schon ein bisschen leid.

Erkan sitzt in U-Haft in einem Gebäude, das aussieht wie ein Klotz aus Blech und Backstein. Das Revier Gävle sieht aus wie eine kleinere Kopie des größten Untersuchungsgefängnisses Schwedens, des Kronobergshäktet. Allerdings ist der karge Siebzigerjahre-Bau grau, während Kronoberg braun ist.

Die leitende Ermittlerin heißt ihn am Empfang der Dienststelle willkommen. Es ist dieselbe Frau, die er zuvor in Skutskär getroffen hat.

»Bevor Sie mit Erkan sprechen, möchte ich Ihnen gern etwas zeigen«, sagt sie.

Sie gehen einen langen Flur entlang und betreten ein kleines Zimmer.

Zwei durchsichtige Asservatenbeutel liegen dort auf einem Tisch. In einem davon stecken Zweige, der Inhalt des anderen ist nicht klar erkennbar. Es könnte ein zerknüllter Zettel sein.

Sie streift sich Latexhandschuhe über. »Zwei Kinder haben das hier im Rotskär-Wald beim Fluss gefunden.«

In dem Beutel liegt ein kleines Tütchen, das offenbar in der Erde gelegen hat. Es enthält eine A4-Seite, die sie auf den Tisch legt.

Ich kann nicht mehr weiterleben.

Aktiv im Netz unterwegs
Stocksund

Sowie Emilia sich ins Auto gesetzt hat, ruft sie über ihr Headset Lasse an.

»Laut Alice war Freja in der Nacht, als sie verschwand, mit Nova und Mercy zusammen«, sagt sie und wirft einen Blick zurück auf das Reihenhaus.

Durchs Küchenfenster sieht sie Åsa und Alice Pontén am Küchentisch sitzen. Sie stecken die Köpfe zusammen, als wären sie in ein vertrauliches Gespräch vertieft.

Emilia lässt den Motor an, legt aber den Gang nicht ein. »Alice hat mir erzählt, dass sie Drogen genommen haben«, fährt sie fort, »und dass Nova kaum noch ansprechbar war, als sie zurückkamen.«

»Das ist alles?«

»Ich glaube, dass Alice vor Nova und Mercy Angst hatte und sich nicht traut, alles zu sagen.«

Als ihr ein Auto entgegenkommt und in die Einfahrt biegt, legt sie den ersten Gang ein und fährt an. Am Straßenrand hält sie erneut.

»Dann holen wir Alice eben zu einer Befragung ab«, sagt Lasse, während Emilia im Rückspiegel sieht, wie Sven-Olof Pontén aus dem Wagen steigt. Sie kann einen kurzen Blick auf sein Gesicht erhaschen. Er sieht müde aus.

»Da ist noch etwas«, sagt Lasse.

»Was denn?« Sie behält den Rückspiegel im Blick.

»Wir haben ein Fax aus den USA bekommen«, sagt Lasse, während Åsa Pontén ihrem Mann die Haustür aufmacht. Als die

Tür zufällt, fährt Emilia wieder ein Stück zurück, um besser sehen zu können.

»Das Fax enthält die persönlichen Daten eines US-Amerikaners, auf den eine der dreiundzwanzig IP-Adressen registriert ist«, erläutert Lasse.

Alice und ihr Vater stehen sich in der Küche gegenüber. Emilia kann Alice' Gesicht sehen, während Sven-Olof dem Fenster den Rücken zukehrt. Alice führt eine Hand zum Gesicht.

Sie weint, denkt Emilia.

Lasse liest vor: »Joseph Louis McCormack. Geboren am sechzehnten April 1951 in Marion, Illinois. Verstorben am einundzwanzigsten November 2006 in Atlanta, Georgia.«

Im Küchenfenster nimmt Sven-Olof Pontén seine Tochter in den Arm und tröstet sie, so wie ein guter Vater es macht.

»Einer der Puppenspieler ist also tot?«

»Ja, vor sechs Jahren gestorben.« Lasse hält kurz inne. »Es ist nur so, dass Joseph Louis McCormack immer noch aktiv im Netz unterwegs ist. Genau in diesem Augenblick, während wir miteinander telefonieren.«

Eine Stimme aus dem Reich der Toten.

Oder ein weiterer Puppenspieler.

Von allem die Nase voll
Gefängnis, Gävle

Zwei Stöckchen, zusammengebunden zu einem Kreuz.
Und ein zerknittertes Blatt Papier.
Ich kann nicht mehr weiterleben.
Ich habe nichts mehr, was Geld wert ist, aber Alice soll meinen Schal bekommen, der hat ihr gefallen. Sie kann auch mein Hunger-Top haben, obwohl sie von der Musik nichts versteht. Meine Zigaretten können sich Nova und Mercy teilen. Die restlichen Sachen in meinem Zimmer könnt ihr einfach wegwerfen. Eli, eli, lema sabachtani!
Ich gehe in den Fluss und ertrinke, so wie Satan mich erschaffen hat.
Ich sterbe, so wie der wahre Wille es sagt. Widersetze dich nie der Natur. Mit dem Fluss werde ich zum Meer getragen, die Fische fressen mein Fleisch, und meine Knochen zerfallen zu Staub.
Veni, vidi, VIXI.
Freja Lovisa Lindholm

Hunger, denkt Kevin. Die hat Frejas Therapeutin erwähnt, sowohl die Black-Metal-Band selbst als auch den Selbstmordkult, und jetzt fällt ihm auch wieder ein, was die Therapeutin gesagt hat: In der letzten Zeit sei Freja ruhig und entspannt gewesen – gefährlich friedlich.

Wenn Freja vor sieben Wochen Selbstmord verübt hat, wer hat dann unter ihrem Namen die Facebook-Posts geschrieben?

»Der Brief ist ja wohl in der Absicht geschrieben worden, damit ihn jemand liest«, meint Kevin. »Warum ist er dann vergraben worden?«

»Vielleicht hat sie es sich anders überlegt?«, schlägt die leitende Ermittlerin vor.

»Klingt irgendwie abwegig ... Gibt es Fingerabdrücke?«

»Ja, von ein paar langfingrigen Zehnjährigen – dieselben Jungs, die den Brief ausgegraben, und von ihrem Lehrer, dem sie den Brief gezeigt haben. Bleiben noch drei, wovon ein Satz der von Freja ist.«

Die anderen Fingerabdrücke sind von Nova und Mercy, denkt er.

»Was heißt denn dieses Sätzchen?« Er sieht sich den Brief noch einmal genau an. »›Eli, eli, lema sabachtani‹?«

»Das sind Jesus' letzte Worte am Kreuz, warum auch immer sie das da schreibt, wenn sie sich im nächsten Satz auf Satan bezieht. Das andere – ›veni, vidi, vixi‹ – ist falsch geschrieben. Aber was es bedeutet, ist klar, oder?«

»›Ich kam, sah und siegte.‹ Das hat Cäsar nach irgendeiner gewonnenen Schlacht gesagt«, erklärt Kevin. »Aber den ersten, schwierigeren Satz hat sie richtig geschrieben – und hier steht das falsch geschriebene Wort in Großbuchstaben.«

Die leitende Ermittlerin zückt ihr Smartphone und gibt das Wort in eine Suchmaschine ein.

VIXI. Er liest über ihre Schulter mit, während sie durch die Treffer scrollt.

»Da.« Er zeigt auf einen Treffer aus einem Nachschlagewerk.

Sie liest laut: »*Vixi*, Definitionen. Erstens: Lateinisch für ›ich lebte‹. Zweitens: die Zahl siebzehn, eine Unglückszahl in der Numerologie. Die Summe der lateinischen Ziffern für fünf, eins, zehn und eins. ›Ich lebte‹ bedeutet so viel wie ›Ich habe gelebt, also bin ich tot.‹«

»Also: ›Ich kam, sah und lebte‹?«

»Wäre doch nicht ganz unlogisch«, sagt sie und lässt ihr Smartphone zurück in die Hosentasche gleiten. »Freja ist kurz vor ihrem Verschwinden siebzehn geworden – eine Unglückszahl.«

»Sie redet vom wahren Willen. Irgendwo klingelt da eine Alarmglocke, aber ich weiß nicht genau, wo.«

»Das hab ich auch nicht gewusst, also hab ich's gegoogelt. Ich glaube, sie verweist auf einen gewissen Aleister Crowley und eine Philosophie, bei der es darum geht, alles Künstliche abzulegen, um zum wahren Ich vorzudringen.«

Kevin nickt. »Den hab ich gelesen. Er steht in dem Ruf, der schlechteste Mensch der Welt zu sein, also hab ich mir vor ein paar Jahren einige Bücher von ihm gekauft. Der Ruf ist maßlos übertrieben.«

»Wenn Sie das sagen ...« Sie schiebt den Brief zurück in den Asservatenbeutel und verschließt ihn.

Kevin verabschiedet sich, steuert den Vernehmungsraum an und trifft dort auf Erkans Anwalt, einen mageren Mann unbestimmten Alters mit Bierbauch, grauem getrimmtem Bart und einem übertrieben festen Handschlag.

»Erkan geht es sehr schlecht in der U-Haft«, sagt er, bevor sie reingehen.

Kevin nimmt am Tisch Platz, der Anwalt setzt sich ihm gegenüber neben seinen Mandanten. Erkan sieht nicht so aus, als ginge es ihm übermäßig schlecht, er wirkt eher unbedarft.

Kevin legt sein Handy auf den Tisch, schaltet die Aufnahmefunktion ein, und nachdem er Datum, Uhrzeit und Ort der Befragung genannt hat, stellt er die erste Frage.

»Was ist in der Nacht passiert, in der Freja Lindholm verschwunden ist?«

Erkan sieht seinen Anwalt an, der ihm mit einer Geste bedeutet zu antworten. Kevin versucht, an Erkans Miene abzulesen, ob er lügt oder etwas verschweigt.

»Ich hab Freja, Nova und Mercy um kurz nach Mitternacht rausgelassen«, beginnt Erkan. »Gegen halb fünf sind Nova und Mercy zurückgekommen – beide total high und dicht. Nova war völlig zu, Mercy vielleicht ein bisschen fitter.«

»Und Freja?«

Erkan schüttelt den Kopf. »Mercy zufolge hat Freja gesagt,

dass sie von allem die Nase voll hat und nach Stockholm trampen will. Die ist einfach abgehauen.«

»Haben sie auch gesagt, was sie zwischen Mitternacht und halb fünf gemacht haben?«

Erkan hebt beide Hände. »Drogen genommen und Alkohol getrunken. Im Wald draußen.«

Kevin denkt kurz nach. »Nova und Mercy haben Sie von einem Sommerhaus draußen bei Tierp angerufen, vor etwa einer Woche. Können Sie das Telefonat sinngemäß wiedergeben?«

»Ja ... Nova und Mercy haben mich angerufen und erzählt, was passiert ist. Ich hab Panik gekriegt und sie gebeten, zu jemandem Kontakt aufzunehmen ...«

Erkan verstummt abrupt, und auch wenn er nicht grinst, hat er ein Blitzen in den Augen.

Der Anwalt sieht Kevin durchdringend an, was bedeuten soll, dass es an der Zeit ist, die Aufnahme zu unterbrechen und die Staatsanwältin anzurufen, wenn Erkan weiterreden soll.

»Der Rechtsbeistand will andeuten, dass sein Mandant eine Pause machen möchte«, sagt er, und nachdem er die Uhrzeit genannt hat, schaltet er die Aufnahme aus.

Er gibt die Telefonnummer der Staatsanwältin ein und stellt auf Lautsprecher.

Kevin berichtet, dass er soeben mit der Vernehmung begonnen habe und die Verteidigung handeln wolle. »Sie sitzen mir gegenüber und können hören, was Sie sagen.«

»Was will die Verteidigung denn haben?«, fragt die Staatsanwältin.

Der Anwalt beugt sich über das Telefon und sagt übertrieben laut: »Hej, Caroline. Wie du weißt, ist mein Mandant nicht vorbestraft. Wir plädieren auf Kuppelei.«

»Ach so? Und was kriegen wir dafür?«

»Abgesehen davon, dass mein Mandant das Fehlverhalten einräumt, bekommt ihr drei Namen: Zwei davon sind in Human

Trafficking involviert, der dritte hat für Sex mit Minderjährigen bezahlt.«

Es entsteht eine Pause. »Ich kann für Erkan vielleicht ein paar extra Zeilen erübrigen«, sagt sie schließlich.

»Danke, Caroline«, entgegnet der Anwalt. »Damit sind wir zufrieden.«

Sie legt auf, und Kevin wird das Gefühl nicht los, dass der Anwalt und die Staatsanwältin sich bereits zuvor abgesprochen haben. Dass das hier reine Routine war.

Der Anwalt wirft seinem Mandanten einen Blick zu. »Jetzt können Sie aussagen, was Sie mir erzählt haben. Fangen Sie mit der Person an, die Nova und Mercy kontaktieren sollten, als die beiden aus dem Sommerhaus angerufen haben.«

»Er heißt Ulf Blomstrand«, sagt Erkan mechanisch. »Blomstrand ist der Einzige, der mir einfiel und der die Möglichkeit hatte, die Mädchen irgendwo zu verstecken.«

»Danke, aber das bestätigt lediglich unseren Verdacht. Ich brauche mehr. Haben Sie eine Idee, wo er sich aufhält oder wo er die Mädchen versteckt hält?«

Erkan sieht seinen Anwalt an, der ihm aufmunternd zunickt.

»Er arbeitet mit einem Typen namens Juris Selesnick zusammen.«

Kevin notiert sich den Namen. »Und was wissen Sie über ihn?«

»Er ist eine Art Auftragskiller ... Typ Mafia.«

»Blomstrand und Selesnick, das sind zwei Namen ... Und der dritte? Wer ist der Kunde, den Sie erwähnt haben?«

»Einmal – das war im Sommer – hab ich Freja einen Kontakt vermittelt«, sagt Erkan. »Ich hab das Auto wiedererkannt, und als Freja eingestiegen ist, hab ich auch den Fahrer wiedererkannt.«

»Sie haben sowohl den Wagen als auch den Fahrer wiedererkannt?«

»Ja, es war ein silbergrauer BMW. Am Steuer saß Sven-Olof Pontén, Alice' Vater.«

Er will sie schlagen
Graue Melancholie

»Als Kind hab ich immer geglaubt, der Mensch hätte gelernt, seine Triebe zu zügeln«, sagt Sven-Olof Pontén zu dem Mädchen auf dem Beifahrersitz. »Wie ein gezähmtes Pferd sich von seinem Instinkt lossagt, frei herumzugaloppieren.«

Sie nickt und lächelt schüchtern, und er wechselt die Spur. Das Lenkrad ist schwergängig, alles in diesem Auto sitzt an der verkehrten Stelle. Er hasst es, Åsas kleinen Nissan zu fahren.

»Mensch zu sein bedeutet, niemals zu lügen«, fährt er fort. »Derlei Ansprüche waren in meiner Kindheit wichtige Grundpfeiler bei der Vorstellung, ein wahrhafter Mensch zu werden.« Er unterbricht sich, dann fügt er hinzu: »Bei der Vorstellung ... Du hörst ja selbst, wie albern das klingt.«

Sie lächelt immer noch, zuckt aber mit den Schultern.

Er hat ihren Namen vergessen und auch, aus welchem der baltischen Staaten sie kommt, aber er weiß, dass sie kein Wort Schwedisch versteht und er sich deshalb so gut mit ihr unterhalten kann.

Sie ist vor ein paar Tagen mit der Fähre von Riga nach Stockholm gekommen, achtzehn Jahre alt, und wenn man mal von den schlechten Zähnen absieht, ist sie richtig süß. Sie hat irgendeine Geschlechtskrankheit, und er wird sie zu einem Arzt im Süden der Stadt fahren. Dafür schuldet sie ihm einen Gefallen, und er hofft, dass sie nicht gelogen hat, als sie ihm versicherte, sie sei oral nicht ansteckend.

»Weißt du, was ich letzte Woche gemacht habe?«, fragt er und sieht sie wieder an.

Sie legt den Kopf schief und streicht sich eine dunkle Locke aus dem Gesicht. »I speak English, you know. Want to speak English?«

»Nein, so ist es besser.«

Es schneit, als er über die Västerbron fährt. Die Abenddämmerung ist bis auf die roten Stecknadelköpfe der Rücklichter vor ihnen monochrom.

»In acht Tagen hab ich fünfundvierzigtausend für solche wie dich verprasst«, fährt er fort. »Åsa glaubt, dass ich im Büro bin, und meine Kollegen denken, ich liege mit Magen-Darm-Grippe zu Hause im Bett.«

Er lacht auf, tätschelt ihr den Oberschenkel, setzt den Blinker und wirft einen Blick in den Rückspiegel, ehe er wieder die Spur wechselt. Hinter ihnen fährt ein Streifenwagen, und er schluckt trocken.

Er umklammert das Lenkrad, während er das Tempo drosselt. »Ihr seid schuld, verstehst du, solche wie du«, sagt Sven-Olof.

Das Mädchen zuckt wieder mit den Schultern und dreht den Kopf zur Seite.

Es spielt keine Rolle, dass sie kein Wort versteht. Alles muss raus. Mit wem zum Henker soll er denn sonst reden?

Er blickt wieder in den Rückspiegel. Die Streife fährt noch immer hinter ihnen, und als die Västerbron in Richtung Hornstull in die Långholmsgatan übergeht, setzt er den Blinker rechts und biegt in eine Nebenstraße ein. Der Streifenwagen fährt geradeaus weiter. Er macht einen U-Turn und fährt zurück auf die Långholmsgatan. Aber er ist nicht erleichtert, im Gegenteil.

»Hör zu.« Er tippt ihr auf die Schulter. »Das ist wichtig, verstehst du?«

»Da?« Sie wirkt genervt.

»Just listen, okay? Hör mir einfach nur zu …«

Sie leckt sich die Lippen. Sie hat so einen Mund, der nie richtig stillsteht. Wenn sie nicht die Lippen zusammenkneift, sieht man die ganze Zeit ihre Zähne.

Während sie die Hornsgatan in östlicher Richtung hinter sich lassen, redet er Schwedisch mit ihr. Erzählt, dass er die vergangene Woche damit zugebracht hat zu onanieren, zu ficken, planlos durch die Gegend zu fahren, dann zurück nach Stocksund in sein Reihenhaus, wo er mit Åsa ein normales Mittagessen eingenommen hat, dann wieder ins Auto, um sich ein neues Mädchen zu holen, zu ficken, zu onanieren und noch mal zu onanieren.

Es ist befreiend, das alles zu erzählen, auch wenn sie nichts versteht.

Sie starrt ihn mit halb offenem Mund an.

»Ich verliere langsam den Überblick«, sagt er.

Sven-Olof Pontén versucht zu lachen, aber er bringt nur ein Krächzen zustande.

Als er am Zinkensdamm auf den Ringvägen fährt, spürt er, wie seine Wangen brennen, und ihm geht mit einem Mal auf, dass er weint. Das Mädchen drückt seine Hand, die den Schaltknüppel festhält.

»Don't cry«, sagt sie. »Keep talk. I listen.«

»Danke«, erwidert er und erzählt von seiner Kindheit im jämtländischen Vitvattnet.

Er erzählt von der Gemeinde, dann von seinen Eltern. Er ringt um die richtigen Worte. Nach einigen Minuten findet er, dass es genug ist.

»Wir sollen unsere Eltern ehren«, sagt er nach einer Weile.

Der Schnee fällt jetzt dichter, und der Verkehr kriecht nur langsam auf den Skanstull zu. Vielleicht hat ihm das Mädchen zugehört, vielleicht auch nicht. Möglicherweise hat sie ihn irgendwie und trotz allem verstanden, denkt er und hält an der roten Ampel am Ringen.

Jenseits der Windschutzscheibe flimmert die Welt in Schwarz-Weiß vorbei, schräg über ihnen leuchtet die Ampel rot, und er sammelt sich. Sie springt auf Gelb, dann auf Grün.

»Du glaubst vielleicht, das hier hat damit zu tun, dass ich in einem streng gläubigen Elternhaus aufgewachsen bin«, sagt er, und der Fahrer hinter ihm hupt. »Aber da liegst du falsch. Wenn irgendwas meiner Sexualität geschadet hat, dann waren das nicht Gott oder meine Eltern, es war die Welt *ohne* Gott, denn die war schlecht und hat mich dazu gebracht, die Existenz Gottes infrage zu stellen.«

Hinter ihnen hupt es erneut, trotzdem wartet er, bis die Ampel wieder auf Gelb und auf Rot umspringt.

Dann erst fährt er los, abrupt nach rechts, über die Skanstullsbron in Richtung Gullmarsplan.

»Mit den Jahren war Gott mir abhandengekommen«, fährt er fort. »Erst als Erwachsener hab ich wieder zu ihm gefunden. Åsa hat mir dabei geholfen, doch dann stellte sich heraus, dass *ihr* Glaube nicht stark genug war. Åsa hätte mich mehr unterstützen müssen.«

»You talk a lot about Åsa«, sagt das Mädchen. »Who is Åsa?«

Plötzlich atmet er schwer. Sein Blick kann sich nicht von dem Mund des Mädchens losreißen, von diesen vorstehenden Zähnen. Wenn sie lächelt, entblößt sie zu viel Zahnfleisch, aber wenn sie entspannt, öffnen sich ihre Lippen ebenfalls, und dann sind die Zähne auch nicht weniger sichtbar. Die wenigen Male, die sie den Mund ganz geschlossen hat, schiebt sie die Unterlippe nach oben, sodass sie aussieht wie eine Schwachsinnige. Trotzdem ist sie irgendwie süß.

Er wird hart. Der Trieb ist ein Labyrinth, die Erektion ein Zeichen dafür, dass er sich erneut verirrt hat.

Er will sie schlagen, so wie er Blackie geschlagen hat.

Seinen Trieb aus sich rausprügeln.

»Ich onaniere mindestens zehn Mal am Tag«, sagt er, und

seine Stimme klingt, als wäre sie in seinem Kopf eingesperrt. »Manchmal sogar doppelt so oft, aber nie seltener. Abends kommt dann kein Sperma mehr. Nur ein Schwanzzucken, dann drehe ich mich auf die Seite und schlafe ein. Die Laken sind schon ganz steif, aber mein Kopf ist auf dem Kissen gut aufgehoben.« Er steigt auf die Bremse, nimmt im Kreisel die zweite Ausfahrt in Richtung Süden auf den Nynäsvägen. »So hat alles angefangen«, erklärt er. »Dieser womöglich unbedeutende Persönlichkeitsmakel hat mich zu solchen Abscheulichkeiten getrieben.«

Er meint, eine Frage des Mädchens zu hören, aber er redet einfach weiter.

Sie nähern sich dem Globen, als ein paar Hundert Meter hinter ihnen eine Streife die Sirene anstellt.

Im selben Moment, als Sven-Olof Pontén den Wagen sieht, wird ihm klar, dass es vielleicht genau das ist, was er will.

Dass dies alles endlich aufhört.

Doch bevor alles zum Teufel geht, will er noch das Mark des Lebens in sich aufsaugen.

Das Mädchen dreht sich um. *Police! Police!*

Aber Sven-Olof Pontén redet weiter und immer weiter und noch weiter, er ist noch lange nicht fertig.

Nach Genre geordnet
Tanto

Der Dämmerzustand – *twilight state* – ist eine psychische Störung, bei der das Bewusstsein eingeschränkt und die Umwelt nicht mehr wahrgenommen wird. Eine der schwereren Formen des Leidens nennt sich Zombifikation, und der Zustand kann fast mit einem analogen Fernseher verglichen werden, der Daten nicht richtig empfangen und deuten kann, sodass ein Rauschen entsteht.

Der Tantoberget ruht in der grauen Abenddämmerung, und die kleinen farbigen Schrebergartenhäuschen sehen darin wie leuchtende Würfel in Rot, Gelb und Grün aus. Als Kevin den Toyota am Tantolundsvägen abstellt, ist die Erinnerung an seine Fahrt von Gävle dorthin wie ausgelöscht. Fast zwei Stunden auf der tristesten Autobahnstrecke Schwedens zu verbringen hinterlässt keinen bleibenden Eindruck. Hundertsiebzig Kilometer schnurgerader Asphalt. Die Zeit ist nur so dahingerast, sie hat ihn angegriffen, er fühlt sich angegriffen, und als er den Kiesweg zur Laube hinaufgeht, muss er erneut an Zombies denken.

An den Puppenspieler Joseph Louis McCormack. Den lebenden toten Amerikaner.

Und an Sven-Olof Pontén, ein richtiges Monster. Er dürfte inzwischen gefasst worden sein.

Kevin war über eine Woche nicht zu Hause und geht davon aus, dass es in dem Häuschen knapp über null Grad ist. Eine kompakte Masse klammer Luft im Stillstand. Es regnet nicht, es schneit nicht, und es ist auch nicht neblig; der Mälaren und die Ostsee geben einander einen feuchten Kuss.

Er schließt die Tür auf und stellt die Heizung an. Sie springt mit leisem Surren an. Dann setzt er sich aufs Sofa, greift zum Handy und ruft Vera an.

Es tut gut, ihre Stimme zu hören.

Er erzählt von seinem Gespräch mit Love, von seinem Besuch in Gävle, und als sie wissen will, warum er so durch den Wind ist, kann er ihr auch nicht recht sagen, weshalb.

»Mein Gehirn ist wie ausgeknipst, so fühlt es sich jedenfalls an, als hätte ich etwas übersehen, was sich direkt vor meinen Augen befindet. Ich komme mir irgendwie verarscht vor.«

»Verarscht? Von dem Typen, den du befragt hast?«

»Nein ... Ich denke da an die Filmaufnahme. Mit der Stimme von Papa ... Irgendwas stimmt damit nicht, auch wenn ich nicht genau weiß, was. Ich bin im Moment einfach zu wirr im Kopf.«

»Dann schau dir einen Actionfilm an, der macht dich müde.«

»Das hab ich vor.«

Als sie aufgelegt haben, fährt er den Rechner hoch und sucht nach einem Filmtitel, bei dem er entspannen und anschließend einschlafen kann.

Die Dateiordner sind nach Genre geordnet. Er klickt auf *Splatter und Horror* und scrollt durch die Liste, um einen Film zu finden, der seinem Gefühl des Dämmerzustands ein Ende setzt.

Sein Blick bleibt an einem Titel hängen, der als Gegengift funktionieren könnte.

Nicht durch die Nase
Fishy

Nova mustert Mercys Hand und fragt sich, wie man solche Schmerzen zu ertragen lernt. So was gegen Bezahlung zu machen ist das eine – aber Mercy hat es gratis gemacht. Viele Dinge, die sie in den Filmen machen, tun weh, trotzdem hält man sie aus, weil es am Ende eine Belohnung dafür gibt. Am schwierigsten sind die ekligen Sachen, aber es gibt Tricks, die es einem erleichtern.

Manchmal hilft es, wenn man nicht durch die Nase atmet.

Warum hast du das mit dem Feuerzeug gemacht?, denkt sie.

Mercy streckt ein Bein aus, setzt den Fuß auf den Boden, während Nova sie stützt, damit sie sitzen kann. Gerade jetzt mag Nova sie besonders, sie sieht so klein und so ramponiert aus.

Nova versucht, sie hochzuheben, aber sie hat nicht genug Kraft, fällt nach vorn und bleibt quer auf Mercy drauf liegen.

Will ein Weilchen ihre Wärme spüren, bevor sie alles hinter sich zurücklassen.

Ihre Wange ruht auf Mercys Brust, und sie bleiben liegen, solange sie können.

»Du hast nie einem Kaninchen das Genick gebrochen«, sagt Mercy unvermittelt.

»Hab ich nicht?«

»Nein, Nova. Niemals. Du liebst doch Tiere.«

Nova versteht, worauf Mercy hinauswill, und ihr wird schwindelig.

Es war meine Schuld. Aber Freja hat ja auch immer so dermaßen gejammert. Gejammert und gejammert, dass sie sterben will.

Nova zwingt die Gedanken fort, so wie Mercy es ihr beigebracht hat.

Nova denkt an Sunset Beach.

Sie haben nicht lange Ruhe. Blomman kommt, um ihnen zu sagen, dass es Zeit sei und sie sich fertig machen müssten.

Mercy schleppt sich mit dem Arm um Novas Schultern vom Bett zur Tür. »Ich kann jetzt allein gehen«, sagt sie dann und lässt los.

Während Mercy sich auszieht und unter die Dusche geht, stellt sich Nova vor den Badezimmerspiegel, um sich zu schminken.

Sie trägt dunkelroten Lippenstift auf, der schön mit ihren frisch gefärbten schwarzen Haaren harmoniert, und überlegt, dass sie es hinkriegen werden. Hunderttausend sind ja auch kein Pappenstiel.

»In einer Woche haben wir vielleicht schon ein Haus in Sunset Beach gekauft«, sagt sie.

»Sunset Beach gibt es in Wirklichkeit gar nicht«, entgegnet Mercy aus der Dusche.

»Was gibt es nicht?«

»Sunset Beach. Das ist eine Fernsehserie, kein richtiger Ort.«

»Doch, ist es wohl.«

Es muss einfach funktionieren, denkt sie. Es muss verdammt noch mal klappen.

Hollywood, here we come.

Es kann gar nicht schiefgehen.

Und manchmal hilft es ja, wenn man einfach nur nicht durch die Nase atmet.

Sogenannte Fahrstuhlmusik
Tanto

Das Gegengift für den Dämmerzustand ist *Dawn of the Dead*, der Splatter-Klassiker aus dem Jahr 1978.

Zwei Stunden lang Zombiegemetzel, und Kevin lehnt sich auf dem Sofa zurück. Im Vorspann sind Szenen aus einem Fernsehstudio zu sehen, eine hitzige Debatte über die sogenannte Pest, die ausgebrochen ist: Menschen verwandeln sich in lebende Tote, man hätte die Krise längst voraussehen müssen.

You have not listened!

In dem Film wimmelt es nur so von *Goofs*, und wie fast immer sind die meisten Schnitzer bereits im Netz zu finden, auch wenn es nicht annähernd so viel Spaß macht, dort nachzuschauen.

If we'd listened, if we'd dealt with this phenomenon properly ...

Es macht viel mehr Spaß, sie selbst zu finden.

Er fängt an, Jo-Jo zu spielen, lässt es runter und wieder herauf und im Leerlauf surren, lässt es ein Eigenleben mit Bewegungen und Tricks leben, die nur durch die Geschwindigkeit möglich sind.

Er hat *Dawn of the Dead* schon unzählige Male gesehen und bereits eine ganze Reihe von Schnitzern entdeckt. Dem Filmteam muss es ungeheuer schwergefallen sein, nicht ins Bild zu geraten. Einmal ist ein Trampolin zu sehen, das von den Stuntmen verwendet wurde, ein anderes Mal huscht jemand aus dem Filmteam vor einem Fenster vorbei.

Der Film ist einfach schlecht gemacht. Aber die Energie in den Szenen ist die pure Leidenschaft. Sämtliche *Goofs* passieren an der richtigen Stelle, sie gehören einfach dazu und machen den Film überhaupt erst sehenswert.

Adrenalin rauscht durch seine Adern, und sein größter Wunsch ist jetzt der, dabei zu sein. Mitten in der Anarchie und der symbolischen Plünderung des Kapitalismus.

You have not listened!

Überall Abweichungen vom Normalen, vom Erwartbaren. Das Jo-Jo schnellt aus der Hand, berührt den Teppich, dann zurück zur Hand.

Waffen werden abgefeuert, Schaufenster eingeschlagen, Lärm dröhnt, und Motoren heulen. Die Kakofonie ist beruhigend, und das Adrenalin schärft seine Sinne.

Trotzdem ist da irgendwas verkehrt.

Irgendwas, das er bisher übersehen hat.

Er hält den Film an, fängt das Jo-Jo auf und hält es in der Faust fest. Spult den Film um eine halbe Minute zurück und spielt ihn wieder ab.

You have not listened!

Man kann hören, ohne zuzuhören, aber nicht zuhören, ohne zu hören. Und nun hört er zu.

Das Massaker im Einkaufszentrum wird auf eine Weise in Szene gesetzt, die einzig zu einem Zweck ausgewählt wurde: nicht aufzufallen. Im Film wird dies als bizarrer Kontrast eingesetzt, als Gegensatz zur Splatter-Komik, und es fühlt sich falsch an, fehl am Platz.

Musik aus dem Kaufhaus, denkt er. Berieselung, unbekümmerte sogenannte Fahrstuhlmusik. Diese Musik ist es, die für die ganze Auflösung steht. Die dafür sorgt, dass die Szene quersitzt und scheuert.

Er macht den Film aus und ruft Emilia an. Hoffentlich ist sie noch im Präsidium.

Er wirft einen Blick aus dem Fenster. Eine ansehnliche Schneeschicht hat sich auf dem Fensterbrett gesammelt, es muss also ziemlich lange geschneit haben. Vermutlich seit er den Film angestellt hat.

»Ich will ihn noch mal hören«, sagt er, als Emilia sich meldet.

»Was?«

»Den Clip mit meinem Vater und dem rothaarigen Mädchen. Da läuft im Hintergrund Musik.«

»Ja, stimmt, aus dem Radio.«

»Kannst du ihn mir noch mal vorspielen?«

Eine eventuelle Analyse
Kronoberg

Emilia findet, dass Kevin erschöpft und ungeduldig klingt, als er sie nach der Tonaufnahme fragt.

Eine Minute und siebzehn Sekunden später schaltet sie das Gerät wieder ab.

»Hast du was gehört, was ich nicht gehört habe?«, fragt sie.

»Sagen wir es mal so: Wie oft wird in Schweden im Radio diese Art von Bluegrass-Musik gespielt?«

»Gute Frage. Ich hab den Song in verschiedene Apps und Programme eingespielt, allerdings ohne Ergebnis. Ich weiß nur, dass die Instrumentierung aus einem Banjo, einer Mandoline und einer Geige besteht. Die Lautstärke ist niedrig, die Qualität ziemlich schlecht, aber laut Tests handelt es sich vermutlich um eine Radiosendung auf Mittelwelle, die schwedische Radiosender schon seit Jahren nicht mehr benutzen – und auch davor war sie eher selten.«

»Der Film wurde also im Ausland aufgenommen?«

»Wahrscheinlich.«

»Könnte er in den USA aufgenommen worden sein?«

»Ja, oder in anderen Ländern, und ich ...«

»Ich finde ja, die Musik klingt improvisiert, so was stammt doch wohl kaum von einem schwedischen Radiosender, oder? Wo in den USA war die amerikanische IP-Adresse noch mal registriert? Ist es die des Toten, also die von Joseph Louis McCormack?«

»In Atlanta, Georgia«, entgegnet sie und hört einen Seufzer am anderen Ende der Verbindung.

»*Deliverance*«, sagt er. »*Beim Sterben ist jeder der Erste. Goddamn, you play a mean banjo.*«

»Bitte?«

»Ein Film, der in Georgia spielt, in den Appalachen, in *der* Bluegrass-Region. Wenn du je einen Film mit einem zahnlosen Jungen gesehen hast, der Banjo spielt, dann war es der.«

»Ja, den hab ich sogar gesehen.«

»Es ist nicht ›Dueling Banjos‹ und auch sonst nichts aus dem Soundtrack des Films. Aber es hat das gleiche Low-Fidelity-Feeling. Irgendeine regionale Band aus dem Bibel Belt in den USA.«

»Ich hab noch was anderes auf der Tonspur gehört«, sagt sie.

»Und ich hab das nicht gehört?«

»Hm … Ich hätte das zwar gern erst noch mit einem Kollegen gegengecheckt, bevor ich mit dir darüber rede, aber weil wir jetzt sowieso gerade dabei sind … Ich glaube, die Stimme deines Vaters wurde extra eingespielt. Im Hintergrund ist weißes Rauschen zu hören, und die Frequenz deutet darauf hin, dass es sich dabei um eine Kassette handeln könnte.«

»Eine Kassette?«

»Ja, vermutlich hat derjenige, der gefilmt hat, gleichzeitig eine Aufnahme mit der Stimme deines Vaters abgespielt. Womöglich hat man nur deshalb den Ton nicht im Nachhinein hinzugefügt, um eine eventuelle Analyse zu erschweren.«

Es entsteht eine lange Pause.

»Danke«, sagt Kevin schließlich. »Dann müssen wir jetzt nur noch eruieren, wer die Aufnahme abgespielt hat.«

Es klopft an der Tür.

»Sprichst du gerade mit Kevin?«, fragt Lasse im Hintergrund. »Dann kannst du auf Lautsprecher stellen.«

Emilia kommt seinem Wunsch nach und legt das Telefon auf den Schreibtisch.

»Ulf Blomstrand hat Zugang zu vier Wohnungen«, teilt Lasse

ihnen beiden mit, »zwei Wohnungen in Rissne beziehungsweise Akalla, außerdem hat er eine Wohnung in Rågsved und eine in Fisksätra gemietet. Ich hab dir eben eine SMS mit den Adressen geschickt.«

»Können wir sonst noch irgendetwas mit Blomstrand in Verbindung bringen? Geschäftsräume? Sommerhäuser?«

»Nein, nichts dergleichen.«

Kevin räuspert sich. »Lasse, du bist ein guter Chef.«

»Danke ... Ich gebe mir Mühe.«

»Ich will damit sagen, dass du dich nicht darum scherst, was ich in meiner Freizeit mache«, fügt Kevin hinzu und legt auf.

Emilia und Lasse sehen einander ratlos an. Dann zuckt Lasse mit den Schultern.

»Du siehst müde aus«, sagt er. »Kann ich dir trotzdem noch ein Gespräch zumuten, bevor du nach Hause fährst? Eine Kollegin, mit der du in Bergshamra zusammengearbeitet hast, wartet in der Cafeteria auf dich.«

»Schon in Ordnung. Wer ist es?«

»Yrsa Helgadóttir, und ich glaube, es ist dringend.«

Zugang zu einem Sommerhaus
Nacka

Ulf Blomstrand ist siebenunddreißig Jahre alt, sieht aber zehn Jahre jünger aus, was bemerkenswert ist, wenn man seinen Lebenswandel bedenkt. Zwanzig Jahre lang hat er höchstens sechs Stunden am Stück geschlafen, meistens waren es nur drei oder vier, allerdings fast nie nachts, weil er da arbeitet. Seit seiner Jugend haben sich all seine Geschäftsideen nur darum gedreht, die Selbstmedikation gegen seine Depression zu finanzieren, aber die einzig sichtbaren Spuren, die die Drogen hinterlassen haben, sind leicht eingefallene Wangen und dezente Ringe unter den Augen.

Schlimmer ist das, was man nicht sieht und wovon er nichts weiß: Herz und Leber sind kaputt, die Nieren arbeiten nur noch zu fünfundzwanzig Prozent, aus der Lunge ist eine Raucherlunge geworden, und die Nebenhöhlenentzündung, die ihn seit sieben, acht Jahren plagt, hat bereits das Gehirn angegriffen.

Sterben muss er sowieso, aber dann will er wenigstens so viele Alternativen wie möglich haben.

Wenn er etwas macht, dann macht er es richtig.

Alles, bis auf eins.

Er hat noch nie einen anderen Menschen geliebt.

Und indem er seine Liebe zu Männern unterdrückt hat, hat er einen starken Hass auf Frauen entwickelt.

Blomman will sich das eigentlich nicht eingestehen, aber Mercy macht ihm Angst, und zwar nicht nur, weil sie schlau ist.

Sie ist außerdem verrückt.

Zum Glück ist Juris zuverlässig.

Er schielt zu dem riesigen Mann hinter dem Steuer hinüber. Kiefer wie ein Kampfhund, Arme wie ein Ringer.

»Kannst du nicht einfach sagen, was das für ein Typ ist, den wir treffen sollen?«, fragt Nova mit ihrer piepsigen, nervigen Stimme, die ihm mit jedem Tag mehr gegen den Strich geht.

Blomman zählt bis zehn, dann starrt er durch die Windschutzscheibe in die wirbelnden Schneeflocken. Links sieht er die Beleuchtung des Autobahnzubringers, den sie gleich überqueren werden. Er weiß nicht, wie oft er wegen Novas Quengelei schon die Faust in der Tasche geballt hat, aber er weiß, dass es keine gute Idee wäre, sie zu schlagen. Besser, er lässt seinem Frust bei den Anweisungen für einen Film freien Lauf, wenn er sieht, wie dicke Schwänze in ihre ekligen kleinen Löcher gestopft werden.

Der Mann, dem sie es besorgen sollen, ist achtundfünfzig Jahre alt, arbeitet bei der Staatsanwaltschaft und hat ein Faible für Minderjährige im Allgemeinen und für Nova im Besonderen.

Der alte Sack hat Zugang zu einem Sommerhaus in der Nähe des Naturschutzgebiets Nacka – ein perfekter Ort, der nächste Nachbar ist mehrere Kilometer entfernt. Sie werden mehrere hundert Meter weit weg an einer unauffälligen Stelle parken, und die Mädchen sollen das letzte Stück allein zum Haus gehen. Der Alte lässt sie ein, und sie vereinbaren die Bezahlung. Danach ziehen sie sich aus und machen, was er will. Je perverser, umso besser. Auch wenn längst eine umfassende Dokumentation seiner Online-Aktivitäten vorliegt, kann es nie schaden, wenn sie zusätzlich auch etwas Handfestes haben, um damit zu handeln.

Sobald der Alte sich in einer besonders kompromittierenden Position befindet, kommt er mit Juris reingestürmt. Juris mit gezückter Pistole, er mit seiner Kamera.

Und dann ist alles ganz einfach. Juris verkündet, was sie alles gegen ihn in der Hand haben, was sie seiner Frau oder den Kollegen von der Staatsanwaltschaft aber nur ungern zeigen würden. Dann setzen sie ihm auseinander, welche Summe sie für angemessen halten, damit sie schweigen.

Sie sind von Fisksätra aus den Saltsjöbadsvägen in westliche Richtung gefahren. Parallel zur Autobahn. Sie kommen an der Reitschule vorbei und nähern sich dem Naturschutzgebiet. Die Straße wird schmaler, der Zustand immer schlechter, und er hofft, dass es nicht wieder zu schneien anfängt.

Er bittet Juris, das letzte Stück langsamer zu fahren. Von dort, wo sie parken wollen, haben sie das Sommerhaus mit dem Fernglas im Blick, ohne selbst gesehen zu werden. Allerdings hat Ulf Blomstrand nicht damit gerechnet, dass der verfluchte Schnee ihnen die Sicht erschweren könnte.

Als sie das Auto abstellen, bemerkt er, wie still es ist.

Und ihm fällt auf, dass die Mädchen nervös sind, sogar Mercy wirkt angespannt.

Er greift zum Fernglas.

Zuerst sieht er nichts außer Schneetreiben. Dann dass über der Sommerhausveranda Licht brennt. Und vor der Haustür steht ein Auto.

Es ist ein Ford, älteres Modell, und er wundert sich, dass ein Typ mit dreiundzwanzig Millionen auf der Bank so eine Rostschüssel fährt. Aber vielleicht ist das nur eine Vorsichtsmaßnahme vonseiten des Alten.

Vor dem Haus bewegt sich jemand.

Ein Schatten huscht an der Hauswand vorbei, dann gleich noch einer.

Er sieht mit dem Fernglas ein paarmal von links nach rechts, kann aber nichts mehr erkennen.

»Verdammt...« Da stimmt etwas nicht. »Ihr wartet hier.«

Als er und Juris im Schutz der Bäume auf das Sommerhaus zugehen, fühlt Blomman sich allmählich wieder sicherer. Er weiß einhundertzwanzig Kilo loyale Muskeln und eine Sig Sauer P226 neben sich – das gleiche zuverlässige Modell, das auch die Polizei verwendet.

Sie halten etwa zehn Meter von der Veranda entfernt hinter ein paar Tannen inne.

Nur eine heruntergelassene Jalousie können sie ausmachen, und er bittet Juris, das Fernglas zu halten, während er sein Handy zückt und die Nummer des Alten heraussucht.

Hej, hier ist Nova, schreibt er. *Wir sind gleich da. Bist du schon vor Ort?*

Dann blickt er wieder durchs Fernglas und wartet.

Nichts rührt sich im Sommerhaus. Nichts, nur kompakte, klaustrophobische Stille. Deswegen ist auch das Pling der eingehenden SMS so laut.

Er hätte genauso gut laut *Hier sind wir!* rufen können.

»Mist«, flucht er und stellt das Telefon lautlos, während er die Mitteilung liest.

Bin schon da, ihr seid jederzeit willkommen.

Also gut, denkt er und gibt Juris ein Zeichen, damit er sich wieder zum Auto zurückschleicht.

Im selben Moment wird Ulf Blomstrand – von Freunden ebenso wie von ihm weniger wohlgesinnten Bekannten Blomman genannt – mit seinen siebenunddreißig Jahren klar, dass dieses Unterfangen von Anfang zum Scheitern verurteilt war.

»Verdammt still hier«, sagt eine Stimme hinter ihnen.

Oh verdammt
Kronoberg

Yrsa Helgadóttir hat ihren Kaffee schon ausgetrunken, als Emilia sich an ihren Tisch setzt. »Entschuldige, dass du warten musstest. Worum geht's?«

»Um den Mann, der mit Tara Sex hatte«, sagt die junge Frau.

»Okay ...«

Yrsa berichtet, dass es ihr, obwohl der Mordfall zwar formell gelöst ist, schwergefallen sei, Tara zu vergessen. »Sie war meine erste Leiche, und nachdem der Mord aufgeklärt ist, kommt es mir fast so vor, als hätte man darüber die Sexualstraftat einfach vergessen«, meint sie. »Ich finde, das ist Tara gegenüber nicht in Ordnung.«

Sie klingt gefasst, aber ihre Wangen sind leicht gerötet und verraten, dass sie aufgebracht ist.

»Verstehe«, sagt Emilia. »Und der Mann war nicht in unserer Datenbank?«

»Nein ... Aber als ich heute Nachmittag kurz bei der Sitte war, haben die Kollegen erzählt, dass ihnen diverse Anzeigen mit ähnlichen Beschreibungen vorliegen, die alle etwa ein halbes Jahr zurückliegen. Ein Mann zwischen vierzig und fünfzig, der einen silbergrauen Wagen fährt, vermutlich einen BMW, und der Mädchen aus den nördlichen Vororten aufliest. Zeugen haben ihn in Rissne, Hallonbergen und Bergshamra gesehen ...«

»Warte mal ...«

Yrsa winkt ab. »Soweit ich weiß, bist du heute an Bergshamra vorbeigefahren, als du auf dem Weg zu Familie Pontén in Stocksund warst.«

Emilia nickt.

»Vor zwei Stunden ist Sven-Olof in der Nähe vom Globen gefasst worden«, fährt Yrsa fort. »Das Mädchen in seinem Auto ist eine baltische Prostituierte – minderjährig, wie wir vermuten. Jede Wette, dass das Labor feststellen wird, dass er mit Tara vor ihrem Tod Sex gehabt hat.«

»Oh verdammt«, seufzt Emilia.

Liebe dich, Küsschen
Nacka

Mercy sitzt auf der Rückbank und fixiert ein paar braune Flecken auf der Rückseite des Beifahrersitzes. Sie weiß, es ist Schokolade, weil sie vier Tage zuvor auf genau dieser Rückbank auf dem Rücken lag und eine Mischung aus Kaba, Käsebrot und Sperma erbrochen hat.

Alice' Vater hat ihr erst fünfhundert Kronen in die Hand gedrückt, dann seine Hose aufgeknöpft, onaniert, sie eine Negerhure genannt, seine Finger in sie reingesteckt und seinen Schwanz in ihren Mund. Sie musste sich übergeben, er ist wild geworden und hat angefangen, sie zu schlagen. Hat erst damit aufgehört, als sein Handy geklingelt hat und er aus dem Auto gestiegen ist.

Draußen hat er mit Alice' Mutter telefoniert, und seine Stimme war klar, sanft und einfühlsam. *Ich vermisse dich. Bis bald, ich liebe dich, Küsschen.*

Unterdessen hat Mercy auf den Schlüssel im Zündschloss gestarrt, sich auf den Fahrersitz geschoben, den silberfarbenen BMW gestartet und ist losgefahren.

Derselbe Schlüsselanhänger baumelt auch diesmal unter dem Lenkrad.

Juris hat ihn vergessen und stecken lassen.

Eine Bewegung im Rückspiegel. Da kommt ein Auto, und sie dreht sich um.

Nova weiß von ihrem Bruder, woran man einen zivilen Streifenwagen erkennt.

Zusätzliche Scheinwerfer vorn, denkt sie, als der Toyota im Rückspiegel näher kommt.

Getönte Scheiben und längere Antennen.

»Los, wir verschwinden«, sagt Mercy und klettert auf den Fahrersitz.

Plötzlich ein dumpfer Knall, ein Stück weiter entfernt, aber eindeutig ein Pistolenschuss.

Der Toyota ist jetzt da, hält an. Im selben Moment startet Mercy den BMW und tritt das Gaspedal durch.

Ein U-Turn, das Auto schlingert, touchiert eine Schneewehe, dann bringt sie den Wagen auf Kurs und rast direkt auf den Toyota zu.

Schneeflocken peitschen gegen die Windschutzscheibe, der Toyota fährt rückwärts, dann auf die Seite, und kurz bevor sie daran vorbeibrettern, blendet Mercy auf und fährt weiter in Richtung Autobahn.

In Richtung Sunset Beach.

Dafür ist es jetzt zu spät
Nacka

Ulf Blomstrand und Juris Selesnick sitzen umringt von vier jungen Männern auf Holzstühlen im Sommerhaus.

Der Schuss, der Juris zu Fall brachte, traf ihn am proximalen Oberschenkel, Blommans loyales Einhundertzwanzig-Kilo-Muskelpaket hängt schlapp auf dem Stuhl, atmet röchelnd, und die Sig Sauer hat den Besitzer gewechselt.

»Ich bin Alex«, sagt einer der Männer und wedelt mit Juris' Pistole. »Und das hier sind Fadde und Musse.«

Er zeigt auf seine Freunde. Fadde richtet eine Automatikpistole auf sie, und Musse hält eine Axt. Dann deutet er mit dem Kinn auf den vierten Mann, den dicksten von ihnen. »Und lasst euch nicht von Albins harmlosem Äußeren täuschen. Er ist verdammt flink mit seinem Messer.«

Das hier ist doch nicht wahr, denkt Blomman.

»Ich hab Geld, wenn es das ist, was ihr ...«

Er hört, wie ihm die Stimme versagt und kläglich piepst.

»Quatsch nicht so viel«, sagt Alex, beugt sich vor und blickt Blomman direkt in die Augen. »Du bist ein verrückter Teufel, weißt du das? Du solltest ein bisschen vorsichtiger sein mit deinen Drogen. Die machen dich nämlich übermütig, und du kriegst eine große Klappe. Hier machen Gerüchte die Runde, weißt du, wie zum Beispiel dass du Filmchen drehst und Freier erpresst ... Das hätten wir dir sogar noch durchgehen lassen, wenn da nicht Björns Schwester wäre.«

Eine kräftige Hand legt sich um Blommans Herz, und er muss husten.

»Ich check's nicht... Björns Schwester?«

Der junge Mann schüttelt den Kopf. »Mir egal, ob du das checkst. Dafür ist es jetzt zu spät.«

Die Faust um Blommans Herz drückt fester zu, und sein Puls pocht in den Schläfen.

Das hier ist doch nicht wahr, wiederholt die Stimme in seinem Kopf.

Es ist nicht wahr.

Aber genau das ist es.

Es ist wahr.

Zu ihrem allerletzten Weg
Ende, Straße 222

Als sie sich kennenlernten, verschmolzen ihre Leben, und sie lernten, die Gedanken der jeweils anderen zu lesen, aus ihren Leben wurde eins, und ihre Zukunft war ein und dieselbe.

Mit neunzig Stundenkilometern über den schmalen Erstaviksvägen. Sie fahren in Richtung Sunset Beach, aber erst müssen sie in Richtung Stockholm, einhundertzwanzig Stundenkilometer, und sie biegen bei dichtem Schneegestöber auf den Värmdöleden, vorbei am Nacka Forum, das kaum zu sehen ist durch die tanzenden Eiskristalle.

Einhundertfünfzig Stundenkilometer, und sie wissen nicht, dass der rote Toyota hinter ihnen defekte Bremsen hat und bei Svindersviken ins Schlingern geraten wird.

Sie haben nicht die geringste Ahnung, dass er die Leitplanke streifen und auf der Seite zweihundert Meter weit rutschen wird, ehe er umkippt und auf dem Dach liegen bleibt.

Ihnen fällt nur auf, dass der Toyota nicht mehr hinter ihnen ist. »Hast du gesehen? Wir haben ihn abgehängt.«

»Ihn? Woher weißt du, dass es ein Er war?«

»Es ist immer ein Er.«

Einhundertachtzig Stundenkilometer.

»Neunzig Prozent aller Morde und neunundneunzig Prozent aller Vergewaltigungen werden von Männern verübt«, sagen sie. »Und von hundert Pädophilen sind nur zwei Frauen.« Sie wissen es genau.

Sie wissen nicht, dass der Polizist, der ihnen in dem roten Toyota gefolgt ist, bereits angeordnet hat, dass die Zugbrücke am Danvikstull hochgezogen werden soll. Sie wissen ebenso wenig, dass er Kevin Jonsson heißt und später wegen eines Dienstvergehens belangt werden wird.

Sie reden laut über die Ursachen – warum alles zum Teufel geht. Über Männer, solche wie Blomman und Juris, Alice' Vater, der Mercy dazu gebracht hat, Kaba zu kotzen, und über all die Männer, die glauben, dass sie nicht wie andere Männer seien, dabei aber keinen Deut besser sind.

»Sie verursachen neun von zehn Autounfällen. Und sie quälen gern Tiere ... Von tausend Leuten, die es mit Tieren treiben, zum Beispiel mit Kühen, Ziegen, Hundewelpen und kleinen hilflosen Hühnern, sind neunhundertneunundneunzig Männer, und die einzige Frau, die sich einen Hengstschwanz reinschieben lässt, wird von einem Mann dazu gezwungen.«

»Männer haben die Gruppenvergewaltigung, die Atombombe und den elektrischen Stuhl erfunden. Was haben sie sich dabei gedacht?«

»Die haben einfach zu viel Selbstbewusstsein. Wissen alles und können alles. In Wahrheit sind die ein einziger großer Fehler, ein Irrtum der Evolution. Das einzig Positive an ihnen ist, dass sie sich ungefähr eine Milliarde Mal am Tag entweder gegenseitig misshandeln oder zusammenschlagen. Warum haben die überhaupt das Wahlrecht?«

»Zehn per Zufall ausgewählte Männer zu ermorden hieße, achtundvierzig Gewaltverbrechen zu verhindern. Inklusive Mord und sexuellen Missbrauchs von Kindern. Männer sollten dazu ermuntert werden, sich umzubringen.«

Die blinkenden Lichter vor der Brücke sehen sie nicht.

Einer ihrer Väter hat sich in Fisksätra umgebracht, der andere ist in Hamburg verschwunden. Sie waren liebende Väter, und es ist alles andere als gut, dass sie nicht mehr da sind.

Alle außer deinem leiblichen Vater und meinem Vater sollten sich umbringen.

Sie fahren immer weiter.

Sie sehen all die Wege, die sie hierhergeführt haben, zu ihrem allerletzten Weg.

Sie sehen ein Zimmer in einer Wohnung in Fisksätra, in der es immer nach Alkohol gerochen hat.

Sie sehen ein kleines Haus, eine Mutter, einen Vater und zwei pummelige kleine Brüder.

»Fahrt doch zur Hölle«, sagen sie und fahren weiter, ins Nichts.

Pls call Nova
ACCOUNT CLOSED

Mercy Hot Chocolate – 18
ACCOUNT CLOSED

Die Tage danach

Dezember 2012

Manchmal sind sie sogar bescheuert
The Woodlands

»Darling?« Sie nickt in Richtung der Tüte, die in der Diele am Boden steht, und er nimmt sie hoch. Sie ist nicht schwer, seine Frau könnte sie problemlos selbst tragen, und er wirft einen Blick auf den Inhalt. Ein paar Exemplare des aktuellen Buchs für ihren Lesekreis: *Wir müssen über Kevin reden* von Lionel Shriver.

Er liest den Umschlagtext, ohne sich etwas zu merken – abgesehen von einem Detail. Aus irgendeinem Grund bleibt ihm der Name des Verlags, Serpent's Tail, im Gedächtnis.

Er nimmt die Rucksäcke seiner Töchter mit den Badesachen und Handtüchern und allem, was zwei neun- und elfjährige Mädchen an einem Nachmittag im Erlebnisbad Wet 'n' Wild brauchen, und lädt die ganze Fracht in den Kofferraum. Er flucht lautlos, als ihm der Schmerz ins Kreuz schießt. Obwohl er erst achtundvierzig ist und regelmäßig trainiert. Der körperliche Verfall macht sich trotzdem bemerkbar, und es ist, als nähme er mit jeder Trainingseinheit ein Kilo zu statt ab.

Die Mädchen nehmen die Rückbank in Beschlag, er umrundet den Wagen und macht seiner Frau die Tür auf. Solange ihr Auto in der Werkstatt ist, muss er für sie den Privatchauffeur spielen. Die Frau, bei der diesmal der Lesekreis stattfindet, wohnt nicht weit weg, in Pleasant Cove auf der anderen Seite der Lake Woodlands – die perfekte Gelegenheit für ein bisschen Bewegung und einen Spaziergang. Allerdings ist es in Woodlands inzwischen nicht mehr allzu sicher.

Als sie hergezogen sind, war es traumhaft: eine Villa mit zweihundert Quadratmetern Wohnfläche direkt am See, Palmen auf dem Grundstück. Der Statistik zufolge war diese Gegend die sicherste in ganz Houston, neun von zehn Einwohnern waren weiß und nur zwei von hundert schwarz, und soweit er wusste, waren hier nirgends Muslime gemeldet. Das durchschnittliche Jahreseinkommen zählte zu den höchsten des Bundesstaats, Frauen verdienten knapp halb so viel, was dafür sprach, dass es sich außerdem um eine familienfreundliche Gegend handelte, in der die Verantwortung der Frau für Heim und Kinder hochgehalten wurde.

Zehn Jahre später macht sich in der Gegend allgemein Besorgnis breit. Seit ein paar Monaten treibt ein Pädophiler sein Unwesen, den Phantombildern zufolge ist er mittleren Alters und stammt aus Lateinamerika. Seine Opfer sind ausschließlich Mädchen, das jüngste war erst zehn Jahre alt. In der Lokalzeitung *The Villager* wird der Täter »Woodlands' Ghost« genannt.

Er dreht sich um, und als sein Blick auf seine Töchter fällt, stockt ihm der Atem. Von allem, was er in seinem Leben zustande gebracht hat, inklusive der Traumkarriere im IT-Sektor, sind seine Töchter das Beste, was ihm je passiert ist.

»Ready for the Wet 'n' Wild?«, fragt er.

Sie jubeln, reißen die Arme in die Luft und rufen: »*Splash Town! Splash Town!*«

Er lacht, startet den Wagen, und die Klimaanlage springt an. Obwohl bald Weihnachten ist, liegen die Temperaturen über zwanzig Grad. Nach zehn Jahren unter der texanischen Sonne hat er sich immer noch nicht daran gewöhnt, trocknet sich den Schweiß von der Stirn und biegt auf die Straße. »Wann ist dein Bücherkreis denn zu Ende?«

Seine Frau sieht ihn an, als wäre er ein Idiot. »Ich muss mich wohl nach dir richten, nehme ich an. Wie oft wirst du denn gefragt, wann du fertig bist, wenn du von zu Hause aus arbeitest?«

»Ich hole die Mädchen um halb fünf wieder ab. Seid ihr bis dahin fertig?«

»Nein«, gibt sie zurück. »Wir machen die abschließende Diskussionsrunde zu *Gone Girl*, das dauert mindestens zwei Stunden, dann gibt es Häppchen. Danach stelle ich das neue Buch vor. Da kannst du dir selbst ausrechnen, dass drei Stunden wohl kaum reichen, nicht mal vier.«

Sie wendet den Kopf ab, während er am Südufer des Sees entlangfährt.

Häuser stehen auf aufgeschütteten Inseln in dem künstlich angelegten See wie Seerosenblätter, und vor fast jedem Haus schimmert ein hellblaues Rechteck. Er fragt sich, ob sie darüber hinweg ist, dass er beim Kauf der Villa auf den Swimmingpool verzichtet hat.

Sie ist unergründlich, denkt er und wirft ihr einen Blick zu. Vor zehn Jahren war sie eine Schönheit; inzwischen weiß er es nicht mehr. Wo er selbst immer noch das junge, ebenmäßige Gesicht sieht, da sieht derjenige, der ihr zum ersten Mal begegnet, vermutlich etwas ganz anderes. Eine übergewichtige, schlaffe Alte.

Ihre generelle Unzufriedenheit mit ihm gibt ihm langsam zu denken. Ob sie ihm untreu ist?

Er setzt sie vor dem Haus der Gastgeberin ab und fährt denselben Weg zurück, den sie gekommen sind.

Die Kinder werden allmählich ungeduldig, und als sie erneut am Südufer des Sees entlangfahren, zeigt er auf das Wasser. »Seht ihr die Schlange da draußen? Wisst ihr, woher die kommt?«

In Ufernähe steht eine Skulptur, ein grün lackiertes Seeungeheuer aus Stahl. Einige Windungen des Körpers ragen aus dem Wasser.

»Aus Schweden«, rufen die Mädchen im Chor, und alle drei lachen.

»Das stimmt«, sagt er, auch wenn er weiß, dass das Ungeheuer der Sage nach bloß generell aus dem Norden kommt und nicht speziell aus Schweden. »Die Skulptur heißt *The Rise of the Mid-*

gard Serpent. Wenn ihr wollt, kann ich euch erzählen, wie Thor die Midgardschlange besiegt hat. Das war gar nicht weit von dort, wo ich aufgewachsen bin. In einem kleinen Dorf in einem uralten Märchenland, das Ångermanland heißt.«

»O-n-g-e-r-m-a-n-l-a-n-d«, buchstabieren sie in holprigem Schwedisch.

»Erzähl!«

»Ja, erzähl, Papa!«

Während er in Richtung Interstate 45 und dann weiter in südlicher Richtung fährt – zum Stadtteil Spring und zum Erlebnisbad –, erzählt er ihnen Thors Geschichte: wie der zusammen mit dem Riesen Hymer vor der Küste von Ångermanland hinausgerudert ist, um zu fischen. »Die Midgardschlange biss an, aber gerade als Thor sie töten wollte, schnitt Hymer die Angelschnur durch.«

Genau wie sein Vater es immer getan hat, schmückt er die Geschichte aus und dichtet Neues hinzu. Zum Beispiel dass die Landhebung entlang der Höga Kusten damit zusammenhängt, dass Thor vor lauter Enttäuschung, weil die Schlange ihm entkommen war, mit dem Hammer so kraftvoll auf den Boden schlug, dass das hintere Ångermanland sich um mehrere hundert Meter absenkte. Die Landschaft hat sich bis heute nicht von dem Schlag erholt, und es wird noch Tausende Jahre dauern, bis sie sich wieder vollends aufgerichtet hat.

»Viele Jahre lang wartete Thor auf die nächste Gelegenheit, die Schlange zu töten«, erzählt er.

»Wie lange?«, fragen die Mädchen. »Über tausend Jahre?«

»Viel länger. So lange, wie ihr es euch nur vorstellen könnt. Erst kurz bevor die Erde untergeht, werden sie noch einmal aufeinandertreffen, in einem großen Kampf, der Ragnarök genannt wird.«

Das letzte Stück fährt er langsamer, damit er die Schilderung des Kampfes zwischen Göttern und Riesen ausschmücken und erzählen kann, wie Thor mit einem schwungvollen Hammerschlag die Midgardschlange schlussendlich tötet.

»Bang!« Er lässt das Lenkrad los und klatscht in die Hände. »Wie ein Donnerschlag!«

Die Mädchen lachen. Den letzten Teil der Geschichte lässt er aus. Er handelt davon, wie Thor schwer verletzt aus dem Kampf mit der Schlange hervorgeht, wie das Schlangengift allmählich zu wirken beginnt und Thor tot umfällt. Ihm gefällt die nordische Mythologie, weil die Götter und Helden nicht perfekt sind. Manchmal sind sie sogar bescheuert.

Er lässt seine Töchter vor dem Erlebnisbad aussteigen und winkt den vier Freiwilligen von der Kirchengemeinde zu, die drei Stunden lang die Verantwortung für zwölf Kinder tragen sollen, und denkt sich noch, dass bestimmt alles gut gehen wird. Baptisten sind gute Menschen, jedenfalls die meisten. Aber wenn seine Frau nicht wäre, die aus einer Baptistenfamilie stammt, und wenn es nicht förderlich für die Karriere hier in den Staaten gewesen wäre, hätte er sich gewiss niemals taufen lassen.

Er fährt nicht direkt wieder zurück, sondern bleibt im Auto sitzen.

Serpent's Tail? Der Schwanz der Schlange?

Genau, so hieß der Buchverlag.

Komisch. Erst Serpent's Tail, dann die Skulptur der *Midgard Serpent*, die ihn auf die Idee gebracht hat, von Thor und der Midgardschlange zu erzählen.

Wir müssen über Kevin reden, schießt es ihm durch den Kopf, und später würde er sich auf ebenjenen Augenblick beziehen, wenn er vom Einsetzen seiner persönlichen Götterdämmerung spricht.

Unterdessen zuckt er nur mit den Schultern, stellt das Radio an, und als er nach Hause zurückfährt, fällt ihm kurz nicht mal mehr ein, wie sein kleiner Bruder heißt.

Einer der Nachbarn, ein älterer Mann, winkt ihm zu, als er das Auto in der Einfahrt abstellt, und er winkt zurück, ehe er ins Haus geht.

Zweieinhalb Stunden allein in einem leeren Haus, und er hat schon eine gediegene Erektion.

Es ging alles so verflucht schnell
Polizeipräsidium Stockholm, Vernehmungsraum IU

Die Frau auf der anderen Seite des Tisches hat einen besseren Ruf als die meisten anderen internen Ermittler. Sie macht einen sympathischen Eindruck, und ihre Fragen sind ungefähr die, mit denen Kevin gerechnet hat.

Sein Anwalt, der neben ihm sitzt und ihn bei seiner Aussage anleiten soll, verfügt über dreißig Jahre Erfahrung mit internen Ermittlungen und ist vermutlich der kompetenteste Mann, den er bekommen konnte.

Trotzdem fühlt er sich wie eingesperrt in dem stickigen Raum.

Die Ermittlerin stellt das Aufnahmegerät an. »Dann setzen wir die Vernehmung jetzt fort, Kevin«, sagt sie. »Fangen wir einfach noch mal von vorn an. Was ist passiert, nachdem Sie gegen dreiundzwanzig Uhr dreißig den BMW in Fisksätra lokalisiert hatten?«

Ihr Blick ist eher wohlwollend denn feindselig, trotzdem wird ihm davon schlecht.

»Wenn dieser BMW nicht so auffallen würde, hätte ich ihn sicherlich übersehen«, sagt er. »Der Wagen rollte gerade vom Parkplatz, und vorn saßen zwei Männer. Auf der Rückbank lehnte jemand den Kopf gegen die linke Seitenscheibe. Also hab ich gewendet und bin hinterher. Noch während der Fahrt hab ich den BMW gecheckt und festgestellt, dass er auf Sven-Olof Pontén zugelassen ist. Da war ich mir sicher, dass ich den richtigen Wagen verfolge ...«

Er unterbricht sich und denkt nach. Es ist nicht ganz leicht, dies alles richtig zu sortieren. Aber es muss alles richtig sein, wenn man auf der falschen Seite des Tisches sitzt.

»Als ich in den Tunnel unter dem Saltsjöbadsleden eingefahren bin, hab ich vorsichtshalber die Scheinwerfer ausgeschaltet«, sagt er nach einer Pause, die ihm wie eine Ewigkeit vorkommt. »Der Fahrbahnbelag wurde schlechter, trotzdem war es nicht schwer, dem BMW zu folgen. Wenn er anhielt, hab ich auch angehalten, etwa vierzig, fünfzig Meter hinter ihm. Ich hab den Motor abgestellt und das Fernglas zur Hand genommen...«

Er hält wieder inne. Diesmal zählt er bis drei, ehe er fortfährt.

»Zuerst ist mir ein Mann aufgefallen, der vor ein paar Tannen gekauert hat. Ich nahm an, das war Blomstrand. Dann hab ich einen zweiten Mann gesehen, und die beiden sind jenseits des Waldwegs zwischen den Bäumen verschwunden...«

»Und dann haben Sie Ihr Auto wieder gestartet und sind näher herangefahren?«

Er streckt sich nach dem Wasserglas aus und trinkt einen Schluck. Das Wasser schmeckt abgestanden.

»Ja, ich hab den Motor angeworfen, und im selben Moment hab ich einen Knall gehört. Kurz darauf ist der BMW gestartet worden und hat gewendet. Vermutlich hatten sie mich entdeckt.«

»Obwohl Sie die Scheinwerfer ausgeschaltet hatten?«

Es spielt keine Rolle, wenn ich das Richtige sage, denkt er. Ich sitze auf der falschen Seite.

»Ja. Erst als der BMW auf mich zuraste, hab ich das Abblendlicht eingeschaltet und zurückgesetzt. Bis ich dann auf dem schmalen Weg gewendet hatte, hatten sie schon einen ziemlichen Vorsprung. Ich bin zurück zum Saltsjöbadsvägen... Saltsjöbads*leden* und dem BMW hinterher. Ich dachte, sie würden die Straße wieder verlassen – es ging alles so verflucht schnell. Ich war ungefähr mit neunzig Sachen unterwegs, als ich den Tunnel erreichte, und musste raten, welche Richtung sie eingeschlagen hatten. Ich hab mich spontan in Richtung Stadt eingefädelt. Offenbar haben sie die schmalere Straße genommen, den Saltsjöbads*vägen*, ebenfalls Richtung Stadt, während ich auf dem Zubringer unterwegs war. Also hatte ich sie überholt, bis ich die Zweihundertzweiundzwanzig erreichte.«

»Den Värmdöleden?«

»Exakt. Ich hab gesehen, dass sie der Straße folgen, und dann hab ich das Blaulicht eingeschaltet und Alarm geschlagen. Die Verkehrspolizei hatte Streifen auf Höhe der Henriksdals station und hat sich bereit erklärt, sich an den BMW dranzuhängen, aber offenbar haben sie es nicht mehr bis auf den Värmdöleden geschafft ... oder?«

»Nein, haben sie nicht. Erzählen Sie weiter.«

»Ich ... Mir war irgendwie klar, dass sie es nicht schaffen würden. Also hab ich die Brücke am Danviksstull verständigt.«

»Wie schnell sind Sie zu dem Zeitpunkt gefahren?«

»Ich weiß nicht ... hundertdreißig vielleicht?«

»Sie sind von einem Blitzer erfasst worden, der einhundertachtzig gemessen hat«, sagt die Ermittlerin und blättert in ihren Unterlagen. »Gleichzeitig haben Sie mit der Brückenwärterin ein Telefonat geführt, das eine Minute und zwanzig Sekunden dauerte.«

»Das kommt hin«, sagt Kevin.

»Hat das Telefonat dazu beigetragen, dass Sie die Kontrolle über Ihr Fahrzeug verloren haben?«

»Nein, ich hab das Headset benutzt. Sind die defekten Bremsen nicht längst bestätigt?«

Der Anwalt räuspert sich. »Der Verkäufer hat den Fehler eingeräumt.« Dann wendet er sich an die Ermittlerin. »Kevin wird nicht wegen Nachlässigkeiten im Straßenverkehr belangt. Konzentrieren Sie sich bitte auf das Wesentliche.«

Die Frau nickt. »Die Brücke, Kevin ... Warum haben Sie die Öffnung der Brücke angeordnet?«

Sie sitzt auf der richtigen Seite des Tisches. Er auf der falschen.

»Ich hab es als die einzige Möglichkeit gesehen, der Fahrt ein Ende zu setzen. Ich gebe zu, das war voreilig, aber es ging alles so schnell.«

Die Ermittlerin nimmt ein weiteres Blatt Papier zur Hand. »Der Brückenwärterin zufolge hat sie sich erst Ihrer Aufforderung widersetzt, und obwohl sie auf die offenkundigen Risiken hinwies, haben Sie insistiert und gesagt – ich zitiere: ›Öffnen Sie die Brücke, sonst hat das Konsequenzen.‹«

»Aha, okay.«

Die verdammte Brücke, denkt er. Hab ich das wirklich gesagt?

»Das war sicher falsch.«

»Schlafen Sie schlecht in letzter Zeit?«

»Ja.«

»Könnte das Ihre Entscheidungsfähigkeit beeinträchtigt haben, was meinen Sie?«

»Ja.«

Nicht Kevins Mutter
Rosendalsvägen

Vera sitzt in ihrem Arbeitszimmer mit Blick auf die Djurgårdsbrunnsviken. Sie sitzt gern hier oben, schaut über das Eis und sieht zu, wie der blaue Himmel blass wird und die Sonne untergeht. Ein Streifen glänzendes Weiß säumt die Steine am Ufer. Gelegentlich knacken die Fensterscheiben vor Kälte. Der Winter ist im Anzug, das Eis ist gerade erst eine Nacht alt, denkt sie. Morgen kann es schon wieder verschwunden sein.

Sebastians altes Armeefahrrad ist rostig, die Reifen sind rissig, und dass es überhaupt noch fährt, ist ebenso bemerkenswert wie die Tatsache, dass er auf dem Sattel sitzt und zu ihr unterwegs ist.

Macht er eine Veränderung durch? Ist Uchi ihm nicht mehr so wichtig, fängt es endlich an, ihm zu gefallen, nach draußen unter Leute zu gehen – ins Sekai?

Sie hofft es. Sie wird nie aufhören zu hoffen.

Als sie am Morgen mit Sebastian gesprochen hat, hat sie erwähnt, dass Kevin ihn am Hauptbahnhof gesehen hat, zusammen mit einem älteren Mann, und zu ihrer Überraschung ist er mit einem Geständnis herausgerückt.

Mit aufrichtiger Reue hat er zugegeben, dass er Kriminelle gegen Bezahlung mit Informationen versorgt hat, sich in Firmendatenbanken gehackt und auch Rechner von Privatpersonen geknackt hat. Damit hat er sich das letzte Jahr über Wasser gehalten. Damit habe er inzwischen aufgehört, behauptet er, und sie hat beschlossen, ihm zu glauben.

Sie tritt auf die Veranda hinaus. »Das ist jetzt blöd...«, sagt sie. »Jetzt hast du dir extra die Mühe gemacht, hier rauszukommen, und ich muss los, in die Stadt.«

»Ich müsste mit dir über Kevin reden«, entgegnet Sebastian und stellt das Fahrrad ab.

»Er meint, du hast ihm mit diesem Amerikaner geholfen, Joseph Louis McCormack.«

»Mir geht's um was anderes.« Sie setzen sich auf die Verandatreppe. »Aber zuerst muss ich dir was erzählen.« Sebastian rutscht hin und her und scheint nach den richtigen Worten zu suchen. »Du weißt vielleicht, dass ich ein Programm entwickelt habe, das Pädophile im Netz aufspürt«, fährt er nach einer Pause fort. »Die Rikskrim denkt darüber nach, das Programm einzusetzen, aber ich hab es auch anderweitig verwendet ... Ein Typ hat mir geholfen, mit dem FBI in Kontakt zu kommen, und das FBI will mir das Programm jetzt abkaufen, sie haben mir zehn Millionen dafür angeboten. Eigentlich sollte ich das Angebot ablehnen, weil es ...«

»Stopp.« Sie sieht ihren Sohn an, den sie unterstützt, seit er denken kann. »Zehn Millionen?«

»Dollar.«

In diesem Moment sieht er so aus, wie er als Kind ausgesehen hat. Wenn er irgendeinen Bockmist verzapft hatte und wusste, dass er durchschaut worden war.

»Du denkst ernsthaft darüber nach, zehn Millionen Dollar abzulehnen?«, fragt sie und weiß nicht mal, ob sie dabei flüstert oder schreit. »Warum?«

»Weil sie die kompletten Nutzungsrechte kaufen wollen. So könnten sie es dann auf der ganzen Welt vermarkten und Milliarden verdienen an einer Sache, die eigentlich gratis sein sollte. Aber ... es sieht ganz danach aus, als würde ich es trotzdem verkaufen. Weil das Programm, solange es gratis nutzbar ist, in vielen Ländern als illegal eingestuft würde. Das gilt für die gesamte EU – und damit auch für Schweden.«

Vor ihren Augen tanzen Blitze, als stünde ihr Hirn unter Strom.

Ich hab den Verstand verloren, denkt sie. Und so fühlt sich das an.

»Du verkaufst es also in jedem Fall?«

»Sieht ganz danach aus. Mein Programm ist in Schweden nicht gesetzeskonform, es verstößt gegen eine ganze Reihe von Paragrafen, die den Schutz persönlicher Daten betreffen. Im Prinzip ist es vergleichbar mit illegalem Abhören. Ich glaube, die Rikskrim *muss* den Kauf ablehnen. Und das bedeutet wiederum, dass es unter Umständen nicht einfach sein wird, diese dreiundzwanzig Arschlöcher dranzukriegen.«

»Die Puppenspieler?«

»Ja, von denen einer Kevins Onkel ist.«

Plötzlich klingt er wie ein kompromissloser Kollege, der im Unterschied zu ihr die Lage voll im Blick hat, und nicht mehr wie ihr Sohn.

»Okay. Du willst das Programm also an die USA verkaufen, weil du glaubst, dass es legalisiert werden könnte, sobald es auf den kommerziellen Markt und dann auch in Schweden zum Einsatz kommt?«

»Ja, genau das ist der Grund. Ich hab mir das gut überlegt. Auf lange Sicht ist das die beste Entscheidung, aber ich werde das Geld bestimmt nicht behalten, es geht direkt an die ECPAT oder so, vielleicht an eine kleinere Organisation. Stell dir vor, der Verein für Angehörige von sexuell missbrauchten Kindern in Stockholm bekäme hundert Millionen!«

»Du spinnst ja.«

Ihr treten Tränen in die Augen. Sie war noch nie so stolz auf einen anderen Menschen.

Und nun ist dieser Mensch ausgerechnet ihr Sohn.

Sie zündet sich einen Zigarillo an, Sebastian sich eine Zigarette.

»Aber jetzt zu Kevin«, sagt er. »Ich bin mir ziemlich sicher, dass er drauf und dran ist, eine Dummheit zu machen. Als wir uns getroffen haben, hat er angedeutet, dass er seinen Onkel überführen will und nicht darauf vertraut, dass das der Polizei gelingt.«

»Was meinst du damit?«

»Er hat davon geredet, jemanden auf ihn anzusetzen.«

Verdammt, denkt sie. Was hat Kevin vor?

»Ich hab mir Gedanken gemacht und ... mich in seinen Rechner gehackt.«

»Du hast *was*?«

»Mich mit einem Trojaner in seinen Rechner gehackt ... Er achtet zwar sehr darauf, nirgends Spuren zu hinterlassen, aber ich hab Dinge gefunden, die beweisen, dass er ein Verbrechen plant. Unter anderem hat er sich Pläne vom Haus seines Onkels beschafft und die beiden Typen kontaktiert, die Blomman und diesen Letten draußen in Nacka misshandelt haben. Das vermute ich zumindest.«

Sie seufzt. Kevin hat bereits ein Verfahren wegen eines Dienstvergehens am Hals, aber das hier ist eine ganz andere Liga.

Sie schweigen eine Weile, und sie fühlt sich, als sänke sie tiefer und immer tiefer, durch die Holztreppe hindurch, durch die Erdschichten und weiter bis hinab ins Grundgebirge.

Ich bin nicht Kevins Mutter, denkt sie. Er ist allein für sich verantwortlich und muss die Konsequenzen für seine Entscheidungen selbst tragen.

Sie schnippt den Zigarillo in die Dunkelheit. Als die glühenden Funken erloschen sind, taucht ein Paar Autoscheinwerfer auf. Es ist ihr Taxi.

Sie nimmt das Handy zur Hand, ohne zu wissen, was sie damit soll. Soll sie Kevin anrufen und ihn bitten herzukommen, damit sie ihm den Kopf waschen kann? Oder soll sie mit dem Taxi ins Pelikan fahren und ihn dort zur Rede stellen?

Dann klingelt das Handy in ihrer Hand.

Sie sieht Sebastian an. »Es ist Kevin.«

»Geh ran.«

Sie lässt es noch zwei Mal klingeln und atmet tief durch, dann meldet sie sich. Als Kevin mit erstickter Stimme erzählt, dass er nach Farsta rausmuss, weil seine Mutter gestorben ist, bricht Vera sofort in Tränen aus.

Ein bisschen wie Milch
The Woodlands

Das wirksamste Virus ist nicht das Geld, sondern die Gier. Andere effiziente Viren sind Alkohol, Nikotin, Koffein und Cannabis.
Sexualität ist die einzige Droge, die kein Virus ist.
Sexualität ist ein Gerätetreiber.
Ohne ihn funktioniert nichts.
Ohne so einen Treiber ist mit einem Rechner nichts mehr anzufangen, denkt er, als er die Treppe hinauf in sein Arbeitszimmer geht.
Er fährt den Rechner hoch, stellt unterdessen CDs ins Regal zurück, die sonst immer stapelweise auf dem Schreibtisch liegen bleiben. Er hat eine Sammlung von rund zweitausend CDs, ein passionierter Plattensammler würde sie mit den Worten nichtssagend und langweilig beschreiben.
Vor ein paar Jahren hat er angefangen, die Musik zu hören, die er als Kind mochte, und ein Album davon liegt derzeit auf seinem Schreibtisch. Er hat es gekauft, als er in Schweden war, ein Best-of von Fred Åkerström. Er sortiert es ins Regal ein und setzt sich an den Rechner.
Neben der Tastatur liegt ein rotes Jo-Jo.
Wir müssen über Kevin reden, denkt er.
Bevor er wieder in die Staaten zurückgeflogen ist, hat er noch in der Laube vorbeigeschaut, weil er mit Kevin über den Hausverkauf reden wollte, aber sein Bruder war nicht zu Hause. Durch das Fenster hat er das Jo-Jo auf dem Tisch liegen sehen und der Versuchung nicht widerstehen können. Genau wie frü-

her hing der Schlüssel an einem Haken unter dem Dachvorsprung, er hat aufgeschlossen, ist hineingegangen und hat das Jo-Jo geklaut.

Wie kann etwas dermaßen Hässliches und Klobiges so wichtig sein?

Klar, weil es aus irgendeinem Grund wichtig für Papa war. Und weil Kevin und niemand sonst derjenige ist, der es bekommen hat.

Er legt das Jo-Jo in die Schreibtischschublade und klickt auf ein Icon, während er sich die Hose aufknöpft.

Bei dem Kontakt geht es um Diskretion, Geben und Nehmen, erst tags zuvor fand ein Austausch von fünfundzwanzig Gigabyte statt.

Er schiebt sich die Shorts runter, während er ein weiteres Icon anklickt, das ihn an einen sicheren Ort bringt, an dem man Dateien sorglos nach dem benennen kann, was sie enthalten.

Wenn jemand wider Erwarten seine Aktivitäten zurückverfolgen sollte, dann kann dieser Jemand dank einer Sicherheitsmaßnahme seinerseits nicht herausfinden, wer er ist und wo er sich befindet. Dann sieht es von außen so aus, als hätte er einen anderen Namen und säße an einem Rechner Hunderte Meilen weiter östlich, genauer gesagt in Atlanta, Georgia.

Er klickt ein paar Fotos an, die mit *Unknown girl, 11 y/o, no. 1-16* beschriftet sind, und öffnet sie in einem verschlüsselten Bildbetrachter-Programm.

Die Bilder sind gut achtzig Jahre alt, aufgenommen in der Weimarer Republik, alte Schwarz-Weiß-Fotos. Die Qualität ist erstaunlich gut, die Schärfe annähernd perfekt, und sie haben einen künstlerischen Wert, der heute nur noch selten zu finden ist.

Das Mädchen zeigt seine knospenden Brüste, und er schiebt die Shorts bis zu den Knien.

Nach jenem Vorfall, der seine Kündigung vonseiten der Universi-

tät nach sich zog, behauptete ein Psychologe, es gebe Anzeichen dafür, dass seine sexuelle Reife auf dem Niveau eines Dreizehnjährigen angesiedelt sei.

Er starrt auf das Foto, während er sich anfasst, doch da unten tut sich nichts.

Sein Vater sitzt mit einem Bier in der Hand auf dem Küchenstuhl zu Hause auf der Teufelsinsel. Er selbst sitzt ihm gegenüber, das Diktiergerät steckt in seiner Innentasche. Die Kombination aus Rausch und Demenz ist perfekt, wenn man jemanden dazu bringen will, unangemessene Dinge zu sagen. Und er hat in der halben Stunde, die er da gewesen ist, sein Bestes getan, um seinen Vater zu provozieren, zu beleidigen und allgemein unverschämt zu sein.

»Verfluchtes Balg...«, schreit sein Vater. »Steh auf, verdammt noch mal...« Der Alte stemmt sich hoch, schwankt und stützt sich auf den Tisch. »Sonst setzt's was... Steh auf!«

Er gehorcht und steht auf.

Erzählt, dass ihn Mädchen vor der Pubertät, im Alter von elf bis vierzehn, scharfmachen. Erzählt, dass er sich nicht mal dafür schämt.

Erzählt Mist, Lügen und Wahrheiten, und es ist kein bisschen riskant, jemandem all das zu erzählen, der senil und außerdem betrunken ist. Wenn der Alte aufwacht, hat er alles vergessen.

»Ich bin pädophil, kapiert?«

Die Worte treffen seinen Vater so wie all die Schläge, die er je ausgeteilt hat. Die Beine sacken unter ihm weg, und er sinkt wieder auf seinen Stuhl zurück, wo er minutenlang stumm sitzen bleibt. Seine Augen sind feucht.

»Du bist der letzte Dreck...«, sagt er schließlich, und seine Stimme ist jetzt ganz ruhig, als wüsste er Bescheid und hätte es schon die ganze Zeit gewusst.

Er pustet ein wenig, damit er wieder steif wird, aber nichts passiert, und er beginnt, ihn mit einer Hand zu massieren, während er eine andere Datei namens *Lolita 12 y/o w 3 men, 2005-11-17* öffnet.

Joseph Louis McCormack aus Atlanta, Georgia, war der Regisseur. Es ist dasselbe rothaarige Mädchen, das er selbst gefilmt hat – mit dem Diktiergerät in der Hand. Dasselbe Motelzimmer und derselbe Abend, an dem auch er da war.

Ihre Haut war kühl und knubbelig und hatte leicht süßlich gerochen, ein bisschen wie Milch.

Er schmeckt Metall auf der Zunge, das Blut pulsiert durch den Körper, und die Erektion kommt zurück, als er sich den Film ansieht.

Das Mädchen steht auf allen vieren. Der Mann mit der besten Ausstattung ist McCormack selbst, Dozent der Orientalischen Philosophie an irgendeiner Uni in Georgia.

Als sich das Mädchen auf den Rücken legt und die Männer auf sich ejakulieren lässt, empfindet er keine Scham.

Sie wurde dafür bezahlt, und ihr gefällt so was.

Sie mag das. Liebt es. *Geile Schlampe, kleine Fotze, kleine dreckige...*

Er sitzt vorgebeugt da, auf nicht mal eine halbe Armeslänge vom Bildschirm entfernt, als es passiert.

Der Bildschirm wird schwarz.

Nach einer gefühlten Ewigkeit taucht eine Nachricht auf. Fünf Wörter, weiß auf schwarz, irgendein technischer Fehler oder...

Das ist doch nicht wahr, denkt er.

Aber es ist wahr.

GRÜSSE VON EINEM GRAUEN HUT.

Houston schlummerte vor Drogen und Traurigkeit vor sich hin an jenem Tag, als Fredric Jonsson, Kevin Jonssons Bruder, in seinem Arbeitszimmer am Rechner saß.

Draußen lieh der Sonnenschein der hübschen Kulisse aus Familienidyll und Wohlgefühl seine Unschuld.

Fredric Jonsson bemerkte weder den schwarzen Wagen mit

den getönten Scheiben, der ein Stück weiter an der Straße parkte, noch die schwarz gekleideten Männer vom FBI, die sich mit gezogenen Waffen dem Haus näherten.

Aber er hörte, wie sie die Verandatür aufbrachen.

So etwas nennt sich Notfalltüröffnung, und die Polizei verwendet Blendgranaten, damit der Verdächtige möglichst keine Beweise mehr verschwinden lassen kann.

Eine Mikrosekunde nach dem Knall ging Fredric Jonssons Rechner ganz aus.

Ein Rechner voller Fotos, die nie hätten gemacht werden dürfen.

Triste Fußstapfen durch einen virtuellen Sumpf.

Manche Männer essen die Geschlechtsteile von anderen auf
Graue Melancholie

Sven-Olof Pontén empfängt seinen ersten Besuch in der Justizvollzugsanstalt. Alice ist nie schöner gewesen, während seine Frau grauer aussieht denn je.

Die Tage in Haft haben seinen mentalen Schutzwall zum Einsturz gebracht. Er steht völlig neben sich, betrachtet seine Taten getrennt von seiner Person.

Er hat an all das gedacht, was über ihn gesagt wird, über ihn geschrieben wird. Und er hat an die Lügen gedacht, die jetzt im Netz verbreitet werden.

Er fragt sich, ob es eine Wahrheit gibt oder tausend.

Die Zellenwände sind dunkelgelb gestrichen – die Farbe steht für Freude und Energie. Er sieht es genau umgekehrt: Das gräuliche Gelb, das hier und da bereits abblättert, ist mit Gewalt und Hass aus Jahrzehnten getränkt.

Mit Angst imprägniert.

Er erzählt ihnen, dass er in seiner Zelle eine Toilette und ein Waschbecken hat. Dass er ein Bett, einen Schreibtisch, ein kleines Bücherregal und ein Fenster hat, ganz weit oben in der Wand.

»Ich kann ein paar Baumkronen und ein Vogelnest sehen«, sagt er. »Ich beobachte jeden Tag das Nest, aber ich hab noch nie einen Vogel hinfliegen sehen. Und an der Decke hängt eine Glühbirne, an der tote Fliegen kleben. Sie suchen sich den Weg durch zwei lange Schraubgewinde hindurch …« Er breitet die Arme aus. »Wie kann das überhaupt sein?«

Åsa und Alice wechseln einen wortlosen Blick.

Sie wittern den Wahnsinn, aber wissen nicht, wie sie damit umgehen sollen, und sie ahnen beide, dass ihr Mitleid nicht den geringsten Nutzen hat.

»Vielleicht waren sie ja von Anfang an hier, schon als Larven«, fährt er fort. »In Gefangenschaft geboren, institutionalisiert.«

Sven-Olof Pontén faselt vor sich hin.

Jetzt ist er endlich frei.

»In der Wand sitzt ein Lautsprecher mit einer Diode, die grün leuchtet, wenn ich auf den Knopf drücke. Dann kann ich mit dem Wachmann sprechen. Sie leuchtet rot, wenn keine Verbindung besteht, aber anscheinend können sie mich die ganze Zeit über hören, egal ob sie rot oder grün leuchtet. Sie hören sogar, wie ich nachts onaniere, und als ich das herausgefunden hab, hab ich mich kurz geschämt, aber inzwischen schäm ich mich nicht mehr.«

Es ist an der Zeit, die Dinge beim Namen zu nennen.

Alles muss raus. Unzensiert.

Er ist nicht verbittert wegen der Taten, derentwegen er unter Anklage steht. So was kann jedem passieren, immerhin wohnt er in einem Land, in dem es für *Paradise Hotel* mehr Bewerber gibt als um einen Jura-Studienplatz.

Er ist nur deshalb verbittert, weil er nie gesagt hat, wie es wirklich ist.

Also hebt er die Hand und nimmt seine Frau ins Visier. »Du bist ein Empathie-Grab, Åsa. Andere Menschen sind dir komplett egal. Selbst deine Tochter ist dir egal. Und dein Mangel an Empathie hatte auch auf meine Moral eine zersetzende Wirkung. Es war dir immer bewusst, was ich Alice angetan habe, Åsa, und du hast nie eingegriffen. Du hast mich krank sein lassen, Åsa.«

»Nein ...«

»Doch. Du hast weder Alice noch mir geholfen. Du hast nie etwas gesagt.«

Åsa sieht ihre Tochter an, während Alice ihren Vater anstarrt.

Sven-Olof schließt die Augen.

»Alice hat nie jemandem davon erzählt«, fährt er fort. »Nicht mal in der Therapie. Das war unser Geheimnis. Alice hat mich nicht verraten ... im Gegensatz zu dir, Åsa.«

»Du bist ja nie schuld«, faucht Åsa, und Alice schnaubt.

»Ich hab es Mama zu verdanken, dass ich mich nicht umgebracht habe.« Sie bricht in Tränen aus, drückt die Hand ihrer Mutter und schluchzt: »Es gibt nur einen Kranken in diesem Raum.«

Sven-Olof Pontén, ein fünfundvierzigjähriger Mann aus Stocksund, CEO einer Firma mit achtzig Millionen Kronen Jahresumsatz, hat Schlaf in den Augen.

Lass gut sein, denkt er.

Bitte.

Wenn das alles ist, was wir hier zustande bringen, dann halt mich ganz fest.

Mein Liebling.

Jetzt.

»Fahr zur Hölle«, sagt seine Tochter.

Sven-Olof hat die Augen noch immer geschlossen. In dem Versuch, sich normal zu fühlen, stellt er sich ein Abendessen zu Hause bei Armin Meiwes im deutschen Rotenburg vor.

Nachdem es dem ehemaligen Zeitsoldaten misslungen war, dem IT-Ingenieur den Penis abzubeißen, zerbiss er dessen Hoden mit den Zähnen und schnitt die Geschlechtsteile einfach ab.

Manche Männer essen die Geschlechtsteile von anderen auf – in gegenseitigem Einvernehmen.

Nachtrag

Zukunft

Some people think little girls should be seen and not heard
But I say...
Oh Bondage! Up yours!
1, 2, 3, 4!
X-Ray Spex

Eine Viertelstunde mit dem Auto von Sunset Beach
Wie im Film

Es ist zwar keine Wohnung mit Balkon in Hollywood geworden, aber ein Bungalow am Meer.

Alle, die daran gezweifelt haben, dass sie es bis hierher schaffen, können zur Hölle fahren.

Es ist ein kleines Schloss aus Holz, zwei Stockwerke hoch, die Veranda mit Blick auf den breitesten und weißesten Strand Kaliforniens. Viel besser als Hollywood, was ja im Gegensatz zu Novas Behauptung überhaupt nicht am Meer liegt. Hier ist die Wärme nicht so drückend und tropisch, die Menschen sind entspannter, die Palmen grüner und glänzender, nicht so gelb und vertrocknet wie in der Stadt.

Sie haben wahnsinniges Glück gehabt mit dem Vertrag, vermutlich hätte das alles ohne die Hilfe von Novas Agentur gar nicht funktioniert, und das Geld hat sogar noch für hundert Liter Malerfarbe gereicht. Anstelle der trist ockergelben Farbe soll das Haus komplett rosa werden, und deshalb sitzen sie in blauen Handwerkerlatzhosen und mit Farbeimern, Pinseln und Farbrollen auf der Veranda, die gen Westen zeigt.

Mit zwei Wänden sind sie schon fertig, und sie sind verschwitzt. Vielleicht gehen sie noch runter zum Strand und springen ins Meer, wenn sie nicht zu erschöpft sind, aber wahrscheinlich bleiben sie am Ende doch zu Hause und baden im Pool. Nova muss jedenfalls noch einen Monolog einstudieren und Mercy an ihrer Seminararbeit schreiben vor dem Fest heute Abend. Barbecue-Party bei Ben und Meg ein paar Häuser weiter.

Nova kann den Monolog bereits auswendig, es fehlt nur noch der Feinschliff. »Ich hoffe, Meg kann mir noch ein paar gute Tipps geben, immerhin ist sie eine echt gute Schauspielerin.«

Nova übt mit geschlossenen Augen ihren Monolog, so wie es ihr der Theaterpädagoge gezeigt hat.

»When the moon rises early, just as the Santa Ana winds kick up out of nowhere, and the sun is just dropping out of sight, whoever you meet at the far side of the pier is who you are destined to be with.«

Mercy stellt die Rückenlehne des Liegestuhls flach und streckt sich aus. Es ist ein komisches Gefühl, endlich hier zu sein. Es hat ein knappes Jahr gedauert, was ihnen wie eine Ewigkeit vorkommt.

In der ersten Zeit haben sie in einem Studio auf sieben Quadratmetern gewohnt, in San Bernardino, und haben harte Jobs gehabt. Aber man muss realistisch sein, wenn man was werden will, muss man dafür kämpfen, und Nova hat am Anfang Softpornos gedreht, solche, die Frauen mittleren Alters mögen. Wenn sie das nicht getan hätte, würden sie jetzt hier nicht sitzen, denn ein Produzent vom Fernsehen hat einen der Filme gesehen und war von Nova sofort begeistert. Unterdessen hat Mercy an der UCLA in Westwood angefangen, nur eine Viertelstunde mit dem Auto von Sunset Beach durch Santa Monica. Auch Mercy hat es anfangs nicht leicht gehabt. Die UCLA ist eine der besten Universitäten der Welt, aber nichts ist unmöglich, und sie haben dort halbwegs schnell begriffen, was sie draufhat. Zuerst die Schinderei, dann trägt sie Früchte.

Man bekommt, was man verdient.

»Vermisst du Schweden?«, *fragt Nova.*

Mercy lächelt und macht die Flasche Cava auf, die auf Eis im Kühler lag. »Ich vermisse die schwedische Sprache«, *sagt sie.* »Ich vermisse Wassbergare, åkarbrasor und björnkramar, aber nicht die Kälte.«

»Björnkram kenne ich, das ist eine richtig feste Umarmung, aber die anderen ... Was hast du gesagt?«

Mercy schenkt ihnen beiden Cava ein und gibt Erdbeeren in die

Gläser. »*Wassbergare bedeutet, sich in der Luft zu schnäuzen, so wie der Skifahrer Thomas Wassberg das gemacht hat. Ein åkarbrasa macht man, wenn man friert und nichts hat, um sich zu wärmen.*« *Sie streckt beide Arme aus, umschlingt dann ihren Oberkörper und rubbelt sich ab. Sie lacht laut auf und hebt ihr Glas.* »*Skål.*«
»*Skål.*«
Die Kohlensäure kribbelt beim Trinken in der Nase, und Mercy ist froh, dass sie nicht ganz mit dem Alkohol aufhören mussten. Vergangenen Sommer waren sie in einer Klinik, wo sie gelernt haben, in Maßen zu trinken. Die Methode ist wissenschaftlich entwickelt worden – auf der Grundlage von Laborversuchen mit Mäusen, die ein bestimmtes Enzym im Leib haben, das dafür sorgt, dass sie sich keine Alkoholabhängigkeit zulegen, sondern sich nur mit ganz ungefährlichen Mengen einen leichten Schwips antrinken. Jetzt nehmen sie beide das Medikament ein, das dieses Enzym enthält.

Eigentlich brauchen sie keine Drogen. Ihre Körper produzieren die Drogen selbst, so kommt es ihnen zumindest vor. Obwohl... Ein Glas Prickelbrause geht immer.

»*Weißt du, wer heute Abend noch zu Ben und Meg kommt?*«
»*Keine Ahnung. Whoever you meet at the far side of the pier.*«
»*Ich glaube, Tuys Robinson kommt auch. Den magst du doch, oder?*«
»*Was, wieso? Nur weil er schwarz ist?*«
»*Nein, weil er süß ist.*«
»*Ähm, Tuys ist zu alt für mich... Weißt du übrigens, dass das Gerücht kursiert, Virginia hätte Vanessa unter Drogen gesetzt und ihr sein Sperma eingeführt?*«
»*Was?*« *Nova muss lachen.* »*Tuys Robinsons Sperma? Wer erzählt denn so was?*«
»*Keiner. Ist nur ein Gerücht.*«
»*Weißt du... Ich hab noch ein anderes Gerücht gehört. Dass Bens Exfrau gar nicht tot ist, sondern zurückgekommen ist. Jemand hat sie unten am Strand gesehen.*«

»*Das glaube ich nicht.*«

»*Ich auch nicht ...*« Nova zieht ihr Top aus und knotet sich die Träger der Latzhose um die Hüften, dann nimmt sie sich das Sonnenöl und legt sich bäuchlings auf ihr Kissen. »*Ich hoffe, Cole kommt auch.*«

»*Cole Deschanel?*«

»*Mhm ...*«

»*Nimm dich in Acht vor ihm.*«

Sie grinst. »*Ich mag gefährliche Typen.*«

»*Du spielst gern mit dem Feuer*«, sagt Mercy.

»*Mit dem Feuer?*«

»*Ja, du flirtest mit dem Risiko.*«

Nova reicht ihr das Sonnenöl. »*Kannst du mir den Rücken einschmieren?*« Sie stützt die Ellbogen auf und macht den BH auf, ehe sie sich wieder flach auf den Bauch legt.

Mercy drückt sich eine kleine Menge Öl in die Hand und beginnt mit Novas Schultern. Ihre Haut hat einen richtigen Schimmer bekommen. Bevor sie hierherkamen, war sie dünn und blass, fast durchscheinend, und an mehreren Stellen konnte man die Adern sehen wie blaue Linien. Jetzt hat Nova eine leichte Bräune, ungefähr wie Wüstensand, und Mercy nimmt noch etwas Öl und massiert Nova den Rücken ein.

»Die Wirbelsäule ist gequetscht, zwei Nackenwirbel sind zertrümmert. Die Haut am Oberkörper weist Verbrennungen dritten Grades auf. Der Schädel ist links gebrochen, und es ist keine Kopfbehaarung mehr vorhanden.«

»*Wann kommt denn dein Vater jetzt? Wollte er zu Weihnachten oder zu Silvester kommen?*«

»*Papa will mit uns Weihnachten feiern.*«

Mercy schraubt das Sonnenöl wieder zu, nimmt ein Haargummi und streift es sich übers Handgelenk, ehe sie anfängt, Novas Haare zu flechten. Es ist wieder blond, genau wie es sein sollte. Was wohl wäre, wenn sie selbst so glatte, weiche Haare hätte?

»Und wann kommt deine Familie zu Besuch?«, fragt Mercy, als der Zopf fertig ist und sie ihn mit dem Haargummi zusammengebunden hat.

»Alles in allem ist anzunehmen, dass das Mädchen im selben Moment zu Tode kam, als das Fahrzeug auf die Wasseroberfläche aufschlug.«

Rechtsmediziner Ivo Andrić stellt das Diktiergerät aus. Er befestigt einen gelben Plastikanhänger an dem grauen Leichensack und schreibt ihren Namen darauf. Nova Stridsberg.

»Das geht jetzt aber ganz schön schnell«, sagt Nova und dreht den Kopf, um den Blickkontakt mit Mercy zu halten. »Offenbar war das mit Jussi gar nicht so schlimm. Als er aus dem Koma aufgewacht ist, war er gesund und hatte alles vergessen. Die Beweise waren wertlos, und sie mussten Björn und Mama laufen lassen. Im Januar oder so kommen sie her.«

»Jussi auch?«

Nova gähnt und macht die Augen wieder zu. »Bestimmt, wenn er freikriegt in dieser Gelddruckerei in Tumba... Weißt du übrigens, dass er für das Papier zuständig ist, auf dem die Nigeriadollar gedruckt werden?«

»Nigeriadollar? Nein, das wusste ich nicht. Lustig.«

Ehe Ivo Andrić den Sack schließt, wirft er noch einen letzten Blick auf das Gesicht des Mädchens. Der Mund steht offen, aber nicht so, als wäre ihr Leben mitten in einem Schrei erloschen. Sie sieht eher ruhig aus, ein bisschen müde.

Als wäre ihr letzter Atemzug ein Gähnen gewesen, denkt Ivo Andrić.

Mercy kratzt sich unter ihrem Oberteil in der Achselhöhle. Es brennt ganz leicht, ein Insektenstich vielleicht, und der beginnt allmählich zu nerven.

Sie denkt an eine Schwarze Mamba und einen Waldarbeiter, dem das Bein abgesägt wird. Ihre Gedanken ziehen weiter zu einer Küche, die mit Benzin getränkt ist. Der Mann, der das Haus anzünden will, trägt nur eine Unterhose, und sein Sack hängt raus, wie zwei Clementinen. Binnen einem Sekundenbruchteil steht alles in Flammen, und es wird unbeschreiblich heiß.

Ihr Brustkorb fängt an zu brennen, und ihr dämmert, dass es die Kette mit dem Medaillon sein muss.

Emilia Svensson steht im Södersjukhuset neben dem Krankenbett. Mercy liegt mit schwersten Verbrennungen ausgestreckt auf dem Rücken. Emilia betrachtet das Mädchen. Zwischen der dritten und vierten Rippe fällt ihr eine Vertiefung auf. Vermutlich hat sich dort ein Gegenstand in die Haut eingebrannt. Vom Hals aufwärts sind die Verbrennungen nicht ganz so schwer, vermutlich weil sie versucht hat, das Gesicht mit den Händen zu schützen.

Das Mädchen im Krankenbett heißt Mercy Abiona.

Der Nachname bedeutet »auf Reisen geboren«.

Ihre Atemzüge sind ruhig und regelmäßig, Puls und Blutdruck sind stabil.

Bald wird sie ihren Vater wiedersehen.

Nova Stridsberg indes, geboren 1996, bleibt für immer auf der Veranda hinter dem Haus sitzen, von dem sie geträumt haben. Im Sonnenuntergang am Sunset Beach.

Sich der Umwelt anzupassen heißt zu sterben
Pfad der sieben Brunnen, Januar 2013

All die Neujahrsvorsätze sind draußen und joggen: Zwei Männer um die vierzig in pastellfarbenen Trainingsklamotten laufen an Love vorbei, und er fragt sich, seit wann es normal ist, auf einem Friedhof bei dreiundzwanzig Grad minus Sport zu treiben. Die Läufer biegen nach rechts ab auf den Pfad und verschwinden zwischen den Kiefernstämmen, während er sein Telefon zückt, um sicherzustellen, dass er sich nicht verspätet. Er stellt es auf lautlos.

Ehe er weitergeht in Richtung Auferstehungskapelle, blickt er zum Hügel hoch, wo sich vor dem Krematorium Trauernde versammelt haben. Die meisten sind Polizeibeamte in Uniform. Es handelt sich um die Beerdigung von Jens Hurtig, einem ehemaligen Kollegen. Obwohl sein Tod durch die Presse gegangen ist, wurden die Einzelheiten verschwiegen, trotzdem weiß Love, dass es irgendwie mit Hunger zu tun hat, mit diesem Suizidkult, dem auch die Mädchen aus dem Wohnheim huldigen.

Er kennt einige der Polizisten, die dort oben auf dem Hügel stehen und frösteln.

Manchen von ihnen, wie etwa Lasse, ist er zu großem Dank verpflichtet, weil er sein altes Leben hinter sich lassen durfte.

Und eine neue Identität bekommen hat.

Einen von ihnen würde er gern um Verzeihung bitten, weil er sich genau dafür entschieden hat.

Sein Leben abzustreifen, denkt er. Zu sterben.

Für sie war er von der Bildfläche verschwunden, wie eine unfertige Filmfigur.

Das letzte Stück legt er mit einem Kloß im Hals zurück.

Der effizienteste Weg für einen Organismus, sich der Umwelt anzupassen heißt zu sterben, denkt er und glaubt, sich zu erinnern, dass es sich dabei um ein Freud-Zitat handelt.

Wie falsch kann man überhaupt liegen?

Sterben ist immer verdammt vertrackt, vor allem für die anderen. Selbst Tiere haben damit Probleme. Der Einzige, der möglicherweise etwas davon hat, ist Gott – derselbe Gott, der von Eltern erfunden wurde, damit ihre Kinder nachts schlafen können.

Love geht den Pfad der sieben Brunnen hinunter in Richtung Kapelle.

Die Bestattung, der er beiwohnen möchte, ist nicht annähernd so gut besucht wie die Beisetzung oben am Krematorium.

Auf Wunsch von Novas Angehörigen sollen nur die Allernächsten von ihr Abschied nehmen.

Er kann sie jetzt vor sich sehen, Novas Mutter und Björn, Novas Bruder. Außerdem vier Justizvollzugsbeamte, die die beiden zu lebenslanger Haft Verurteilten aus Kumla beziehungsweise Hinseberg begleiten.

Dann ein paar Mädchen aus dem Wohnheim, und er meint, sogar Alice unten vor der Kapelle zu erkennen.

Mercy nicht. Die liegt in diesem Moment im Södersjukhuset und wartet darauf, dass sie ein drittes oder viertes Mal operiert wird.

Das letzte Stück verlangsamt er seinen Schritt. Zwanzig Meter vor der Tür hält er inne.

Er mustert das Mädchen, das sich mit Alice unterhält. Er ist ihr nie begegnet, aber er kennt sie von Fotos.

Sie ist fast schon mager, ausgemergelt, und ihr langes schwarzes Haar reicht ihr bis zur Hüfte.

Freja.

Nicht länger allein
Stockholm, Februar 2013

Es ist Februar geworden, seit Novas Beisetzung ist ein guter Monat vergangen, und obwohl die Sonne noch zu schwach ist, um dem Schnee den Garaus zu machen, steht sie so hoch am Himmel wie lange nicht mehr. Emilia Svensson fährt von Södermalm aus auf die Västerbron, meterhohe Schneewehen liegen zwischen Fahrbahn und Fahrradweg und erschweren die Sicht.

Wenn Södermalm der Kleinste sein soll, malt sie sich aus, der liebenswerte kleine Bruder, dem man fast alles nachsieht, und Vasastan die prachtvolle mittlere Schwester, dann ist Östermalm das älteste der drei Geschwister, der Bully und Besserwisser.

Während sie am Rålambshovsparken vorüberfährt und auf den Fridhemsplan zuhält, rechnet sie sich entsprechend aus, dass Birkastan die Cousine vom Land sein dürfte und Djurgården die vermögende Tante.

Sie schmunzelt im Stillen und versucht, einen passenden Titel für Kungsholmen zu finden.

Das Nesthäkchen, vielleicht? Das so sehr verwöhnt wird, weil die Eltern aus ihren Fehlern gelernt haben und das Kind sich frei entfalten lassen, ohne allzu viel einzugreifen? Die älteren Geschwister steuern wie beiläufig ihre Erfahrungen bei, und urplötzlich kann der Dreijährige schon bis hundert zählen. Kungsholmen ist zu einem selbstständigen Stadtteil herangewachsen, wenn auch ein bisschen überheblich ob seiner eigenen Vortrefflichkeit.

Emilia winkt dem Wachmann, der ihr das Tor aufmacht, und

sie fährt in die Tiefgarage, wo sie einen freien Platz bei den Aufzügen findet. Als sie das Auto abschließt, geht ihr auf, dass sie ein Familienmitglied vergessen hat, was an sich nicht weiter verwunderlich ist. Das Adoptivkind. Sich selbst. Jener Platz in der Familie, der mitunter in Vergessenheit gerät und von einigen nicht als vollwertig angesehen wird.

Hammarby sjöstad?, denkt sie auf dem Weg nach oben. Ein Emporkömmling am Rande der Innenstadt, von den einen durchaus geschätzt, von anderen mit Skepsis, ja sogar mit Abneigung beäugt. Ein Einwanderer.

In der Kriminaltechnik wird sie von einem Kollegen aufgehalten. »Wie ist es gelaufen?«

»Ganz gut, glaube ich. Sie haben viel geweint.«

Der Mann, den sie an diesem Morgen ins Södersjukhuset gefahren hat, ist nicht länger allein in seinem neuen Land. Als sie sich verabschiedet haben, hat er Emilia in den Arm genommen und zu ihr gesagt, es sei schön gewesen, sich mit jemandem zu unterhalten, der im selben Land geboren sei wie er und seine Tochter, aber fast das ganze Leben in Schweden verbracht habe.

Sein Name ist John Abiona.

Einen Typen mit eigener Wohnung
Södersjukhuset, März 2013

Mercys Erinnerungen an den Februar sind ein Stuhl neben dem Krankenbett, das Gesicht ihres Vaters dicht vor ihrem, sein Duft, seine Stimme und seine warmen Hände. Die Erinnerung an den März ist ein Fenster mit lautlos tanzenden Schneeflocken dahinter. Ein langer Augenblick, genau so eingefroren wie das Acrylbild an der Wand neben dem Fenster, ein Sonnenuntergang, der trotz der grellen Farbtöne grau und trostlos aussieht.

Die fünfte Operation sollte die einfachste werden, doch sie war die schwierigste, und sie hat wochenlang keinen Besuch haben dürfen. Sie hat entweder geschlafen oder aus dem Fenster gestarrt und darauf gewartet, dass ihr Vater wiederkäme.

Vielleicht war ihr Vater auch nur ein Traum, eine Illusion wie der Sunset Beach, in falschen Farben, genauso falsch wie das Bild an der Wand.

»Wie geht es dir heute, Mercy?« Der Arzt macht sich eine Notiz.

»Mir geht es exakt so wie gestern.«

»Das Fieber ist runtergegangen«, sagt er, während sein Stift über das Papier kratzt. »Die Infektion ist unter Kontrolle, wir müssen dich nicht länger isolieren. Und hier ist auch schon jemand, der dich sehen möchte.«

Der Arzt lässt die Zimmertür offen stehen, und nach einer Weile sieht sie einen Schatten an der Flurwand näher kommen.

»Dann haben Love und Alice gar nicht gelogen, als sie gesagt haben, dass du noch lebst«, sagt sie, als sie sieht, wer es ist.

Freja nimmt sich einen Stuhl und setzt sich neben das Bett. Die schmalen Finger zittern, als sie sich das Haar aus dem Gesicht streicht und hinters Ohr klemmt. Diese langen schwarzen Haare, auf die Nova so neidisch war.

»Entschuldige«, sagt sie.

Mercy ballt unter der Bettdecke die Faust. »›Entschuldige‹ reicht ja wohl nicht.«

»Wie geht es dir? Ich wollte schon eher kommen, aber ...«

»Mir geht es genau wie gestern.«

Die Verbrennungen dritten Grades sind noch immer nicht verheilt, das Schleudertrauma, die Hauttransplantation auf Oberschenkeln, Unterschenkeln und Bauch. Einhundertfünfzig bis zweihundert Knochenbrüche und Frakturen. Ihr wurden Titanplatten eingesetzt in der Hoffnung, dass sie eines Tages wieder wird gehen können.

»Wir dachten, du wärst tot«, sagt Mercy, und beim letzten Wort versagt ihr die Stimme.

Tot.

Dabei ist Nova diejenige, die tot ist. Und ich bin gefahren, denkt Mercy.

»Es war einfach besser so, dass alle dachten, ich würde nicht wieder zurückkommen«, sagt Freja.

»Dass alle dachten, du wärst tot, meinst du?« Mercy spürt, wie ihre Augen brennen.

Freja schlägt den Blick nieder. »Ich bin jetzt clean«, sagt sie. »Fünf Monate und dreiundzwanzig Tage.«

»Glückwunsch.«

»Ich musste verschwinden, um das alles wieder auf die Reihe zu kriegen.«

Sobald du zu hassen beginnst, wird ein Kind geboren, das Vergebung heißt, denkt Mercy. Entweder bringst du das Kind um, oder du nimmst es in deine Arme.

Alles ist ein ständiger Kampf zwischen Hass und Vergebung.

Sie versucht, die Tränen runterzuschlucken. »Du musst mir verdammt noch mal sagen, was passiert ist, als du zum Fluss runter bist. Wir haben immerhin gehört, wie du ins Wasser gegangen bist.«

»Ich hab's probiert«, entgegnet Freja. »Aber es war so verdammt kalt.«

»Du wolltest dich umbringen, und dann hast du dich anders entschieden, weil das Wasser so kalt war?«

Sie nickt beschämt und erzählt, dass sie sich mit der Strömung hat treiben lassen und auf der anderen Uferseite wieder aus dem Fluss geklettert ist. Danach ist sie planlos durch den Wald geirrt.

»Ich dachte, ich würde erfrieren, als ich irgendwann endlich an einen Weg gekommen bin. Dort stand ein Auto, es war nicht abgeschlossen. Ich hab eine Decke darin entdeckt, mich auf die Rückbank gelegt und bin eingeschlafen.«

Ein alter Mann, der mit seinem Auto zum Fischen gefahren war, hat sie geweckt.

»Ich hab ihm erzählt, dass ich Fixerin bin, dass mein Selbstmordversuch misslungen ist und dass ich mein ganzes Leben bereue. Dann sind wir zu ihm nach Hause gefahren, er hat mir Klamotten seiner toten Frau gegeben und mich auf dem Sofa schlafen lassen. Am nächsten Morgen hat er mich dann nach Uppsala gefahren. Von dort aus bin ich per Anhalter bis nach Kalmar gefahren. Der Lkw-Fahrer hat mir dreitausend Kronen gegeben.«

»Kalmar? Wieso denn nach Kalmar?«

Freja zuckt mit den Schultern. »Der Fahrer musste dorthin.«

In Kalmar ist sie in einen Stadtbus gestiegen, bis zur Endhaltestelle gefahren, hat ein unbewohntes Sommerhaus aufgespürt, die Tür aufgebrochen und fast einen Monat lang dort gewohnt. Danach hat sie einen Job in einem Café in der Stadt bekommen und einen Typen mit einer eigenen Wohnung kennengelernt.

»Und was willst du jetzt machen?«, fragt Mercy und blickt zum Fenster hinaus.

Es hat aufgehört zu schneien.

»Nach Kalmar zurückfahren und weiterarbeiten.«

»Gut ... Viel Glück.«

Ihre Lider werden schwer, und Mercy macht die Augen zu. Sie merkt nicht, dass Freja wieder geht.

Der Duft ihres Parfums hängt noch eine Weile im Zimmer.

Dann hört sie es. In ihrem Kopf.

Hast du gedacht, ich hätte dich im Stich gelassen?

Slippery slope
Tanto, April 2013

Es ist April, die Zeit im Jahr, in der ein gebrochenes Versprechen über den Frühling das andere ablöst, und obwohl es draußen schneidend kalt ist, blüht im Garten eine vereinzelte Narzisse. Auf einmal war sie plötzlich da.

Hej, Mama, denkt Kevin.

Er sitzt auf der Verandatreppe und raucht. Demnächst ist Brennwoche, und ein paar Nachbarn haben die Saison mit dem Laubharken und Sammeln von Zweigen schon heimlich eröffnet. Doch noch ist es nicht möglich, Feuer zu machen. Nach dem Winter ist alles noch feucht, vermodert und faulig.

Trotzdem hat er bereits angefangen, einen Scheiterhaufen auf dem Grundstück zu errichten. Einen Berg aus unbrauchbaren Brettern vom Zaun, den er im letzten Herbst repariert hat. Außerdem müsste er auch die Holzplanken der Veranda in Angriff nehmen, die vorderen Planken sind graugrün vor Schimmel, und unter dem Dachfirst sieht es auch nicht gerade gut aus, obwohl er den mit Teerpappe abgedichtet hat. Wie kann da überhaupt Feuchtigkeit eindringen? Vielleicht wäre es das Beste, wenn er gleich das ganze Haus anzündet.

Er drückt seine Zigarette in einem Blumentopf aus und geht hinein. Auf dem Rechner läuft immer noch *Der Koch, der Dieb, seine Frau und ihr Liebhaber* von Peter Greenaway, in dem die junge Helen Mirren die Frau des Diebs spielt. Das Drama steht kurz vor der großartigen Auflösung, und er setzt sich aufs Sofa.

Helen Mirrens Rollenfigur Georgina ist außer sich vor Wut und Angst, weil ihr Mann ihren Liebhaber hat umbringen lassen – und zwar auf besondere Weise. Er ist mit den Seiten aus seinem Lieblingsbuch zu Tode gestopft worden. In ihrer Rage hat sie gerade den Koch überredet, den Liebhaber zuzubereiten, ihn buchstäblich zu grillen. Im selben Moment taucht am unteren Bildschirmrand der Hinweis auf eine eingegangene E-Mail auf.

Der Absender ist Love Martinsson.

Love schreibt ihm, weil soeben der Federal Court in Houston, Texas, Kevins Bruder verurteilt hat.

Das Urteil wurde vor acht Tagen verkündet. Vier Jahre Haft, viel zu wenig, und für Kevin ist das keine gute Nachricht. Hätte er das Jo-Jo zurückbekommen, hätte ihn das fröhlicher gestimmt.

Er hat sich Kopien der Prozessakten besorgt und sie gelesen. Anschließend hat er Love angerufen, um aus Psychologensicht zu hören, wie sein Bruder tickte, wie er dachte und aus welcher Motivation heraus er handelte. Eine gute Stunde lang haben sie miteinander telefoniert. Kevin hat erklärt, dass ihn die Straftaten seines Bruders weniger interessierten; die Thematik sei jahrelang sein täglich Brot im Präsidium gewesen. Vielmehr wolle er etwas über die persönliche Ebene wissen, über die Gründe für derlei Taten und die Vorgehensweise.

Hej, Kevin,

ich habe die Prozessakten mit großem Interesse gelesen, besonders die Vernehmungen Ihres Bruders durch den Staatsanwalt beziehungsweise den Verteidiger sowie das psychologische Gutachten.

Wie ich Ihnen schon am Telefon sagte, kann ich keine klinische Beurteilung vornehmen, da ich Ihren Bruder nie persönlich getroffen habe.

Die Forensische Psychiatrie in den USA kommt zu dem Schluss, dass Ihr Bruder nicht psychisch krank ist, und ich denke, dieses Fazit ist korrekt. Vor dem Hintergrund dessen, was Sie mir erzählt haben, meine ich allerdings, dass seine Persönlichkeit gewisse narzisstische

Strukturen aufweist und seine psychischen Abwehrmechanismen pathologischer Natur sein könnten.

Ich bin überzeugt, Ihr Bruder ist sich bewusst, dass seine Vorliebe für Minderjährige nicht normal ist; um sein Gesicht zu wahren, hat er versucht, seine abnorme Neigung dem Vater zuzuschreiben. Aus diesem Grund hat er auch den Laptop im Haus des Vaters und nicht zuletzt den Film dort deponiert, den er selbst aufgenommen hat und auf dem zu sehen ist, wie er ein minderjähriges Mädchen zwingt, sexuelle Handlungen auszuführen. Das ist gelinde gesagt eine extreme Vorgehensweise, um die eigene Schuld von sich wegzuschieben.

Im Prozess ist Ihr Bruder gefragt worden, ob er seine Taten bereue. Er hat von einer Art Domino- oder Schneeballeffekt gesprochen, der damit begonnen habe, dass der Vater ihn geschlagen hat, was ihn zu Ihrem Onkel geführt hat – und mit dem hat dann gewissermaßen die Einführung in eine ungesunde Sexualität stattgefunden.

In der rhetorischen Technik gibt es einen Begriff, der »Argument der schiefen Ebene« genannt wird, aus dem Englischen »slippery slope«, und die Schlussfolgerungen Ihres Bruders zeigen gewisse Ähnlichkeiten mit dieser Technik auf. Ein schlechtes Ereignis wird damit erklärt, dass ihm eine Reihe anderer Geschehnissen vorausgegangen ist und dass alles Folgende auf jenem ersten Geschehnis beruht. Ohne dieses wäre das schlechte Ereignis gar nicht eingetreten. Kurz: Ihr Bruder meint, aus ihm sei ein Pädophiler geworden, weil sein Vater ihn geschlagen hat.

Im Film kostet Albert den Körper, der vor ihm auf dem Tisch liegt – hindrapiert und dekoriert mit Gemüse und kandierten Früchten –, bevor Georgina ihm in den Kopf schießt.

Die letzte Replik des Films spricht Kevin laut mit: synchron mit Helen Mirren, die ihren Mann mit einem verächtlichen Blick bedenkt.

»Kannibale!«

Ich möchte aber noch mal auf das Jo-Jo zurückkommen, das Ihr Bruder Ihnen gestohlen hat.

Mir scheint, dass er sich selbst als den rechtmäßigen Besitzer des Jo-Jos betrachtet, aber ich habe nicht herausfinden können, warum das so ist, glaube aber, es liegt daran, dass Sie mir nicht alles darüber erzählt haben.

Ich weiß nur, dass Sie das Jo-Jo als kleiner Junge von Ihrem Vater bekommen haben und dass es Ihnen viel bedeutet. Aber da steckt sicher mehr dahinter?

Ich würde mich bei Gelegenheit über ein Treffen mit Ihnen freuen, wenn Sie mögen und Ihre Zeit es erlaubt.

Mit freundlichen Grüßen
Love

Kevin macht den Film aus, lehnt sich auf dem Sofa zurück und lässt Loves Zeilen sacken. Woher wusste er das mit dem Jo-Jo? Bei ihrem letzten Gespräch hat Kevin es nur nebenbei erwähnt.

Sie sind beide sexuell missbraucht worden, von ein und demselben Onkel, aber nur ein Bruder hat das Jo-Jo bekommen, von einem Vater, der als Kind ebenfalls sexuell missbraucht worden ist. Von einem Vater, der seiner Angst in Form von Schlägen Raum gab, die Kevins älteren Bruder getroffen haben. Der wiederum mit der Zeit gelernt hat, konstruktiver mit seinen Dämonen umzugehen.

Das verwöhnte Nesthäkchen ist nie geschlagen worden. Es ist verwöhnt worden und hat Spielsachen bekommen.

Kevin steht auf und befüllt die Kaffeemaschine. Während der Kaffee durchläuft, denkt er darüber nach, wie er selbst mit seinen Dämonen umgeht.

Wohl eher nicht sonderlich konstruktiv.

Er hat zwei Typen aus Fisksätra angeheuert, Alexander Söderberg und Fadhi Abdulrashid, die dafür gesorgt haben, dass sein Onkel für den Rest seines Lebens über die Sonde ernährt werden muss.

Kevin weiß nicht mal, wer seinen Onkel letztendlich misshandelt hat, aber der oder die Täter haben sich Mühe gegeben, und er hat dreihunderttausend dafür hingeblättert.

Die übrigen Puppenspieler befinden sich unter strengen Auflagen in Untersuchungshaft und warten auf ihren Prozess.

Alle außer seinem Vater, der reingewaschen wurde. Der genauso unschuldig ist wie tot.

Weck mich, wenn du dich einsam fühlst
Kungsträdgården, Mai 2013

Es ist der erste Frühling in ihrem neuen Leben, noch ein paar Wochen bis zu den weißen Nächten, und über ihnen wölbt sich ein Dach aus rosa Blüten. Die Japanische Kirsche ist am selben Tag ausgeschlagen, als Papas Asylantrag bewilligt wurde. Das war Ende April.

Inzwischen ist es Mai, und er schiebt sie im Rollstuhl die Allee hinunter bis ans Wasser.

Lächelt wie früher, als er klein war.

Sie sind Familie Abiona, John und Mercy, jeder während einer Reise geboren.

In den vergangenen Monaten hat Mercy ihrem Vater alles erzählt, von den Momenten, da sie aufgehört hat, Mensch zu sein, sich selbst und vielleicht auch andere erniedrigt hat. Er hat an ihrem Krankenhausbett geweint. Und er hat sie mehrmals daran erinnert, dass es keine Scham gibt, wenn man fällt, sondern nur dann, wenn man liegen bleibt. Das Bild ist nicht besonders gelungen, denn sie liegt zwar nicht am Boden, aber sie kann auch nicht aufstehen. Sie ist an einen Rollstuhl gefesselt, der sich mittlerweile wie ein Teil ihres Körpers anfühlt. Es fällt ihr schwer, den Ärzten zu glauben, dass sie in einem halben Jahr einfach aufstehen und auf den Rollstuhl verzichten können soll.

Wir helfen einander und kriegen das hin.

Ihr Vater verlangsamt seinen Schritt und deutet auf den Kai mit Booten. Die Masten ragen wie Fahnenstangen in den Himmel. »Water ... *vatten?*«

Seine Aussprache ist gut, und Mercy nickt. »Ja, es heißt *vatten.*«

»*Båk*«, versucht er.

Mercy lächelt. »Ja, oder *skepp*.«

Er schiebt den Rollstuhl auf eine Bank zu und setzt sich neben Mercy.

Lächelt wie früher, als er klein war.

Drei verschiedene Boote sollen sie auf die Insel Runmarö bringen, das erste geht in zwanzig Minuten nach Vaxholm. Er holt die Thermoskanne Kaffee heraus und zwei von den belegten Broten.

Nova hat gesagt, es sei in den Schären schön und schrecklich zugleich.

Hej då und pass auf deinen Vater auf.

Jetzt schlafe ich, aber weck mich, wenn du dich einsam fühlst.

Da draußen sind fünfzigtausend Inseln, für jede menschliche Gefühlsregung eine.

Menschen, die nett zueinander sind
Wenn ihr Leben ein Film wäre, Juni 2013

Es ist Juni, und mit der Sonne sind auch die Kleingärtner zum Tantoberget zurückgekehrt: die Alten mit ihren gelben Gummihandschuhen, die Familien mit Kleinkindern, die Mittelschicht aus Södermalm, die mit Markenturnschuhen durch die lehmige Erde stapft.

Auf dem kleinen Grundstück liegt verschimmeltes Holz. Sebastian hat ihm geholfen, die Veranda und den Dachüberstand zu renovieren. Jetzt müssen sie nur noch streichen.

Das Haus neu streichen, statt es zu verheizen, denkt Kevin und blickt über den Hafen. Inzwischen sind fast alle Boote zu Wasser gelassen – außer Vaters altes Schärenboot. Es wartet noch immer unter seiner Persenning gleich einer Erinnerung an ein vergangenes Leben, an Kevins altes Leben. Genauso dysfunktional wie ein Boot an Land.

Drinnen läuft Radio, ein Nachrichtensprecher berichtet, dass irgendwo eine Autobombe fünfzig Menschen in den Tod gerissen hat.

Mittlerweile bringen ihn nur noch triviale, sentimentale Dinge zum Weinen. Süße Tiere und kleine Kinder. Menschen, die nett zueinander sind. Bei schrecklichen Dingen fühlt er sich leer und kalt.

Autobomben detonieren täglich. Einzelheiten im Gedächtnis zu behalten lohnt sich nicht, sie werden sofort durch neue Autobomben mit neuen Einzelheiten ersetzt.

Sebastian kommt mit zwei Gläsern Weißwein heraus und setzt sich neben ihn auf die Treppe.

»Vermisst du deinen Job?«, fragt er.

»Ich vermisse gar nichts mehr.«

Fakt ist, dass seine Kündigung das Beste ist, was seit Langem passiert ist.

Sebastian bricht in Gelächter aus. »Und ein neuer Job?«

»Ich kann mir noch eine Weile freinehmen und hab sowieso genug zu tun mit dem Haus.« Er stellt das Weinglas neben sich ab. »Ich muss das Gerümpel wegschaffen, bevor Vera kommt.«

Sebastian schüttelt den Kopf. »Nein, du machst Essen und deckst den Tisch. Um die Bretter kümmere ich mich.«

Während Kevin sich umzieht und auf der Veranda eindeckt, holt Sebastian die Schubkarre und lädt die Holzbretter auf. Kevin ist von dessen Kraft beeindruckt. Nach einer Dreiviertelstunde ist Sebastian fertig.

Wenn ihr Leben ein Film wäre, würde er hier auf der Veranda sitzen und Sebastian zusehen, wie der sich frisch macht und sich über der Wassertonne das Gesicht wäscht.

Kevin wäre Jake Gyllenhaal und Sebastian Heath Ledger.

Quellennachweise

Zitat von Fred Åkerström: »Jag ger dig min morgon«, *Två tungor*, © Metronome LP, 1972. Originaltext von Tom Paxton, »I Give You the Morning«, *The Things I Notice Now*, © Elektra LP, 1969.

Zitat aus *The Horsemen* (*Die Steppenreiter*; 1971): *The terrible craving to make death our whore ...*

Zitat aus *3000 Miles to Graceland* (*Crime is King*; 2001): *A loving mother reuniting with her lost son ...*

Zitat aus *Papillon* (1973): *If I could find a way to get off this island, would you like to come with me?*

Zitat aus *The Shining* (1980): *Here's Johnny! You can't get away!*

Zitat aus *Raising Arizona* (*Arizona Junior*; 1987): *My friends call me Lenny. But I got no friends.*

Zitat aus *Squidbillies: Government Brain Voodoo Trouble* (2006): *I'm not really a therapist. I'm the rapist.*

Zitat aus *Dawn of the Dead* (*Zombie*; 1978): *You have not listened! If we'd listened, if we'd dealt with this phenomenon properly ...*

Zitat aus *Deliverance* (*Beim Sterben ist jeder der Erste*; 1972): *Goddamn, you play a mean banjo.*

Zitat aus *Sunset Beach, Episode # 1.1* (1997): *When the moon rises early, just as the Santa Ana winds kick up out of nowhere, and the sun is just dropping out of sight, whoever you meet at the far side of the pier, is who you are destined to be with.*

Zitat aus *Cannibal!* (*Der Koch, der Dieb, seine Frau und ihr Liebhaber*; 1989): Kannibale!

Autor

Erik Axl Sund ist das Pseudonym des schwedischen Autorenduos Jerker Eriksson und Håkan Axlander Sundquist. Zusammen haben sie die international erfolgreiche »Victoria-Bergman«-Trilogie geschrieben, für die sie 2012 mit dem Special Award der Schwedischen Krimiakademie ausgezeichnet wurden, sowie die »Kronoberg-Reihe«, die ebenfalls zum Bestseller wurde.

Erik Axl Sund im Goldmann Verlag:

Die Victoria-Bergman-Trilogie:
Krähenmädchen (Band 1)
Narbenkind (Band 2)
Schattenschrei (Band 3)

Die Kronoberg-Reihe:
Scherbenseele (Band 1)
Puppentod (Band 2)
Waldgrab (Band 3)

(alle auch als E-Book erhältlich)

Unsere Leseempfehlung

512 Seiten
Auch als E-Book
erhältlich

Frank Avellino wurde mit äußerster Brutalität in seinem eigenen Schlafzimmer erstochen. Franks Töchter Alexandra und Sofia beschuldigen sich gegenseitig der Tat. Welche ist die sadistische Mörderin? Der Trubel um den Fall ist groß, denn der Ermordete war nicht nur ehemaliger Bürgermeister von New York, es gibt auch ein Millionenerbe zu verteilen. Eddy Flynns Chancen, die richtige Schwester vor dem Gefängnis zu bewahren, stehen fifty-fifty ...

goldmann-verlag.de

GOLDMANN